D. H. 로런스의
현대문명관

# D. H. 로런스의 현대문명관

『무지개』와 『연애하는 여인들』

초판 1쇄 발행 / 2020년 7월 10일

지은이 / 백낙청
옮긴이 / 설준규·김영희·정남영·강미숙
펴낸이 / 강일우
책임편집 / 정편집실·강영규
조판 / 신혜원
펴낸곳 / (주)창비
등록 / 1986년 8월 5일 제85호
주소 / 10881 경기도 파주시 회동길 184
전화 / 031-955-3333
팩시밀리 / 영업 031-955-3399 편집 031-955-3400
홈페이지 / www.changbi.com
전자우편 / human@changbi.com

백낙청 지음 | 설준규·김영희·정남영·강미숙 옮김

# D. H. 로런스의
# 현대문명관

『무지개』와 『연애하는 여인들』

A Study of *The Rainbow* and *Women in Love*
as Expressions of D. H. Lawrence's Thinking
on Modern Civilization

창비

## 저자의 말

　나는 서울대학교 문리과대학에 재직 중이던 1969년, 학교로부터 말미를 얻어 박사학위를 마치고자 미국에 다시 갔다. 당시 창간편집인으로 활동하던 계간 『창작과비평』 일도 지금은 고인이 된 신동문(辛東門) 선생과 동학 염무웅(廉武雄) 평론가에게 넘기고 떠났다. 결과적으로 두 분, 특히 염선생이 심한 고초를 겪었지만 잡지 내용을 쇄신하는 계기가 되기도 했다.

　학위논문을 D. H. 로런스에 관해 쓸 생각은 진즉부터 하고 있었다. 1960년대의 문리대는 오늘의 대학 현실과는 판이하게 자유로운 분위기였고 강의자의 선택권이 넓어서 어느 해는 장편 『무지개』 하나만 갖고 두 학기를 연달아 수업한 적도 있다. 말하자면 학위논문을 위한 선행학습이 어느정도 된 상태였다. 그러나 박사과정 복귀 후의 첫해는 학점취득 의무를 마저 하는 데 보냈고 이듬해는 논문제출 자격시험을 준비해서 통과해야 했으므로 실제로 논문을 작성하는 기간은 빠듯했다. 집필은 그런대로 순조로웠던 셈이나 완성본을 만들어 제출하는 작업이 만만찮았다. 6월 졸업 시기를 넘기고 나니 우선 아르바이트를 하는 전문타자수들 거의가 여름

휴가 또는 휴업에 들어가 케임브리지 시내에서 사람을 구할 수가 없었다. 당시는 컴퓨터도 없고 전동타자기도 드문 때였다. 원고는 결코 쉬운 내용이 아닌데다가 대학측은 원본과 함께 내는 복사본을 먹지를 사용해서 작성해야 한다는 완고한 방침을 견지하고 있어서, 시외 인근지역에서 겨우 구한 주부 타자수도 고생이 여간 아니었지만 나도 수시로 그 집까지 왕래해야만 했다.(당시는 내가 승용차를 몰던 시절이라 그나마 감당이 되었다.) 제출본 타자를 마친 뒤에도 별도의 복사본을 준비할 필요는 남았는데, 복사 기술이나 소요시간 또한 요즘과는 판달랐다. 겨우 제본을 마친 논문을 학교에 제출한 것이 케임브리지시를 떠나던 날 아침이었던 걸로 기억한다.

미국 대학에 자리잡은 사람이라면 후속 과제는 논문의 출판이었을 것이다. 원고를 여러 대학출판부에 일단 보내서 어느 한 곳과 계약 또는 가계약을 맺은 뒤 수정작업을 거쳐 단행본을 내고, 그걸 바탕으로 더 나은 자리를 찾아가는 것이다. 하지만 나는 귀국하기가 바빴고, 귀국 후 두 달도 안 돼 '10월유신'이라는 이름의 친위쿠데타가 일어났으며 『창작과비평』의 편집인이자 실질적 경영자로 복귀한 데 따른 부담도 상당했다. 1974년부터는 시국문제에 깊이 간여하는 형국이 되었고 그해 11월에 대학에서 해직되기에 이르렀다.

논문을 두어 군데 보내보지 않은 것은 아니다. 그중 하나가 하바드대학출판부인데, 지도교수이던 로버트 카일리(Robert Kiely) 교수는 처음부터 가능성을 높게 보지 않았지만 'Second Reader'라 불리는 심사위원 워너 버토프(Warner Berthoff) 교수가 강력히 권유했었다. (논문 작성과정에서 나는 카일리 교수의 친절한 배려와 탁월한 글쓰기 지도에 큰 은혜를 입었지만 논문 내용에 대해 열렬히 공감하고 지지해준 분은 버토프 교수였다. 그는 전공이 미국문학이면서도 연구실에 로런스의 짧은 시 한 편을 출력해서 붙여둘 만큼 남다른 분이었다. 시의 제목도 적혀 있었는데 지금 은 정확히 기억이 안 나고 그후 확인해보지도 않았다. 다만 '돈 중심의 세계 대신에 사람 중심의 세계로 바꾸어야 한다'는 취지의 후기시였던 것 같다.)

아무튼 접촉했던 출판부들은 모두 거절 통보를 해왔다. 나는 애당초 '아니면 말고' 식으로 보냈던 터라 별로 개의치 않았다. 사실 나는 석사학 위 취득 이후 박사과정 입학허가 나온 것을 포기하고 귀국하던 1960년대 초부터 한국에서 한국 독자들을 위해 발언하는 일을 내 삶의 중심에 두기 로 결심했었다. 따라서 객관적으로 후속작업이 힘든 상황이 아니었더라 도, 영어로 된 학위논문을 손질해서 출판하는 일은 내게 우선순위가 한참 밀리는 과제였다. 한국어 번역의 단행본으로 낸다는 생각은 더구나 떠오 르지 않았다. 내가 바란 것은 논문 내용을 일부 활용하거나 논의의 범위 를 다소 확장하는 글들을 우리말로 계속 써서 한 권의 단행본을 내는 것 이었다. 그 작업 또한 원활하게 진행하지 못했지만, 몇편만 더 쓰면 되겠 다는 생각을 (때이르게) 품은 적이 있었다. 그러면서 나의 영문 학위논문 을 국내에서라도 출판해서 소수의 동학들에게라도 읽히면 어떨까 하는 생각을 처음으로 해보았다. 그래서 그사이 친분이 생긴 영국의 마이클 벨 (Michael Bell) 교수에게 사본을 보내주면서 혹시 출판을 할 경우 서문을 써주겠냐고 물었다. 그리하겠노라는 반가운 답을 받았지만 그것도 지금 은 여러 해 전의 일이고 약속의 시효가 지났지 싶다.

하지만 그런 생각을 한 것 자체가 논문 내용의 시효가 다하지는 않았다 는 내 나름의 자기평가가 있었던 셈이다. 사실 한동안 내가 발표한 글들 은 학위논문의 어느 부분을 재활용한 경우가 아니더라도 논문에서 눈에 띄게 진전된 논의는 못 되었다. 어느 후학은 "백선생님은 학위논문 이래 별로 향상이 없으신 것 같습니다"라고 공개석상에서 지적한 일도 있다.

그때 나는 그 말이 농반진반이랄까, 무조건 공격만은 아니라고 느꼈기에 "향상이 없는 걸 나는 자랑으로 생각한다"고 받아넘겼다. 발언의 당사자가 이번에 자원해서 번역작업에 참가한 것을 보면 공격만은 아니라는 내 판단이 틀리지 않았던 모양이다.

아무튼 한국어 저서는 지지부진하고 번역서는 생각도 않던 참에 나의 팔순을 앞둔 어느날 옛 제자 두 사람이 찾아왔다. 팔순 기념으로 나의 학위논문을 번역해서 내면 좋겠다고 동학들 간에 의논을 모았는데 동의해달라는 것이었다. 나는 팔순이라고 무슨 행사를 하는 건 반대인데다 학위논문 번역은 생각도 못 하던 일이었지만, 번역작업이라도 함께 해보겠다는 것을 굳이 말리고 싶지는 않았다. 다만 내가 책을 낸다 낸다 하면서 못 내고 있는 마당에 번역서만 덜렁 나가는 것은 너무나 '쪽팔리는' 일이니, 팔순이 아닌 만 80세가 되는 해를 목표로 두 책의 동시출간을 기해보자고 합의했다.

그때부터 저서작업에 더 열심히 매달리기는 했지만 80세 된 해를 넘기도록 완성을 보지 못했다. 번역진은 번역진대로, 뒤늦게 끓는 국맛을 보았는지 시간이 늦춰지는 것을 별로 싫어하는 기색이 아니었다. 어떻든 설준규·김영희·정남영·강미숙 네 후학의 협동과 노고로 번역작업이 원만히 마무리되고 새 저서와의 동시출간이라는 목표도 희한하게 달성하게 되었다. 교정작업 단계에서 역자들이 '감수본'이라는 이름으로 원고를 보내주었는데, 나는 저술의 막바지에 내 코가 석자라서 전부를 살펴볼 시간도 없었지만, 워낙 꼼꼼하고 정성스럽게 번역한 탓에 특별한 '감수'가 필요 없다고 판단하여 그들이 제기한 질문들에 답하는 정도로 그쳤다. 그런데 그토록 고생을 한 역자들이 작업을 마치면서 협업과 학습의 기회가 감사했다고들 하니, 나로서는 한층 더 감사하고 '도학과 과학을 병진'할 공부거리를 내가 부지중에 제공하지 않았을까 하는 흐뭇함마저 느낀다.

끝으로 상업성이라고는 전무한 번역서 출간을 결단해준 강일우 사장, 편집실무를 맡아준 강영규 부장 등 인문출판부 여러분과 정편집실의 노고에 깊이 감사드린다.

2020년 6월
백낙청 삼가 씀

**일러두기**

1. 이 책은 저자의 미국 하바드대학교 박사학위논문 "A Study of *The Rainbow* and *Women in Love* as Expressions of D. H. Lawrence's Thinking on Modern Civilization" (1972)을 우리말로 옮긴 것이다.

2. *The Rainbow, Women in Love, The Plumed Serpent*에서의 인용은 케임브리지판에 의거했고, 작품별 서지사항은 처음 인용될 때 각주로 밝혔다.

3. 인용문에 인용자가 덧붙인 사항은 〔 〕로 구분했으며, 원문에 독자의 이해를 돕기 위해 옮긴이가 덧붙인 사항은 '— 옮긴이'로 표시했다.

4. 고딕체는 인용문에서는 별도 표시가 없는 한 원저자의 강조를 뜻하고, 본문에서는 저자의 강조를 뜻한다. 〈 〉는 원문에서 머리글자가 대문자인 말에 쓰였으며 의미가 추상화·일반화되었음을 나타낸다. 가령 Matter는 〈물질〉로 표기했다.

# 제1장

서설: 사유의
모험으로서의 소설

1

이 연구의 목적은 D. H. 로런스의 『무지개』(*The Rainbow*, 1915)와 『연애하는 여인들』(*Women in Love*, 1920)을 현대문명에 대한 그의 사유의 표현으로서 검토하는 것이다. 이 작업에는 일정한 예비적 고찰이 필요할 듯하다. 소설이 무엇을 표현하든 소설로서 읽히고 평가되어야 한다는 데, 그리고 예술가보다는 '예술언어'(art-speech)에 주의를 기울여야 한다는 데 쉽게 동의할 수 있지만, 소설 혹은 '예술언어' 일반이 무엇인지를 아는 것이 그렇게 쉬운 일은 아니기 때문이다.

소설 『캥거루』(*Kangaroo*, 1923)에서 로런스는 답을 하나 내놓는다. "지금 소설은 단지 감정의 모험의 기록, 감정의 허우적댐이기만 한 것으로 간주된다. 우리는 완결된 소설이라면 사유의 모험이기도 하다고 혹은 그래야 한다고 주장한다."[1] 그런데 '사유의 모험'이란 무엇을 뜻하는가? 그리고 우리가 소설을 읽을 때 우리에게 요구되는 것은 무엇인가?

로런스의 대답을, '사유의 모험'이란 '감정의 모험'이 허우적대는 것을 막기 위해서 소설에 추가되는 어떤 것이라는 뜻으로 해석할 수는 없다. 오히려 로런스는 '감정의 모험'이 허우적대지 않으려면 '사유의 모험'이 기도 해야 한다고 말하고 있다. 이는 놀랄 일이 아니다. 로런스가 여러 산문들에서 "인간은 사유의 모험가다"라고 언명하고 있기 때문이다.[2] 어쨌든 로런스의 말을 그대로 받아들인다면, 그의 소설이 행하는 '사유의 모험'에 참여함으로써만 그리고 우리 자신이 '사유의 모험가'가 됨으로써만(사실 우리는 인간으로서 우리의 본질상 이미 사유의 모험가이지만) 그의 소설을 읽는 법을 배울 수 있으리라는 것은 분명해 보인다.

그런데 로런스의 말을 어느 정도까지 받아들일 수 있는가? 그의 친구들 가운데 다수는 그에게 사유능력이 없다고 언제라도 선뜻 말할 듯하다.[3] 그리고 엘리엇(T. S. Eliot)은 더 의식적인 적대감을 가지고, 그리고 어쩌면 무심결에 의도치 않은 암시를 흘리는 시인으로서의 재능을 발휘하며 로런스에게서 "우리가 보통 생각이라 부르는 능력의 부재"를 책잡았다.[4]

사실 로런스도 우리가 보통 '사유하기'라고 부르는 것을 철저하게 재검토하기를 요구한다.

---

1 D. H. Lawrence, *Kangaroo*, ed. Bruce Steele (Cambridge University Press 1994) 279면.

2 D. H. Lawrence, "Books," *Phoenix: The Posthumous Papers of D. H. Lawrence*, ed. Edward D. McDonald (Heinemann 1936) 731면; D. H. Lawrence, "On Being a Man," *Phoenix II: Uncollected, Unpublished, and Other Prose Works*, ed. H. T. Moore and W. Roberts (Viking Press 1968) 616면. 또한 "인간은 반드시 사유를 하도록 길들여진 동물이다"("On Human Destiny," 같은 책 623면) 참조.

3 로런스는 씬시아 애스퀴스에게 보내는 편지에서 이 점에 대해 불평하고 있다. D. H. Lawrence, *The Collected Letters*, ed. H. T. Moore, 2vs. (Viking Press 1962) 362면, 1915. 8. 16. Cynthia Asquith 앞 참조.

4 T. S. Eliot, *After Strange Gods: A Primer for Modern Heresy* (Faber and Faber 1933) 63면.

나의 큰 종교는 피에 대한 믿음, 육신이 지성보다 더 현명하다는 믿음이에요. 우리는 정신의 면에서는 잘못될 수 있지만 우리의 피가 느끼고 믿고 말하는 것은 항상 진실해요. 지성은 단지 재갈이요 고삐일 뿐이죠. 나는 지식은 개의치 않아요. 내가 원하는 것은 정신 혹은 도덕 따위의 쓸데없는 개입이 없이 나의 피에 직접 응하는 것뿐이에요. 나는 인간의 신체를 일종의 불꽃으로, 촛불처럼 영원히 곧추서 있으면서도 유동하는 것으로 봐요. 지성이란 주위의 사물에 던져지는 빛일 뿐이고요. 그리고 나는 주위 사물에 관심이 있다기보다는(그런 관심을 가지는 것이 바로 정신이죠) 영원히 유동하며 어디에서랄 것도 없이 어떻게 오는지도 모르게 오는, 그리고 주위에 자신이 밝히는 그 어떤 것이 있든 그 자신으로 존재하는 불꽃의 신비에 관심이 있어요. 우리는 두뇌적 의식으로 우스꽝스럽게 가득 차서 우리 자신도 어떤 존재라는 점을 결코 몰라요. 우리는 우리가 비추는 객체들만이 존재한다고 생각하죠. 초라한 불꽃은 이렇게 외면당한 채 그 자리에서 계속 타오르며 이 빛을 내요. 우리는 우리의 외부에 있는, 빛이 반쯤 비추어진 덧없는 사물들에 들어 있는 신비를 추적하지 말고 우리 자신을 봐야 해요. 그리고 '이런, 나는 나군'이라고 말해야 해요. 바로 이 때문에 나는 이딸리아에 사는 것이 좋아요. 사람들이 매우 무의식적이에요. 그저 느끼고 원합니다. 알려 하지 않아요.[5]

이것을 '느끼기'와 '원하기'를, 그리고 '존재하기'라고 모호하게 불리는 것을 선호하여 '사유하기'를 배격하는 태도로 보아야 하는가? 여기서 로

---

5 *The Collected Letters* 180면, 1913. 1. 17. Ernest Collings 앞.

런스는 자신이 비합리주의자, 원시주의자, 반지성주의자임을 고백하고 있는 것인가? 만일 그 대답이 '네'라면 그가 나중에 '사유의 모험'을 강조한 것은 '피'와 그것을 믿는 모든 사람들이 일관된 사유와 표현의 능력을 가지고 있지 못함을 입증할 뿐이다. 그러나 '피'에의 호소가 그 자체로 '사유의 모험'을 요구하는 것이라면, 그 호소에 대해 우리가 판단하는 바로 그 순간에도 우리에게 깊게 생각할 것을 요구하는 것이라면 어떻게 되는가?

어쨌든 이것을 로런스가 젊은 날의 편지에서 그저 지나가면서 흘린 생각으로 일축해서는 안 될 것이다. 이 생각이 로런스의 저작 전체에서 계속해서 표현되는 만큼, 편지에서 이 생각이 제시된다는 사실 자체가 우리에게 오히려 더 신경을 써서 그 정확한 의미를 포착하고자 노력할 것을 요구한다. 그런 시도를 하기에 충분할 만큼 우리가 로런스의 저작을 존중한다면 말이다.

더 면밀히 읽어보면 적어도 로런스가 '합리'와 '비합리'가 어떻게 구분되는지를 사유하지 않고 무턱대고 '비합리적인 것'을 선호한다는 의미에서 '비합리주의'를 지지하고 있지는 않다는 것을 알 수 있다. 그가 "피에 대한 믿음"이란 "인간의 신체"를 "일종의 불꽃으로, 촛불처럼 영원히 곧추서 있으면서도 유동하는 것으로" 보는 것이라고 부연해서 설명할 때, 그가 말하는 '피'가 생리학이나 심리학의 대상인 '피'와는 거의 관계가 없다는 것이 분명하다. 지성을 "주위의 사물에 던져지는 빛"에 비유하는 것도 꼭 지성에 적대적이거나 지성을 폄하하는 견해를 함축한다기보다, 의식과 무의식이 영원한 불화상태에 있다고 보는 프로이트식 발상과는 달리 지성 나름의 섬세한 성취가 존재함을 시사한다. 그가 반대하는 주된 대상은 우리가 사물에 대한 지식에 묻혀서 우리 자신을 망각하는 것이다. 바로 이 때문에, 비록 로런스의 단어들 가운데 몇개는 마치 그가 지식을 전적으로 배격하는 듯한 인상을 주지만, 앞에 인용된 대목이 계속되면서 그의 강조점이 변한다.

우리는 너무 많이 알아요. 아니, 그토록 많이 안다고 **생각할** 따름이지요. 불꽃이 탁자 위의 물체 두개 혹은 스무개를 비추기 때문에 불꽃인 것은 아니지요. 불꽃은 불꽃 자신이기 때문에 불꽃이에요. 우리는 우리 자신을 잊었어요. 우리는 덴마크의 왕자가 부재하는 햄릿인 거죠. 우리는 **존재**하지 못하고 있어요. '존재하느냐 존재하지 않느냐'(To be or not to be) ─ 이것이 정말이지 지금 우리의 문제예요. 거의 모든 영국인은 '존재하지 않기' 쪽이죠.[6]

그런데 '존재하다'란 도대체 무슨 의미인가? (이는 늘 그렇듯이 로런스가 저 가장 불확정적인 동사를 거론할 때 사유가 마침내 완전히 부재하는 상태에 빠진 것은 아니라고 가정하고 묻는 질문이다.) 그가 여기서나 다른 곳에서나 뚜렷한 의미를 염두에 두고 있는 것은 꽤 분명하다. 예를 들어 「토마스 하디 연구」(Study of Thomas Hardy)에서 로런스는 "모든 돈중독증의 원천이자 모든 성도착증의 기원은 어디인가?"라고 묻고는 (바로 그때 1차대전의 진통을 한창 겪고 있던) 유럽 전체의 질병을 '존재하기'에 실패한 데서 찾는다.

우리는 건강한데 말라리아가 창문을 통해 날려 들어와서 우리를 공격하는 것이 아니다. 우리 각자가 늪이다. 우리는 겉을 단단히 싸매 한가운데가 썩어가는 양배추와 같다. 이런 이유로 우리는 우리의 활동을 계

---

6 같은 면.

속하지 않고, 우리의 진정한 욕망을 충족하지 않으며, 기어오르고 올라서 미지의 문턱에 양귀비꽃처럼 기대어 그곳에 우리의 깃발을 날리지 않는다. 이전에 있던 것을 넘어섰음을 알리는, 존재의 빛깔과 광채로 된 깃발을. 우리는 뒤로 물러서서 감히 내다보지 않으려고 한다. (…)

전쟁이 나는 것이 놀랍지 않다. 삶의 거대한 낭비가 일어나는 것이 놀랍지 않다. 우리가 죽어가는 번데기처럼 자기보존에 완전히 갇혀 있는 것은 아니라는 것을 입증하기 위해 무엇이라도, 그 어떤 것이라도 하는 것이다. (…)

그래서 우리는 우리의 생명을 내던질 수 있다는 것을 보여주기 위해 전쟁을 한다. 실로 생명이란 우리에게 거의 가치 없는 것이 돼버렸다. 우리는 살지 못한다. 우리는 존재하지 못한다.[7]

분석의 전반적 취지는 분명해 보이고, 그 예리함도 놀라울 정도다. 그런데 전체 문제를 '존재'(being)의 문제로 제시하기를 고집하는 로런스의 태도를 어떻게 이해해야 할까? 이 단어에 그것을 사용하는 사람이 채워넣고 싶어하는 그 어떤 내용과도 별개인 고유의 확연한 의미가 있는가?

이런 물음은 로런스의 생각들 전체를 바라보는 통상적인 견해를 떠올리게 한다. 이에 따르면 그 생각들은 무엇보다도 그의 개인적 신화를 구성하는 것으로, 이 신화는 그의 창작과정에 필수적일 테고 종종은 우리가 그의 시와 소설을 읽는 데도 도움이 되겠지만, '존재'가 되었든 다른 개념이 되었든 그 정확하고 객관적인 의미를 그 신화가 밝히리라는 기대는 분명 하지 말아야 한다. 로런스야 자신이 개인적인 신화작가 이상으로 받아들여지기를 실제로 요구하지만, 이 통상적인 견해에 의하면 이런 요구는,

---

7 *Phoenix* 406면.

태양신경총(solar plexus)에서 느낄 수 있느냐 아니냐를 진리의 궁극적인 척도로 삼으며 '나를 위한 예술'을 구호로 삼는 사람에게서나 나올 법한 그런 것이다.[8] 이런 견해는 로런스 개인과 그의 예술에 대한 진정한 존중과 병행할 수 있고 또 실제로 종종 그러지만, "진정한 믿음, 거짓된 믿음, 그리고 반쯤 진정한 믿음"을 구별하는 과제와 정면으로 대결하지는 않는데, 이 셋 사이에서 "당신이 헤맬 가능성이 매우 높다"고 로런스는 말한다.[9] 로런스는 저명한 철학의 권위자 헤겔(G. W. F. Hegel)의 다음과 같은 문장을 인용할 수도 있었을 것이다.

자신의 확신을 따르는 것은 분명 자신을 권위에 맡기는 것 이상의 일이다. 그러나 권위에 기반을 둔 견해를 개인적 확신에서 나온 견해로 전환한다고 해서 반드시 견해의 내용이 바뀌고 오류가 진리로 대치되는 것은 아니다. 소견과 편견의 체계 내에 머무는 것은 타인들의 권위에 의거하든 개인적 확신에 의거하든 별 다를 게 없다. 유일한 차이가 있다면 후자에는 특유한 허영심이 있다는 것이다.[10]

---

**8** A. Huxley, Introduction to *The Letters of D. H. Lawrence*, ed. A. Huxley (Heinemann 1932) ix, xv면 참조. 물론 헉슬리 자신은 이런 견해를 조야한 형태로 가지고 있지 않다. 그러나 그는 '합리'와 '비합리', '사유'와 '감정'의 일반적인 구분을 적극적으로 문제삼지 않기 때문에 로런스를 "항상 그리고 불가피하게 예술가"인 존재로 강조하는 그의 훌륭한 에쎄이도 실제로는 로런스의 믿음들을 단지 천재의 감정이나 인상으로 축소하는 효과를 가진다. 즉 "목적이란 없다. (…) 한 무더기 제비꽃은 한 무더기 제비꽃이다"(*Phoenix II* 539면)라는 로런스의 말을 완전히 진지하고 그 나름대로 정확하게 표현된 '존재'에 관한 사유라기보다는 '우주무목적설'(the Doctrine of the Cosmic Pointlessness)로 규정한다.

**9** D. H. Lawrence, *Studies in Classic American Literature* (Viking Press 1964) 102면.

**10** G. W. F. Hegel, Introduction to *Phenomenology of the Spirit*, tr. Kenley Royce Dove in M. Heidegger, *Hegel's Concept of Experience* (Harper and Row 1970) 14-15면.

로런스는 '영원한 진리'는 아닐지라도 '진리'를 되풀이해서 주장하기 때문에, 만일 그의 '피에 대한 믿음'이 사적인 견해에 개인적 힘의 과시가 보태진 것에 불과하다면 헤겔의 발언이 가진 무게도, 로런스가 "내면의 빛"(the Inner Light)을 신뢰한다는 T. S. 엘리엇의 비판[11]이 가지는 무게도 감당할 수 없을 것이다.

근본적으로는 앞의 것과 그다지 다르지 않은 또 하나의 통상적 견해에 의하면, 로런스의 사유에는 지각있는 사람이라면 기꺼이 받아들이지 못할 것이 거의 없다. 내용이 독특한 것은 아니고 일부 표현들이 독특할 뿐인데, 이는 지나친 천재성, 불충분한 교육, 고립감 등 여러 원인에서 오는 것으로 볼 수 있는 사소한 단점이라는 것이다. 그리고 로런스도 자기 생각이 '진리'라고 주장하는 한 지각있는 사람의 동의를 요구하기도 할 것이다. 사실 로런스는 한 친구에게 "내가 글을 쓰는 이유는 사람들이 ── 영국인들이 ── 바뀌어서 좀더 지각이 있어지기를 원하기 때문이네"라고 말한 적도 있다.[12]

그런데 그 주장이, '지각'에 대한 우리의 생각 자체를 다시 검토하고 바꾸는 일 없이 받아들여질 수 있는지는 별개의 문제다. 『계시록』 (*Apocalypse*) 마지막 부분의 유명한 대목이 하나의 예이다.

인간은 무엇보다도 육신으로의 성취를 원한다. 딱 한번, 오직 한번 육신을 입고 활력을 지니게 되기 때문이다. 인간에게 거대한 경이는 살아 있음이다. 꽃과 짐승과 새와 마찬가지로 인간에게도 지고의 성취는 가

11 T. S. Eliot, *After Strange Gods* 63-64면 참조.

12 *The Collected Letters* 204면, 1913. 4. 23. A. W. McLeod 앞.

장 생생하게, 가장 완전하게 살아 있는 것이다. 아직 태어나지 않은 자와 이미 죽은 자가 무엇을 알든, 그들은 육신으로 살아 있다는 것의 아름다움을, 그 경이로움을 알 수가 없다. 사후세계는 죽은 자가 돌볼 수 있을 것이다. 그러나 육신으로 사는 지금 이곳의 찬란함은 우리의 것이고, 우리만의 것이며, 단지 잠시 동안만 우리의 것이다. 우리는 우리가 살아 있고 육신을 지녔다는 것, 육화된 살아 있는 우주의 일부라는 것에 황홀해하며 춤을 추어야 한다.[13]

이는 그 자체로 보면 육신의 성취와 "가장 생생하게, 가장 완전하게 살아 있음"에 대한 전적으로 지각있는 요구에 다름아니다. 물론 "육화된 살아 있는 우주"라는 말이 그 뒤에 이어지는 더 난감한 생각들("내 눈이 나의 일부이듯이 나는 태양의 일부이다"[14] 등)을 암시하기는 한다. 그러나 그러한 '과도한 수사'에도 불구하고 이 대목은 삶에 바치는 아름다운 찬가라고 할 수 있으며, 그것을 가지고 왈가왈부할 사람이 거의 없을 것이고 혹여 과오가 있더라도 그것은 너무 단순해서 생기는 문제일 것이다. 로런스는 바로 이 과오 혹은 한계 때문에 그레이엄 허프(Graham Hough)로부터 비판을 받았다.

육신으로 살아 있는 것은 근사한 일이며, 로런스는 이에 대한 그의 인식을 근사하게 표현했다. 그러나 그것이 유일한 지고의 가치라면, 인간은 일시적이고 우연한 것에 돌이킬 수 없이 함몰되며 육신에 우연하게 일어나는 일과 육신상의 변화에 어찌해볼 수도 없이 휘둘리게 된다. 아

---

**13** D. H. Lawrence, *Apocalypse* (Viking Press 1932) 199~200면.

**14** 같은 면.

무리 로런스가 고정성을 혐오하고 또 흐름을 예찬함으로써 시적·형이상학적 고양을 성취하더라도, 인간은 절대적인 것, 변화하지 않는 것, 조건지어지지 않은 것에 대한 열정을 가진 존재이기도 하다.[15]

'육신으로 살아 있는 것'이나 '피에 대한 믿음'을 상식적으로 해석하는 데 머무는 한, 즉 그것이 '육신'과 '피'에 대한, '살아 있음'과 '존재함'에 대한 우리의 생각 자체에 근본적으로 도전하는 것임을 보지 않는 한, 우리는 이러한 이견에 대해서도 응답할 수 없을 것이다.

우리가 그러한 도전을 제대로 읽어내지 못하더라도 이를 로런스가 그 문제에 대해 별 말이 없었던 탓으로 볼 수는 결코 없을 것이다. '존재'(being)와 '실존'(existence)의 고심어린 구분이 그의 글들에서 두드러지는데, 이 점에서 꼽을 만한 에쎄이 가운데 하나가 「호저(豪猪)의 죽음에 관한 명상」(Reflections on the Death of a Porcupine)이다.

실존에 관한 한, 자신과 경쟁하는 모든 다른 생물 종(種)을 먹어치우거나 파괴하거나 종속시키는 종이 가장 상위의 종이다.

(…)

그러나 되풀이해서 강조하지만 이는 실존에 대해, 종들, 유형들, 인종들, 국민들에 대해 하는 말이지 단일한 개인들이나 **존재자들**에 대해서 하는 말이 아니다. 푸른 대지 위에 햇살 같은 꽃잎들을 가득 품고 활짝 핀 민들레는 비길 데 없는 존재, 어디에도 그러한 것이 없는 존재이다. 그것을 대지 위의 어떤 다른 것에 비기는 것은 어리석고도 어리석은 일이다. 그것은 그 자체로 비교 불가능하며 유일무이하다.

---

**15** Graham Hough, *The Dark Sun: A Study of D. H. Lawrence* (Gerald Duckworth 1956) 258면.

그러나 이는 4차원, 즉 **존재**의 차원이다. 그 민들레는 다른 어느 곳이 아닌 4차원에 존재한다.[16]

따라서 앞에서 인용된 허프의 이견에는 다음과 같은 '엄연한 법칙'이 응답이 될 수 있을 것이다. "자신의 존재의 충만함에, 자신의 살아 있는 자아에 다다른 피조물은 모두가 유일무이하고 비길 데 없게 된다. 그것은 4차원에, 실존의 천국에 거하며, 거기서 민들레는 완전하고 비교 불가능해진다."[17]

그러나 물론 로런스의 구분이 적절하고 의미심장하다는 것을 우리가 알게 될 때에만 이 응답은 설득력을 가질 것이다. 그래서 우리는 '존재'가 의미하는 바가 무엇인가의 문제로 다시 돌아가게 되는데, 여기서도 로런스가 명백하게 자신의 사유에 중심적인 것으로 간주하는 것을 그저 말잔치일 뿐인 것으로나 여기면 모를까 그렇지 않다면 그 통상적인 의미에 만족할 수는 없다. 오히려 우리는 헤겔이 "이른바 자연스러운 표상들, 생각들, 소견들에 대한 절망"[18]이라고 일컬은 것, 헤겔에 따르면 진실의 탐구에 필수적인 절망을 경험해야 한다.

그런데 우리가 철학 전통을 참조할 때야말로 로런스의 의미를 더 포착하기 어렵게 되는 듯하다. 물론 '존재'의 문제는 그리스 시대 이래 서양 형이상학의 주된 관심사였지만, 이 관심의 주된 결과는 '존재'라는 단어에서 구체적이고 확정적이며 '비철학적인' 의미들을 점차적으로 제거하고 그 어떤 존재자에도 적용될 수 있는 보편적인 개념을 지향하는 것이었던 듯하다. 전통적인 의미의 '본질'(essentia)은 이미 매우 모호해졌지만 여전히 '실존'(existentia)과는 다르며 그것에 선행하는 실재로 주장되었

---

**16** *Phoenix II* 468-69면.

**17** 같은 책 469면.

**18** Hegel, Introduction to *Phenomenology of the Spirit* 15면.

다. 그런데 니체(Friedrich Nietzsche)에게 와서 '존재'는 그가 '최고의 개념들'(die höchsten Begriffe)이라고 일컬은 것, 즉 "실재가 증발하며 최후에 남기는 연기(煙氣)인, 가장 일반적이고 가장 공허한 개념들"[19] 가운데 하나가 되었다. '실존'의 과정에서 이루어지는 '본질'의 창조를 요구하는 실존주의자도 이 과정을 더 진행시킬 뿐이며, (만하임Karl Mannheim의 '존재구속성'Seinsgebundenheit의 경우처럼) '존재'라는 말을 쓰기는 하되 의식과 대비되는 실존의 물질적 조건을 가리키는 데 쓰는 사회과학자도 마찬가지다.

로런스가 '존재'를 '실존'과 구분하면서 '최고의 개념들' 가운데 하나를 복구하고 있는 것이라면, 다시 말해서 '존재'를 '실존'의 영역과는 전적으로 다른 별개의 영원한 것으로서 긍정하는 것이라면 이해의 어려움은 사라질 것이다. 그러나 이는 로런스가 '이상주의(관념론)'라고 공격하는 바로 그것이 될 것이다. 그는 이 점에 대해 매우 명확하다.

> 모든 실존의 단서는 존재에 있다. 그러나 민들레의 잎사귀와 길고 곧은 뿌리 없이 민들레꽃이 있을 수 없듯이 실존 없이는 존재도 없다.
> 존재는 플라톤의 주장처럼 이데아 같은 것이 결코 아니다. 정신적인 것도 아니다. 그것은 실존의 초월적 형태이며 실존만큼이나 물질적이다. 다만 물질이 갑자기 4차원으로 들어서는 것이다.[20]

이 "실존의 초월적 형태"가 가지는 물질성은 심지어 양적인 관점에서 '과잉'의 요소로 규정되기도 한다. 물론 '실존'만을 보고 '존재'는 보지 못하

---

**19** Friedrich Nietzsche, *Twilight of the Idols*, tr. W. Kaufmann (Viking Press 1954) 481-82면.

**20** "Reflections on the Death of a Porcupine," *Phoenix II* 470면.

는 눈에만 과잉이다.

내가 막 뽑은 가시 돋친 방가지똥은 모든 시간을 통틀어 처음으로 그 나름대로 **존재한다**. 그것은 그것 자신이며 새로운 것이다. 그것은 그 작은 원판 모양의 노란 꽃에서 가장 생생하게 그 자신이다. 가장 생생하게. 그 꽃에서 그것은 존재한다. (…)
  그렇다면 생식에 동반되는 이 과잉에 대해서는 뭐라고 할 것인가? 과잉이야말로 그 사물 자체가 자기 존재의 최대치에 도달한 것이다. 만일 그것이 이 과잉에 못 미친 지점에 멈추었다면 그것은 아예 존재하지 않았을 것이다. 만일 이 과잉이 생략되었다면 대지를 암흑이 온통 뒤덮을 것이다. 이 과잉에서 방가지똥은 꽃으로 변용되고, 마침내 자신을 달성하는 것이다.[21]

이런 대목들은 로런스가 말하는 '존재'가 또 하나의 '최고의 개념'이라는 생각을 성공적으로 반박하는데, 그렇다고 해서 이 단어를 그 무슨 어엿한 존재론 쪽으로 더 가까이 가게 하는 것은 아니다. 그리고 비평가들이 곧잘 들먹이는 철학적 교리들 — '생기론' '주의주의' '실존주의' 혹은 '유기체론' — 가운데 어떤 것이든 그것 자체가 이러저러한 형이상학적 '존재' 개념들 가운데 하나에 토대를 두고 있음을 부정한다면 모를까, 그러지 않고서 로런스의 '존재'를 포용할 수 있는지는 의문이다. 그러니 더 탐구를 해나가기 전에 우리가 일단 내릴 수 있는 잠정적 결론은, 철학자 일반에 대한 로런스의 불신은 그의 가장 중요한 문제를 저들의 법정으로 가지고 갈 때 우리가 목도하게 되는 혼란 및 당황에 적잖이 상응한다는 것,

---

21 "Study of Thomas Hardy," *Phoenix* 402면.

그리고 여기서 로런스는 다른 건 몰라도 일정한 처세능력과 목표의 일관성만큼은 보여준다는 것이다.


2


로런스의 소설관에서 출발한 우리의 탐구는 철학 자체에 대해, 혹은 적어도 서양의 철학 전통에서 흔히 말하는 바의 존재론이나 형이상학에 대해 깊은 의문을 가지는 입장에 이르게 되었다. 이 입장은 불편한 것이지만, 로런스는 우리에게 바로 이 입장을 택하기를 청한다. 그의 소설관은 그 자체로 플라톤 이래 모든 철학에 대한 심오한 물음이기 때문이다. 「소설을 위한 수술, 아니면 폭탄」(Surgery for the Novel —or a Bomb)에서 로런스는 이렇게 쓴다.

세상의 전체 기존질서 밑에서 폭탄이 곧 터진다고 치자. 우리는 무엇을 추구할 건가? 어떤 감정을 가지고 새로운 시대로 넘어가기를 원하는가? 어떤 감정이 우리를 넘어갈 수 있게 해줄 것인가? 이 '민주적-산업적-사랑해요어쩌고저쩌고-엄마한테데려다줘' 하는 식의 세상 질서가 끝장났을 때, 새로운 질서의 원동력을 마련해줄 우리 속의 충동은 무엇일까?

다음에는 무엇? 이것이 나의 관심사이다. '지금은 무엇?'은 더이상 재미가 없다.

'다음에는 무엇?'을 담은 책을 과거에서 찾고자 한다면 그리스 철학자들에게로 돌아가볼 수 있다. 플라톤의 대화편은 기이한 작은 장면들이다. 내 생각에는 철학과 문학이 갈라선 것이야말로 세상에서 가장 애석한 일이다. 이 둘은 바로 신화시대부터 하나였다. 그러다 아리스토텔레스, 토마스 아퀴나스 그리고 저 고약한 칸트에 와서 마치 서로 긁어대는 부부처럼 헤어져버렸다. 그래서 소설은 감상적으로 질척해졌고 철학은 추상적이고 메말라졌다. 둘은 다시 하나가 되어야 한다, 소설 속에서.22

이미 보았듯이, 이런 말은 통상적인 식견의 언어로 변환될 수 있는 것이 아니다. 로런스의 의도가 단순히 철학자들에게 더 섬세한 미적 감수성을 가질 것을 요구하거나 소설가들에게 더 나은 철학적 교육이 필요하다고 주장하는 것이 아님은 매우 분명하다. 이 대목은 어떤 시기 전체에 대한, 철학관과 예술관을 포함한 그 시기의 사고방식 전체에 대한 근본적인 판단을 담고 있다. 로런스가 그 시기의 성취에 장점이 하나도 없다고 주장한다는 말이 아니다. 문학과 철학이 원래 하나인 만큼, 진정한 예술가나 ("저 고약한 칸트"를 포함한) 진정한 철학자의 저작이라면 문학과 철학이 서로 합쳐지는 순간을 성취하리라는 것이다. 모든 소설의 배경에는 일정한 형이상학이 깔려 있다는, 곧잘 인용되곤 하는 그의 발언23은 이런 맥락에서 이해되어야 할 것이며, "예술조차도 철학에, 혹은 이 표현이 더 낫다면 형이상학에 전적으로 좌우된다"는, 『무의식의 환상곡』(*Fantasia of the Unconscious*)의 서언에 나온 말도 마찬가지다.24 이런 말에서 로런스는 철학과 형이상학에 대한 그의 근본적 물음을 누그러뜨리는 것이 아니라, 소설에서 예술가의 무의식 혹은 '영감'과 하나가 될 만큼 폭넓을 수도 있는

---

22 *Phoenix* 520면.

23 "Study of Thomas Hardy," *Phoenix* 479면 참조.

24 *Fantasia of the Unconscious* in *Psychoanalysis and the Unconscious* and *Fantasia of the Unconscious* (Viking Press 1960) 57면.

'형이상학'이나 '목적'이[25] 거의 모든 소설에서 그렇지 못하다는 그의 기본 취지를 부연하고 있을 뿐이다. 그래서 『무의식의 환상곡』의 서언은 다음과 같이 이어진다.

인간은 점차로 자라났다가 점차로 시들어가는 어떤 비전에 따라 살고 본다. 이 비전은 역동적인 관념 혹은 형이상학으로도 존재한다. 처음에는 그렇게 존재한다. 그런 다음에 삶과 예술로 펼쳐진다. 우리의 비전, 우리의 믿음, 우리의 형이상학은 닳아서 애처로울 정도로 얇아지고 있으며 예술은 온통 너덜너덜 헐어가고 있다.[26]

그런데 로런스가 "역동적인 관념 혹은 형이상학"을 삶과 예술로 펼쳐지기 전에 존재하는 어떤 것으로 본다는 사실부터가 철학에 대한 로런스의 발언에 더 사려깊게 접근하도록 촉구하며, 철학이 로런스가 말하는 '존재'를 우리에게 밝혀주지 못하는 것은 로런스 자신의 사유 부족보다는 결국 철학이 "닳아서 애처로울 정도로 얇아"진 것과 연관된 것이 아닌가 하고 묻도록 촉구한다. 우리는 우리의 물음과 같은 물음, 즉 '존재'가 의미하는 것은 과연 무엇인가, 철학이 이 단어를 추상의 영역으로 밀쳐냄으로써 '존재'의 망각을 드러내는 것은 아닌가 하는 물음을 필생의 과업으로 삼은 현대의 사상가 하이데거(Martin Heidegger)를 참조해볼 수 있겠다.
예를 들어 (1935년에 강의 형태로 처음 나온) 『형이상학 입문』에서 하이데거는 '존재'라는 단어와 관련하여 우리가 처하게 되는 "극히 모순적인 상황"에 주목한다.(본서에서 하이데거의 'Sein'을 옮긴 영어 'being'은 기본적으로

---

**25** 또한 "The Novel," *Phoenix II* 참조.
**26** *Fantasia of the Unconscious* 57면.

'존재'로 옮기고 경우에 따라 '~임'으로 옮기며, 'Seiendes'를 옮긴 영어 'essent' 'what is' 'that which is' 'entity' 등은 '존재자'로, 'Dasein'을 옮긴 영어 'existence'는 '현존재'로 옮기기로 한다 — 옮긴이) 우리는 한편으로 그 의미가 모호하고 불확정적임을 발견하지만, 다른 한편으로 개별적 존재자들과 대면하여 "그것들이 이러저러하게 존재하는 양태들을 구분할" 때에는 그 의미가 매우 분명하다는 것을 알게 된다.[27]

이렇듯 '존재'라는 단어는 의미가 불확정적이지만 우리는 이 단어를 확연하게 이해한다. '존재'는 전적으로 불확정적이면서 동시에 극히 확정적인 것으로 드러난다. 통상적인 논리학에 따르면 이는 명백한 모순이다. 스스로 모순되는 것은 존재할 수 없다. 네모난 원 같은 것은 없다. 그런데 확정적이면서도 전적으로 불확정적인 존재라는 이 모순은 엄연히 존재한다. 만일 우리가 스스로를 속이지 않고 나날의 온갖 잡스런 일상사에서 잠시 벗어나 생각해보면, 우리는 우리 자신이 바로 이런 모순의 한가운데에 서 있음을 알 수 있다. 우리가 현실적이라고 부르는 것으로서 이 '서 있음'보다 더 현실적인 것은 거의 없다. 이 '서 있음'은 개나 고양이, 자동차나 신문보다 더 현실적이다.[28]

철학은 이 '서 있음'의 현실성을 무시하는 한 우리 자신의 '존재'에 대해 말해주는 데 실패할 터인데, 하이데거는 로런스처럼 이러한 실패가 서양 철학의 성격 자체에 내재하는 것으로 본다.

---

**27** M. Heidegger, *An Introduction to Metaphysics*, tr. Ralph Manheim (Yale University Press 1959) 77면.

**28** 같은 책 78면.

이렇게 복잡한 것이 존재의 잘못인가? 단어가 끝내 비어 있는 것이 그 단어의 잘못인가? 아니면 그 모든 노력에도 불구하고, 존재자를 그토록 추적했음에도 불구하고, 존재에서 떨어져나온 우리가 잘못한 것인가? 잘못은 결코 우리 현대인에게서 비로소 시작된 것이 아니라, 또한 우리 바로 앞의 선조들이나 좀더 먼 선조들에서부터 시작된 것이 아니라, 서양역사를 처음부터 관통해온 어떤 것, 즉 세상 모든 역사가의 눈에는 보이지 않겠지만 그럼에도 불구하고 일어나는, 이전에도 일어났고 지금도 일어나고 있으며 미래에도 일어날 그러한 일어남에 있는 것이 아닌가?[29]

하이데거에 따르면 이 "존재에서 떨어져나온" 상태가 인간들과 민족들의 쇠퇴를 가져온 중심 원인이다. 혹은 로런스의 말로 하자면, "모든 돈중독증의 원천이자 모든 성도착증의 기원"이다. 로런스는 "세상의 정신적 쇠퇴가 매우 심해져서 민족들은 이 ('존재'의 역사와의 관계에서 일어난) 쇠퇴를 볼 수 있고 또 본 그대로 평가할 수 있게 해줄 정신적 에너지의 마지막 한 줌마저 잃을 위험에 처해 있다"는 하이데거의 말[30]에도 동의할 것이다.

로런스와 하이데거는 플라톤의 결정적 중요성에 대해서도 견해가 일치한다. 「플라톤의 진리론」(Plato's Doctrine of Truth)이라는 에쎄이에서 하

---

29 같은 책 36-37면.

30 같은 책 38면. 이 단락의 나머지 부분도 로런스의 생각과 닿아 있다. "이 간단한 발언은 문화적 염세주의와 아무런 관계가 없으며, 낙관주의와도 당연히 무관하다. 세상의 어두워짐, 신들의 도피, 대지의 파괴, 인간의 대중으로의 변형, 모든 자유롭고 창조적인 것에 대한 증오와 의심이 세계 전역에 매우 확대되어서 염세주의나 낙관주의 같은 유치한 범주들은 우스꽝스럽게 된 지 오래다."(같은 면)

이데거는 저 유명한 '동굴의 우화'를 재검토하는데, 이는 이야기를 구성하는 다양한 단계들에 대한 대안적 읽기를 제시하기 위해서라기보다는 플라톤의 사유가 나타내는 '진리의 본질'의 결정적 변화에 주목하게 하기 위해서이다. '동굴의 우화'에서는 여전히 이 변화가 변화로 식별될 수 있다. 왜냐하면 이 변화는 진리를 사유할 때 플라톤 자신이 당연하게 여긴 것으로부터 이후의 모든 사유가 플라톤의 사유에 의해 유도되어 진리에 대해 말할 때 당연하게 여기게 된 것으로의 변화이기 때문이다. 이는 숨겨지고 은폐된 상태로부터 끌어낸 '탈은폐'(Unverborgenheit)로서의 진리로부터 '이데아' 혹은 필연적 가시성으로서의 진리로의 변화이다. 전자는 지하의 동굴이 가진 모든 알레고리적 절차가 실행되는 영역으로서의 면모에 의해 암시되고, 후자는 플라톤이 가장 '탈은폐'되었기에 '진실한' 것을 지시하기 위해 빛(불빛, 햇빛, 태양 자체)의 이미지를 사용한 데 힘입어 차후의 사유의 준거로 확립된다. 따라서 하이데거는 다음과 같이 결론 짓는다.

플라톤의 사유는 진리의 본질의 변화를 추적하는데, 이 변화는 형이상학의 역사가 되고 이는 니체의 사유에서 그 무조건적인 완결을 개시한다. 따라서 플라톤의 '진리'론은 과거의 것이 아니다. (…) 진리의 본질의 저 변화는 오래전부터 굳어져왔고 따라서 아직 흔들려본 적이 없는, 모든 것을 철저히 지배하는 근본 현실, 근대의 맨 끝까지 굴러온 세계사의 근본 현실로서 우리 앞에 존재한다.

(…)

동굴의 우화에서 말하는 이야기는 서양식으로 특징지어진 인류의 역사에서 지금이든 미래에든 본래적으로 발생하는 것이 무엇인지를 보여준다. 즉 인간이, 모든 존재자들의 재현이 '이데아들'에 얼마나 정확하게 부합하느냐에 진리의 본질이 있다는 관점에서 사유하고 '가치들'에 따라 모든 현실적인 것을 평가하게 된 것이다. 다른 무엇보다 결정적인 점은 어떤 이데아들, 어떤 가치들이 정립되는가가 아니라 현실적인 것이 어떤 식으로든 '이데아들'에 따라 설명된다는 것, '세계'가 '가치들'에 따라서 평가된다는 것이다.[31]

물론 로런스는 다른 식으로 말한다. 예를 들어 『계시록』에서 그는 "실질적 가치가 없는 양(量)"을 개탄한다.[32] 그렇다고 해서 그가 세계를 '가치'에 맞추어서 평가하겠다는 말은 아니다. 로런스의 언어에서 이는 '목표'나 '이상'을 가지는 것을 의미할 것이기 때문이다. 로런스는 '잘못된' 이상이나 이상에 '맞추어 살지' 못하는 것만을 비판하는 것이 아니라 일체의 '이상들'을 비판한다. 또한 로런스는 소설가이기에, 문학작품 이외의 글에서는 자신이 사용하는 단어들에 덜 세심한 편이다. 그러나 서양세계의 가장 영향력 있는 사상가인 플라톤에 관해 하이데거와 로런스의 견해 사이에 근본적인 공통성이 있다는 점이 이러한 사소한 차이들로 인해 흐려지는 것은 아니다. 로런스에게도 플라톤의 결정적인 점은 이러저러한 개별 관념이 아니라 플라톤적 사유방식 자체임이 분명하기 때문이다. 『소피스트』(The Sophist)에서 플라톤이 제시하는 '존재' 혹은 '실재'에 대한 정의("나는 실재하는 사물들을 구별하는 표지로서 그것들이 힘에 다름아니라는 점을 제안한다"[33])에 대해 말하자면, 이는 내용상 "힘은 모든 신비 가

---

**31** Heidegger, "Plato's Doctrine of Truth," *Philosophy in the Twentieth Century* 제3권, ed. William Barrett and Henry D. Aiken (Random House 1962) 269-70면.

**32** *Apocalypse* 6면.

**33** Plato, *The Sophist*, tr. F. M. Cornford in *The Collected Dialogue of Plato*, ed. E. Hamilton and H. Cairns (Pantheon Books 1961). 조잇(Benjamin Jowett)은 이 문장에서 'the real'(실재하는 것)

운데 으뜸가는 것이자 가장 큰 것이다"라는 로런스의 주장[34]과 그리 다르지 않고, 또한 그 표현의 세련되고 유연함에서는 로런스가 대화편에 보내는 "기이한 작은 장편들"이라는 칭찬을 들을 만도 하다. 물론 결정적 차이는 로런스라면 정의를 시도하지 않으리라는 것, "현실적인 것이 어떤 식으로든 '이데아들'에 따라 설명"되는 일이 없으리라는 것이다. 그래서 「『채털리부인의 연인』에 관하여」(A Propos of *Lady Chatterley's Lover*)에서 로런스가 "우리는 관념론적 사고가 시작되기 전으로, 플라톤 이전으로, 삶에 대한 비극적인 생각이 일어나기 전으로 긴 길을 되돌아가서 다시 일어서야 한다"고 말할 때,[35] 이를 무지, 과도한 수사(修辭), 위대한 그리스 철학자에 대한 진정한 존중의 결핍으로 보고 비난한다면 이는 잘못된 일일 것이다.

앞에서 언급한 로런스와 하이데거 사이 견해의 공통성은 한 사람이 다른 사람에게 미치는 어떤 직접적인 '영향'이라는 차원에서 이해하기는 힘들며, 이런 영향은 어떻든 존재하지 않을 가능성이 크다. 오히려 두 사람이 '존재'의 역사에서 동시대인이라는 데서 비롯된, 사유의 공통적 필요성에 주목할 필요가 있다. 이 필요성은 이들을 각자 다른 방향으로 나아가게 한다. 한 사람은 무엇보다 예술가이고 다른 한 사람은 사상가며 심지어는 강단의 철학자다. 그러나 로런스가 문학과 철학이 소설에서 재결합할 것을 요구하는 것이 하이데거가 말하는 '형이상학의 극복'의 일환이 되는 한, 그 또한 "자신이 극복에 일조하는 그 대상의 언어"를 사용하고 독자들도 그렇게 하게 만들 필요를 떠안게 된다.[36] 바로 이 때문에 '전문

---

을 'being'으로 옮긴다.(조잇은 『소피스트』의 또다른 영역자 — 옮긴이)

**34** "Blessed Are the Powerful," *Phoenix II* 442면.

**35** *Phoenix II* 510-11면.

**36** "'형이상학이란 무엇인가?'라는 물음은 형이상학을 넘어서는 물음이다. 이는 이미 형이상

철학자'인 하이데거가 로런스를 사려깊게 읽으려는 우리의 시도에 큰 도움을 줄 수 있는 것이다.

물론 그 도움은 로런스의 사유에 담긴 복잡하고 불명료한 것을 명석·판명하게 만드는 종류의 것은 아니다. 그의 태도가 '신비주의적'이라는 말은 아니지만 그가 선택한 주제의 신비로움을 감안할 때, 로런스의 『계시록』이나 「호저의 죽음에 관한 명상」의 산문이 가진 직접성, 명확성, 생생함을 능가하기란 쉽지 않다. 오히려 어려움과 혼란의 많은 부분은, 정의(定義)나 엄정함을 요구하지 않는 법을 배워야 한다는 것이 바로 로런스가 역설하는 점인데 우리는 그런 요구를 하기 때문에 생기는 듯하다.(우리가 일반독자든 철학적으로 훈련된 비평가든, 그 요구를 명시적으로 하든 아니면 요구가 충족되지 않는 데서 오는 막연한 짜증의 형태로만 품고 있든 말이다.) 하이데거가 한 일은, 로런스가 이러한 요구를 충족시키지 못한 것이 무지나 무분별과 동일시되어서는 안 된다는 것을 보여준 것이다.(로런스가 언제나 무지와 무분별로부터 자유롭다는 말은 아니다.) 그리고 우리가 그런 요구를 하는 것 또한 우리의 변덕이나 무례 탓으로 돌려져서는 안 된다는 것을 보여준 것이다. 우리의 태도 또한 뛰어나고 강력한 전통에서 나오는 것이기 때문이다. 그리고 하이데거가 이 일을 할 수 있는 것은 그 자신이 두말할 것 없이 바로 그 전통에 뿌리를 두고 있기 때문이다. 한나 아렌트(Hannah Arendt)가 최근 '여든살의 마르틴 하이데거'에게 바친 헌사에 따르면, 우리 시대 형이상학의 붕괴에 하이데거가 한 특유한 기여는,

---

학의 극복에 진입한 사유방식으로부터 나온다. 이런 이행과정들은 그 본질상 자신이 극복에 일조하는 그 대상의 언어를 일정 정도 말할 수밖에 없다."(Heidegger, Postscript to "What Is Metaphysics?" *Existence and Being*, tr. R. F. C. Hull and A. Crick, Henry Regnery 1949, 349-50면)

이 붕괴가 그에 선행한 것에 부끄럽지 않은 방식으로 일어났다는 점, 형이상학이 뒤따르는 것에 의해 이를테면 단순히 깔아뭉개진 것이 아니라 끝까지 사유되었다는 점이다. 『사유의 사태로』(*Zur Sache des Denkens*)에서 하이데거가 말하듯 '철학의 종말'이지만, 이 종말은 철학에 명예가되고 철학을 영광스럽게 만드는 종말이었으며 철학과 그 전통에 가장깊이 결부되어 있는 사람에 의해서 준비된 것이었다.[37]

이러한 철학적 기여가 로런스 비평에서 갖는 가치는 그것이 부재할 때나타나는 하나의 효과를 들어 설명할 수 있겠다. 리비스(F. R. Leavis)는 로런스 소설에 대한 사려깊은 독해에서 뛰어난 성과를 보인 비평가요, 무엇보다도 소설 영역 바깥에서 로런스가 보여준 깊은 사유와 그것이 그의 예술에 가지는 함의에 대해 생생한 인식을 보여준 바 있다.

자신의 테마에 대한 일반화된 설명을 그토록 명징하고 설득력 있게 만드는 그의 예지가 바로 그에게 위대한 소설가의 자격을 부여한다. 그는경험하고, 인지하고, 이해한다. 그리고 그의 사유의 강점은 그것이 압축적으로 추상하여 배열하고 진술하는 인지·통찰·깨달음에 대해 섬세한적실성을 가진다는 데 있다.
　그에게 이러한 사유가 가능했던 것은 그가 위대한 창조적 작가의 천재성을 가지고 있기 때문이다. 그리고 그가 이를 사변적 형태로 적절히표현해낸 것은 분명 그의 예술에 영향을 미친다. 그가 어떤 이론을 예증하기 위해서 『연애하는 여인들』 같은 소설을 썼다는 말은 아니다. 이

---

37 H. Arendt, "Martin Heidegger at Eighty," *The New York Review of Books* 1971년 10월 21일, 51면.

는 도식적 단순화들의 추상적 체계를 삶에 부과했다는 말이 될 것이다. 사실 논변의 형태로 전개되는 그의 사유 자체가 추상적 관념들에 대한 불신에 의해 제어되며, 이 불신은 긍정적 측면에서는 구체적인 것에 대한 살아 있는 충실함을 유지하는 보기 드문 힘이다. 그리고 이런 사유를 해낸 정신 덕분에 이 예술가의 창조적 작품은 진의(眞義)를 예리하게 인식하고 강력하게 포착하게 되고, 『연애하는 여인들』에 구현된 것과 같은 조직화를 달성하는 능력을 갖추게 된다.[38]

리비스가 철학자의 더 전문화된 어휘보다 '예지'(intelligence)라는 말을 선호한다는 점은 물론 그가 로런스의 사유를 다른 종류의 사유와 섬세하게 구별할 수 있었던 여러 요인 가운데 하나다. 그러나 그는 그런 구별의 과정에서 로런스 사유의 결정적 측면을 철학을 능동적으로 극복한 세계사적으로 의미있는 성취로 다루지는 않기 때문에, 로런스의 '예지'에 대한 그의 옹호는 종종 논쟁적 주장의 어조를 띠며 이에 반대하는 비평가들은 일반적으로 (그때그때 리비스 자신의 의도가 어떻든) 어리석다거나 심지어는 도덕적으로 둔감하다는 낙인이 찍힐 위험을 안게 된다. 하이데거는 로런스식의 예지가 실로 삶과 건강에 필수적이라는 리비스의 논지를 강화하면서 그런 예지를 받아들이지 못하는 우리 태도의 원천이 "서양역사를 처음부터 관통해온 어떤 것"에 있다는 점 또한 분명히 해준다.[39]

---

**38** F. R. Leavis, *D. H. Lawrence: Novelist* (Chatto and Windus 1955) 156면.

**39** 본서 30면 참조.

3

로런스가 대망(待望)하는 소설에서 '철학'이 통째로 문제가 된다면, 제안된 재결합의 다른 한쪽인 '문학'도 마찬가지다. 앞절의 고찰에서 또한 분명해진 것은 '미학'에 기반을 두고 문학과 예술을 바라보는 그 어떤 견해도, '미학' 자체가 이미 전통적 형이상학에 기반을 두는 한 근본적인 도전에 맞닥뜨린다는 점이다.

이 점에 대해서도 로런스는 매우 분명하다. 「소설을 위한 수술」이나 「장편소설」(The Novel)에서 알 수 있듯이, 소설 형식에 대한 그의 믿음은 기존의 모든 소설문학에 대한 포괄적인 비판을, 특히 '대중문학'이든 '순문학'이든 동시대 작품들에 대한 총체적 비판을 동반한다. 그는 "지금 존재하거나 존재해온 것을 두고 징징거리거나 구태의연한 계통의 새로운 감각을 발명하지 않고, 우리를 감정의 타성에서 벗어나게 해줄 새로운, 정말로 새로운 느낌을, 새로운 계통의 감정 일체를 우리에게 제시"하는 일에 거의 모든 동시대 작가들이 실패했다고 본다.[40]

로런스가 보기에 현대회화의 경우도 사정은 마찬가지인데, 이 또한 그 뿌리가 플라톤까지 소급하는 세계사적 현상인 것으로 간주된다.

우리 시대의 역사는 생식(生殖)하는 육체를 정신, 즉 두뇌적 의식을 찬미하기 위하여 십자가에 매달아온 구역질나고 혐오스러운 역사이다. 플라톤은 이 십자가 처형의 대사제였다. 예술이라는 시녀는 적어도 3천년 동안을 그 비열한 행위에 겸허하고 충직하게 봉사했다. 르네쌍스는 십자가에 이미 못박힌 몸뚱이 옆구리를 창으로 찔렀고 상상의 창이

---

**40** "Surgery for the Novel—or a Bomb," *Phoenix* 520면.

만든 상처에 매독이 독을 부어넣었다. 그러고도 육체가 끝장나는 데는 300년이 더 걸렸다. 그러나 18세기에 그것은 시체, 비정상적으로 활동적인 두뇌를 지닌 시체가 되었고, 오늘날은 썩는 내가 진동하고 있다.

친애하는 독자여, 당신과 나, 우리 모두는 시체로 태어났고 시체로 존재하고 있다. 우리 중에 단 한 사람이라도 사과 하나를, 온전한 사과 하나를 제대로 안 적이 있는지 나는 의문이다. 우리가 아는 것이라곤 심지어 사과까지도 온통 그림자들뿐이다. 모든 것의, 세계 전체의 그림자들, 심지어는 우리 자신의 그림자들이다.⁴¹

이 대목이, 다른 것은 몰라도 앞서 우리가 제시한 점, 즉 로런스의 '피에 대한 믿음'과 '육신으로 살아 있기'가 심리적·생리적 위생학과는 거의 관계가 없다는 점을 옹호해주는 것만큼은 분명하다. 여기서 로런스는 '육체'가 죽는 데 수세기가 걸린다고 암시하고 있다. 그런데 우리("친애하는 독자"인 "당신과 나")가 모두 시체들이라는 로런스의 가장 특이한 주장이 궁극적으로 의미하는 것은 무엇인가? 이 주장에 우리는 어떻게 응해야 하는가? 노련한 독자요 토론자라면 그에게 '당신의 용어들을 정의해보라'고 하고픈 충동을 가장 먼저 느낄지도 모른다. 그러나 우리는 지금까지 탐구를 진행해오면서 그런 충동을 더 경계하게 되었다. 그런 충동이 로런스의 깊은 사유를 — 깊은 사유라고 할 수 있는 것을 그가 성취한다면 말이지만 — 공유할 수 없는 사고방식에 기원을 둔다는 점에 더 유념하게 된 것이다. 그렇더라도 자신의 그림들에 부친 「이 그림들에 대한 소개」(Introduction to These Paintings) 같은 에쎄이를 보면, 똘스또이(Lev Tolstoy)가 『예술이란 무엇인가?』(What Is Art?)에서 그랬던 것처럼 로런스

---

41 "Introduction to These Paintings," *Phoenix* 569면.

도 자신의 경계를 넘어서도 한참 넘어서버린 것이 아닌가 하는 생각을 하게 된다.

『예술이란 무엇인가?』의 저자가 그렇게 경계를 넘어선 것이 대단한 일이 아니라는 말은 아니다. 로저 프라이(Roger Fry)처럼 똘스또이와 거리가 먼 사람조차도 그의 「회상」(Retrospect)에서 이 책이 그것이 나오기 전까지는 "지루할 정도로 끈덕지게 미의 본성이라는 문제를 맴돌고 있었던" 모든 미학적 성찰들에 결정적 영향을 미쳤다고 지적한다.[42]

똘스또이는 예술의 본질이 그것이 사람들 사이의 소통수단이라는 데 있음을 알았다. 그는 예술을 정서를 담아내는 탁월한 언어로 보았다. 바로 이 지점에서 그는 자신의 도덕적 편향으로 인해 예술작품의 가치가 표현된 정서의 도덕적 가치에 상응한다는 이상한 결론에 이르렀다. 다행히 그는 자신의 이론을 실제 작품들에 적용함으로써 그것이 얼마나 어처구니없는 독해를 낳는지를 보여주었다. 그래도 여전히 엄청난 중요성을 갖는 것은 예술작품이 다른 곳에 이미 존재하는 미의 기록이 아니라 예술가가 느끼고 독자에게 전달되는 정서의 표현이라는 발상이다.[43]

사실 프라이 자신의 미학이론에 대해서는 할 말이 더 많지만, 앞의 대목에서 분명해지는 것은 로런스와 똘스또이의 친화성을 떠올리는 것이 공연한 노릇은 아니라는 점이다. 그러나 이 친화성을 로런스의 '도덕적 편향'에서 찾는다면 길을 잘못 들어서는 꼴이 될 것이다. 물론 이 두 작가는 예

**42** R. Fry, *Vision and Design* (Meridian Books 1956) 291면.

**43** 같은 책 292면.

술 논의에서는 보기 힘든 도덕적 열정, 단도직입적 언어, 인습을 대하는 비타협적 태도를 공유한다. 〈의의있는 형식〉(Significant Form)이라는 미학주의자의 신조를 초대 감리교에 경멸조로 빗대는 로런스의 모습은[44] 분명 똘스또이적이다. 그러나 이러한 유사점들이 그가 똘스또이의 도덕주의를 공유한 탓이라고 할 수는 없다. 그는 똘스또이 특유의 도덕주의("저 더러운 노파 그런디가 기독교사회주의의 새 보닛과 새 분으로 치장하고 등장한 것,"[45] 'Mrs Grundy'는 극히 인습적이고 까다로운 사람에게 비유적으로 붙이는 이름으로, 원래는 토마스 모턴Thomas Morton의 1798년 희곡『쟁기질이 잘되기를』Speed the Plough에 나오는 등장인물 — 옮긴이)를 거부할 뿐만 아니라, 진정한 예술작품은 항상 "그것이 고수하는 도덕성에 대한 본질적 비판을 담아야" 한다고 주장한다.[46] 또한 그는 '소박한' 예술에 대한 똘스또이의 루쏘식 요구에도 동의하지 않으며,[47] 그래서 비평가로서 아이스킬로스(Aeschylos)와 셰익스피어(William Shakespeare)에서 호손(Nathaniel Hawthorne)과 멜빌(Herman Melville)에 이르는 놀랍도록 넓은 범위의 복잡한 작품들에 계속해서 섬세하게 반응할 수 있는 것이다.

따라서 모더니즘 작품들과 현대 미학주의를 철저하게 거부하는 로런스의 태도는 똘스또이와 같은 층위에 놓고 볼 수 없다. 그 태도에는 농민들이 드러내는 모든 세련된 예술에 대한 몰이해를 바탕으로 한 분노와 닮은 점이 거의 없지만,『예술이란 무엇인가?』에는 이 분노가 단순한 흔적 이상으로 들어 있다. 로런스는 모더니스트들이 하려는 바를 명확히 이해

---

**44** "Introduction to These Paintings," *Phoenix* 566-67면 참조.

**45** "The Novel," *Phoenix II* 417면.

**46** "Study of Thomas Hardy," *Phoenix* 476면.

**47** 똘스또이의 루쏘주의에 대해서는 A. Hauser, *The Social History of Art* 제2권, tr. Stanley Godman (Alfred A. Knop 1951) 862-64면 참조.

하고 있었으며, 그것을 그들의 관점과는 다른 관점에서 자리매기고자 했다. 그가 쎄잔느(Paul Cézanne)를 모더니즘 예술의 위대한 예외로 꼽는 것이 이 점을 극적으로 명확하게 해준다. 현대예술의 옹호자들 대부분에게 쎄잔느는 현대예술의 탁월한 상징이기 때문이다. 예를 들어 로저 프라이는 "그리스-로마 인상주의가 비잔틴 형식주의로 전환된 이래 예술에서 일어난 가장 위대한 혁명"을 거론하며 이 프랑스 화가에 대한 모더니즘적 견해를 이렇게 요약한다.

쎄잔느가 개시하고 고갱(Paul Gauguin)과 반고흐(Vincent van Gogh)가 이어간 것이 바로 이 혁명이다. 충분히 잘 알려져 있기 때문에 여기서 이 새로운 운동의 특징들을 자세하게 제시할 필요는 없다. 다만 이 특징들을 외관에의 상응이라는 기준 대신 순전히 미학적인 기준을 새로 수립한 것이라 요약할 수는 있겠다. 즉 구도설정과 조화라는 원칙들의 재발견인 것이다.[48]

프라이는 포스터(E. M. Forster)에게서 무엇보다도 합리주의자라는 칭찬을 받았지만,[49] 그의 이론에 신비주의와 로런스가 말한 '초대 감리교'의 요소가 전혀 없는 것은 아니다. 프라이 자신이 예술가의 태도를 종교적인 사람의 태도에 견주는데, 그의 실로 합리주의적인 추측에 따르자면 종교적인 사람이라면 "종교적 경험은 인간의 어떤 정신적 능력에 상응하는 것이며 이 능력의 발휘는 그것이 실제 삶에 미치는 영향과 무관하게 그 자

---

**48** Fry, 앞의 책 11-12면.
**49** "그를 특징짓고 20세기 영국에서 그토록 귀중한 존재로 만든 것은 그가 현대인이면서도 이성을 믿었다는 점이다."(E. M. Forster, "Roger Fry: an Obituary Note," *Abinger Harvest*, Harcourt Brace 1936, 38면)

체로 좋고 바람직하다고 말할 법"하다. 프라이는 계속해서 말한다.

예술가 또한 원한다면 신비주의적인 태도를 취하여 그가 영위하는 충
만하고 완전한, 상상력 풍부한 삶이 인간 삶에서 우리가 아는 그 어떤
존재방식보다 더 진실되고 더 중요한 것에 상응할 만하다고 천명할 수
있으리라고 나는 생각한다.[50]

오르떼가 이 가세뜨(José Ortega y Gasset)는 그의 에쎄이 「예술의 비인간
화」(The Dehumanization of Art)에서 이와 같은 주장을 더 노골적으로 펼친
다. 그는 현대예술이 비대중적일 뿐만 아니라 본질적으로 '반(反)대중적'
이라고 언명한다. 현대예술은 대중을 아무것도 이해하지 못하는 다수와
'특별한 재능을 가진 소수'로 나눌 수밖에 없기 때문이다. 따라서 대중은
이 새로운 예술에 분노하게 된다.

오늘날의 새로운 예술은 그것이 거기 있다는 사실만으로써 평범한 시
민으로 하여금 그가 바로 평범한 시민이라는 사실 — 순수한 미(美)에
눈멀고 귀먹어 예술의 성사(聖事)를 받아들일 능력이 없는 일개 범인이
라는 사실을 인식하지 않을 수 없도록 만든다.[51]

로런스는 이런 종류의 소수 예술을 거부하는데, 물론 그렇다고 해서 오
르떼가의 '평범한 시민'이나 프라이의 '정상인'이 쎄잔느의 사과 그림들
을 비난하거나 한술 더 떠 『무지개』의 출판을 금지시키는 데 그가 가담하

---

**50** Fry, 앞의 책 21-22면.

**51** José Ortega y Gasset, *The Dehumanization of Art and Other Essays*, tr. Helene Weyl, et al. (Princeton University Press 1968) 5-6면.

지는 않을 것이다. 그 역시 반예술적 대중의 횡포에 굳건히 반대한다. 그런데 그가 보기에 예술에 대한 다수 대중의 둔감함과 적대성은 무엇보다도 역사적 현상이며, 이 현상은 결국 근대인이 제대로 살고 **존재할 수 없**게 된 데서 야기된 것이다. 만일 진정한 예술과 공동체의 삶 사이에 화해 불가능해 보이는 갈등이 존재한다면, 이는 "생물학적으로 말해서 예술은 신성모독"[52]이기 때문이 아니라 미에 대한 우리의 본능과 공동체에 대한 우리의 본능 모두가 현대문명에 의해서 좌절되었기 때문이다.[53]

로런스가 생각하는 상상력은 소수에게 부여된 특별한 능력이 아니라 "직관적 인식이 우세하도록 의식이 활성화된 상태" "보통의 경우보다 더 강력하고 포괄적인 의식의 흐름"이다.[54] '보통의' 의식과 '상상적' 의식 사이에 유(類)적 구분은 없다. 이어서 로런스가 분명히 하듯이, '상상적' 차원의 삶과 '종교적' 차원의 삶 사이도 마찬가지다.

진정한 상상력의 흐름 속에서 우리는 온전하게, 두뇌와 몸으로 동시에, 활성화된 더 큰 알아차림으로 안다. 상상력이 극대화된 상태에서 우리는 종교적이다. 만일 우리가 상상력을 부정하고 상상하는 삶을 살지 않으면 우리는 살아본 적이 없는 보잘것없는 벌레나 다름없다.[55]

이런 견해는 오르떼가가 말한, 종교적 삶과 유사하지만 구분되는 어떤 것인 '예술의 성사'를 곧바로 거부할 뿐만 아니라 T. S. 엘리엇이 그의 에쎄이 「종교와 문학」(Religion and Literature)에서 취한 더 모호한 입장과도 흥

---

52 Fry, 앞의 책 47면.

53 예를 들어 "Nottingham and the Mining Countryside," *Phoenix* 참조.

54 "Introduction to These Paintings," *Phoenix* 559면.

55 같은 책.

미롭게 대조된다. 이 에쎄이에서 엘리엇은 "비록 문학인가 아닌가는 문학적 기준에 의해서만 결정된다는 것을 기억해야 하지만"이라고 덧붙이면서도 문학의 '위대함'을 결정하는 데 "윤리적이고 신학적인 기준"이 적용됨을 인정한다.[56] 일반적으로 엘리엇은 프라이의 것과 같은 명백한 미학주의와 그것을 근본적으로 거부하는 로런스의 입장 사이 어딘가에 서 있는 듯하다. 「전통과 개인적 재능」(Tradition and the Individual Talent)은 '감정'(emotion)과 '느낌'(feeling)을, 혹은 '실제적 감정'과 '예술적 감정'을 예리하게 구분한다는 점에서[57] 전자의 입장을 다소 옹호한다. 그러나 그는 순수 미학주 또한 불편해했고 그래서 나중에는 '위대한' 문학을 가늠하는 이중적 척도를 채택하게 되는데, 이 입장도 전적으로 편하지는 않았던 것 같다.

어떻든 모더니즘에 대한 로런스의 불만을 똘스또이의 경우와 비교해 보면 무엇이 중요하고 진정한 것인지가 명확히 드러난다. 두 작가에 따르면, 모더니스트가 전문화되고 척박해진 예술관을 가진 것은 전문화되고 척박해진 형태의 삶을 '정상적인' 삶으로 암묵적으로 받아들이기 때문이다. '통상적인' 사회의 공리주의와 '예외적' 소수의 미학주의 사이에는 소외의 연속성이, 심지어는 공모관계가 존재한다. 이는 똘스또이와 로런스에 의해서 통째로 거부되는 연속성이요 공모관계다. 현대예술에 대한 두 사람의 공격은 (그 사회의 다수가 예술을 매력적인 것으로 보든 혐오스러운 것으로 보든 관계없이) 그 예술을 산출한 사회 전체를 근본적으로 거부하는 데로 곧바로 이어지기 때문이다.

이런 맥락에서 보면, 똘스또이의 도덕주의에 함축된 것은 예술의 본성

---

56 T. S. Eliot, *Selected Essays* (Harcourt Brace 1950) 343면.
57 같은 책 8-11면 참조.

에 대한 근본적 무지라기보다는 현대문명을 근본적으로 거부하는 태도를 진정으로 혁명적인 발화로 만드는 일에서의 실패일 것이다. 로런스는 이 실패를 똘스또이가 '이상주의'로부터 벗어날 수 없었던 데서 온 것으로 보며, 레닌(V. I. Lenin)은 (로런스와 전적으로 다르지는 않게) 똘스또이가 농민반란에서는 강력한 힘을 발휘했으나 진정으로 혁명적인 관점에는 아직 못 미치는 순진한 '가부장적' 농민의 관점을 구현한다는 역사적 사실에서 온 것으로 본다.[58] 더 과거인 19세기 초로 돌아가면 영문학 전통에서도 이와 유사한 시도와 유사한 실패를 찾을 수 있다. 워즈워스(William Wordsworth)의 저 유명한 「서문」(Preface)이 바로 그것인데, 이 글에서 당시에는 급진적이었던 워즈워스는 "시인이란 무엇인가?"라고 묻고는 "시인은 사람에게 말하고 있는 사람이다"라는 답을 제시(하려) 했다. 코울리지(S. T. Coleridge)나 어떤 다른 낭만주의 시인들이 했을 법한 것보다 더 신고전주의적이면서도 더 혁명적인 이 선언[59]을 워즈워스 자신은 어떤 포괄적인 철학이나 생명력 있는 정치강령 혹은 일관된 시적 성취로 발전시키지는 못했다. 워즈워스의 시론은 코울리지의 매개를 거치기 전까지는 부정확하고 종종은 일관되지 못한 것으로 남아 있었다. 그런데 코울리지의 큰 성취는 「서문」에 들어 있는 혁명적 활기를 대폭 희생시키고 이루어진 것이다. "강렬한 감정의 자연발생적인 넘쳐흐름"이 가진 공동체적 측면은 코울리지의 관념철학의 모호한 매개를 통해서만 보존되며, 나중에 시인의 개인적 감정이 숭상되면서 완전히 사라지게 된다. 따라서 워즈워

---

**58** G. Lukács, *Studies in European Realism*, tr. Edith Bone (Hillway Publishing 1950) 제6장 참조.

**59** 워즈워스의 강점이 가진 신고전주의적 측면에 대해서는 F. R. Leavis, *Revaluation: Tradition and Development in English Poetry* (Chatto and Windus 1936) 제5장 참조. 또한 '워즈워스와 18세기'에 대해서는 M. H. Abrams, *The Mirror and the Lamp* (Oxford University Press 1953) 103-14면 참조.

스의 "고요한 가운데 회상된 정서"라는 구절을 놓고 T. S. 엘리엇이, 정확히 말하자면 "핵심은 정서도 아니고 회상도 아니며, 말뜻을 왜곡하지 않고는 고요라고 할 수도 없다"라고 말할 때[60] 그는 이 구절을 다분히 희석된 의미로 받아들이고 있는 것이다. 그런데 우리가 그 구절을 전적으로 새로운 사회에 대한, 그리고 신고전주의도 아니고 그 자신이 나중에 택한 낭만주의도 아니며 분명 우리 시대의 모더니즘도 아닌 예술에 대한 워즈워스의 본래의 요구라는 맥락에서 재해석하지 않는다면, 우리는 T. S. 엘리엇의 말에 동의할 수밖에 없게 된다.

똘스또이가 워즈워스의 원래 입장을 더 일관되게 그리고 극단적으로 옹호한다고 할 수 있다면,[61] 그들의 공통 관심사가 더 사려깊게 표현된 사례는 로런스의 「이 그림들에 대한 소개」를 비롯한 에쎄이들일 것 같다. 로런스는 처음으로 이 문제를 단지 말투나 행동방식, 도덕의 측면에서가 아니라 '존재'의 역사의 관점에서 진술하기 때문에 그 문제의 절박함만이 아니라 그 크기와 복잡성을 제대로 다룰 수 있으며, 그의 비평적 통찰들은 그 자신의 주된 성취들에 더 긴밀하게 통합되어 있다. 따라서 쎄잔느를 주된 구체적 사례로 선택한 것은 워즈워스나 똘스또이의 그 어떤 측면보다 더 겸허한 동시에 더 설득력 있다.

사실인즉 현대 프랑스미술은 쎄잔느에서 진정한 실체, 이렇게 표현해도 된다면 객관적 실체로 되돌아가는 최초의 작은 발걸음을 내디뎠다. 반고흐의 대지는 아직도 자신이 대지에 투영된 주관적 대지였다. 그러

---

**60** Eliot, *Selected Essays* 10면.

**61** 이 두 사람은 여러 면에서 서로 닮았다. 워즈워스를 "영국 중간계급의 축약판 똘스또이"로 특징지은 사례가 있다(David Perkins, *Wordsworth and the Poetry of Sincerity*, Harvard University Press 1964, 31면). 물론 실제 비평에서 그런 특징은 일정한 장점을 가질 수도 있다.

나 쎄잔느의 사과는 개인적 감정을 사과에 주입하지 않고 사과로 하여 금 독립적인 실체로 존재하도록 내버려두려는 진정한 시도이다. 쎄잔 느의 거대한 노력은 말하자면 사과를 자신으로부터 밀어내서 사과가 사과로 살게 해주려는 것이었다. 이는 별것 아닌 듯도 보인다. 그러나 이는 물질이 **실제로** 존재한다는 것을 인간이 인정할 용의가 있다는 최 초의 진정한 신호를 수천년 만에 보여준 일이다.[62]

'존재'로부터의, '진정한 실체'로부터의, 그리고 살아 있는 육신으로부터 의 인간의 소외가 그토록 오래되었고 이제는 보편화된 역사적 사실이기 때문에, 이를 극복하려는 시도는 설령 성공한다고 하더라도 부분적인 성 공에 그칠 수밖에 없다. 로런스에 따르면 이것이 (가령 프라이가 말한 "순 전히 미학적인 기준을 새로 수립한 것"으로) 모더니스트들이 격찬하는 추상의 요소들과 실재 왜곡의 요소들을 설명해주기도 한다. 그러나 로런 스가 보기에 이 요소들은 실은 쎄잔느가 상투형과 평생에 걸쳐 벌인 시각 예술적인 동시에 지적인 싸움, 성공한 적이 거의 없지만 그럼에도 불구하 고 추상적인 구도설정을 목적으로 하지 않고 실재적·실체적 세계에 다다 르는 것을 목적으로 했던 싸움의 부산물일 뿐이다. 이런 의미에서 "쎄잔 느는 리얼리스트,"[63] 아마도 현대화가들 가운데 유일한 리얼리스트였다. 로런스는 이른바 모더니즘혁명에서 오히려 쎄잔느의 노력을 무화시키는 사이비 혁명 혹은 심지어는 속물적 반혁명을 본다. "죽은 자가 죽은 자를 묻어버리면 좋으련만"이라고 로런스는 쓴다. "그러나 죽은 자들은 그냥 죽은 것이 아니다. 누가 자신과 같은 부류를 묻는가? 죽은 자들은 악삭빨

---

62 *Phoenix* 567-68면.

63 *Phoenix* 577면.

라서 삶의 불꽃이 일기만 하면 득달같이 달려들어 그것을 묻어버린다. 바로 그렇게 그들은 이미 쎄잔느의 사과를 묻고 〈의의있는 형식〉이라는 흰 묘비를 세워놓았다."[64]


4


참 역설적이게도, 로런스가 문단과 시민 생활 모두에서 남다른 고립을 맞게 되는 것은 예술과 삶이 본질적으로 하나라는 점을 강조한 결과인데, 그런 강조가 부르주아 도덕과 전위예술을 공히 거부하는 데로 이어지기 때문이다. 그러한 고립은 곰곰이 생각해볼 만한 일이다. 로런스가 미학의 기준으로 보더라도 고유한 성취를 이루어 프루스뜨(Marcel Proust), 조이스(James Joyce), 버지니아 울프(Virginia Woolf)와 동렬이거나 심지어는 더 앞에 위치한다고 주장함으로써 그 고립의 의미를 최소화하는 것은 우리의 목적에 부합하지 않을 것이다. 미학적 접근법을 근본적으로 비판한 로런스에게 단지 미학적 명예만을 부여한다면, 그의 비판을 비본질적인 다툼의 수준으로 축소하는 꼴이 될 것이기 때문이다.

쎄잔느에 대한 로런스의 발언에 로런스 자신의 고립감이 반영되어 있음은 물론이다. 이런 맥락에서 루카치(György Lukács) 또한 모더니즘을 근본적으로 거부하면서 쎄잔느의 권위에 호소한다는 점에 주목해보는 것도 흥미롭겠다. 루카치는 쎄잔느가 자신의 회화(繪畫)에 대해 발언하면서 "자신의 회화가 실패한 지점, 원근감을 제공하지 못하고 단지 색으로 남아 있는 지점"을 지적했다는 점을 언급하고는 이어서 이렇게 논평한다.

---

**64** *Phoenix* 570면.

단순하고 세부적인 문제와 연관된 것이 틀림없는 이 대목에 예술적 표현의 일차원성에 대한 대가(大家)의 선전포고가 담겨 있음이 분명하다. 그런데 우리가 쎄잔느의 대화와 편지들을 살펴보면 거리감이 이 대가가 색으로써 성취하려 한 유일한 차원이 결코 아님을 알게 된다. 가시적 실재의 다면성과 다양한 차원들을, 직접 보이지는 않지만 다양한 매개를 통해 전달되는 것과 더불어 형상화하는 일은 쎄잔느가 '구체화/현실화'(realization)라고 부르곤 하던 것이다. 그가 보건대 세부에서뿐 아니라 전체 작품에서 데쌩과 색채가 갖는 기능은 현실의 모든 면의 본질적 국면들을 시각적으로 형상화하는 일이었다. 쎄잔느의 입장에서는 색채가 색채로 남았을 따름이라고 지적하는 것은 신랄한 비판에 해당했다. 그가 고갱이 문제를 스스로에게 너무 쉽게 만들었다고 거듭 선언한 것은 의미심장한 일이다. 하물며 마띠스나 몬드리안에 대해서는 도대체 무어라고 했을 것인가?[65]

루카치가 보기에는 "현실의 모든 면의 본질적 국면들"을 — 혹은 그가 다른 곳에서 말했듯이 "구체적 전형성"을[66] — 형상화하는 것이야말로 진정한 '리얼리즘'을 '자연주의' 혹은 현실의 단순한 전사(轉寫)와 구분해주는 특징이며, 이러한 구분을 그는 자연주의 소설과 상징주의 시 사이의 스타일상의 두드러진 차이보다 훨씬 더 본질적인 것으로 본다. 그래서 "모더니즘 문학의 기본적으로 **자연주의적인** 성격을 말하고 여기서 이데올

---

**65** G. Lukács, *Writer and Critic*, ed. and tr. Arthur Kahn (Merlin Press 1970) 10-11면.

**66** G. Lukács, *The Meaning of Contemporary Realism*, tr. John and Necke Mander (Merlin Press 1962) 43면.

로기적 연속성의 문학적 표현을 보는 것이 가능하다."[67] 형식적 측면들에 대한 모더니즘의 강조는 그 자체가 이러한 기본적인 문제를 이데올로기적으로 회피하는 것이다.[68] 혹은 로런스가 말하듯이 "예술가적 양심의 소산이 아니라 삶을 대하는 일정한 태도에서 비롯한 것이다. 형식이란 스타일과는 달리 개성적인 것이 아니고 논리처럼 비개성적인 것이기 때문이다."[69]

그러나 탁월한 철학자이자 비평가이고 세계적 정치운동에의 활발한 참여자이지만 그 자신도 "사회주의 국가에서든 '자유세계'에서든 공식적 문학계의 국외자"이며, 모더니즘과 ('사회주의리얼리즘'의 이름으로 통하는 대부분을 포함하는) 모사적 자연주의 양자에 비타협적으로 맞서는 태도로 인해 "모든 지배적인 운동들에 의해서 배격당한"[70] 루카치에게 이러한 유사점들이 있다고 해서 로런스의 고립이 전적으로 해소되는 것은 아니다. 커다란 이데올로기적 간극을 가로질러 존재하는 그 유사점들은 예술에 대한 발언에서 보이는 로런스의 통찰들 및 역사인식의 적실성을 입증하는 경향을 분명 가지고 있지만, 루카치의 '구체적 전형성'이 로런스의 '리얼리즘' 개념과 일치하지 않음도 분명하며, 쎄잔느의 '구체화'에서 일어난다는 "다양한 매개"를 로런스가 쉽게 받아들이지 않을 것도 분명하다. '구체화'가 '직접적으로 가시적인' 것을 넘어선다는 데는 두 사람이 동의하더라도 그렇다.

앞에서도 인용했지만, 로런스가 보기에 쎄잔느의 성취는 이보다 훨씬 더 독창적인 것이다.

---

**67** 같은 책 34면.

**68** 같은 책 17-19면 참조.

**69** "German Books: Thomas Mann," *Phoenix* 308면.

**70** Lukács, Preface to *Writer and Critic* 22면.

쎄잔느의 사과는 개인적 감정을 사과에 주입하지 않고 사과로 하여금 독립적인 실체로 존재하도록 내버려두려는 진정한 시도이다. 쎄잔느의 거대한 노력은 말하자면 사과를 자신으로부터 밀어내서 사과가 사과로 살게 해주려는 것이었다.

단순히 가시적인 것도 아니고 형식적 패턴으로 환원되지도 않으며(여기까지는 로런스와 루카치 모두 완전히 동의한다) 그렇다고 해서 어떤 것에 의해서 '매개'되지도 않고, "말하자면" 예술가로부터 밀어내어질 뿐이다. 그런데 이 특이한 진술로 로런스가 의미하는 바는 과연 무엇인가? 마치 사과들이 사람을 향해 돌진하려는 충동에 사로잡혀 있다는 식이지 않은가!

로런스의 진술은, 우리의 지각은 그것이 지각으로서 발동할 때에는 사물로 하여금 '스스로 살게' 놓아두지 않는 일정한 의식양태를 실행하기 때문에, 사물에 대한 우리의 가장 '객관적'인(가장 철학적이고 가장 미학적인) 지각도 사물의 실재성을 반드시 침해한다는 것을 깨닫고 나서야 비로소 이치에 닿는 것으로 다가온다는 것이다. 로런스는 이런 의식양태를 "우리의 현재의 두뇌적-시각적 의식"이라고 부르는데,[71] 이 의식의 '형이상학적' 성격을 우리는 하이데거의 분석(특히 '예술작품의 기원'이라는 주제를 다룰 때의 분석)의 도움으로 명확하게 알 수 있다.

'작품의 작품스러운 성격'을 다루기 전에 하이데거는 전통적 '사물' 개념들과 씨름한다.

---

71 *Phoenix* 578면.

이 사물 개념들에 대해 알아야만 그 앎에 의거하여 그 개념들의 유래와 한없는 오만을, 그리고 그것이 자명하다는 가상을 유념할 수 있다. 이러한 앎은 우리가 물건의 물건스러운 성격, 도구의 도구스러운 성격 및 작품의 작품스러운 성격을 눈앞에 드러내고 말로 표현하려는 시도를 감행할 때 더욱이나 필요해진다. 이를 위해서는 그러나 단 한가지만이 필요하다. 곧, 앞서 말한 사고방식들의 예단과 침해를 멀리하면서 예컨대 사물을 그 사물적 존재 속에 가만있게 해주는 것[das Ding z. B. in seinem Dingsein auf sich beruhen lassen]이다. 하나의 존재자로 하여금 그것이 그것인 바로 그 존재자이게 놓아두는 것[das Seiende eben das Seiende sein zu lassen, das es ist]보다 더 쉬워 보이는 일이 어디 있을까? 아니면 바로 이 과제에 이르러 ── 특히 존재자를 있는 그대로 놓아둔다는 이러한 의도가 존재자에게 단순히 등을 돌리는 무관심과는 정반대의 것일 경우 ── 우리는 가장 힘든 일에 부닥치는 것인가? 우리는 존재자 쪽으로 향해서 그 자체의 ~임(Sein)과 연관지어 그 존재자에 관해 생각하되 **그 자체의 본성대로 스스로 가만있게 놓아두기**(in seinem Wesen auf sich beruhen lassen) 위해 그리해야 할 것이다.[72]

여기서 그 내용 전부를 요약하지는 않겠지만, 이 에쎄이에서 하이데거는 예술작품이 가진 '사물'의 측면에 대해 물음을 던지면서, 따라서 '도구'와의 차이에 대해서도 주목하면서 탐구를 시작했다. 그런데 '사물 개념들'이 '사물의 사물로서의 존재'를 침해함을 드러낸 다음 그는 그 탐구를 다른 쪽에서 시작해야 제대로 시작하는 것임을 발견한다. 다시 말해서, 사물

---

[72] M. Heidegger, "The Origin of the Work of Art," *Philosophies of Art and Beauty*, ed. A. Hofstadter and R. Kuhns (Modern Library 1964) 660-61면, 강조는 인용자.(번역은 독일어본 *Holzwege*, Vittorio Klostermann 1950, 20면을 대본으로 한 원저자 번역문을 활용했다 ── 옮긴이.)

이 '작품' 속에서 스스로를 드러낼 때에만 사물 자체를 그 '존재'와의 관계에서 사유할 수 있다는 것을 발견한 것이다. 농부의 구두 한 켤레를 그린 반고흐의 그림이 하나의 사례이다. 이 그림은 한 켤레의 구두라는 이 특정의 도구가 무엇인지를 보여준다.

> 이 존재자는 그 존재의 탈은폐로 들어선다. 그리스인들은 존재자의 이 탈은폐를 '알레테이아'(alētheia)라고 불렀다. 우리는 '진리'라 부르고 별 생각 없이 이 단어를 사용한다. 존재자가 무엇으로 어떻게 존재하는가의 측면에서 이 존재자의 열림이 작품에서 일어날 때 진리의 일어남이 작동한다.
> 예술작품에서 존재자의 진리가 스스로를 작품 속으로 들어앉혀 작업 상태로 정립한다. (…)
> 그렇다면 예술의 본질은 존재자의 진리가 스스로를 작품(작업) 속으로 들어앉힘, 바로 이것이다.[73]

바로 이것이 로런스가 쎄잔느의 사과 그림에서 일어난다고 본 그것이다. 사과에 대한 (그리고 이 문제에서는 쎄잔느에 대한) 특유의 강조가 정당한 것인가와 별도로, 로런스가 진정한 예술에 속하는 것으로 보는 종류의 사유는 전통적인 철학적 지성의 (심지어는 '변증법적' 철학의) 그 어떤 매개와도 근본적으로 달라서 로런스는 이것을 '촉각적 의식' '직관적 의식'이라고 부른다.[74]

「도덕과 소설」(Morality and the Novel)에서 로런스 자신이 반고흐를 거

---

**73** 같은 책 664-65면.

**74** *Phoenix* 578면.

론할 때에도 그는 사물의 '존재'를 드러내는 이러한 직접적인 관계맺음을 강조한다.

　반고흐가 해바라기를 그릴 때 그는 인간으로서의 자신과 해바라기로서의 해바라기의 생생한 관계를 시간 속의 그 살아 있는 순간에 드러내고 또는 성취한다. 그의 그림은 해바라기 자체를 재현하지 않는다. 우리는 해바라기 자체가 무엇인지는 영영 모를 것이다. 그리고 시각적으로 재생하는 일로 말하면 카메라가 반고흐가 할 수 있는 것보다 훨씬 완벽하게 해낼 것이다

　캔버스에 담긴 비전은 철저히 형체도 없고 설명 불가능한 제3의 것으로서, 해바라기 자체와 반고흐 자신의 소산이다. 캔버스에 담긴 비전은 캔버스나 물감, 인간유기체로서의 반고흐, 식물유기체로서의 해바라기 그 어느 것과도 영원히 동일 차원에서 비교할 수 없다. 캔버스에 담긴 비전을 재거나 측정하거나 심지어는 말로 묘사할 수도 없다. 실로 그것은 논란 많은 4차원에서만 존재한다. 3차원 공간에서는 존재하지 않는다.[75]

반고흐의 비전에서(즉 그의 예술작품에서) 해바라기의 '존재'가 드러나서 로런스가 다른 곳에서는 "실존의 천국"[76]이라고 부른 '4차원'에 진입한다. 그 그림이 "해바라기 자체를 재현하지 않는다"고 해서 그 비전이 물질적 대상인 '식물유기체'를 정신적 존재로 바꿔버린다는 말은 아니다. '해바라기 자체'를 '알' 수 없고 '재현'할 수도 없는 것은, 예술작품에서

<hr />

**75** 같은 책 577면.

**76** "Reflections on the Death of a Porcupine," *Phoenix II* 469면. 또한 '실존의 천국'과 모든 종류의 '관념적 이상' 간의 차이에 대해서는 본서의 이 에쎄이에서 인용된 대목(24면) 발언 참조.

우리가 해바라기를 '단순한 위치지정'을 통해 상정할 수 없는 어떤 것으로 알아차리고 그런 의미에서 그것에 대한 앎을 획득하기 때문이다. (그렇게 상정한다면 이는 화이트헤드A. N. Whitehead의 '오용된 구체성의 오류'Fallacy of Misplaced Concreteness를 범하는 것이 될 것이다.) 작품이 구현하는 비전이 '해바라기 자체'와 다른 차원에 속하는 것은, 해바라기의 '존재'가 다른 식으로도 드러나기 때문인 면도 있고, 아무것과도 관계를 맺지 않은 상태에서 존재하는 '그것 자체'는 한갓 추상일 뿐이기 때문인 면도 있다. 오직 예술가의 작품을 통해서만 사물은 '스스로 살' 수 있다. 혹은 하이데거의 말로 하자면 "그 사물적 존재 속에 가만있"을 수 있다.

그렇다면 로런스에게나 하이데거에게나 예술의 본질은 진리의 일어남에 있다.[77] 이는 예술이 바로 그 본성상 철두철미 역사적이라는 말이다. 이 점을 좀 강조하고 해명할 필요가 있는데, 이는 우선 '역사적'이라는 말이 여러 의미를 가진 단어이기 때문이고, 그다음으로는 특히 로런스의 경우 사과의 '사과로서의 존재'만이 아니라 쎄잔느 부인의 '사과다움'(appleyness)에 대한 그의 옹호가 역사성의 부정으로서, 역사의 세계에

---

[77] 가능한 오해를 미리 방지하기 위해서 로런스나 하이데거나 예술이 진리가 일어나는 유일한 형태라고 보지는 않는다는 말을 여기서 해두어야 할 듯하다. 「예술작품의 기원」에서 하이데거는 "(정치적) 국가를 창립하는 행위" "가장 실답게 존재하는 존재자" "본질적 희생" "사유자의 물음" 같은 것들도 언급한다(685면). 한편 로런스는 예술만이 가치있다고 주장하는 입장과는 매우 거리가 멀기 때문에 더 언급할 필요가 없다. 다만 "예술언어가 유일한 진리이다"(*Studies in Classic American Literature* 2면)라는, 자주 인용되는 그의 말에서 생기는 흔한 오해에 대해서는 해명이 필요할 듯하다. 맥락을 보면 오로지 '예술언어'만이 진리를 담지한다는 점을 로런스가 강조하는 것은 예술가가 문제시될 때임이 분명하다. "예술가는 대개가 형편없는 거짓말쟁이지만 그의 예술은 그것이 예술인 한은 그날의 진리를 일러줄 것이다."(같은 면) 마찬가지로, 정치적 지도자 역시 터무니없는 거짓말쟁이지만 그의 정치는 만일 그것이 진정한 정치(가령 하이데거가 말하는 "국가를 창립하는 행위")라면 우리에게 그 시대의 진실을 말해줄 것이라고 말하더라도, 로런스의 취지를 왜곡하는 말은 아닐 것이다.

서 어떤 영원하고 비역사적인 영역으로 물러나는 것으로서 해석되기 쉽기 때문이다.[78]

그런 해석은 분명 그의 사유 전체의 결을 거스른다. '공시적 구조들'은 말할 것도 없고 신이라 불리든 이데아라 불리든 혹은 심지어 '역사의 철칙'이라 불리든 영원하고 변함없는 어떤 것을 사고하는 것은 "진리는 그날그날을 살고 있"다는 로런스의 말[79] 혹은 「토마스 하디 연구」에 나오는 다음의 발언과 양립할 수 없다.

우리가 진리라고 부르는 것은 실제 경험에서는 남성적인 것과 여성적인 것의 결합이 완성되는 삶의 순간적인 상태이다. 이는 남성의 몸과 여성의 몸 사이에 실현되는 신체적인 절정일 수도 있다. 그러나 그것은 남성과 여성의 정신 사이의 단지 정신적인 것일 수도 있다.[80]

---

**78** 한편으로 '사물'에 대한 로런스의 강조와 다른 한편으로 통상적인 리얼리스트들이나 로브그리예 같은 '뉴 리얼리스트들' 사이의 결정적 차이가 여기에 있다. 예컨대 로브그리예는 "미래의 소설에서는 제스처들과 대상들이 어떤 것이기 이전에 그저 거기에 있게 될 것이며, 그 이후에도 견고하고 변화될 수 없으며 영원히 존재하는 상태로, 그리고 자신들에게 고유하게 부여된 '의미'를 조롱하면서, 즉 자신들을 불안정한 도구의 역할로 ― 거기에 표현된 우월한 인간의 진리에 의해서만 (그리고 숙고된 방식으로) 직조되는 일시적이고 수치스러운 직물의 역할로 ― 환원했다가 곧바로 이 거추장스러운 보조물을 망각과 어둠으로 되던져버리려고 헛되이 노력하는 저 의미를 조롱하면서 거기에 있을 것이다"라고 말한다(A. Robbe-Grillet, *For a New Novel*, tr. Richard Howard, Grove Press 1966, 21면). 이 표현들은 많은 점에서 로런스를 상기시키지만 로브그리예가 "견고하고 변화될 수 없으며 영원히 존재하"는 대상들을 모든 '의미'보다 우위에 놓는 것은 비역사적 태도를, 사실 일종의 '사물' 물신주의를 나타낸다. 이는 로런스의 입장과는 근본적으로 거리가 먼 것이다.

**79** *Studies in Classic American Literature* 2면.

**80** *Phoenix* 460면.

그런데 로런스가 한 여성의 '사과다움'을 포착할 때 특정한 의미의 '역사성'을 거부하고자 하는 것은 사실이다. 인간과 우주 사이의 특정한 관계에 뿌리를 두는 특정한 사고방식, 즉 역사적 원인과 결과, 행위와 상황에 대해 말하지만 '존재'가 모든 역사적 인과관계의 전제조건임을 상기하지 못하는, '사과의 사과다움'의 일어남이 사과의 역사 속으로의 진입을 나타내는 원초적 사건임을 말하지 못하는 그러한 사고방식을 거부하는 것이다. 실제 역사에서 사과가 가지는 역할이 크냐 작으냐는 여기서 중요하지 않다. 예를 들어 사과가 뉴턴의 머리를 치거나, 쎄잔느의 눈에 띄어 '역사에 흔적'을 남기거나, 아니면 보통 사람들에게 자신의 사과로서의 존재를 그저 '낭비'하거나, 더 나아가 아예 아무에게도 영향을 미치지 않거나는 중요하지 않다. 로런스가 역사성에 대한 특정한 사고방식을 거부하는 것은 '존재'의 망각을 특징으로 하는 이 사고방식을, 실제로 자주 그러하듯, 역사적 의식 자체와 동일시하는 경우에만 비역사적인 입장이 될 것이다.

로런스가 보기에 예술이 인간의 역사적 실존에 결정적인 영향을 가지는 것은 바로, '존재'가 언제나 "실존만큼이나 물질적"이면서도[81] '실존'을 넘어서듯이 예술의 역사성도 역사적 인과관계의 연쇄를 넘어서기 때문이다. 더 나아가 모든 의미있는 역사가 이런 식으로 시작하고 스스로를 갱신한다. "운명이 일을 풀어주지는 않는다"라고 그는 「책」(Books)에서 말한다. "인간은 사유의 모험가이며, 인간의 사유의 모험만이 길을 재발견한다."[82] 그리고 예술은 이런 일이 발생하는 방식 가운데 하나이다. 그래서 로런스는 예술의 도덕적 기능에 대한 똘스또이식의 강조에 새로운

**81** 본서 24면 참조.

**82** *Phoenix* 732면.

의미를 부여한다.

예술의 본질적 기능은 도덕적이다. 미학적이거나 장식적이지도 않고
오락과 기분전환도 아니다. 도덕적이다. 예술의 본질적 기능은 도덕적
인 것이다.
그러나 교훈적인 도덕이 아니라 열정적이고 함축적인 도덕이다. 머
리보다도 피를 바꾸는 도덕이다. 피를 먼저 바꾼다. 그러고 나면 머리가
나중에 그 자취를 따라온다.[83]

"피를 먼저 바꾼다"라는 말은 합리적 성찰에 호소하기보다 무의식적 충
동과 욕구를 조작한다는 뜻이 아니다. 그것은 새로운 '존재'의 성취를 나
타낸다. 그것도 실존의 온전한 물질성 속에서 이루어지는 성취이며, 그렇
다고 해서 정신이 부재하는 것도 아니고 인간의 몸이 불꽃으로 존재하는
바로 그 과정에서 주위를 밝히는 일이 부재하는 것도 아니다.[84] 이런 의미
에서 예술은 '인간본성' 자체를 바꾼다. '인간본성'이 온갖 형태로 두드려
빚어낼 수 있는 물건이고 예술이 과학이나 기술보다 망치질에 능해서가
아니다. 인간이 우주와 맺는 늘 변하는 관계에서 예술은 완전한 관계맺음
의 새로운 방식을 세우고 그에 따라 '인간본성'을 다시 세우기 때문이다.
혹은 하이데거가 말하듯 "예술은 역사의 토대를 마련한다는 본질적 의미
에서 역사이다."[85]

---

**83** *Studies in Classic American Literature* 171면. 「횔덜린과 시의 본질」에서 하이데거가 한 다음
발언 참조. "시는 현존재에 동반되는 단순한 장식이 아니며, 단지 일시적인 감동도 아니고,
흥밋거리나 오락만도 아니다. 시는 역사를 지탱하는 토대이다. 따라서 단순한 문화현상이
아니며 '문화혼'의 단순한 '표현'은 절대로 아니다."(*Existence and Being* 283면)
**84** 본서 15면 참조.

바로 이 때문에 로런스는 자신의 고유한 예술적·역사적 목표의 진술이라 할 수 있는 다음의 발언에서 '리얼리스트', 그것도 단지 부분적으로 성공한 '리얼리스트'인 쎄잔느를 '순수한 혁명가'라고도 일컫는 것이다.

쎄잔느는 시각적이지도 기계적이지도 지적이지도 않은 어떤 것을 원했다. 시각이 우세한 우리의 세계에 시각적이지도 않고 기계적이지도 않으며 지적·심리적이지도 않은 어떤 것을 도입하려면 진정한 혁명이 필요하다. 이는 쎄잔느가 시작은 했지만 다른 누구도 이어갈 수 없을 것으로 보이는 혁명이었다.

그는 실체의 세계와 다시 한번 직관적 촉각으로 접촉하고, 그것을 직관적 의식으로 알아차리고, 직관적으로 표현하고 싶었다. 즉 그는 우리의 현재의 두뇌적-시각적 의식양태를, 두뇌적 개념들의 의식을 밀어내고 그 자리에 직관이 우세한 의식양태를, 촉각적 의식을 들이고 싶었다. (…)

자신의 아내와 누이와 예수회 수사(修士) 뒤에 숨은 저 소심하고 작은 인습적 인간인 쎄잔느가 자기도 모르게 순수한 혁명가가 되었던 것이다.[86]

다만 로런스는, 쎄잔느를 따르며 품었던 포부가 똘스또이보다도 더 진정한 '리얼리스트'가 되는 것이었듯, 쎄잔느보다 더 의식적인 혁명가가 될 것이었다.

---

85 Heidegger, *Philosophies of Art and Beauty* 698면.

86 *Phoenix* 578면.

5

로런스와 하이데거가 생각하는 예술의 본질은 미학에서는 줄곧 사유되지 않고 있다. 형이상학에 기반을 둔 다른 모든 학문들처럼 미학도 존재자의 '존재'에 관여하기보다 존재자를 '가치'(이 경우에는 '미적' 가치)에 따라 재며, 따라서 기본적으로 계산과정에, 하이데거가 더 최근 저작에서 "계산적 사고"[87]라고 부른 바 있고 우리가 바로 앞에서 보았듯이 로런스는 "두뇌적-시각적 의식"이라고 부른 것에 스스로를 가둔다.

작품에 대해 말하는 경우 미학자들은 (하이데거의 말을 빌리면) "작품에 대해서가 아니라 반은 사물에 대하여 반은 도구에 대하여"[88] 묻는다. 따라서 로저 프라이의 것과 같은 근대 미학이론이 "삶과 예술 사이의 직접적이고 결정적인 연관"[89]을 배격하고 예술작품을 유일한 비(非)공리주의적 대상으로 특별히 자리매길 때, 다른 모든 대상들과 관련해서는 형이상학적 사고방식의 극단을 이루는 공리주의 사고를 암묵적으로 받아들이는 셈이다. 프라이보다 더 회의적인 미학자이며 형이상학의 개입을 좋아하지 않는 E. M. 포스터조차도 "예술작품은 (…) 그것이 교묘하거나 고상하거나 아름답거나 개명(開明)되거나 독창적이거나 진지하거나 이상주의적이거나 유용하거나 교육적이어서 고유한 것이 아니라, 내적 조화를 지닐 수 있는 우주 유일의 물적 대상이기 때문에 고유하다. (…) 예술작품은 스스로 서지만, 다른 어느 것도 그렇게 하지 못한다"[90]고 설파할 때

---

**87** M. Heidegger, *Discourse on Thinking*, tr. John M. Anderson and E. Hans Freund (Harper and Row 1966) 46면.

**88** Heidegger, *Philosophies of Art and Beauty* 667면.

**89** Fry, 앞의 책 9면.

**90** Forster, "Art for Art's Sake," *Two Cheers for Democracy* (Harcourt Brace 1951) 92면.

에는 특정 사물 개념의 개입을 실행하는 동시에 자신도 폐해를 입는 듯하다. 우리의 사변 속에 예술작품의 존재론적 지위가 묘하게 파악하기 어려운 것으로 남아 있어도, 그래서 작품이 때로는 사물로, 때로는 도구로, 때로는 '관념적'이거나 '관계적'인 존재자로 나타나도 그다지 놀라운 일은 아니다.

형이상학의 지배는 심지어 예술의 사회적·역사적 기능을 의식적으로 강조하는 이론들로도 확대된다. 우리 시대에 그같은 시도로서 가장 중요한 것 가운데 하나가 싸르트르(Jean-Paul Sartre)의 경우인데, 『문학이란 무엇인가?』(*What Is Literature?*)에서 "작가는 자신의 작품의 생산에 협력할 독자의 자유에 호소한다"라고 말할 때,[91] 그리고 문학은 **행동**하되 도구로서가 아니라 "초월적이면서도 순응할 수 있는 명령, 자유가 스스로 자신의 것으로서 받아들이는 명령"으로서 그렇게 한다고 말할 때[92] 이 실존주의 철학자는 로런스의 것과 유사한 통찰을 표현하기도 한다. 그러나 싸르트르가 말하는 '자유'는 진리의 일어남이 가진 위엄을 띠지 않는다. 그 자유로운 선택의 내용은 역사적 성격을 띨 수 있고 또 실로 그럴 수밖에 없지만 선택 자체는 순전히 개인적인 것으로 남아 있는데, 선험적인 것이 인정되지 않기 때문에 칸트(Immanuel Kant)의 경우보다 훨씬 더 그렇다. 그리고 비록 싸르트르가 관념론적 윤리학을 거부하고 예술작품을 규정하는 '목적 없는 합목적성'이라는 칸트의 표현을 문제삼지만, 싸르트르 자신이 말한 "초월적이면서도 순응할 수 있는 명령" 역시 마르쿠제(Herbert Marcuse)가 다른 맥락에서 지적한 대로 칸트 못지않게 관념론적인 자유관을 함축한다. "모든 상황은 인간의 모든 가능성들과의 관계에서는 그 자

---

91 J. P. Sartre, *What is Literature?*, tr. Bernard Frechtman (Philosophical Library 1949) 40면.

92 같은 책 42면.

체가 부정성, 장벽, '타자인 어떤 것'이기 때문에" 인간의 자유를 "실존과 정에서 주어진 모든 상황을 부정하며 넘어설 가능성, 심지어는 필요성"[93] 으로서 보는 자유관 말이다. 따라서 실존주의적 선택은, 예술작품에 의해 추동되든 아니든, 대부분 로런스가 말하는 '피'에서 일어나는 사건이 아니라 '의지'와 '자아/에고'에서 일어나는 사건에 머물러 있다. 이런 사정의 심층적 원인인 실존주의의 근본적으로 '형이상학적인' 성격은 하이데거가 「휴머니즘에 관한 서간」에서 지적한 바 있다.[94]

실존주의적이지도 않고 속류 맑스주의적이지도 않은 루카치 같은 비평가의 견해는 더욱 복잡한 문제를 제기한다. 로런스가 맑스주의와 볼셰비즘을 싫어하기는 하지만, "피를 먼저" 바꾸어야 한다는 그의 믿음은 분명 어떤 반(反)유물론적 입장보다 변증법적 유물론에 가깝다. 우리가 살펴본 바 로런스와 루카치가 보여주는 비평적 견해의 놀라운 유사성은 심층에

---

**93** H. Marcuse, "Freedom and Freud's Theory of Instincts," *Five Lectures* (Beacon Press 1970) 23면.

**94** Heidegger, "Letter on Humanism," *Philosophy in the Twentieth Century* 제3권, 특히 다음 대목을 참조. "이와 달리 싸르트르는 실존주의의 근본명제를 '실존이 본질에 선행한다'라고 정식화한다. 여기서 그는 실존과 본질을 형이상학적 의미에서, 플라톤 이래 본질이 실존에 선행한다고 말해온 형이상학적 의미에서 이해한다. 싸르트르는 이 명제를 뒤집지만, 형이상학적 명제를 뒤집은 것도 여전히 형이상학적 명제다. 이 명제를 통해 싸르트르는 '존재'의 진리에 대한 형이상학의 망각을 고수하고 있다. 철학이 실존과 본질의 관계를 중세의 논쟁에서와 같은 의미에서, 혹은 라이프니쯔 같은 사람들에서와 같은 의미에서 규정할 수도 있지만, 우리가 맨 먼저 물어야 할 것은 무엇보다도 '도대체 이 존재 내에 생긴 실존과 본질의 차이가 존재의 어떤 운명을 통해서 사유에 선행하는가'이다. 왜 존재의 운명에 대한 이 물음이 한번도 물어진 적 없었고 사유될 수도 없었는지가 앞으로 숙고해야 할 것으로 남아 있다. 혹 본질과 실존 사이에 이런 차이가 나는 것이 바로 존재 망각의 표시가 아닌가? 우리는 이 운명이 인간 사유의 단순한 소홀함에서 나온 것은 아니며 이전 서양사상의 열등함에서 나온 것은 더더욱 아니라고 생각할 수 있다. 그 근원적 유래에 숨어 있는 본질(본질성)과 실존(현실성) 사이의 차이가 서양역사의 운명을, 그리고 유럽에 의해 결정되는 모든 역사의 운명을 속속들이 지배하는 것이다."(280면)

있는 이같은 친화성을 반영할 뿐이다. 사실 '기계론적' 유물론을 맹렬히 거부하는 로런스의 태도나 "순수 관념론은 순수 유물론과 동일하다"라는 로런스의 통찰[95]은 그가 변증법적 유물론과 친화성을 가질 가능성을 미리 배제하지 않는다. 아니면 오히려 철학적 관념론과 기계론적 유물론 모두를 지배하는 '관념론'을 변증법적 유물론이 진정으로 극복하는 경우에, 그리고 그렇게 극복하는 만큼만 변증법적 유물론이 로런스와의 친화성을 드러낸다고 말하는 편이 나을까?

어떻든 로런스가 맑스주의에 이의를 제기하는 것은 그것이 또 하나의 '관념론'을 나타낸다는 바로 그 점에서이다. 그에게는 '살아 있는 자아'야 말로 유물론적이든 정신주의적이든 일체의 관념적 상정에 우선하는 본원적 사건이며, '존재'를 관념적으로 상정하려는 그 어떤 시도도 불가피하게 '관념론'으로 떨어져 물질과 정신의 이분법을 개시하게 된다. 그의 「민주주의」(Democracy)의 다음 대목이 그의 견해를 명확하게 표현한다.

> 살아 있는 자아로 관념(idea)을 만들 수는 없다. 따라서 살아 있는 자아는 결코 이상(ideal)이 될 수 없다. 이 점에 대해 하늘에 감사하자. 불가해하고 발견될 수 없는 살아 있는 기운이 있어 우리를 생명으로 세상에 내보낸다. 이는 정신(spirit)이 아니다. 정신은 단지 우리의 두뇌적 의식일 뿐, 즉 포도주의 주정(酒精)이 살아 있는 포도에서 추출된 물질적인 최종의 진액이듯이, 우리의 삶-존재로부터 추출된 최종의 진수일 뿐이다. 살아 있는 자아는 정신이 아니다. 그것을 관념적으로 상정할 수는 없다. 저기에 엄연히 존재하는 것을 어떻게 관념적으로 상정할 수 있는가?[96]

---

**95** *Psychoanalysis and the Unconscious* 12면.

우리의 삶, 우리의 존재는 헤아릴 수 없는 핵심적 신비로부터 출현하여 정의할 수 없는 현존을 이루는 데 달려 있다. 이것 자체가 하나의 추상처럼 들린다. 하지만 아니다. 도리어 추상의 완전한 부재다. (…)

(…)

살아 있는 자아는 오직 하나의 목적만을 가진다. 나무가 꽃으로 만개하듯이, 새가 봄의 아름다움을 받하듯이, 호랑이가 광채를 띠듯이, 그렇게 존재의 고유한 충만함에 도달하는 것이다.

그런데 이렇게 충만하고 창발적인 존재에 이르는 것이 무엇보다도 어려운 일이다. 인간의 본성은 창발적인 창조성과 기계적·물질적 활동 사이에서 균형을 잡고 있다. 창발적 존재는 법칙에 종속되지 않는다. 그러나 기계적·물질적 실존은 기계적·물리적 세계의 모든 법칙에 종속된다. 인간은 그 본성의 거의 반을 물질세계에 두고 있다. 그의 창발적 본성이 간신히 앞서간다.

인간이 자신의 고유한 존재에 도달하는 데서 믿어야 할 유일한 것은 그의 욕망과 그의 충동이다. 그러나 욕망과 충동 모두 추락하여 기계적 자동성에 빠지는 경향이 있다. 창발적 실재로부터 추락하여 죽은 실재 혹은 물질적인 실재에 빠지는 것이다. 우리의 모든 교육은 이러한 추락을 막는 것이어야 한다.[97]

이 대목에서 '창발적인 존재'(spontaneous being)에 대한 강조는 레닌이 『무엇을 할 것인가?』(*What Is to Be Done?*)에서 제기한 자생성(spontaneity)

---

**96** *Phoenix* 712–13면.

**97** *Phoenix* 714면.

비판과 극단적인 대조를 이루는 것처럼 보일 수도 있다. 그러나 이 대조는 실질적이라기보다는 표면적이다. 레닌이 정말로 반대한 것은 당대 현실의 모든 국면에서 이루어지는 부르주아 이데올로기의 **실제적** 지배를 비판과 공격의 대상으로 삼지 않고 용인하는 태도인데, 노동자계급의 '자생적' 반응도 궁극적으로 이러한 태도의 한 사례이기 때문이다. 반드시 레닌주의 유형의 것은 아니더라도 기율과 교육이 '창발적인 존재'에 이르는 데 필요하다는 점에는 로런스도 분명 동의할 것이다.[98] 또한 인용 대목의 "물질적인 실재"에는 맑스(Karl Marx)의 '물적 토대'만이 아니라 '상부구조'도 (이 둘이 '존재'를 제대로 사유되지 않은 상태, 따라서 침해된 상태로 남겨두는 관념적 상정인 한에서는) 포함된다는 점도 주목할 수 있다. (상부구조가 나왔으니 하는 말인데, 로런스가 하디의 『귀향』*The Return of the Native*에 등장하는 클림Clym을 두고 "도덕적 체제라는 것이 물질적 체제의 비준된 형태가 아니고 무엇이란 말인가?"라고 말할 때[99] 그는 훌륭한 맑스적 통찰을 보여주고 있다.)

이 대목을 '생기론', 가령 로런스가 그의 (표면적으로) 생기론적인 에쎄이 「꼬리를 입에 문 그」(Him with His Tail in His Mouth)에서 모세 및 플라톤과 한데 묶는 베르그송(H. Bergson)의 생기론의 특징에 들어맞는 것으로 볼 수도 없는데, 생기론 철학에서 '삶'이란 '정신'이나 '이상'만큼이나 추상물이고 의지의 천명이기 때문이다. 그렇다고 '비합리주의'도 아니다. 비록 (하이데거가 지적하듯이) "합리적인 것이 사유되지 않을 때 그 실패의 소산인 비합리적인 것에 대한 열망"[100]이 제한된 기능이나마 수행

---

**98** 로런스는 『미국고전문학 연구』에서 "가장 심층의 자아에 다다를 수 있다! 여기에는 잠수가 좀 필요하다"고 말한다(*Studies in Classic American Literature* 6면).

**99** *Phoenix* 414면.

**100** Heidegger, *Philosophies of Art and Beauty* 656면.

할 수 있지만 말이다. 로런스가 요구하는 것은 '비합리적'인 것만이 아니라 '합리적'인 것의 뿌리까지 파고드는 발본적인 사유이며, (로런스 자신이 이러한 발본적 차원에 항상 머물러 있든 아니든) 루카치 같은 탁월한 맑스주의자도 그의 사유가 형이상학의 영역에 남아 있는 한에서는 이 발본적 차원에 도달했다고 볼 수 없다.

현실을 추상적으로 환원하는 모더니즘에 대한 루카치의 비판이 로런스의 비판과 많은 공통점을 가지고 있음에도 불구하고 이 맑스주의 비평가가 "D. H. 로런스가 에로스적 관계를 남근적 성애로 환원한 것"에서 "점증하는 배타성, 사회적 의미의 철저하고도 거의 무자비한 제거"의 또 하나의 사례만을 발견한다는 사실도 이로써 설명된다.[101] 더욱이 이 로런스 비판은 루카치가 다른 많은 비평가들 및 철학자들과 함께[102] (하이데거가 명시적으로 부정했음에도 불구하고) 하이데거에게서 실존주의를 보고 그것을 거부한 것의 직접적 귀결이다. 루카치는 "모더니즘의 이데올로기"를 논하면서 그 뿌리에서 인간을 (그가 하이데거적이라고 부르는) '내던져져 있음'(Geworfenheit), 즉 불안이 만연한 불변의 '인간조건' 속에 '던져져 있음'으로 보는 근본적으로 비역사적인 인간관을 발견하며, 이

---

**101** Lukács, *The Meaning of Contemporary Realism* 74면.

**102** 그런 비평가 중 한명이 로런스에 관한 공감적이고 통찰력 있는 책을 쓴 윌리엄 티버튼(William Tiverton) 신부이다. 그의 『D. H. 로런스와 인간실존』(*D. H. Lawrence and Human Existence*, Philosophical Library 1951)에는 다음과 같은 발언이 나온다. "'실존주의' 철학자들 가운데 몇명(싸르트르, 마르셀G. Marcel, 야스퍼스K. Jaspers, 하이데거)은 시, 희곡, 혹은 소설을 사변적 지성이 살아 있는 자료를 발견할 수 있는 곳으로 주목했다. 그러나 로런스는 벌써 1923년에 같은 말을 한 바 있다."(18면) 티버튼은 로런스의 사상을 진지하게 생각하는 쪽으로 훌륭하게 시작했음에도 불구하고, 이렇게 구실존주의와 하이데거의 (그리고 로런스의) 사상을 분하지 못함으로써 로런스에 대한 자신의 비평이 한계를 갖게 되는 당연한 결과를 맞이했다.

'내던져져 있음의 존재론'에 "인간을 정치적 동물(zoon politikon)로 보는 아리스토텔레스의 인간관"을 대립시킨다. 후자만이 리얼리즘 문학의 진정한 토대를 제공할 수 있다는 것이다.[103]

루카치와 하이데거의 철학적 견해차이는 여기서 다룰 필요도 없고 또 다룰 준비도 되어 있지 않은 큰 주제이다.[104] 그러나 로런스의 "정의할 수 없는 현존"도 우리가 이해하는 바 하이데거의 '내던져져 있음'도 "인간의 고독이라는 존재론적 도그마"[105]나 비역사적인 '인간조건'과는 아무런 관계가 없음을 다시 한번 말해둘 필요가 있겠다. 로런스나 하이데거가 실존주의와 근본적으로 다르다는 사실은, '정치적 동물'이든 '합리적 동물'이든 '인간적 인간'(homo humanum)이든 심지어는 '내던져져 있음'이든, 우리가 인간의 '존재'에 대한 형이상학적 개념을 가지고 있기 때문에 관심의 대상이 되지 못하며, 우리가 그런 개념을 갖고 있는 한 그 무관심은 지속될 것이다. 하이데거는 「휴머니즘에 관한 서간」에서 바로 이 문제를 다루는데, 거기서 그는 '휴머니즘'과 '반(反)휴머니즘'의 구분 자체가 인간의 본질을 형이상학적으로 상정하는 데 기반을 둔 만큼 자신의 사유를 이 가운데 무엇으로든 부르는 것을 거부한다. 그러나 그렇다고 해서 형이상학 나름의 진리를 부정하지는 않는다.

절대적 형이상학은 그것이 맑스와 니체에 의해 전도되는 과정까지 포함하여 존재의 진리의 역사에 속한다. 그로부터 나오는 것은 부정이나

---

**103** Lukács, *The Meaning of Contemporary Realism* 30-31면.

**104** 내가 보기에 이 주제에 대한 명석하고 간결한 논의로는 Jan Patočka, "Heidegger vom anderen Ufer," *Durchblicke: Martin Heidegger zum 80. Geburtstag* (Vittorio Klostermann 1970) 참조.

**105** Lukács, *The Meaning of Contemporary Realism* 30면.

제1장 서설: 사유의 모험으로서의 소설 67

무시의 대상이 될 수 없다. 그것은 오직 받아들여질 수 있을 뿐인데, 이는 그것의 진리가 더 시원적으로 존재 자체로 돌아가 은폐되고 한갓 인간적 견해의 영역으로부터는 소거되기 때문이다.[106]

이 '존재의 진리의 역사'에서 그가 맑스주의 사상에 할당하는 위치는 실로 중요하다.

맑스가 본질적이고 중대한 의미에서 헤겔을 이어받아 인간의 소외로 인식한 것은 그 뿌리가 근대인의 고향상실로 소급된다. 이는 실로 존재의 운명으로부터 형이상학의 형태로 소환되며, 형이상학에 의해 강화되는 동시에 고향상실로서의 성격은 가려진다. 맑스는 이 소외를 발견하면서 역사의 본질적 차원까지 들어갔기 때문에 맑스주의 역사관은 모든 다른 역사학을 능가한다. 그런데 후썰도 그리고 (내가 지금까지 보기에는) 싸르트르도 존재의 본질적으로 역사적인 성격을 인식하지 못했기에 현상학도 실존주의도 맑스주의와의 생산적 논의가 비로소 가능해지는 저 차원에는 진입하지 못했다.[107]

이 말은 루카치 같은 헤겔주의적 맑스주의 비평가가 어떻게 한편으로는 로런스와 유사한 통찰과 예리함을 풍부하게 보여주면서 다른 한편으로 정작 로런스의 작품을 다룰 때에는 진정으로 생산적인 논의에 크게 못 미치는지를 상당히 밝혀준다. 또한 이 말은 맑스주의에 대한 로런스 자신의 반응에 담긴 사유의 깊이를 가늠할 일정한 척도를 제공해주거니와, 그 반

---

**106** Heidegger, *Philosophy in the Twentieth Century* 제3권 284면.
**107** 같은 책 287면. 이 대목에 대한 더 나아간 논의로는 Gajo Petrović, "Der Spruch des Heidegger," *Durchblicke* 참조.

응은 명시적으로 진술되지 않을 때조차도 현대문명에 대한 그의 사유에서 중요한 요소를 이룬다.

어떻든 로런스의 태도를 그가 극복하려는 사고방식에 속한 언어로 규정하는 것이 위험하다는 점은 충분히 명백해 보인다. '휴머니즘'이나 '반휴머니즘' 같은 이름은 배빗(Irving Babbit)이나 흄(T. E. Hulme) 같은 사람들을 논할 때에는 매우 유용하지만 로런스에 적용하면 계몽적이기보다는 혼란을 조장하기가 더 쉽다. 이는 뒤에서 『연애하는 여인들』을 다룰 때 더 명확하게 볼 수 있을 것이다. '진보'와 '반동'이라는 짝도 마찬가지인 것 같다. 로런스는 계몽주의 이데올로기를 반대하는 자신의 입장을 종종 매우 선명하게 진술하곤 했다. 그는 진보와 '선한 인간'이라는 낙관주의적 관념을 거부하며,[108] "이 '민주적-산업적-사랑해요쩌고저쩌고-엄마한테데려다줘' 하는 식의 세상 질서"를 조롱하고, "인류는 기적과 신비와 권위를 요구하며 언제나 그럴 것이다"라고 생각한다.[109] 다른 한편, 그가 현상유지를 지지하는 사람이거나 구체제로 돌아가려는 '반동주의자'라는 의미의 '보수주의자'가 아니라는 것은 너무나도 명백하다. 로런스는 머리(J. M. Murry)에게 보낸 편지에서 포스터의 『인도로 가는 길』(A Passage to India)을 옹호하면서 "찰스왕은 머리가 잘려야 **마땅했소**. 사형집행인에게 경의를"이라고 썼다.[110] 그리고 「노팅엄과 광산지대」(Nottingham and Mining Countryside)에서는 그의 동포들이 "자신들이 완전히 산업화되었다"는 사실을 직시하지 못하는 것을 호되게 꾸짖는다.[111]

이 일견 상충하는 태도들의 본질적 통일성은 우리가 로런스 사유의 근

---

108 "The Good Man," *Phoenix* 참조.

109 "*The Grand Inquisitor,* by F. M. Dostoevsky," *Phoenix* 285면.

110 *The Collected Letters* 811면, 1924. 10. 3. J. M. Murry 앞.

111 *Phoenix* 139면.

본적 성격에 가까이 다가가지 않는다면 포착할 수 없을 것이다. 로런스가 갈등을 ― 법과 사랑, 불과 물, 사자와 일각수의 갈등을 ― 인간 '존재'의 원초적 조건으로 강조하는 것에는 '원죄'라든가 불변의 흠결을 가진 '인간본성'이라는 구체제 이데올로기가 함축되어 있지 않다. 이는 무엇보다도 로런스가 그러한 강조를 통해 존재론적 혹은 인간학적 명제를 제시하는 것이 아니라 완벽가능성과 불변성이라는 마찬가지로 '관념론적인' 상정들을 넘어서는 사유를 하고자 하기 때문이다. 그가 시도하는 것은 인간본성의 정의가 아니라 예술작품에서도 드러나고 우리의 삶에서도 드러나는, 정의될 수 없지만 직접적으로 실감되는 '존재'의 실재에 우리의 주의를 돌리는 것이다. 따라서 하이데거가 예술작품이 생겨날 때마다 로런스가 강조하는 것과 유사한 '세계'와 '대지'의 갈등이 일어난다고 보는 것은 우연의 일치가 아니다.

세계는 한 역사적 민족의 운명에서 단순하고도 본질적인 결정들이 이루어지는 넓은 길들의 스스로를 여는 열려 있음이다. 대지는 계속해서 스스로를 닫고 그렇게 닫는 만큼 은폐하는 것의 자재로운 출현이다. 세계와 대지는 본질적으로 서로 다르지만 결코 분리되어 있지 않다. 세계는 대지에 토대를 두며, 대지는 세계를 관통하여 솟아오른다. 그러나 세계와 대지의 관계는 결코 서로 무관한 대립관계의 공허한 통일성 속에서 무력화되지 않는다. 세계는 대지 위에 놓여 있으면서 대지보다 더 높이 오르고자 한다. 스스로를 여는 것으로서 세계는 닫혀 있음을 견디지 못한다. 한편 은폐하는 것으로서 대지는 항상 세계를 자기 속으로 끌어당기고 거기에 담아두려는 경향을 가진다.

세계와 대지의 대립은 투쟁이다. 물론 투쟁의 본질을 불화나 반목과 혼동하고 따라서 투쟁을 교란과 파괴로만 이해한다면 그것은 투쟁의 본질을 너무 쉽게 왜곡하는 것이다. 진정한 투쟁에서는 대립자들이 서로를 끌어올려 각자 자신의 본질을 천명하게 한다. 그런데 본질의 자기천명이란 자신을 어떤 우연한 상황에 고정시키는 것이 결코 아니라 자신을 자신의 고유한 존재가 유래한 은폐된 근원에 맡기는 것이다.[112]

이러한 견해는 분명 '〈사랑〉의 승리'에 대한 셸리적인 꿈을 차단하며, 또한『에로스와 문명』(*Eros and Civilization*)이나『일차원적 인간』(*One Dimensional Man*)에서 마르쿠제가 그리는 바와 같은, 기술진보와 사회적·심리적 혁명의 결합을 통해 노역과 고통이 제거된 '실존의 화평'(the pacification of existence)이라는 더 최근의 비전도 차단한다. 그렇다고 해서 로런스가 청교도 윤리를 고수한다거나 기술진보 그 자체에 반대한다는 말은 아니다. 오히려 노동을 신성시하는 청교도적 태도나 '화평한' 혹은 '유희적인' 실존에 대한 (맑스보다는 실러Friedrich Schiller식의) 근대적 비전 모두가 노동의 의미에 대한 과도한 '관념론적' 단순화를 드러낸다. 로런스가「토마스 하디 연구」에서 말하는 노동은 이렇다.

노동이란 저 재발견된 운동들 가운데 어떤 하나의 반복, 삶에서 모방한 어떤 부분의 실행, 삶이 획득한 바와 유사한 결과의 획득이다. 그리고 그저 삽으로 석탄을 퍼서 불에 넣는 일이 되었든, 구두 밑창에 못을 박는 일이 되었든 아니면 장부에 기입하는 일이 되었든, 노동은 바로 이러한 것이며 여기에 노동의 첫 만족이 놓여 있다. (…)
(…)
인간 삶의 위대한 목표와 목적은 모든 삶을 인간의 의식으로 가져오

---

[112] Heidegger, *Philosophies of Art and Beauty* 674-75면.

는 것인 듯이 보인다. 그리고 이 인간의식의 확대가 바로 노동의 최종적 의미이다. 자기보존을 달성하는 것은 노동의 부차적 의미이다. 인간은 항상 이 부차적이고 직접적인 필요로부터 벗어나려고 몸부림친다. 인간의식의 확대라는 더 큰 나머지 하나의 필요로부터는 벗어나려고 몸부림치지 않는다.[113]

바로 이 때문에 로런스는 소외된 노동의 영속화에도 찬성하지 않고 노동 그 자체를 제거하려는 시도에도 찬성하지 않는다. 로런스는 「남자들은 일해야 하고 여자들도 마찬가지다」(Men Must Work and Women as Well)에서 후자의 시도를 조롱한다. 그리고 그의 계몽주의 비판은 T. S. 엘리엇의 실로 보수적인 비판과 달리 계몽주의 이후 시기의 정치와 경제가 빚어낸 물질적 불평등과 '차등'(disquality)의 대부분을 옹호하는 데로 나아가지 않는다.[114] 오히려 로런스는 「민주주의」에서 '민주주의'를 통째로 거부하기보다 다시 정의하고자 하며, 휘트먼(Walt Whitman)에게서 "열린 길에서 영혼이 영혼을 만나는 진정한 민주주의"의 예언자를 본다.[115]

로런스가 말하는 원초적 갈등이 가진 성적(性的) 측면들 역시 사려깊게 가늠되어야 한다. 그가 이 갈등을 사랑과 법만이 아니라 남성과 여성 사이의 갈등으로도 본다는 사실은 그것을 '범(凡)성애주의'라든가 '성차별

---

113 *Phoenix* 430-31면.

114 Raymond Williams, *Culture and Society* (Harper and Row 1966)에서 엘리엇에 관한 장, 특히 다음 문장 참조. "새로운 보수주의에서 매우 분명한 것은 (그리고 그것을 코울리지나 버크 Edmund Burke의 보수주의와 매우 다르고 훨씬 열등한 것으로 만드는 것은) '원자화된' 개인주의적 사회의 원칙과 효과에 대한 진정한 이론적 반대가 바로 이 '원자화된' 개인주의적 사고방식에 기반을 둔 경제체제의 원칙을 고수하는 태도와 결합되어 있고 또 결합될 수밖에 없다는 점이다."(242면)

115 *Studies in Classic American Literature* 177면.

주의'로 보아서는 정당하게 다룰 수 없다. '범성애주의'가 전통적 존재론이나 우주론의 영역에 속하고 '성차별주의'가 계몽의 정치에 속하는 한에서는 그렇다. (성에 대한 로런스 견해의 구체적인 장점은 별개의 문제로서, 무엇보다도 그의 소설에서 그 견해가 어떻게 구현되는가를 놓고 평가되어야 할 것이다.) 우주와 '존재'를 형이상학이 아닌 방식으로 이해하는 경우에는 (가령 로런스와 하이데거가 시도하는 '형이상학의 극복'에서든 아니면 인도나 중국 등 아예 서양 형이상학 전통의 바깥에 있는 다른 우주론들에서든) 원초적 갈등은 항상 일종의 성적 구도로 표현되는 것 같다. 실로 이는 불가피하다고 할 수 있다. 그렇지 않으면 우리 자신이 육신을 입고 산다는 현실을 '존재'의 이해에서 배제하게 되거나, 혹은 역으로 우리 자신의 기본적 삶의 현실에서 '존재'를 알아차리지 못하게 되었을 것이기 때문이다. 이것이 인간의 성을 만물에 투사하는 문제가 아님은 로런스가 다음과 같이 공들여 설명하는 데서 알 수 있다.

어째서 우리는 남성적 흐름과 여성적 흐름이 육신 속에만 있다고 생각하는가? 그것은 물리적인 것과 다르다. 물리적인 것, 우리가 그 가장 좁은 의미로 쎅스라 부르는 것은 더 큰 남성/여성의 이원성과 통일성의 한 구체적 징표일 뿐이다.[116]

그런데 이원성과 통일성을 우리의 육체적 삶에 존재하는 저 "구체적 징표"에서 떼어내어 말하는 것은 추상에 빠지는 일이 될 것이며, 바로 이 때문에 로런스는 '진리'란 "남성적인 것과 여성적인 것의 결합이 완성되는 삶의 순간적인 상태"[117]이며 또한 성적으로 상징적인 '사자'와 '일각수'

---

116 "Study of Thomas Hardy," *Phoenix* 443면.

사이의 투쟁에 씌워지는 '왕관'이라고 말한다. 더욱이 이 상징에서 '사자'가 여성적 원리를 나타낸다는 사실은, 로런스의 이른바 '남성우월주의'를 '여성성의 신비'(feminine mystique, 베티 프리던Betty Friedan이 1963년 출간된 동명의 저서에서 비판한 당시의 지배적인 여성상을 가리키는 말—옮긴이) 및 근대의 '여성의 종속'(subjection of women, 밀John Stuart Mill이 1869년에 낸 책의 제목으로, 여기서 밀은 성평등을 주장한다—옮긴이)을 영속화하려는 시도와 함부로 동일시하지 못하게 만들 것이다.

프로이트의 정신분석학에 대한 로런스의 비판 또한 '존재'에 대한 관심에 의해서 추동된다는 점을 여기서 간단하게나마 언급할 필요가 있겠다. 그의 『정신분석과 무의식』(*Psychoanalysis and the Unconscious*)과 『무의식의 환상곡』이 심리학 저술이 아님은 분명하지만, 단지 개인적인 신화이고 아놀드적인 '정신의 자유로운 유희'일 뿐이라는 의미에서 그런 것은 아니다.(그런 요소들이 없다는 말은 물론 아니다.) 여기서도 우리는 로런스의 비판이 유래한 사유의 차원에 닿으려고 시도할 필요가 있다. 로런스의 비판은 신화적이지도 추상적이지도 않다. 그것은 본질적으로 역사적인 비판이다. 정신분석학을 하이데거적인 '존재의 진리의 역사' 속에 자리매긴다는 특수한 의미에서 역사적이다. 로런스는 정신분석학을 플라톤에서 시작된 '관념론'의 시대에서 최후의 가장 대담한 지적 모험들 가운데 하나로 자리매긴다. "우리는 지금 관념론의 마지막 단계들에 있다. 그리고 정신분석학만이 우리를 이 마지막 단계들을 통과하도록 이끌어줄 용기를 가지고 있다."[118] 그래서 로런스는 '무의식'에 관한 프로이트의 이러저러한 개별 명제들을 가지고 왈가왈부하지 않고 바로 이 '무의식' 개념을 이

---

117 같은 책 460면.

118 *Psychoanalysis and the Unconscious* 12면.

와 다른 '무의식'의 관점에서 볼 것을 강조한다. "우리는 우리 자신의 무의식으로 실제로 되돌아가야 한다"라고 그는 말한다. "그러나 우리의 관념적 의식의 전도된 반영물인 무의식으로 되돌아가는 것은 아니다."[119] 로런스 자신이 '무의식'이라는 말로 의미하는 것은 바로 그가 「민주주의」에서 '살아 있는 자아'라는 말로, 그리고 다른 곳에서는 '피'라는 말로 의미하는 것임이 이어지는 논의에서 분명해진다.

그렇다면 진정한 무의식이란 무엇인가? 그것은 머리로부터 투사된 그림자가 아니다. 그것은 모든 유기체에 들어 있는, 창발적인 삶의 동인이다. 어디서 그것이 시작되는가? 삶이 시작하는 곳에서 시작된다. 그러나 이는 너무 모호하다. 삶과 무의식에 대해서 통으로 말하는 것은 소용이 없다. 전기에 대해서 말할 수 있는 것은 그것이 특정 구현형태와 별개로 파악할 수 있는 동질적인 힘이기 때문이다. 그러나 삶은 일반적인 것으로는 파악될 수 없다. 삶은 오직 살아 있는 피조물들에서만 존재한다. 그래서 삶은 언제나 그렇듯이 지금도 살아 있는 개별 피조물에서 시작한다.[120]

우리는 무의식이라는 말로 모든 개별 피조물이 가진 저 본질적인 유일무이한 본성, 본래 분석 불가능하고 정의 불가능하며 파악 불가능한 저 본성을 가리키고 싶다. 그것은 파악될 수 없으며 모든 개별 사례에서만 경험될 수 있다. 파악이 불가능하기 때문에 우리는 그것을 무의식이라고 부를 것이다. 사실 영혼이 더 나은 말일 것이다.[121]

---

**119** 같은 책 13면.

**120** 같은 면.

이것을 '정의(定義)'로 간주한다면, 이렇게 정의된 '무의식'은 프로이트의 것에 추가된 또 하나의 용어에 불과한 것이 되고 그의 이 모든 말은 그 자체로 흥미롭든 아니든 정신분석학에 관한 한 적실하지 못한 것이 될 것이다. 그러나 로런스의 '무의식'은, 무의식 자체를 정의하는 것이 아니라 프로이트의 기본 개념이 어떤 점에서 정신적 삶을 완전하게 설명하는 데 못 미치는지를 정의하기 때문에 정신분석학에 대한 적실한 도전이 된다. 물론 프로이트 자신도 자신의 설명의 불완전성을 인정한다. 이 인정은 우선은 신중한 과학자로서 정신에 생물학적 기층(基層)이 존재함을 전제함으로써, 그리고 나중에는 점점 더 대담해지는 메타심리학적 사변에 의존함으로써 이루어진다. 그러나 로런스는 그 불완전성을 '존재'와의 관계에서 규정한다. 즉 프로이트의 무의식을 진정한 무의식의 특정한 역사적 운명으로 규정하는데, 이 운명에서는 타락한 의식의 뿌리뽑히고 자동화된 성격이 무의식 자체 내로 투사되며 또 그렇게 투사되는 만큼 주장된다. 로런스가 이렇게 규정한다고 해서 프로이트가 발견하고 '무의식'으로 여겨 탐구하는 바가 반박당하는 것은 아니지만, 로런스의 요점은 그 '무의식'이 애초에 생겨난 것이 오로지 우리가, 프로이트의 '무의식'을 관념적으로 상정할 때 계속 그렇게 하듯 파악을 넘어선 차원에 엄연히 존재하는 것을 파악하거나 상정하기를, 따라서 '관념화'하기를 고집하기 때문임을 지적하는 데 있다. 이런 비판은 프로이트의 이론이 그 역사적 한계 내에서 가지는 타당성 혹은 실로 그 비극적 장엄함을 부정하지 않는다. 또한 이런 비판은 그의 견해에 들어 있는 '억압적'이거나 '염세적'인 요소들을 설명하려 하면서도, 적어도 용기있고 솔직한 프로이트가 보기에는

---

**121** 같은 책 15면.

화평이나 해방의 희망을 전혀 보여주지 못한 시기와 문명의 ('존재'와 관련된) 근본적 전제를 그대로 갖고 있던 프로이트 이후의 여러 시도들과는 달리, 이 한계를 전적으로 이 빈의 거목이 살았던 시기나 환경과의 관계에서만 규정하지도 않는다.


6


「예술작품의 기원」의 에필로그에서 하이데거는 그가 "서양에서 예술의 본성에 관한, 형이상학에서 파생했기에 가장 포괄적인 성찰"이라고 일컫는 헤겔의 『미학강의』(*Vorlesungen über die Aesthetik*)에서 다음 명제들을 인용한다.

예술은 우리에게 진리가 스스로 실존을 마련하는 최고의 방식이 더이상 아니다.

예술이 계속 발전해서 스스로를 완성하리라고 희망할 수 있지만, 예술형식은 정신의 최고의 욕구이기를 그쳤다.

이 모든 관계에서 예술은 그 최고의 사명이라는 측면에서는 우리에게 이미 지나간 것이며 앞으로도 계속 그러할 것이다.[122]

---

122 Heidegger, *Philosophies of Art and Beauty* 699-700면에서 재인용. 여기에 랜섬이 헤겔의 같은 저작에서 인용한 또 하나의 명제를 추가할 수 있을 것이다. "낭만적 예술〔즉 고대와 대비되는 근대의 예술〕은 무한한 고요함과 육체적인 것에의 영혼의 몰입에서 발현되는 현존재의 이 자유로운 생동함을 더이상 목적으로 삼지 않고, 그 가장 고유한 개념에 부합하는 이

이어서 하이데거는 저 강의 이후에 나온 많은 예술적 성취를 거론한다고 해서 헤겔의 이런 판결을 피해갈 수 있는 것은 아님을 지적한다. 헤겔이 제기하는 진정한 문제는 (하이데거의 말로는) "예술이 아직도 우리의 역사적 현존재에 결정적인 진리가 발생하는 본질적이고 필연적인 방식인가, 아니면 더이상 그렇지 않은가?"[123] 하는 문제이기 때문이다. 하이데거는 이렇게 덧붙인다.

헤겔의 판결의 타당성은 아직 판정되지 않았다. 이 판결의 뒤에 그리스이래 서양의 사고가 자리잡고 있고 이 사고는 존재자의 이미 발생한 진리에 상응하기 때문이다. 이 판결에 대한 판정이 내려진다면 그것은 이 존재자의 진리로부터, 그리고 이 진리에 대해서 이루어질 것이다. 그때까지 이 판결은 계속 효력을 가질 것이다.[124]

실로 "존재자의 이미 발생한 진리"를 고수하는 것이 새로운 진리의 발생과 그 진리에 대한 사유를 차단하는 한, 헤겔의 판결은 최종적인 것으로 남을 것이 틀림없다. 즉 우리의 주관적 견해들 속에 단순히 남아 있기만 할 뿐이 아니라 이 견해들에 비록 자기성취적일지라도 진정한 하나의 예언으로서의 위엄을 부여하는 결과를 수반할 것이다.(자기성취적 예언에 대해서는 본서 90면 참조 — 옮긴이)

예를 들어 '순수한' 혹은 '비인간화된' 예술에 관한 모더니즘의 이론은

---

삶 그 자체를 목적으로 삼지 않고, 미의 이 정점에 등을 돌린다."(John Crowe Ransom, *Poems and Essays*, Vintage Books 1955, 168면에서 재인용)

**123** Heidegger, *Philosophies of Art and Beauty* 700면.

**124** 같은 면.

헤겔의 판결을 고스란히 유지시키는 듯하다. 다른 한편, 예술에 대한 휴머니즘적 믿음의 철학적 토대를 되살리려는 근대적 노력은 헤겔이 아니라 그의 위대한 선배인 칸트에 준거할 수밖에 없게 되는데, 이 준거는 직접적으로도 이루어질 수 있고, 칸트 철학을 그 이후 모든 문학에서 유용한 힘으로 만든 시인이자 비평가인 실러와 코울리지를 경유해서도 이루어질 수 있다. '미학적 휴머니즘'에 대해 칸트가 가지는 중요성은 그 자신 잘 알려진 칸트주의자이며 시인이자 비평가인 랜썸(John Crowe Ransom)이 에쎄이 「구체적 보편자: 시의 이해에 관하여」(The Concrete Universal: Observations on the Understanding of Poetry)에서 경탄할 만큼 명료하게 진술한 바 있다.[125] 그러나 랜썸의 입장 및 그 입장에서 벌이는 기본적으로 후위(後衛)적인 전투가 가지는 한계는 실러나 코울리지의 영웅적 노력들과 비교하면 너무나도 명백해서 길게 논평할 필요가 없다. 그의 '미학적 휴머니즘'은 예술과 문학에서 결정적 요인이 될 수 없으며 사업과 정치에서는 더욱더 그러하다.[126]

개인적 재능의 문제는 결정적인 것이 아니다. 오히려 결정적인 것은 헤겔의 판결이 형이상학의 진리에 입각해 있는 만큼, 그 진리가 개진되는 과정의 헤겔 이전 단계로 단순히 되돌아가는 것으로는, 가령 칸트로 되돌아가는 것으로는 그 판결을 우회할 수 없다는 사실이다. 마치 헤겔이 칸

---

**125** Ransom, *Poems and Essays* 159-85면 참조.

**126** 그래서 랜썸의 에쎄이 「구체적 보편자」는 주로 운문(이는 랜썸 자신의 매체이기도 하다)으로 된 짧은 작품들의 문제를 다루는데, 이는 '열두명의 남부인들'이 지은 『내 입장은 분명하다』(*I'll Take My Stand*)에 실린 랜썸의 「개조는 되었지만 개종은 안 한」(Reconstructed But Unregenerate)에서 보이는 농본주의적 신조에 사회적·정치적 전망의 면에서 소수가 가지는 지역적·인종적 한계가 반영되어 있는 것과 꼭 마찬가지이다.(*I'll Take My Stand*는 랜썸을 포함한 열두명의 저자들의 글을 모은 책인데 이들을 통칭하여 'Twelve Southerners'라고 부르고 있다 ─ 옮긴이)

트를 바로 이런 의미에서 딛고 서지 않았다는 듯이, 그리고 마치 똘스또이가 이 철학자들의 발걸음을 직접 뒤따르지는 않았으면서도 그에 비견되는 사유의 필요성을 피력하며 '미의 본성'에 대한 미학적 사색을 (프라이가 주목했듯이) 끝장내지 않았다는 듯이 칸트로 되돌아가는 것으로는 말이다.[127] 헤겔의 판결의 지속적인 실효성은 싸르트르의 '참여문학'(la littérature engagée)에서조차 느낄 수 있다. 싸르트르는 예술을 '자유'에의 적극적인 호소로 보기에 어떤 면에서는 역사적 적실성이 더 커지는 방향으로 칸트의 미학을 넘어서지만 예술이 역사에서 결정적 요인이라는 주장은 사실상 더 약화된다. '자유' 영역과 '자연' 영역 사이의 칸트적 결합이 싸르트르에게 더이상 존재하지 않기 때문이다. 물론 그렇다고 해서 미학적 휴머니즘을 신봉하는 동시대인들에 비해서 싸르트르의 지적 위상이 더 왜소해지는 것은 아니다.

로런스가 「이 그림들에 대한 소개」에서 옛 대가들에 대해 그들이 여전히 직관적으로 그리기는 하지만 "우리의 현재의 두뇌적-시각적, 개념적 형태의 의식 **쪽을**" 향하고 있었다고 말할 때, 즉 근본적으로 새로운 역사적 실존을 열기보다 그리스 시대에 있었던 존재의 진리의 결정적 발생에 따라, 그리고 그 힘에 기대어 그리고 있었다고 말할 때, 그도 헤겔의 판결을 승인하는 셈이다. 그러나 로런스에게는 쎄잔느라는 위대한 예외가 있다. 그리고 마찬가지로 고립된 그 자신의 노력이 있고, 다른 대륙에는 휘트먼이라는 또 하나의 위대한 개척자가 있다.[128] 형이상학의 판결이 도전받을 수도 있음을 암시하는 사례들이 어떻든 존재하는 것이다.

---

**127** 본서 39면 참조.

**128** 마찬가지로 하이데거에게는 횔덜린(J. C. F. Hölderlin)이라는 예외가 있는데, "그의 작품들은 여전히 독일인들이 거쳐야 할 시험으로 엄존하고 있다."(*Philosophies of Art and Beauty* 698면)

그리고 우리가 막상 로런스 자신의 작품을 읽으면서 형이상학에 대한 도전의 암시를 (실제로 그런 암시로 인식되든 아니든) 감지하게 될 때, 우리는 형이상학적 사유의 한계를 넘어가게 해줄 비평용어를 찾아낼 필요에 맞닥뜨린다. 그래서 '예언자'(prophet)라는 단어가 불가피하게 로런스에 대한 비평담론에 들어가게 된다. 그러나 이 단어가 형이상학 전통을 단순히 벗어나는 것이 아니라 그 전통을 관통해 넘어가 새로운 차원의 사유에 진입하는 것을 가능케 해주지 않는다면, 이 구약성경의 단어를 불러온다고 해서 그것이 함축하는 욕구가 채워질 수는 없다.

'예언'이라는 용어를 로런스에게 처음 적용한 사람이자 동시대인들 중 로런스에게 가장 공감한 사람 가운데 하나인 포스터가 이 용어의 사용이 가져오기 쉬운 혼란의 한 사례를 보여준다. 물론 포스터가 이 용어를 "장래의 일을 예견해서 말해준다는 좁은 의미의 예언"[129]과 구분한 것은 매우 옳다. 그리고 그가 로런스를 "오늘날 활약하는 유일한 예언적 소설가"[130]라고 할 때 그는 현대문학계에서 로런스의 본질적 고립무원 상태를 감지하고 있기도 하다. 그러나 그가 "노래가 우세한 성향을 갖고 있고, 몰아경의 음유시인의 자질을 가진, 그리고 비판 따위가 부질없는, 살아 있는 유일한 소설가"[131]라는 식으로 이 용어를 설명하는 것은 결코 만족스럽지 않다. 달리 말하자면, 그는 소설에서 '예언'이 통상적인 소설비평의 범위를 벗어나는 어떤 것임을 인식하지만 그 '어떤 것'을 소설적 효과의 관점에서만 규정하는 쪽을 택한다. 그러면서 때로는 긍정적으로 '노래'의 우세함으로, 때로는 다음 대목에서와 같이 더 명백한 양가성을 가진 것으로

---

**129** E. M. Forster, *Aspects of the Novel* (Harcourt Brace 1927) 181면.

**130** 같은 책 207면.

**131** 같은 면.

규정한다.

그것〔예언적 소설〕은 겸손함을 요구하고 해학감각의 부재를 요구한다. 그
것은 무언가로 돌아간다. 비록 우리가 도스또옙스끼(Fyodor Dostoevsky)
의 사례로부터 그것이 항상 연민과 사랑으로 돌아간다고 결론을 내리
지는 말아야겠지만 말이다. 그것은 돌발적으로만 리얼리스틱하다. 그
리고 우리에게 노래나 소리 같은 느낌을 준다. (…) 또한 예언자는 (우
리가 상상하기로는) 몽상가보다 더 철저하게 현실에서 '벗어나'버린
존재로서, 집필을 하는 동안 더 동떨어진 정서적 상태에 있다.[132]

'예언'을 평범한 소설 독자에게 주는 인상의 관점에서만 정의하는 것은
칭찬할 만한 경험적 비평인지도 모른다. 그리고 분명 포스터는 체계적 설
명을 제시할 의도가 없다. 그러나 사실 저와 같은 정의는 경험적 비평의
사례로서도 부적절하다. 적어도 로런스의 경우에는 우리의 독서경험의
많은 부분을 반영하지도 해명해주지도 못하는 것이다. "노래나 소리 같은
느낌"이란 도스또옙스끼, 멜빌, 에밀리 브론테(Emily Brontë)와 로런스의
공통분모를 표현하기에 너무 모호할뿐더러, "해학감각의 부재" 또한 분
명 로런스를 (혹은 이 점과 관련해서는 나머지 세 작가를) 읽는 데 적절한
자격요건이 되지 못할 것이다. 로런스 소설에, 특히 버킨(Birkin)이나 릴
리(Lilly, 릴리는 『아론의 막대』Aaron's Rod 에 나오는 인물 — 옮긴이) 같은 로런스 특
유의 인물들의 형상화에 들어 있는 해학을 알아보는 데도 그렇고, "성령
은 우리에게 너무 치명적으로 진지해지지 않도록, 우리 자신과 만물을 항
상 제때 비웃어주도록 명한다"라고 천명하고 "특히 우리의 숭고함을"이

---

**132** 같은 책 197-98면.

라고 덧붙이는 로런스 개인을 정당하게 평가하는 데에도 적절하지 못하다.[133] 그리고 "예언자는 (⋯) 집필을 하는 동안 더 동떨어진 정서적 상태에 있다"는 말도, (더 광범한 대중의 훨씬 더 큰 자기확신에서 잰 것은 아닐지라도) 포스터의 케임브리지 독자들이나 블룸즈베리(Bloomsbury) 친구들의 습관적 반응을 기준으로 그 거리를 재는 경우라면 모르겠으나 그게 아니라면 도대체 무슨 의미가 있겠는가?

그 전반적 결과는 적지 않게 혼란스러우며 로런스가 한 편지에서 불평한 적이 있는 경향을 오히려 강화하는 쪽이다. "그들은 모두 자신들의 부족한 점들을 무마하고 그것들을 '정상적'인 것으로 만들기 위해서 나를 괴짜로 만들기로 단단히 결심한 듯합니다."[134] 적어도 포스터의 경우에는 이것이 악의(惡意)나 지적 용렬함 탓이라 할 수 없다.[135] 분명 불충분한, 거의 무심코 던진 발언에서 보이는 이러한 혼란을 과장할 필요는 없다. 그러나 엄연히 존재하는 혼란을 외면하지도 말아야 한다. 이 혼란은 미학적 접근법 자체의 근본적인 재고를 요구하는 성격의 작품에 미학적으로 접근하는 것이 가지는 위험과 한계를 반영하기 때문이다.

예상할 수 있듯이 그런 혼란은 이후 로런스를 다룬 비평에서 '예언자'라는 말이 사용되는 경우에 자주 등장한다. 미학주의와 미학을 너무나 명확하고도 흔들림 없이 고수하기 때문에 '예언'을 로런스 예술에서 실패의 요소로밖에 볼 수 없는 비평가들에 대해서는 길게 말할 필요가 없다. 전형적인 문장 하나를 인용하는 것으로 충분하다. "예술이 '진리'를 말한다는 주장은 현대미학을 아는 독자라면 로런스처럼 편안하게 할 수 있는 것

---

**133** *Studies in Classic American Literature* 74면.

**134** *The Collected Letters* 1124면, 1929. 2. 5. Lady Ottoline Morrel 앞.

**135** *The Nation and Athenaeum* 1930년 3월 29일자에 실린 추도사는 로런스에 대한 포스터의 공감과 찬탄의 진정성을 입증한다.

이 아니다."[136] 이 문장은 헤겔의 판결을 강화하는 동시에 경직된 미학주의자들이 로런스가 예술의 본질에 속한다고 보는 종류의 '진리'와 동떨어져 있음을 예증한다. 이와 달리 마크 스필카(Mark Spilka)는 『D. H. 로런스의 사랑윤리』(*The Love Ethic of D. H. Lawrence*)에서 "로런스는 종교적인 예술가였고 그의 모든 작품은 종교적 목적에 의해 지배되었다"고 주장하면서 "로런스를 심미가 반, 예언가 반으로 나누는 관습"을 거부한다.[137] 그러니 어려움은, 로런스의 반쪽 모습인 심미가가 우리가 보았듯이 그렇게 나눌 수 있는 반쪽이 아닐 뿐만 아니라 사실은 '미학' 자체가 '존재'와의 적절한 관계 속에 놓일 때에만 여실하게 파악될 수 있는 그의 작품의 한 측면이라는 점이다.

스필카가 로런스 소설들의 '총체적인 종교적 차원'을 강조하고 이것들이 '모양을 갖추지 못했다'는 생각을 거부하는 것은 물론 정당하다. 또한 그가 그의 책과 「D. H. 로런스는 상징주의자였는가?」(Was D. H. Lawrence a Symbolist?)라는 에쎄이에서, 로런스의 장편과 단편의 짜임새가 극적이거나 리얼리스틱하다기보다는 주로 '상징적'이라고 보는 (『후기 로런스』 *The Later D. H. Lawrence*를 쓴 틴덜William York Tindall을 필두로 한) 비평가들에게 이의를 제기하는 것도 옳다. 가령 여성이 햇볕과 접촉하여 거기서 삶의 활력을 얻는 내용의 「태양」(Sun)이라는 단편에 대해서 스필카는 정당하게도 "이 접촉은 유기적이고 극적이며 특정 대목에 초점을 맞추고 볼 때만 상징적이다"라고 말한다.[138] 이 점은 좀 강조할 필요가 있다. 로런스 자신이 상징에 대한 관심을 내놓고 표명한 바 있으며 실제로 그의 작

---

**136** Eliseo Vivas, *D. H. Lawrence: The Failure and the Triumph of Art* (Northwestern University Press 1960) 7면.

**137** M. Spilka, *The Love Ethic of D. H. Lawrence* (Indiana University Press 1955) 3면.

**138** Spilka, "Was D. H. Lawrence a Symbolist?" *Accent* (Winter 1955) 54면.

품에도 상징적 의미가 풍부하게 들어 있다는 점이 스필카의 주장과 반대되는 듯하기 때문이다. 그런데 로런스에게 상징이란 개별 예술가의 힘으로 만들어낼 수 있는 어떤 것이 아니다.

감정경험의 복합체가 상징이다. 상징의 힘은 우리의 이해를 넘어서는 심층적인 감정의 자아, 역동적 자아를 불러일으키는 것이다. 오랜 세월 축적된 경험이 상징 안에서 여전히 박동하고 있다. 이에 반응하여 우리도 박동한다. 진정으로 의미있는 상징을 창출하는 데는 수세기가 걸린다. 십자가나 편자 혹은 뿔의 상징조차도 그렇다. 인간은 그 누구도 상징을 발명할 수 없다. 이미지들로 이루어진 표상을 발명할 수는 있다. 혹은 은유들이나 이미지들을 발명할 수는 있다. 그러나 상징을 발명할 수는 없다.[139]

상징주의 시인을 비롯한 다른 많은 현대 저자들이 사적인 혹은 발명된 상징체계 — 진정한 '상징들'이기보다는 '은유들'이나 '이미지들' — 에 애착을 가지는 것은 로런스가 주드(Jude)와 쑤(Sue, 하디의 『무명의 주드』*Jude the Obscure*의 주인공들 — 옮긴이)에게서 보는 저 "밝혀진 의식의 매우 즐겁지만 얼얼하고 불건강한 상태"에 더 가깝다.

그런데 그럼에도 불구하고 감각이 의식에 복무하도록 강하게 자극되고 그들이 바라보는 사물들이 활활 타오르는 존재가 되었을 때, 그 사물들이 그들에게 그들 자신의 감정의 불타는 상징이 되었을 때, 그들은 그들 나름의 행복을, 즉 황홀경에 빠질 지경의 이 떨림을 경험했다.[140]

---

**139** "*The Dragon of the Apocalypse* by Frederick Carter," *Phoenix* 296면.

사적 상징체계에의 이러한 의존은 지적 도식의 구현일 뿐이라는 단순한 의미에서 알레고리적이라고 할 수는 없지만, 공동의 (혹은 진정한) 상징들에 준거하는 리얼리스트의 태도에서 벗어나 예술가의 (의식적이든 무의식적이든) 사적인 의도에 독자의 주의를 집중시키는 한에서는 사실 상징적이기보다 알레고리적이다. 이런 점에서 루카치가 모더니즘 문학을 근본적으로 '알레고리적'이라 특징지은 것은 로런스의 상징관과 일치한다고 할 수 있다.[141]

따라서 로런스에게서 '상징적' 형식이 유기적 형식, 극적 형식, 혹은 리얼리스틱한 형식에 우선한다고 보는 것은 그의 소설들에 대한 진정으로 상징적인 독해보다는 '알레고리적인' 독해로 기울 것이며, 로런스가 상징적 의미를 제시하는 실제 과정을 전도시키게 될 것이다. 즉 현실세계가 그 온전한 실재 속에서 보이고 느껴지기 때문에 현실의 형상화가 불가피하게 그런 의미를 띠는 것이 아니라, 예술가의 '상징적' 의도가 외부세계를 재료로 표현을 성취하기 때문에 현실의 형상화가 일정하게 상응하는 패턴을 띠는 것이라고 보게 될 것이다. 후자의 과정은 그것대로 매우 생산적일 수 있지만, 우리가 로런스 최고의 소설에서 실제로 발견하는 것보다는 분명 더 단순한 것이다.[142] '제의(祭儀)적 형식'이라는 스필카의 생

---

140 "Study of Thomas Hardy," *Phoenix* 506면.

141 Lukács, "The Ideology of Modernism," *The Meaning of Contemporary Realism*, 특히 40-45면 참조.

142 리비스가 『연애하는 여인들』을 논하면서 다음과 같이 말할 때 그는 바로 이러한 종류의 전도에 대해 경고하고 있다. "내가 이 논의에서 '상징'이나 '상징법'이라는 용어들을 피해왔다는 점을 알 수 있을 것이다. 토끼와 가축이 이러저러한 것을 '상징'한다고 말하는 것은 실제 작품에 나타난 것보다 훨씬 더 단순하게 의미를 구축하고 전달하는 방식을, 그리고 훨씬 더 단순한 의미를 말하는 것이 될 것이다."(*D. H. Lawrence: Novelist* 194면)

각도 그러한 전도로부터 전적으로 자유롭지는 않다. 그가 한 대목에서 이 형식을 '감정적 형식'과 동일시하며 이를 통해 로런스가 "존재의 특수한 상태들을 직간접적으로 다루는 법을 배웠다"고 하는 것을 보면[143] 로런스의 작품을 그 무슨 알레고리로 보는 혐의로부터 벗어나는 듯 보이기도 하지만 말이다. 그러나 결국 스필카는 로런스가 그려낸 '존재의 상태들'이 리얼리스틱하게 형상화하기만 하면 '제의적인' 함의를 띠게 되어 있는 본질적 사건임을 보지 못하기 때문에, "로런스 작품의 묘한 제의적 패턴"[144]을 포착해내면서도 작가가 "자신의 영혼 개념을 안정적이면서도 늘 변하는 원소로, 일종의 제2의 자아로 (…) 담아내기 위해서"[145] '제의적 형식'을 고안한 것처럼 말하고 만다. 달리 말하자면, 스필카는 마치 그 '제의적 형식'이 소설 속의 상황이 인류학자들이 말하는 원시종족들의 어떤 '통과제의'에 상응하거나 혹은 그런 제의와 유사한 로런스의 개인적인 경험에 상응하는 데서 비롯되는 듯한 인상을 주는 것이다. 이렇게 된 것은 인류학에 호소하고 카씨러(Ernst Cassirer)의 '언표불가능한 것들'(ineffables)[146]에 호소하는 스필카가, 진정한 '존재'의 사건이라면 그것이 진리의 사건이기 때문에 성사(聖事)이며 따라서 '제의적'이랄 수도 있다는 점을 보지 못하기 때문이다.

---

**143** Spilka, *The Love Ethic of D. H. Lawrence* 30면.

**144** 같은 책 23면.

**145** 같은 책 30면.

**146** 카씨러의 『언어와 신화』(*Language and Myth*)에서의 인용에 대해서는 같은 책 13면 참조. 스필카는 이 인용 부분을 로런스에 대한 '상징주의적' 해석을 논박하는 데 훌륭히 사용한다. 그러나 이 신칸트주의 철학자의 도움이 가진 한계는 『무지개』의 '대성당'(The Cathedral)장(章)에 대한 스필카의 의심스러운 해석에서도 명백하게 드러난다. 여기서 그는 카씨러가 말하는 두 종류의 '언표불가능한 것들'에 호소하는데, 이에 대해서는 본서 제2장에서 다시 논할 것이다.

단편 「앞 못 보는 남자」(The Blind Man)를 예로 들어 '제의적 패턴'을 설명하는 스필카의 논의가 이런 약점을 잘 보여주는 사례이다. 이 논의는 일련의 극적 장면들에 들어 있는 비상징적인 '감정적 형식'에 대한 우리의 인식을 강화해주기보다는 그 장면들이 상징하는 것의 차이에 우리의 주의를 집중시키기 때문이다. 즉 이들이 조이스의 '현시'(epiphany)에서와 같은 정태적이고 무시간적인 본질보다는 사건들과 "존재의 동적 변형"147을 상징한다는 것이다. 그래서 리얼리즘의 관점에서는 풍부한 의미를 가지는 장면, 가령 남편이 헛간에서 나와 자신에게 다가올 때 이저벨(Isabel)이 두려운 느낌을 경험하는 대목이 불필요하게도 ── 스필카의 말로는 "불가피하게도" ── "제의적 관점에서 두려움의 교감으로 규정된다."148 또한 마지막 장면을 '우정의 제의'로 규정할 때, 그 장면에 들어 있는 결정적 아이러니는 놓치거나 아니면 적어도 언급하지 않는다. 그런 이름으로 불리는 통상적 제의들에서와 달리 이 장면에서는 (스필카 본인도 말하듯이) "한 남자는 존재의 더 큰 충만을 향해 움직이지만 다른 남자는 그 경험에 의해서 파괴된다."149 퍼빈(Pervin)이 도달한 "존재의 더 큰 충만"이 가역적이거나 허상일 수 있다는 말이 아니다. 그것은 단순한 제의의 실행이 아니라 실제적인 사건인 만큼 그럴 수는 없다. 그러나 그 사건을 실제적인 것으로 만드는 데 기여한 허상의 요소가 '존재'의 이 특정한 계기를 특징짓는 것은 사실인 까닭에, 이왕 성취된 "더 큰 충만"은 그의 '친구'의 공허성을 곧 발견함으로써 완결될 (어떤 면에서는 축소되고 다른 면에서는 확대될) 미완의 것으로 남아 있다. 로런스는 '우정의 제의'에

---

147 같은 책 29면.
148 같은 책 27면.
149 같은 책 29면.

비견되는 극적 장면을 리얼리스틱하게 형상화하는 가운데, 그의 등장인물들이 살고 있고 (로런스 자신의 경우처럼) '인간 우정의 여린 성취'가 항상 불안정하게 마련인 —— 심지어는 우연과 허상의 요소가 운좋게 따라주지 않는다면 애초에 일어날 가능성이 아예 없는 —— 실제적인 역사적 상황에 대한 그의 인식을 보여준 것이다.

예술 형식 혹은 구도(design, 작품을 구성하는 요소나 세부의 배치 —— 옮긴이)에 대한 로런스 자신의 생각을 보건대, '존재'에 대한 로런스의 인식을 공유하지 않고서 그의 소설의 형식이나 구도를 설명하려는 시도들이 실패로 드러난다 해도 별로 놀랄 일이 아니다. 「예술과 도덕」(Art and Morality)에서 로런스는 이렇게 쓰고 있다.

예술에서 구도란 창조적 흐름 속에 있는 다양한 사물들, 다양한 요소들 사이의 관계의 인식이다. 구도를 발명할 수는 없다. 구도는 인지하는 것이다. 4차원에서, 즉 눈으로만이 아니라 피와 뼈로 인지하는 것이다.[150]

다시 말해서, 비평가들이 한 작품의 형식적 패턴을 식별해내어 논의하는 통상적인 방식으로는 구도를 '인지'할 수 없다. 작품 전체의 실재를 느낄 수 있을 따름이다. 혹은 작품의 형식을 논의할 수 있으려면 그전에 최소한 작품 전체의 실재를 먼저 느꼈어야 한다. 로런스에 따르면 예술은 (그것이 진정한 예술이라면) 항상 진리의 일어남이기에 작품의 실재를 진리의 일어남으로서 느꼈어야 한다. 따라서 소설에서 진정으로 발생하는 모든 것의 성사(聖事)적 성격을 느끼지 않고서는 그 '제의적 패턴'을 인식하는 것 또한 불가능하다. 그리고 진정한 예술가 혹은 로런스적 의미의 '리

---

[150] *Phoenix* 525면.

얼리스트'가 '일어남'으로서 드러내는 모든 것은, 그의 과제가 '4차원'에서 발생하는 것을 드러내는 일인 만큼 그런 성사적 성격을 가질 것이다. 하이데거를 다시 인용하자면, "시인은 거룩한 것에 이름을 부여한다."[151]

이런 이유로 모든 예술가는, 만일 그가 단순히 '미적 가치'의 생산자가 아니라 진정한 '시인'이고 '리얼리스트'라면 바로 그 사실만으로도 '예언자', 즉 독창적이고 본질적으로 미래에 대해 말하면서 바로 그 미래의 새로운 항구적 토대를 마련하는 사람이기도 해야 한다. 실로 우리는 모든 진정한 예언은 '자기성취적'이라고 말할 수 있는데, 사회학자가 말하는 의미에서는 아니다. 그보다는 애초에 예언의 발화를 추동했고 또 그 발화에 의존하여 드러나는 역사적 운명이 이미 예언에서 그 맹아적 성취를 본 것이기 때문에 예언은 스스로를 성취한다. 시로서 이루어지는 예언은 "역사의 토대를 마련한다는 본질적 의미에서 역사"이다.[152]

'시'와 '예언'의 이러한 본질적 동근성(同根性)이 바로 하이데거가 횔덜린의 시 「회상」(Andenken)의 마지막 행에서 발견하는 의미이다.[153]

상주하는 것은 그러나 시인들이 수립한다.

Was bleibt aber, stiften die Dichter.

이와 동일한 통찰이 「시의 옹호」(A Defence of Poetry)에서 셸리(Percy Bysshe Shelley)가 내세운, 이상주의적으로 구상되었기에 다소 과장된 주장, 즉 "시인들은 세계의 인정받지 못한 입법자들이다"라는 주장에 담긴

---

**151** Heidegger, "What is Metaphysics?" *Existence and Being* 360면.

**152** 본서 58면 참조.

**153** 이 행에 대한 하이데거의 논의로는 "Hölderlin and the Essence of Poetry," *Existence and Being*, 특히 280-82면 참조.

어느정도의 진실에 스며들어 있는 듯하다. 로런스가 쎄잔느를 '리얼리스트'이며 '혁명가'라고 부를 때 그는 이에 방불한 명예를 진정한 예술가에게 부여하고자 하는 것이다.


7


로런스는 또한 특별한 명예를 부여받을 존재로 소설가를 지목하기도 한다.

그리고 소설가인 까닭에 나는 내가 성자, 과학자, 철학자, 시인보다 우월하다고 생각한다. 그들 모두는 살아 있는 인간의 각기 다른 부분의 대가들이지만 그 전체를 결코 포착하지 못한다.
　장편소설은 둘도 없는 빛나는 생명의 책이다. 책이 삶 자체는 아니다. 책은 대기의 떨림일 뿐이다. 그러나 떨림으로서의 장편소설은 살아 있는 인간 전체를 떨리게 할 수 있다. 그것은 시나 철학, 과학, 또는 책을 통한 다른 어떤 떨림도 못 해내는 일이다.[154]

그레이엄 허프가 "로런스의 다소 아무렇게나 써갈긴 저널리즘 소품의 하나"라고 한[155] 이 대목은 느슨하다는 인상을 주며, 이런 흠에서 전적으로 자유롭지는 않은 것이 사실이다. 그러나 로런스는 비평가들이 때로 간과하는 두개의 결정적 단서(但書)를 붙여두고 있다. 첫째, 그는 삶이 아니라

---

154 "Why the Novel Matters," *Phoenix* 535면.

155 Hough, *The Dark Sun* 10면.

**제1장** 서설: 사유의 모험으로서의 소설 91

책에 대해서 말하고 있음을 분명히 한다. 이것이 그가 내세우고 있는 소설가의 우월성을 절대적인 것에 훨씬 못 미치는 것으로 만든다. 둘째, 로런스는 "성서 ─ 그러니까 성서 전체 ─ 와 호메로스와 셰익스피어"의 작품들을 "오래된 최고의 장편소설들"로 꼽음으로써[156] 그가 말하는 소설가보다 못한 시인이란『일리아드』(Iliad)나『리어왕』(King Lear)의 저자들의 동료가 아니라 현대의 운문 창작자들 가운데 실제로 점점 더 많이 보이는 유형의 작가, 즉 서사시나 희곡이라는 큰 장르들을 (건드리긴 해도) 제대로 소화해내지 못하는 작가들임을 분명히 한다.

이 중 두번째 단서에서 출발하여 소설가에 대한 로런스의 주장을 살펴보자. 이렇게 더 구체적으로 규정된 바 소설가가 시인에 대해 가지는 우월성이 함축하는 것은, 소설 창작에는 무엇보다도 총체성과 균형이 요구되며, 어느정도 풍부한 구체적 세부들이 요구된다는 점이다. 이 풍부함은 반드시 균형을 가져오지는 않을지라도 적어도 불균형이 일어날 때 이를 위장할 수 없게 만든다. "소설은 못 속인다"고 로런스는 다른 에쎄이에서 말한다.

거의 모든 다른 매체는 속일 수가 있다. 시를 경건주의적으로 만들어놔도 그건 여전히 시일 것이다.『햄릿』을 드라마로 쓸 수는 있다. 소설로 쓴다면 그는 반쯤 희극적이거나 아니면 약간 수상쩍을 게다. 도스또옙스끼의 '백치'처럼 수상쩍은 인물이 되는 거다. 시나 드라마에서는 무언가 마당을 좀 너무 깨끗이 쓸어버리고, 인간의 '말씀'이 좀 너무 멋대로 날아다니게 한다. 그런데 소설에서는 항상 수고양이, 검정 수고양이가 한 마리 있어서 말씀의 흰 비둘기가 조심 안 하면 비둘기를 덮쳐

---

**156** *Phoenix* 536면.

버린다. 그리고 잘못 밟으면 미끄러지는 바나나 껍질이 있고, 울안 어딘가에 변소가 있다는 사실도 누구나 안다. 이 모든 것들이 균형을 유지하는 데 도움을 준다.[157]

그러한 매체가 안고 있는 독특한 도전은, 사소해 보이는 세부들에 그토록 많은 주의를 기울이면서도 동시에 "그 모두의 배후에 자리한 어떤 이름도 없고 이름 붙일 수도 없는 불꽃"[158]을 구현해야 한다는 데, 즉 로런스가 미완의 단편 「날치」(Flying Fish)에서 "작은 날"(the little day)이라고 일컫는 상황들에 관심을 가지면 가질수록 덜이 아니라 더 '큰 날'(the Great day)에 관심을 가져야 한다는 데 있다. 소설이 그렇게 될 수 있다는 것은 성령이 "우리 자신과 만물을 항상 제때 비웃어주도록 명"한다는 로런스의 생각에 함축되어 있다.[159] 이는 당연하게도 예술가만이 아니라 모든 사람, 심지어는 가장 위대한 지도자들에게도 적용되는 원칙일 텐데, 위대한 지도자들은 로런스가 『무의식의 환상곡』에서 말하듯 '위대함'에 못 미쳐야 할 때를 앎으로써 더욱더 위대해질 것이다.

남자는 낮에는 자신의 영혼의 가장 큰 충동을 따르고 필생의 일에 헌신하고 죽음의 위험도 감수해야 한다. (…) 그래서 예수는 "여자여, 나와 무슨 상관이 있나이까?"라고 말했다. 살아 있는 모든 남자는 달성해야 할 사명이 있다면 자신의 아내나 어머니에게 다시 이 말을 해야 한다.

그런데 하루 24시간 동안 꽃피는 경이로움의 상태에 있는 남자는 없다. 예수든 나뽈레옹이든 혹은 다른 어떤 남자든 식사시간에는 귀가하

---

**157** "The Novel," *Phoenix II* 417-18면.

**158** 같은 책 419면.

**159** 본서 83면 참조.

여 슬리퍼를 신고 아내의 영향력에 사로잡힌 채 앉아 있을 만큼 충분히 남자다웠어야 마땅하다. (…) 그렇기 때문에 우리는 시계 같은 칸트를 싫어하고 합스부르크 왕녀를 택해 조세핀과 이혼한 쁘띠부르주아 나뽈레옹을 싫어한다. 심지어 '여자여, 나와 무슨 상관이 있나이까' 어쩌고 한 예수조차 싫어한다. ── 그는 '지금 당장에'라고 덧붙일 수도 있었는데 말이다. ── 저들은 모두가 실패작들이었다.[160]

우리에게 이러한 균형을 잡도록 명하는 '성령'은 분명 포스터가 말하는 '해학감각의 부재'보다는 T. S. 엘리엇이 마블(Andrew Marvell)에 관한 그의 에쎄이에서 '강인한 합리성'(tough reasonableness)이라고 부른 것('tough reasonableness'는 엘리엇이 '기지'wit를 달리 부른 것이다 ── 옮긴이)에 더 가깝다. (로런스는 성령이라는 이름의 용도를 이렇게 설명한다. "예수도 그 꼬리에 소금을 뿌려 잡을 수 없음을 보여주기 위해서 그것을 성령이라고 불렀다."[161])(새에 비유된 성령을 잡는다는 것은 못박아 고정할 수 없는 것을 고정한다는 뜻. '꼬리에 소금을 뿌리다'lay salt on its tail라는 표현은 아이들에게 우스개로 권하는 새 잡는 법에서 유래했다 ── 옮긴이) 만일 로런스의 생각이 엘리엇의 '강인한 합리성'과 같지 않다면, 이는 로런스가 마블의 최고의 운문과 그 '기지'를 산출한 "유럽문화, 즉 라틴문화"[162]의 소양이 불충분했기 때문이라기보다는, 일차적으로 라틴적인 방식의 균형이 로런스의 견해로는 너무 배타적이어서 '성령'의 다채롭고 늘 변하는 충동들에 부응하지 못하기 때문이다. 엘리엇 자신이 제시한 그런 균형이 결여된 영국시인 명단에 (워즈워

---

160 *Fantasia of the Unconscious* 135-36면.

161 "Morality and the Novel," *Phoenix* 531면.

162 Eliot, *Selected Essays* 252면.

스와 키쯔John Keats에서 예이쯔W. B. Yeats와 하디에 이르는) 일련의 영국시인들이 올라 있다는 사실도 그런 균형이 지닌 지나친 배타성을 시사한다. 「독일인들과 라틴계 사람들」(Germans and Latins)과 「독일에서 보낸 편지」(A Letter from Germany) 같은 로런스의 에쎄이들은 로런스 자신이 라틴 전통에 속해 있다는 의식을 분명하게 보여준다. 그러나 그는 그 전통에 대한 독일의 도전이 숙명적이라는 예리한 인식도 보여준다.[163] 그는 지금까지 일차적으로 라틴적이었던 유럽의 문화를 근본적으로 다시 정의하고 그 토대를 다시 놓을 때가 된 지 이미 꽤 되었다는 것을 알고 있기 때문이다. 로런스 자신이 라틴식 균형의 원천으로, 즉 그리스 시대의 '평형'(equilibrium) 개념으로 돌아감으로써 이러한 재정의를 시도한다.[164] 고전시대 로마보다 훨씬 더 오래된 권위를 찾아서가 아니라 사안의 뿌리에 다다르기 위해서, 그리하여 균형과 관계에 대한 자신의 생각을 '발본적으로' 다시 생각하기 위해서 그리스로 돌아가는 것이다. 그리고 만일 '철학'과 '문학'의 헤어짐에 대한 그의 생각 또한 엘리엇이 말하는 '감수성의 분열'[165]과 완전히 일치하지는 않더라도 유사하다면, 이에 대한 설명은 두

---

**163** 특히 "A Letter from Germany," *Phoenix* 참조.

**164** "Him with His Tail in His Mouth," *Phoenix II* 참조. 또한 인간의 네가지 행성 성격들(four planetary natures) 같은 개념을 통해 "라틴적 의미를 넘어 더 이전의 그리스로 좀 거슬러올라가"려고 시도하는 *Apocalypse* 99면 참조.('네가지 행성 성격들'이란 행성의 영향을 받은 것으로 표현되는 인간의 네가지 성격 ─ 'jovial' 'martial' 'saturnine' 'mercurial' ─을 가리킨다.『계시록』에서 로런스가 그리스적 의미로 거슬러가서 설명하는 네가지 행성적 성격은 이렇다. 'Great Jove'는 목성이 아니라 태양으로, 생동하는 피를 나타내고 백마가 그 상징이다. '화성'Mars은 분노를 나타내며 적마를 타고 다닌다. '토성'Saturn은 검은색이고 고집스러우며 침울함을 나타낸다. '수성'Mercury은 사실은 지하세계의 헤르메스Hermes로, 영혼의 안내자, 두 길의 감시자, 두 문의 문지기이다. 그는 지옥 혹은 명부Hades를 관장한다 ─ 옮긴이)

**165** Eliot, "The Metaphysical Poets," *Selected Essays* 참조.

사람이 동일한 현상을 다루고 있으며 다만 로런스가 라틴문화 자체의 어떤 결정적 '분열'을, 즉 일부 그리스인에게서 이미 시작되었고 엘리엇이 언급하는 시대 즉 17세기에 와서야 극히 뚜렷하게 가시화되는 분열을 더 온전하게 알아차리고 있다는 점에서 찾을 수 있을 것이다.

어떻든 균형과 관계에 대한 로런스의 생각이 그렇다면, 그가 좁은 의미의 기존 소설 가운데 어느 것도 성경이나 가장 위대한 서사시인들 및 극시인들의 작품에 비견될 수 없다고 보면서도 소설 형식을 선호하는 것은 완전히 납득할 만하다. 그리고 그가 성경이나 가장 위대한 서사시인들 및 극시인들의 작품을 옛 '소설'이라고 부르는 것도 마찬가지다. 세르반떼스(Miguel de Cervantes)와 발자끄(Honoré de Balzac), 똘스또이와 도스또옙스끼에 의해 발전된 장편소설 장르는 로런스가 말하는 '성령'의 요구를 충족시키는 데서 저 '최고의 옛 소설들'조차도 누리지 못한 어떤 이점들을 보여준다. 리얼리즘 소설에는 충실하게 형상화된 일상적 삶의 세부가 풍부하게 담겼다는 사실이 즉각 떠올릴 수 있는 한가지 특징이다. 여러 문체들의, 그리고 여러 제재들의 비고전적인 혼합이 그다음으로 꼽을 수 있는 특징이다. 그런데 이 특징들은 분명 순전히 문체의 관점에서는 적절하게 고찰될 수 없고, 또한 세부의 밀도라든가 제재의 범위 같은 순전한 양적 관점에서도 고찰될 수 없다. 바로 그 점을 고려할 때 유럽 리얼리즘 작품이 로런스가 말하는 '성령'을 담는 데 있어 심지어 고대 그리스나 유대의 걸작들보다 적어도 한가지 면에서는 더 뛰어난 용기(容器)인 까닭은, 유례없이 능통한 세밀한 자연주의적 재현 솜씨가 역사에 대한 특정한 태도와 결합되어 있다는 사실에 있다. 실로 그 유례없는 능통함은 인간의 역사의식의 발본적인 진전이 없었다면 불가능했을 것이다. 우리의 일상적 삶의 그토록 많은 사실들이 그토록 진지하게 연구되고 그토록 세밀하게 포착된 것은 인간이 자기 실존의 본질적 역사성을 — 나날의 삶의 가장 사소한 세부들과 그로부터 가장 멀리 떨어진 가장 거대한 세계사적 사건들을 하나의 단일한 실재로 결합해내는 역사성을 ― 그 어느 때보다도 잘 인지하게 되었기 때문이다.

아워바흐(Erich Auerbach)는 그의 『미메시스: 서양문학의 현실재현』(*Mimesis: The Representation of Reality in Western Literature*)에서 이러한 성취가 어떻게 독특하게도 19세기 리얼리즘 소설가들에게서 이루어지는가를 ― 물론 많은 선구자들에 의해 준비된 것이지만 고대에 그러한 성취가 부재한 것과는 어떻게 현저한 대조를 이루는가를 ― 짚어낸다.[166] 아워바흐는 이러한 "당대적인 것에 기반을 둔 근대의 비극적 리얼리즘"[167]을, 그리고 스땅달(Stendhal)과 발자끄의 "철저하게 역사주의적인" 소설쓰기를 만들어내는 데 결정적인 역할을 한 사건으로 프랑스대혁명을 꼽는다. 그가 말하는 '역사주의'나 리얼리즘 작가들에 대한 그의 세밀한 연구가 아워바흐의 것과 완전히 일치하지는 않지만, 루카치 역시 발자끄와 똘스또이의 소설이 역사의식의 새로운 깊이를 성취했으며 그 과정에서 프랑스대혁명이 중추적 의의를 지닌다는 데 동의한다. 예를 들어 『역사소설』(*The Historical Novel*)에서 그는 어떻게 월터 스콧(Walter Scott)의 역사소설이 당대 현실을 다루는 18세기 소설가들(리차드슨Samuel Richardson, 필딩 Henry Fielding, 스몰렛Tobias Smollett)의 리얼리즘을 셰익스피어의 역사극

---

166 "19세기 리얼리즘 소설가들에 대해서, 발자끄와 플로베르, 똘스또이와 도스또옙스끼에 대해서 (⋯) 생각해보자. (⋯) 근대문학에서 모방의 기술은 그 유형이나 사회적 지위와 무관하게 어떤 작중인물에 대해서도, 그것이 전설적이냐 광범하게 정치적이냐 아니면 좁게 가정사에 속하느냐와 무관하게 어떤 사건에 대해서도, 진지하고 문제적이며 비극적인 구상을 전개할 수 있다. 그리고 대부분의 경우 실제로 그렇게 한다. 바로 그것이 고대에서는 전혀 불가능하다."(E. Auerbach, *Mimesis: The Representation of Reality in Western Literature*, Princeton University Press 1953, 31면)

167 같은 책 458면.

이나 나중에는 괴테(Johann Wolfgang von Goethe)의 『괴츠』(*Götz*) 같은 독일 극들에서 출현했으나 아직 소설문학에 온전히 진입하지는 않고 있던 더 깊은 역사의식과 결합시켰는가를 짚어내며, 또한 어떻게 스콧 자신이 발자끄와 똘스또이가 이루어낼 "예술로 담아낸 당대 부르주아사회의 역사"를 준비하는 역할을 하는지를 짚어낸다.

그리하여 스콧의 경우 영국 사회소설에서 자라나온 역사소설은 발자끄에게 와서 당대 사회의 형상화로 되돌아간다. 이로써 고전적 역사소설의 시대가 막을 내린다. 그러나 그렇다고 해서 역사소설이 이미 마감된 문학사의 한 에피소드가 되었고 따라서 이제는 역사적 관심의 대상에 불과해진 것은 결코 아니다. 그 정반대이다. 당대를 다루는 소설이 발자끄에게서서 다다른 정점은 이러한 발전단계의 연장이자 한층 높이 상승한 것으로 볼 때에만 이해할 수 있다. 당대 현실의 포착에서 발자끄가 보이는 탁월함을 구성하는 역사의식이 1848년 계급투쟁의 결과로 약화되자 〔서유럽에서〕 리얼리즘 사회소설의 쇠퇴가 시작된다.[168]

우리가 만일 이 지점에서 아리스토텔레스가 '시'와 '역사'를 구분한 것을 상기하고 그것이 워즈워스의 서문에서 강하게 재긍정된 것("내가 듣기로 아리스토텔레스가 모든 글 가운데 시가 가장 철학적이라고 말했다는데, 바로 그렇다")을 기억한다면, '예술로 담아낸 당대 부르주아사회의 역사'를 진정한 형태로 쓰는 이례적 어려움을 쉽게 상상할 수 있다. 일반적 진실에 충실하라는 요구에 전기작가와 역사가가 충족시켜야 하는 수천의 다른 요구들이 추가되기 때문이다. 그러나 이 더 많은 요구들, 소설

---

168 G. Lukács, *The Historical Novel*, tr. Hannah and Stanley Mitchell (Merlin Press 1962) 85면.

가측의 이 더 큰 책임이야말로 바로 로런스로 하여금 소설을 '속이기' 불가능한 단 하나의 매체로 상찬하게 하는 것이다. 아워바흐가 '전설'과 '역사'를 구분한 것을 빌려서 말하자면, 시나 희곡이 안고 있는, (아워바흐가 지적하는 바로는 보통 "너무 매끄럽게 진행되"는[169]) '전설'에 불과한 것으로 전락할 위험은 일단 작가가 자신의 작품에 '역사'가 통합적인 부분으로 들어오도록 허용하면 말 그대로 셀 수 없이 많은 제동이 걸리게 된다. 이때 허용한 수많은 요인들을 작가가 다 계산하고 통제하기를 바라는 것이 불가능하기 때문이다. 그는 자신의 마당에 너무 많은 '바나나 껍질'을 늘어놓았기 때문에 미리 정해진 코스로 간다면 반드시 하나를 밟게 된다.[170]

19세기 리얼리즘 소설이 이 까다로운 매체의 도전을 상당한 정도로 소화해낸 만큼, 로런스가 이 전통에 뿌리를 내리고 있다는 점은 그 자신의 강점들 가운데 하나라 하겠다. 가장 관련있는 선배 작가로 조지 엘리엇(George Eliot)과 헨리 제임스(Henry James)를 꼽든,[171] 조지 엘리엇과 하디를 꼽든,[172] 아니면 스땅달, 똘스또이, 도스또옙스끼 같은 대륙의 소설가들만을 꼽든,[173] 이러한 뿌리내림은 『아들과 연인』(Sons and Lovers)에서, 그리고 이후 대부분의 소설들에서도 분명하게 보인다. 그러나 또한 플로베르

---

169 Auerbach, 앞의 책 19면.

170 본서 93면 참조.

171 가령 『위대한 전통』(The Great Tradition, Chatto and Windus 1948)에서의 리비스의 견해.

172 가령 『디킨즈에서 로런스까지의 영국소설』(The English Novel from Dickens to Lawrence, Oxford University Press 1970)에서의 윌리엄즈(Raymond Williams)의 견해.

173 가령 「『무지개』의 독창성」("The Originality of The Rainbow," A D. H. Lawrence Miscellany, ed. Harry T. Moore, Southern Illinois University Press 1959)에서의 머드릭(Marvin Mudrick)의 견해.

(Gustave Flaubert)의 리얼리즘에 대한 그의 비판은 로런스가 소설에서 추구하는 철학과 문학의 재결합에 필요한 토대를 제공한다는 점에서 그 전통이 근본적 한계가 있음을 시사한다. 베르가(Giovanni Verga)의 『마스뜨로돈 제수알도』(*Mastro-don Gesualdo*, 1889년에 출판된 이딸리아 소설로 1928년에 로런스가 번역한 영어본이 출판되었다 —옮긴이)에 대해 로런스는 이렇게 말한다.

사실주의의 문제점은 — 베르가는 사실주의자였다 — 작가가 플로베르나 베르가처럼 진정으로 예외적인 사람이라면 자기보다 훨씬 작은 사람들에게 자신의 비극의식을 주입하려고 한다는 것이다. 에마 보바리와 그녀의 남편 샤를 같은 사람이 그저 너무 하찮아서 플로베르의 비극의식의 무게를 온전히 감당하지 못한다면 그것은 내 생각에 『보바리 부인』(*Madame Bovary*)에 대한 결정적인 비판이 될 것이다. 플로베르는 작은 사람이 아니다. 그러나 그는 사실주의자이며 '영웅'을 믿지 않기 때문에 자신의 깊고도 쓰라린 비극적 의식을 시골 의사와 그의 불만에 찬 아내의 왜소한 살갗 속에 한사코 부어넣는다. 그 결과는 괴리현상이다. (…)

셰익스피어의 위대한 비극적 영혼은 왕들과 왕자들의 몸을 빌린다. 속물근성 때문이 아니라 자연적 친화성으로 인해서이다.[174]

루카치 같은 비평가라면 저 괴리현상을 진정한 19세기 리얼리즘보다는 주로 플로베르, 모빠쌍 등과 같은 사실주의 유파의 속성으로, 즉 1848년 이후 시기의 '리얼리즘 사회소설의 쇠퇴'[175] 국면의 속성으로 돌렸을 것이

---

**174** "*Mastro-don Gesualdo*, by Giovanni Verga," *Phoenix* 226면.
**175** 본서 98면 참조.

다. 로런스는 발자끄와 똘스또이가 플로베르보다 더 위대한 리얼리스트라는 데 동의하겠지만, 이들에게서도 기본적으로 동일한 괴리현상을 본다. 이것을 우리는 가령 똘스또이의 삐에르(Pierre)에 대한 그의 비평에서[176] 혹은 똘스또이와 하디를 아이스킬로스 및 셰익스피어와 비교할 때 드러나는 "근대비극의 [일반적] 취약성"에 대한 그의 논의에서[177] 읽을 수 있다.

로런스가 보기에 문제는 리얼리즘 소설이 애당초 '예술로 담아낸 당대 부르주아사회의 역사'가 되는 것이 가능하게 만들어준 특정 종류의 역사의식과 1789년의 거대한 역사적 격변에 내재하고 있다. 인간실존의 모든 것을 포괄하는 역사성에의 각성 자체가 '존재'로부터의 (그리고 농민층과 귀족층을 아울러 지난 시대 최고의 것에 활기를 불어넣은 '남근적 불꽃'으로부터의) 심화되는 소외로 드러나기도 하고, 그래서 소설문학에서 본질적인 문제는 낯익은 설정 속에서도 그럴싸한 진정한 영웅을 만들어내는 기술적인 문제만이 아니라, 첫째로는 아직 가능한 영웅들의 치우침 없는 형상화를 방해하는 소설가 자신의 의식이나 이데올로기를 극복하는 문제, 둘째로는 진정으로 영웅적인 것이 점점 더 억압되고 망각되는

---

[176] "The Novel," *Phoenix* 참조. 로런스는 이 에쎄이에서 발자끄를 그저 지나가면서 언급하지만(417면), 이 프랑스 작가도 일반적 비판을 면할 수 없음이 분명하다. 또한 초기의 편지 (*The Collected Letters* 35~37면, 1908. 11. 11. Blanche Jennings 앞)에 들어 있는 『외제니 그랑데』(*Eugénie Grandet*)에 대한 극찬도 발자끄의 위대함을 어떻든 당연한 것으로 여기는 가운데 이루어지는 나중의 비판 기조를 무너뜨리지는 못한다. 개별 작품에 대한 로런스의 개별적 판단의 **정당성** 여부는 물론 별개 문제이다. 똘스또이, 특히 『안나 까레니나』의 경우에는 로런스의 부정적 발언이 똘스또이의 한계 및 취약성만큼이나 로런스 자신의 한계와 취약성을 드러낸다고 리비스와 윌리엄즈 모두 상당히 설득력 있게 주장한 바 있다. F. R. Leavis, "*Anna Karenina*: Thought and Significance in a Great Creative Work," *Anna Karenina and Other Essays* (Chatto and Windus 1968)와 R. Williams, "Lawrence and Tolstoy," *Critical Quarterly* (Spring 1960) 참조.

[177] "Study of Thomas Hardy," *Phoenix* 419~20, 439~40면 참조.

역사적 상황 자체의 문제가 되기 때문이다. 이렇듯 리얼리즘 소설은 '시'와 '역사'를 결합하는 그 나름의 독특한 방식으로 이전의 모든 문학을 넘어섰다고 할 수 있지만, 또한 시적 진실의 일정한 축소를 ─ 가령 앞에서 말한 '근대비극의 취약성'을 ─ 겪었다는 점에서는 아리스토텔레스의 원래의 구분이 가진 무게는 여전한 셈이다. 20세기에 와서 발자끄와 똘스또이의 리얼리즘이 한편으로는 자연주의 혹은 단순한 '역사'로, 다른 한편으로는 '전설'의 다양한 형태들을 선호하는 반(反)리얼리즘 혹은 '역사'의 배제로 갈라지면서 곤경은 오히려 더 커졌다. 이 두 경향 모두가 하나의 작품에서 최고의 성취를 이룬 사례는 아마도 조이스의 『율리씨즈』(Ulysses)일 것이다.[178] 소설문학의 옛 대가들보다 당대인들에게 더 심한 불만을 가졌던 로런스의 모습에는 바로 이런 역사적 전개가 반영되어 있다.

사실 로런스가 플로베르의 (그리고 또한 똘스또이의) 리얼리즘에서 발견하는 난점은 바로 모든 현대예술가들이 직면하고 또 그들 가운데 다수가 그 실상을 인지하는 근본적인 모순이다. 이미 실러가 이것을 그의 훌륭한 연구 『소박문학과 감상문학에 대하여』(*Über naive und sentimentalische*

---

**178** 조이스 작품에 대한 로런스의 경멸(조이스도 이에 완전히 맞먹는 경멸을 로런스에게 그대로 돌려준 바 있다)은 잘 알려져 있다. 「소설을 위한 수술」에서 로런스는 '노망성 조숙현상'을 보이는 현대소설들 가운데 하나로 특별히 『율리씨즈』를 꼽는다(*Phoenix* 517-78면). 조이스에 대한 로런스의 기본적 비판은 조이스의 작품에 진실로 새로운 것이 하나도 없다는 것이다. 그렇기 때문에 조이스 작품의 솔직한 육체 관련 묘사들도 로런스의 눈에는 자신의 책에 나오는 그런 묘사와 근본적으로 다른 것으로 보인다. 나중에 『피네간의 경야』(*Finnegans Wake*)가 된 일부 대목에 대한 논평에는 로런스의 기본적인 태도가 특유의 단호함으로 표현되어 있다. "이런, 제임스 조이스는 진짜 볼품없는 잡탕 스튜더군! 성경이나 다른 여러 곳에서 끌어온 해묵은 양배추 밑동 같은 인용문 쪼가리들을 고의적이고 저널리즘적인 상스러움이라는 육수에 넣고 뭉근하게 끓인 것일 뿐이오. 정말이지 진짜 낡고 닳은 진부한 것인데, 완전히 신품인 양 가장하고 있소!"(*The Collected Letters* 1075면, 1928. 8. 15. Aldous and Maria Huxley 앞)

*Dichtung*)에서 고대의 추상적이지도 자연주의적이지도 않은 '소박한' 현실재현과 이 두 위험 모두에서 결코 완전히 벗어나지 못하는 근대의 '감상적' 예술을 대조하면서 주목한 바 있다. 워즈워스가 한순간 가졌던 영웅적인 환상은, 이 모순이 프랑스대혁명과 함께 동터오는 새로운 시대에 극복되리라는 것이었다. 우리가 보았듯이 똘스또이도, 워즈워스처럼 순간적이지는 않지만 분명 그에 못지않게 영웅적인 환상들을 그 나름으로 품었다. 루카치는 발자끄, 똘스또이, 토마스 만(Thomas Mann) 같은 '비판적 리얼리스트'들을 찬탄해 마지않으면서도 그 문제를 간과하지 않는다. 맑스주의자인 그는 "이상과 현실의 이원론은 부르주아 이데올로기의 관점에서는 극복될 수 없다"고 믿었던 것이다.[179] 일단 그 짧은 영웅적 환상의 순간이 끝나자 ── 환상은 떼르미도르와 함께 실질적으로 끝났으므로 ── 부르주아지의 '시민적 측면'은 경시될 수밖에 없었고, 이로 인해 진정한 영웅/주인공의 창출은 불가능해졌다고 루카치는 본다.

---

**179** G. Lukács, *Goethe and His Age* (Merlin Press 1968) 122면. 이어지는 대목은 다음과 같다. "부르주아적 발전의 후기 국면의 리얼리스트들에게서 보이는 겉보기만의 극복은 활력을 주고 기운을 북돋는 모든 요소들을 박탈당한 현실이라는 황량한 사막의 이미지를 산출할 뿐이었다. 정밀한 분석이라면 언제나 이 현실의 배후에서 〈공공연하게는 부정되지만 은밀하게는 여전히 무의식적으로 채택되는 이상이라는 용의주도하게 은폐된 기준〉을 찾아낼 것이다. 예를 들어 플로베르나 모빠쌍을 생각해보라." 다시 우리는 로런스에게서 이와 유사한 판단들을 보게 된다. "자기를 지우는 것은 자기를 방기하는 것만큼이나 자의식적이며 어쩌면 훨씬 더 교만한 짓이다. 모빠쌍의 자기말소는 위고의 자기주장보다 더 요란한 것이 된다."(*Phoenix* 248면) "그들(근대소설가들 ── 옮긴이)은 자신들의 눈에는 모두 작은 예수이며 그들의 '목적'은 그것을 증명하는 것이다. 오, 주여! ──『로드 짐』(*Lord Jim*)!『씰베스트르 보나르』(*Sylvestre Bonnard*)!『겨울이 오면』(*If Winter Comes*)!『메인 스트리트』(*Main Street*)!『율리씨즈』!『팬』(*Pan*)! 하나같이 비감(悲感)이나 공감이나 반감에 찬, 완성된 혹은 덜된 예수들이다."(*Phoenix II* 419면)

부르주아문학은 이상화를 통해서만 긍정적인 주인공을 창출할 수 있다. 시민과 부르주아지의 극복할 수 없는 이중성과 모순적 통일이라는 부르주아사회의 본질상, 부르주아지는 (변호론적인 윤색이 없다고 가정할 때) 많든 적든 반어적·해학적·풍자적으로 그려질 때에만 위대한 리얼리즘 작품의 주인공이 될 수 있다. 그런데 부르주아계급의 위대한 리얼리스트들에게는 주인공의 시민적 측면을 반어, 풍자, 혹은 해학 없이 순전히 긍정적인 방식으로 리얼리스틱하게 작품의 중심에 놓는 것 또한 마찬가지로 해결할 수 없는 과제이다.[180]

이 분석에서 우리는 로런스 자신의 소설관과의 두가지 중요한 일치점을 볼 수 있다. 첫째, 19세기에 발전한 리얼리즘 문학에서 부족한 점들은 현재의 역사적 상황이 지속되는 한 극복될 수 없다. 둘째, 그럼에도 불구하고 그 극복은 인간조건이나 예술의 본성에 대한 무지로 키워진 환상이라기보다는 여전히 소설에 필요하고 가능한 과제이다.

이 점을 보게 되면 곧 로런스 자신의 '시민적 측면'에 주의를 돌리게 되는데, 이 측면은 이에 반하는 방향을 가리키는 그 어떤 전기적 사실이나 부수적 견해들보다 더 깊은 곳에 있으며, 사실 그의 '예언자적 측면'만큼이나 예술가적 존재의 본질에 속한다. 그러나 그렇다고 해서 그가 모국으로부터, 또한 거의 모든 기존 도시들로부터 (어떻든 보통의 의미에서) 매우 '비시민적인' 고립에 처해 있다는 사실이 무화되는 것은 아니다. 오히려 그 반대이다. 우리는 그 사실을 염두에 두어야 하며 그 의미를 되새겨봐야 한다. 다시 말해, 더 위대했던 리얼리즘 작품의 전통이 거의 붕괴되었고 공동체적 삶과 자신의 유대가 극도로 미미해진 시기에 다름아닌 소

---

**180** Lukács, *Goethe and His Age* 108면.

설가가 되겠다는 로런스의 의식적 결정에 내재한 역설을 되새겨봐야 하는 것이다. 그런 불리한 조건에서 소설을 쓰는 것이 다른 어떤 일보다도 더 진정으로 시민적이고 예언자적인 행동이 될 수 있다는 점을 감안하더라도, 한 사람의 시민적·예언자적 측면에 가해지는 제한은 언제나 실질적이고 좌절감을 줄 수밖에 없으며 나아가 소설의 성취 자체에도 이에 상응하는 한계가 생겨날 수밖에 없는 것이다.

여기서 마침내 우리는 그간 오래 미뤄두었던 검토, 즉 로런스가 소설가의 우월성을 천명하면서 붙였던 두개의 단서 가운데 첫번째 것 ── 그의 논의는 책에 국한되며, 책은 삶이 아니라 "대기의 떨림일 뿐"[181]이라는 단서 ── 에 관해 검토할 지점에 이르렀다. 로런스가 자신의 논의를 책에 국한한 것이 '활동적 삶'과 '관조적 삶' 사이에 어떤 구분을 지으려고 한 결과는 아니다. 이런 구분은 로런스가 말하는 '존재의 충만'이 성취된다면 사라져야 할 구분이다.(한나 아렌트가 1958년 출간한 『인간의 조건』*The Human Condition*에서 '활동적 삶'vita activa과 '관조적 삶'vita contemplativa의 구분을 제시했다 ── 옮긴이) 이런 맥락에서 가령 카이사르(Julius Caesar)와 키케로(Marcus Tullius Cicero)는 자신을 둘러싼 우주와 새로운 관계를 수립한다는 점에서 똑같이 진정한 귀족이자 진정한 힘을 가진 사람들이다.

그러나 다른 것은 몰라도 그들은 한가지는 해냈다. 인간을 우주와의 새로운 관계에 놓은 것이다. 카이사르는 골(Gaul), 게르만, 브리튼을 열었으며 얼음과 눈의 어슴푸레한 빛, 북방의 투박함, 선돌(menhir)과 겨우살이의 신비를 로마의, 그리고 동방의 다소 답답한 영혼에 끌어들였다. 그리고 키케로는 인간의 주로 시민으로서의 도덕적 본성을 발견함

---

**181** 본서 91면 참조.

으로써 인간을 인간과의 새로운 관계 속에 놓았다.

그런데 카이사르가 키케로보다 위대했다. 그는 인간을 얼음 및 태양과의 새로운 관계에 놓았던 것이다.[182]

그런데 정작 자신의 시대와 자신의 경우가 문제가 되면 소설가로서의 측면과 활동적 인간으로서의 측면을 같이 놓고 말하기가 어렵다는 것을 로런스는 알게 된다. 카이사르나 키케로가 가진 것과 같은 진정한 힘이 여기저기 고립되어 있는 소수의 예외적 개인들에게서 말고는, 그리고 그 고립을 강화하는 방식으로 말고는, 인간들 사이에서 더는 느껴지지 않았기 때문이다. 따라서 그가 자신의 고립을 받아들이는 것은 일정한 실패감의 표현이다. "무언가 중요한 일에 관한 한 나는 항상 혼자나 다름없었고 그 점이 아쉬웠소"[183]라고 그는 1926년 가디너(Rolf Gardiner)에게 보낸 편지에서 쓰고 있다. 그러나 그가 느끼는 실패는 그의 장·단편 소설에서 예술의 심각한 실패를 낳을 때조차도, 그에게 공감하지 못하는 비평가가 생각하는 그런 것은 아니다. 근본적으로 그 실패는 거짓된 힘이 승리하고 인간이 자신의 '존재'를 망각하는 시대에 속하는 것이기 때문이다. 그 실패는 그것을 '존재'의 차원에서 대면하는 — 즉 실패임에는 틀림없지만 인간이 우주와 맺는 늘 변하는 관계에서 맞이하는 특정한 운명으로서의 실패로서 대면하는 — '사유의 모험'의 풍부함의 원천이자 질료다. 하이데거가 우리 시대의 신의 '실패' 혹은 '부재'를 말하고 우리 시대를 횔덜린이 말한 '궁핍한 시대'(dürftige Zeit)로 특징지었을 때 염두에 둔 것도 바로 이것이다.[184]

---

**182** "Blessed Are the Powerful," *Phoenix II* 477-78면.

**183** *The Collected Letters* 928면.

이렇듯 로런스의 소설은 현대문명이 이러저러한 개별적인 작품에서 주요한 (심지어는 특권적인) '주제'가 된다는 통상적인 의미에서보다 훨씬 더 밀접하고 더 본질적이고 불가피한 방식으로 현대문명의 의미를 천착한다. 그의 소설관 자체가, 실로 그가 소설가라는 점부터가, 이미 엄연하게 이러한 종류의 사유이다. 이는 로런스의 '사유의 모험'이 소설에서든 소설 외부에서든 항상 특정한 세계 속의 특정한 역사적 운명과 연관된 모험이라는 말에 다름아니다. 하이데거가 최근(1966)의 편지에서 썼듯이,

정당하게 이해된 '존재 물음'은 [현대기술의 본질]에 대한 물음으로, 그리고 그것이 오늘날의 인간과, 즉 산업사회와 맺는 관계에 대한 물음으로 나타난다.[185]

그러나 그러한 '사유의 모험'의 특수한 형태인 소설은 리얼리즘과 균형의 더 광범한 잠재성을 가지고 있으면서도 '작은 날'의 상황들에 다른 장르보다 더 크게 의존하기에 그 시대 — '큰 날'이 '작은 날'의 점점 더 확대되는 지배에 묻히게 되고 예술가는 깊어가는 고립 속에서도 같은 인간들에게 공통의 우애를 재긍정하고 재창출하는 언어로 '큰 날'을 고지하는 시민적-예언자적 기능을 수행해야 하는 그러한 시대 — 가 요구하는 종류의 사유가 성취될, 다른 어떤 것보다 더 풍성하면서도 까다로운 기회

---

**184** 하이데거의 "What Are Poets For?" *Poetry, Language, Thought,* tr. A. Hofstadter (Harper and Row 1971)와 본서 '에필로그'의 관련 논의 참조. 또한 휠덜린을 다룬 하이데거의 에쎄이들인 "Remembrance of the Poet"과 "Hölderlin and the Essence of Poetry," *Existence and Being,* 특히 264-65, 290-91면 참조.

**185** "A Letter from Heidegger"(M. S. Frings에게 보낸 1966년 10월 20일자 편지), *Heidegger and the Quest for Truth,* ed. Manfred S. Frings (Quadrangle Books 1968) 18면.

를 제공한다. 이러한 과업이 주는 불가피한 압박감은 로런스의 작품 어디서나, 명백한 실패의 사례들에서만이 아니라 종종은 성공 자체의 성격에서도 느껴진다. 앞서 살펴본 데서 드러나듯이, 그리고 『무지개』와 『연애하는 여인들』에 대한 자세한 논의에서 더 명확해지겠지만, 실패도 성공도 오직 로런스 자신이 내세운 최고의 기준과 소설에 대한 가장 준엄한 요구에 의해서만, 즉 그의 최고의 사유의 모험이 발원하고 거하는 그러한 차원의 사유로 꿰뚫고 들어감으로써만 정당하게 판단될 수 있다.

# 제2장

## 『무지개』와 역사

## 1

『무지개』(1915)는 세 세대에 걸친 미들랜즈 농촌 가족의 이야기를 담아 낸다는 명백한 의미에서뿐만 아니라 모든 위대한 소설은 '사유의 모험'으로서 하나의 역사라는 좀더 깊은 의미에서도 '역사'이다. 이 작품은 문명의 핵심적으로 중요한 국면을 다룬 '예술로 담아낸 역사'이자 '존재'의 진리와 관련된 역사다. 달리 말하면 『무지개』는 사실주의적·자연주의적 장점이 뚜렷한 전작 『아들과 연인』에 비해 한층 더 리얼리즘적인 소설이다.

『아들과 연인』이 로런스의 작가 이력에서 정점에 해당하며 『무지개』는 이미 쇠락의 조짐을 보인다는 주장은 이제 많지 않은 듯하다. 실제로, 『무지개』가 "위대한 작가의 분명히, 그리고 오해의 여지가 없이 (…) 주요한 작품"[1]이라는 F. R. 리비스의 판단에 공명하는 일종의 비평적 합의가 형

---

1 Leavis, *D. H. Lawrence: Novelist* 98면.

성되었다. 하지만 이 소설을 리얼리즘 작품으로서 『아들과 연인』에 비해 진전된 것으로 인정하는가는 별개의 문제다. 왜냐하면 그렇게 인정한다는 것은 이 소설의 주된 위대성을 그것의 역사로서의 미덕보다 우선시되는 그 어떤 비-극적(非劇的, non-dramatic) 패턴이나 의미에서 찾거나 그 어떤 순수한 심리탐구에서 찾는 것이 아니라, "본질적 영국역사의 기록자로서 그[로런스]는 조지 엘리엇의 위대한 계승자다"2라는 리비스의 또다른 주장의 타당성을 이 작품이 입증한다는 데서 — 나아가 본질적 역사가 실제로 무엇인지를 보여준다는 점에서는 엘리엇의 작품을 넘어서기도 한다는 데서 — 찾는 일이 될 것이기 때문이다.

이 작품을 재래식 사실주의뿐 아니라 리얼리즘 자체와의 결별로 보는 경향이 생긴 데는 『무지개』의 창작 포부에 관한 로런스 자신의 언명에 부분적인 책임이 있다고 할 수도 있다. 당시 '결혼반지'(The Wedding Ring)라는 제목으로 집필 중이던 작품에 관한 1914년의 유명한 편지는 낯익은 부류의 작중인물이나 플롯에 기반한 모든 사실주의적 소설에 대한 반대선언으로 인용되곤 한다. 로런스는 그 편지에서 "작중인물들에 대한 나의 태도가 다르다"라고 말한 다음, 다소 이례적인 방식으로 그 태도를 정의한다.

그것을 생리학이라 부르든 마리네띠(F. T. Marinetti)처럼 물질의 생리학이라 하든, 나를 매혹하는 건 그 비인간적 의지라는 겁니다. 나는 여자가 — 우리가 보통 말하는 뜻으로 — 무엇을 느끼는지에는 별로 관심이 없습니다. 그것은 그런 느낌을 가질 자아(自我)를 전제하는 거지요. 나는 여자가 무엇인지에 대해서만 관심이 있는 겁니다. 여자가 — 방금

---

2 같은 책 107면.

말한 어법대로 ── 비인간적으로, 생리학적, 물질적으로 무엇인가에 대해서 말입니다.[3]

아직은 로런스도 자신이 여성의 '~임'(isness)이라는 표현에 담으려는 의미를 좀더 명확히 개념화하려고 이론과 소설쓰기 양면에서 모색하는 단계인 것이 분명하다. 가령 그는 자기 논점을 입증하기 위해 처음에는 미래파를 인용하더니 나중에는 또 어떤 면에서 그들이 "형편없이 아둔한지"를 보여주려고 애쓰는데, 그 결과로, 부주의한 독자라면 미래파의 논점은 우선 그럭저럭 이해한다손 치더라도 '물질의 생리학'이라는 용어를 '방금 말한 어법대로' 읽는 것을 소홀히 한 나머지 로런스가 말하는 '물질의 생리학'과 마리네띠가 말하는 것을 분간하지 못할 위험이 생긴다. 로런스 자신에게도 완전한 명징함이 결여되었다는 사실은 "재래식 작중인물의 안정된 자아"에 대한 그 자신의 대안을 정의하려 들 때 구문이 불안정해지는 데서도 뚜렷이 드러난다.

그러한 것과는 다른 자아가 있어서, 이 자아의 행동에 따르면 개인은 알아볼 수가 없고 말하자면 일종의 동소체적(同素體的)인 여러 상태를 거쳐나가는데, 이것이 근본적으로 변함이 없는 동일한 한 원소(元素)의 다양한 상태임을 알아보려면 우리가 흔히 동원해온 것보다 훨씬 심층적인 감각이 필요한 겁니다.(마치 다이아몬드와 석탄이 탄소라는 똑같은 원소인 것처럼 말이지요. 보통의 소설들은 다이아몬드의 역사를 추적하려고 하지만 나는 "다이아몬드라니! 이건 탄소야"라고 말하는 겁니다. 그리고 내 다이아몬드가 석탄이든 숯검댕이든, 내 주제는 탄소인

---

3 *The Collected Letters* 281-82면, 1914. 6. 5. Edward Garnett 앞.

거지요.)[4]

모호한 점이 있기는 하나, 로런스의 말뜻이 몇몇 비평가들의 해석과 다르다는 것은 분명하다. 가령 줄리언 모이너핸(Julian Moynahan)의 로런스 연구에는 다음과 같은 대목이 나온다.

어떤 소설에건 이런 생각들이 적용될 때 생기는 곤란한 문제는 (…) 명백할 것이다. 모든 서사예술에서 실존은 본질과 씨름함으로써 본질의 의미규정에 일조하게 마련이다. 바꿔 말해, 작중인물들을 분별 가능하도록 만들 생각이 있다면 — 극적·서사적 구성의 가능성은 바로 그러한 분별에 의존하는 것인데 — 이 작업은 인물들이 인간적·사회적으로 말하고 행동하고 생각하고 느끼는 것을 기준으로 이루어져야 하고, 그 기준이 그들이 '비인간적으로' 존재하는 실상을 매개해야만 한다. 순전한 '~임'의 재현은 한 인물을 다른 인물과 분간할 수 없게 만들고 모든 인물들을 분화 안 된 생명 자체와 분간할 수 없게 만들 것이다. 한 인물의 본질이 탄소라면 당연히 모든 인물들의 본질이 탄소인데, 오로지 탄소만 다루는 소설을 쓰는 것은 불가능한 일이다.[5]

---

4 같은 면.

5 J. Moynahan, *The Deed of Life* (Princeton University Press 1963) 41~42면. 물론 모이너핸은 『무지개』 자체는 또다르다는 점을 인정한다. 그는 이어서 이렇게 쓴다. "그러나 편지에서 『무지개』 자체로 시선을 돌리자마자 우리는 근본적으로 이 소설이 (탄소만 다루는 것이 불가능함을 깨달은 데서 비롯된 — 옮긴이) 절망적인 뒷걸음질이라기보다 결합의 시도임을 알게 된다. 로런스는 각 주요인물에게 뚜렷이 다른 두 자아를 창조해주는데, 하나는 평범한 사회적·가족적 경험의 자아로 일상사에 관계하며 제한된 목표를 추구하고, 나머지 하나는 본질적 존재의 자아로 신비한 제반 사업에 관계한다."(42면) 하지만 이처럼 자의적으로 구상된 '자아들'을 '결합'하는 것은 혼란과 일관성 결핍을 유발할 뿐일 테니, 곧이어 모이너핸이

114

이 구절이 전형적이라는 것은 본질(essentia)과 실존(existentia)이라는 전통적 범주가 두드러진다는 사실에서 증명되거니와, 이런 범주 설정이 로런스의 '존재' 또는 '~임'이라는 발상을 특유한 방식으로 침해한다는 것은 앞에서 이미 어느정도 상세히 논의했다. 그 논의에 비추어보면, '탄소'와 '비인간적 의지'를 「이 그림들에 관한 소개」에 거론된 쎄잔느 부인의 '사과다움'과 동일한 방식으로 받아들여야 한다는 것은 분명하다. 즉 역사성 자체의 부정으로 받아들일 위험을 여기서도 똑같이 경계해야 한다는 것이다.[6] 소설의 경우 역사성 자체를 부정한다면 줄거리의 전개나 작중인물의 변화도 불가능해질 것이며, 로런스가 말하는 "다른 어떤 율동적 형식"[7]은 "보통의 소설"의 주어진 공식뿐만 아니라 여하한 종류의 사실주의적 행동으로부터도 이탈하게 될 것이다. 하지만 로런스의 '탄소'가 비역사적이고 무차별적인 '본질'을 뜻할 수는 없다. 삶과 존재에 관해 그가 도달한 가장 깊은 경지의 생각은 그런 것을 허용하지 않을 것이기 때문이다.

로런스가 발본적으로 부정하는 것은 "재래식 작중인물의 안정된 자아"와 그것의 행위, 감정, 도덕적 선택 등을 소설가의 주된 관심사로 여기는 발상이다. 그러한 부정이 발본적인 것은 로런스가 (가령 프로이트를 이해하는 사람이라면 누구나 그럴 것처럼) 이런 자아의 안정성을 거부하고 또 (독창적 젊은 작가라면 누구나 제 나름의 방식으로 마땅히 그래야 하듯) 기존 소설공식의 인습성을 거부할 뿐만 아니라, '작중인물'과 '플롯'의 구분 자체를 문제삼기 때문이다. 이 구분은 아리스토텔레스의 『시학』

---

"로런스는 작중인물의 일관성에 대한 관심을 버렸다"(48면)고 확언하며 이 작품에서 그런 문제점을 찾아내는 것은 놀라운 일이 아니다.

**6** 본서 제1장 55~56면 참조.

**7** *The Collected Letters* 281~82면 참조.

(*Poetics*) 이래 서사예술·극예술에 관한 비평적 사고를 지배해왔으며, 로런스가 보기에 형이상학에 기초한 인간본질에 대한 여타 모든 규정과 마찬가지로 '존재'에 대한 불충분한 이해를 드러낸다. 하지만 이런 근본적 유보가 있기는 하나, 로런스의 편지에 담긴 언급은 그의 소설가로서의 실천과 더불어 오히려, 비극 또는 진지한 드라마는 "본질적으로 사람이 아니라 행동과 삶의 모방"이며, "비극의 궁극 목적은 거기 담긴 행동, 즉 그것의 이야기(Fable) 또는 플롯"[8]이라는 아리스토텔레스의 명제에 대한 괄목할 만한 재확인에 해당한다. 로런스의 주장도 소설은 작중인물들이 "그 말의 일상적 의미"에서 어떤 사람들인가, 즉 그들의 개인적 자질 또는 아리스토텔레스적 의미의 '성격'이 어떠한가보다는, 정말로 무슨 일이 일어나는가—남자와 여자의 다름아닌 존재의 차원에서 무슨 일이 일어나는가—를 우리에게 이야기해주어야 한다는 것이다. 로런스가 말하는 '실제로 일어나는 일'이 아리스토텔레스의 '플롯'에 상응하지는 않지만, 그 둘은 흔히 인정되는 것보다 훨씬 더 가깝다. 또한 재래식 소설의 "일정한 도덕적 공식"이나 여하한 비-극적 구성물의 "다른 어떤 율동적 형식"보다 로런스가 말하는 '정말로 일어나는 일'이 진지한 극에 관한 아리스토텔레스의 생각에 훨씬 더 가깝다.

『무지개』의 첫머리는 이 작품이 얼마나 역사적인지 알아보기에 좋은 시험대이다. 첫 장의 첫 절은 일종의 서곡을 이룬다.(여기서도 편의상 이 대목을 그렇게 부르기로 한다.) 거기에는 통상적 의미의 플롯이나 작중인물이 없다. 오히려 그것은 한 세계의 삶과 존재의 본질적 율동을 일반론적인 방식으로 소환하는 까닭에, 『무지개』를 "인상적인 사회적 기록문서"

---

**8** Aristotle, *Poetics* 6장, tr. I. Bywater in *Basic Works of Aristotle*, ed. R. McKean(Random House 1941).

라고 부르는 비평가조차도 이 대목을 이후의 부분과 달리 "시간과 인물의 바깥"[9]에 있다고 보았다. 당연한 일이지만, 서곡조차도 특정한 지리적·역사적 배경을 다룬다는 사실을 부정하는 사람은 없다. 하지만 서곡을 "시간과 인물의 바깥"에 놓으려는 관점에 의하면, 서곡의 주된 예술적 의미는 뒤이은 역사를 가늠할 초시간적 규범을 제시하는 데에, 또는 이후 작품 전체에 걸쳐 이런저런 형태로 반복될 신화적 패턴을 보여주는 데에 놓이게 된다.

"브랭귄 사람들이 궁핍에 대한 두려움 없이 일상을 영위하고 자신들 속의 생명력 때문에 열심히 노동하는"(9면)[10] 모습을 묘사하는 대목은 생동하는 삶의 소환이라는 점에서 분명 규범적이다. 다시 말해, '시적' 묘사력 이상의 것을 분명히 보여준다. 하지만 이 대목에서 묘사되는 삶은 특정한 역사적 삶이기도 한 만큼, 로런스가 생각하는 '규범'이라고 좀더 분명하게 말할 수 있는 것으로부터의 특정한 이탈 양상들, 또는 그것의 특정한 변주 양상들을 보여준다. 우리는 다음과 같은 구절에서 일찌감치 그 특정성을 알아차리게 된다.

가을이면 자고새들이 하늘 높이 날아다녔고, 떼지어 나는 새들은 휴경지를 가로질러 물보라처럼 퍼져나갔으며, 떼까마귀들이 물기 어린 잿빛 하늘에 나타나 까옥까옥 울며 겨울을 향해 날아갔다. 그때가 되면 여자들이 자신감에 넘쳐 활보하는 집안에서 남자들은 난롯가에 앉아 있었고, 남자들의 사지와 몸에는 낮이, 소들과 땅과 초목과 하늘이 수태

---

**9** Mark Kinkead-Weekes, Introduction to *Twentieth Century Interpretations of The Rainbow*, ed. Kinkead-Weekes (Prentice Hall 1971) 5면.

**10** 『무지개』에서의 인용은 *The Rainbow*, ed. Mark Kinkead-Weekes (Cambridge University Press 1989)에 준하고 괄호 속에 면수를 표시한다.

된 듯 스며 있었다. 남자들은 난롯가에 앉아 있었고, 활동하는 낮에 축적된 것들로 그들의 피가 둔중하게 흘렀으므로 그들의 두뇌는 께느른했다.

여자들은 달랐다. 젖을 빠는 송아지들하며 떼지어 몰려다니는 암탉들, 목구멍으로 음식을 밀어넣을 때 손아귀에서 펄떡이는 거위들 등, 여자들의 삶에도 피와 피의 친밀한 교감에서 오는 나른함이 있었다. 그러나 그들은 농장생활의 뜨겁고 맹목석인 교류 서 너머에 있는 발언의 세계를 내다보고 있었다. 그들은 말하고 발언하는 바깥세상의 입과 정신을 의식했고, 저 멀리서 나는 소리를 들으며 열심히 귀를 기울였다.(10면)

이 대목에는 긴장과 갈등의 요소가 이미 존재하며 그 사실 자체는 하디론(論)이나 「왕관」(The Crown) 『무의식의 환상곡』 등에서 제시된 '원리'(doctrine)와 모순되지 않지만, 그 갈등이 취하는 특정 형태는 그 글들에서 규정된 남성과 여성의 역할을 어느정도 역전시키기도 한다. 예컨대 「토마스 하디 연구」에서 로런스는 이렇게 말한다.

모든 생물에서 이동성 즉 변화의 법칙은 수컷에서 전형적으로 나타나고, 안정성 즉 보수성은 암컷에서 나타난다.[11]

반면에 『무지개』 서곡에서는 진취적 충동을 체현하는 것은 여성들이고, "브랭귄 남자들의 기질"은 달레스키가 지적하듯 "본질적으로 여성적이다."[12] 그렇다고 해서 이런 상황이 엄밀히 말해 '원리'를 부정하는 것은 아

---

[11] *Phoenix* 514면.

니다. 이 '원리'에 따르면 '남성'과 '여성'이 개인의 성별과 동일한 것이 아니며, 둘 사이의 균형은 항상 상대적이기 때문이다. 그렇더라도 지금 우리가 가진 것이 '영원한' 규범이 아니라는 것 또한 분명하다.

서곡에서 보이는 남녀간 원초적 갈등 및 균형의 이런 특정한 역사적 변형태는 사실 단일한 연속적 상황의 초기 국면으로 이해될 수 있다. 로런스는 그 상황의 더 긴장된 추후 국면을 어린 시절 목격했고, 「노팅엄과 광산지대」라는 산문에 기록했다. 그 글에서 그는 광부들과 그 아내들 간의 긴장을 회상하는데, 광부들은 아직 "본능적으로 깊이 살아 있었고," 아내들의 "들볶아대는 물질주의"는 남자들을 들판이나 술집으로 내몰았다.[13] 이 들볶아대는 광부 아내들이 "말하고 발언하는 바깥세상의 입과 정신을 의식"하는 브랭귄 여인들과 지나치게 날카로운 대조를 보이는 반면, 모렐 부인(Mrs. Morel)의 모습은 이들 간의 연속성을 확인하는 데 일조한다. 그녀의 "들볶아대는 물질주의"는, 어쨌든, "제 자식들도 지상에서 최고의 삶을 누릴 수 있도록"(12면) 하겠다는 브랭귄 여인들의 자식에 대한 열망과 알아볼 만큼 유사하다. 사실, 『무지개』에서 로런스가 수행할 과업의 일부는 반세기 동안 일어난 알아보기 힘들 정도의 급격한 변화를 알아볼 만한 역사적 과정으로서 보여주되, 모렐 집안 같은 예외적 경우에 기대지 않고 그 일을 해내는 것이다.(어쨌거나 모렐 부인은 다른 광부 부인들과 비교해 이미 우월한 삶에 속한다고 자부할 만한 인물이다.)

『무지개』 서곡은 이런 점에서 너끈히 역사 속에 —— 이 소설 전체가 추적할 뿐 아니라 작가에게는 필생의 관심사인 그 본질적 역사 속에 —— 자리잡는다. 역사적·사회학적 세부사항을 최소한으로 동원한 자신감 있는 일

---

12 H. M. Daleski, *The Forked Flame: A Study of D. H. Lawrence* (Faber and Faber 1965) 81면.

13 *Phoenix* 316면 참조.

반론적 어조는 실제 역사로부터의 이탈이 아니라 오히려 그 폭과 무게에 대한 인식을 반영한다. 그것은 이 실제 역사가 한편으로는 "1840년 무렵" 이 특정 지역의 역사뿐 아니라 다른 지역들 및 다른 국가들에도 적실성을 지니며, 다른 한편으로는 작가 자신이 살았던 시대의 핵심적인 역사적 문제에도 적실성을 지닌다는 인식이다. 그런 적실성을 뒷받침해줄 증거는 예컨대 『이딸리아의 황혼』(*Twilight in Italy*, 1916)에서도 찾아볼 수 있는데, 이 책에서 로런스가 내놓는 이딸리아 부부에 관한 관찰은 『무지개』 서곡과 놀랄 만큼 유사하다.

> 마리아는 미래를, 지상의 삶의 끝없는 가능성을 원했다. 그녀는 자기 아들들이 자유롭기를, 삶의 새로운 차원을 성취하기를 원했다. 농부의 삶은 노예의 삶이라 말하며 그녀는 가난과 지겹고 고된 노동을 저주했다. 그리고 그건 정말 사실이었다. (…) 하지만 빠올로는 지금 이대로가 행복하기까지 했다. 이것이 그에게는 사실이었다.
> 변화를 원한 것은 어머니였다. 농부의 비참한 삶을 저주하고 또 저주한 것도 어머니였다.[14]

영국적 경험과 이딸리아적 경험 간의 연속성은 뒤에 가서 다음 구절에서 뚜렷이 드러난다.

> 이전의 질서, 빠올로와 삐에뜨로 디 빠올리의 질서, 지고하신 하느님, 아버지 하느님, 주님의 귀족적 질서는 그 아름다운 작은 영토에서 죽어

---

[14] *Twilight in Italy* (Viking Press 1958) 112면. 이 산문모음집의 글들은 『무지개』와 다소간 병행해서 집필되었으며, 그중 다수는 1913년에 정기간행물들에 실렸다(Warren Roberts, *A Bibliography of D. H. Lawrence*, Rupert Hart-Davis 1963, 29면 참조).

가고 있었다. 그 집은 이제 기름, 포도주, 옥수수 같은 식료품을 운명의 추이에 따라 대지로부터 얻지 않는다. 대지는 밀려나고 돈이 그 자리를 차지하고 있다.[15]

이 책의 추론에 따르면 영국적 경험은 그것대로 르네쌍스 시기 '〈기독교적 무한〉'(Christian Infinite)의 승리에 뿌리박고 있지만, 이딸리아에서의 과정은 크롬웰혁명이 결정적 타격을 가했던 영국 정도까지 나아가지는 않았다.[16]

그와 같은 추론은 그 과학적 의의가 무엇이건 간에 『무지개』 서곡이 '영원한' 규범이나 '초시간적' 과거가 아니라 작가 자신의 세계 ─ 더구나 특정 지역이나 심지어 영국 전체보다 더 큰 세계 ─ 의 구체적 전사(前史)를 다룬다는 사실을 이전 어느 때보다 분명히 밝히는 데 도움이 된다. 물론, 역사책에 나오는 통상적인 사실들이나 인물들이 아닌 본질적 존재의 각도에서 역사가 제시되는 순간 곧바로 '영원한 것'이나 '시간적인 것'을 상정하려는 경향 자체도 『무지개』가 전하는 특정 역사와 그 나름의 연관이 없지 않다. 그 경향은 '존재'에 대한 망각, 로런스의 편지에 언급된 철저히 역사적인 '탄소'에 대한 망각, (역사가들이 전하는 모든 역사가 '존재'의 역사성을 전제하는 한) 역사 자체의 성격에 대한 망각을 나타내며, 이런 망각은 『무지개』의 전개과정에서 오늘날 흔히 '근대화'라는 이름으로 통하는 과정의 두드러진 실상 중 하나로 대두한다.

이 과정이 '가치'의 (심지어 '인간적 가치'의) 단순한 양적 증대가 아닌 '존재'의 진정한 실현을 수반한다는 사실은 이 소설의 주된 주제 가운데

---

**15** *Twilight in Italy* 121면.

**16** 같은 책 92-93면 참조.

하나이거니와, 이 사실은 서곡에서 이미 분명히 드러난다.

이 목사의 어떤 점이 사람이 짐승보다 우월하듯 그를 평범한 남자들보다 우뚝하게 만드는 걸까? 그녀는 몹시도 알고 싶었다. 그녀는 이런 더 높은 존재를 성취하길 간절히 원했다. 자신이 아니라면 자기 자식들이라도 그렇게 되기를 바랐다. 어떤 남자라도 황소 옆에 놓고 보면 작고 연약하듯, 그 역시 육체적으로 작고 약할지라도 그를 황소보다 강하게 하는 것, 그것이 무엇일까? 그것은 돈도 권력도 지위도 아니었다. (…) 그녀는 그것이 지식의 문제라고 생각을 굳혔다. (…)

　(…)

　그녀가 어머니로서 자기 자식들 역시 지상 최고의 삶을 누릴 수 있도록 그들에게 주고 싶어한 것은 바로 이것, 이 교육, 이 좀더 높은 형태의 존재였다. 그녀의 자식들은, 적어도 그녀가 특히 아끼는 자식들은, 이 땅의 살아 있고 핵심적인 사람들과 대등한 위치를 차지해야지 노동자들 틈에서 미미한 존재로 뒤처져 있어서는 안 될 완벽한 천품을 갖추었기 때문이었다. 그들이 왜 한평생 미미한 존재로 짓눌린 채 살아야만 하는가, 왜 활동의 자유를 제약받아야만 하는가? 어떻게 하면 그들이 좀더 고상하고 좀더 생기 넘치는 삶의 반경으로 들어가는 법을 배우게 될 것인가?(11-12면)

이 브랭귄 여인의 열망은 상당히 모호하지만, 작가가 그것을 진정한 창조적 충동으로서, 그리고 바로 그런 의미에서 역사의 '불가피한' 힘으로서 지지하는 것은 분명하다. 하지만 그 열망의 바로 이 측면은 지식과 교육 같은 '근대적 가치'의 양적 증대라는 잣대로만 잴 때 흐려지기 마련이다. 가령 『무지개』 첫머리는 그런 식으로 잴 때 무엇이 망각될 수 있는지

가리켜 보여준다. 이 작품에서 브랭귄 여인의 열망이 지닌 진정성은 그것이 넘어서고자 하는 바로 그 "피와 피의 친밀한 교감"에 그것이 뿌리박고 있다는 사실에 의해 증명된다. 그 진정성은 그 열망이 또한 "최고의 삶"의 가시적 대표자들, 즉 마을의 목사나 귀족들과의 (아직 손상되지 않은 봉건적 공동체의 활기가 가능케 해주는) 직접적, 상상적 동일시를 통해 주어진 삶 안에서 불완전하게나마 실제로 실현된다는 사실에 의해 증명되기도 한다. 그런 "피와 피의 친밀한 교감" 및 공동체적 실현가능성의 토양에서 뿌리뽑혔을 때, 지식과 교육을 향한 욕망은 "기계적 자동성"[17]으로, 물화된 목표로서의 '근대화' 추구로 전락하게 될 터였다.

따라서 서곡을 '시간 바깥으로' 데려가는 것처럼 보일 수 있는 요소들이야말로 『무지개』를 근대화의 참된 역사로 만드는 바로 그 요소들로서, 그 어떤 과학적 역사가의 작업도 과학적 객관성 자체의 한계 때문에 그런 역사가 될 가망이 없다. 사실, 근대화 과정에 관한 숱한 과학적 담론이 그런 한계가 진정한 사유와 실제로 어떤 관계에 있는지를 보지 못하는 탓에 근대화의 참된 역사를 적극적으로 왜곡하고 변조하기도 한다. 이것은 아버지가 죽자 테스의 가족이 뿌리뽑히는 현실에 관한 토마스 하디의 냉소적 언급이 암시하는 바이기도 하다.

이런 가족들은 과거에 마을의 삶에서 중추를 이루었고 마을 전통의 보고이기도 했건만, 이제는 대처에서 피난처를 찾아야만 했다. 통계학자들이 '이농향도(離農向都) 경향'이라고 해학적으로 지칭하는 이 과정은 실상 물이 기계의 강제적 힘에 의해 오르막으로 흐르는 경향이다.[18]

---

17 "Democracy," *Phoenix* 714면.

18 Thomas Hardy, *Tess of the D'urbervilles* 51장.

사실 하디는 "기계의 강제적 힘에 의해 오르막으로 흐르는 경향"과 다를 바 없이 되어버린 근대화 과정의 압도적 비극을 로런스에 앞서 소설로 기록한 단 한명의 위대한 선배 작가이거니와, 하디 소설의 비극적 위대성에 관한 로런스의 평가는 개인적·예술적 경험뿐만 아니라 사회적·역사적 경험의 실질적 연속성을 반영한다. 하지만 로런스는 특히 「토마스 하디 연구」 같은 식섭적인 비평적 논평에서, 그리고 특히 『무지개』 같은 자신의 소설을 통해, 하디의 경험에서 진정성이 부족한 대목, 즉 현실보다는 로런스가 '이상주의'라고 부르는 것에 뿌리내린 하디의 저 유명한 비관론에 깃든 추상적 관념과 자초된 패배의 요소를 정확히 자리매기기도 한다. 『무지개』 서곡은 하디의 (그리고 조지 엘리엇의) 산업화 이전 영국의 풍경을 저 '해학적' 통계학자들과는 매우 다른 정신으로 다시 다루면서도, 로런스가 하디의 비관론을 공유하지 않는다는 점을 분명히 보여준다. 사실 서곡은 이후 국면들을 '존재'와의 진정한 관계 속에 자리매김으로써 로런스의 이 역사가 "비관론과 낙관론 같은 유아적 범주"[19]를 어떻게 완전히 벗어나게 될 것인지를 암시한다. 즉, 서곡은 이후 국면들을 진정한 창조적 충동의 한 가능한 실현이자 "피와 피의 친밀한 교감"과 살아 있는 유기적 공동체에 뿌리내린 삶 — 브랭귄 여인들의 열망이 진정성을 띠게 해준 삶 — 에 대한 잠재적 위협으로 자리매긴다.

---

**19** Heidegger, *An Introduction to Metaphysics* 38면.

2

그렇지만 『무지개』가 그와 같은 역사가 되려면 무엇보다 국면마다 이어지는 극적 행동의 실질적 연속성을 보여주어야 하며, 이런 전개과정이 또한 역사적 대표성을 지녀야만 한다. 이는 물론 충실한 리얼리즘 소설이라면 갖추어야 할 최소요건일 뿐이다.

『무지개』첫 부분 또는 첫 세대 이야기가 제2세대나 제3세대에 비해 전통적 사실주의에 훨씬 더 가까운 상태에 머문다는 것은 일반적으로 합의된 사항이다. 하지만 그 부분에도 '어려운' 대목들, 즉 언어와 행동 양면에서 분명하게 불연속적인 대목들이 이미 나타나는데, 이것은 『아들과 연인』 및 여타 초기 작품들의 좀더 통상적인 사실주의로부터 어떤 식으로든 벗어났음을 나타낸다. 따라서 『무지개』를 진정한 '예술적 역사'로 읽어나가기에 앞서 그런 대목들을 설명해둘 필요가 있다.

서곡의 브랭귄 집안 사정과 톰 브랭귄 이야기 사이의 전반적인 역사적 연속성은 충분히 분명해 보이거니와,[20] '1840년 무렵' 마시 농장의 목초지를 가로질러 운하가 새로 건설된 것은 탄광과 새로운 산업문명의 현실을 브랭귄 사람들의 삶에 불러들인 일인 만큼, 그것을 이행기를 특징짓는 사건으로 설정한 것 역시 적절해 보인다. 톰의 결혼 전 불안정한 생활은 이 새로운 요인의 직접적 귀결임과 동시에 서곡의 브랭귄 여인들이 자신들의 제약된 삶에서 느꼈던 막연한 불만이 눈에 띄게 심화된 결과이기도 하다. 사실 이 젊은이의 삶에 진퇴양난을 초래하는 그의 모든 특징적 장단

---

20 예를 들어 허프(Graham Hough)는 이 소설이 서곡에서 톰 브랭귄 이야기로 옮겨가는 방식을 "이 시기 이래 로런스가 흔히 당혹스럽게도 그러듯"이라는 말로 비판한다(*The Dark Sun* 60면). 하지만 이 비판에 대한 달레스키의 논박이 옳다는 것은 분명하다(Daleski, *The Forked Flame* 81면).

점은 서곡에 나타난 전사(前史)의 특정 장단점과 관련될 수 있다.

예컨대, 브랭귄 남자들이 온전히 "지배적이고 창조적"(11면)이지 못했다는 사실은 여성들의 모호한 불만과 거기에서 비롯된 아들들에게 거는 대망(大望)의 한 원인으로 작용하거니와, 그들의 그런 한계는 톰 자신의 모험에서 매우 중요한 요인으로 작용한다. 한편으로 그 한계는 톰 자신의 '존재 범위'가 어머니의 기대에 부응하기에는 너무 제한된 수준에 머물 따름임에도 어머니로 하여금 아들에게 대망을 걸게 만들 뿐만 아니라, 다른 한편으로는 톰이 "범상한 비현실"이라고 느끼는 코세테이가 객관적으로도 이전 세대의 시절에 비해 분명 그런 비현실에 좀더 가깝게 변모하는 데 일조하기 때문이다. 그러나 이와 동시에, 톰이 겪는 좌절과 곤경의 많은 부분은 선대 브랭귄 사람들의 넘치는 건강성과 생명력에서 비롯된 것이기도 하다. 첫 성경험 뒤 그를 엄습하는 충격과 두려움이야말로 그가 물려받은 진정한 외경의 습속을 지닌 삶의 힘을 증언하며, "사랑이라는 일은 그가 영혼 깊숙이 절감하건대 무엇보다도 진지하고 두려운 것"(21면)이라는 사실을 부각한다. 그래서 우리는 톰이 다음과 같이 질문할 때, 그가 속한 공동체의 좀더 '정상적인' 젊은이들과 비교해서 드러나는 그의 개인적 탁월성과 아울러, 그를 길러낸 전통의 강력한 힘도 주목해야 한다.

그는 자신이 코세테이와 일크스턴이라는 이 세계에 속한다고 믿었던가, 아닌가? 거기엔 그가 원하는 것이 전혀 없었다. 그러나 그가 거기서 벗어날 수 있을까? 거기서 벗어나게 해줄 뭔가가 그에게 있을까? 그렇지 않으면 그는 그저 투미한 애송이에 불과해서 다른 청년들처럼 진탕 퍼마시고 망설임 없이 오입질 좀 하고는 만족할 만큼 남자답지 못한 걸까?(28면)

톰 브랭귄의 경험이 그가 속한 세계의 단점들뿐 아니라 장점들과도 이런 연속성을 가짐을 인식하는 것이 더욱 중요한 까닭은, 주어진 세계로부터의 분리와 소외라는 개인적 위기가 레이먼드 윌리엄즈가 로런스 초기 작품에서 발견하는 "언어의 기적"[21]을 불가능하게 만들 정도로 이 소설 첫 부분에서 이미 격심하기 때문이다.

여기에서 새로운 것, 실로 새로운 것은 작가의 언어가 작중인물들의 언어와 하나를 이루고 있다는 사실이다. 이런 식의 일치는, 조지 엘리엇과 하디가 시도한 바 있긴 하지만, 이전의 좀더 작은 소설 공동체가 확장, 변화된 이래로 일어난 적이 없었다.[22]

그와 같은 연속성이『무지개』에 존재하지 않는다는 것은 분명하며, 윌리엄즈는 그런 이유로 이 작품이 (그리고 적어도『채털리부인의 연인』Lady Chatterley's Lover 에서 "다시금 적극적인 흐름"[23]으로 복귀하기 전까지의 다른 이후 작품들도)『아들과 연인』에 비해 결정적 한계가 있다고 본다. 윌리엄즈가『장구한 혁명』(The Long Revolution)에서 리얼리즘 소설에 관한 계몽적 논의를 펼쳤으며 그 과정에서『무지개』를 (비록 지나가는 말이긴 하나)『전쟁과 평화』(War and Peace) 및『미들마치』(Middlemarch)와 같은 반열에 놓기도 했다는 사실을 감안하면,[24] 그의 주장에 더 무게가 실려 보일 법도 하다. 그러나 윌리엄즈가 말하는 종류의 "언어의 기적"에 대한 강조는 시인이 농촌공동체 사람들이 실제로 말하는 언어를 사용해야 한

---

21 Williams, *The English Novel* 172면.

22 같은 책 173면.

23 같은 책 184면.

24 R. Williams, *The Long Revolution* (Columbia University Press 1961) 278면 참조.

다는 워즈워스의 주장과 마찬가지로 과도한 단순화로 이어질 수 있다. 그리고 윌리엄즈가 『무지개』의 좀더 복잡한 언어에서 이전 시기 공동체 경험으로부터의 근본적 이탈을 읽어내면서, "타자들과 함께하는 흐름, 즉 하나의 장소, 하나의 공유된 언어"가 더이상 존재하지 않고 "자체생산된(self-generated) 언어가 그 자체의 리듬과 그 자체의 용어를 빚어내고 또 고집한다"[25]고 주장할 때, 실제로 그런 단순화가 일어난다. 윌리엄즈의 이런 비판은 물론 주로 이 작품의 뒷부분을 겨냥하지만, 앞의 장들의 언어도 『아들과 연인』의 경우와 이미 차이가 있다. 그리고 그런 차이가 생기는 것은 톰 브랭귄이 겪는 분리의 위기가 폴 모렐의 경우보다 더 격심하다는 (실제와도 다른) 이유 때문도 아니요, 『무지개』를 쓸 당시 로런스 자신의 소외감이 몇해 전보다 더 컸다는 (적어도 논쟁의 여지는 있어 보이는) 이유 때문도 아니라, 여기서 우리가 다루어야 하는 것이 공동체의 단순한 보존이나 해체보다 더 복잡한 과정이기 때문이다. 주어진 안정적 공동체가 해체되고 있는 것은 사실이나, 그 결과로 톰 브랭귄 같은 개개인에게 닥치는 개인적 위기는 그 공동체 내부의 진정으로 창조적인 충동의 적극적 발현이기도 하며, 따라서 그 성취가 아무리 미미하고 불완전하더라도 새로운 공동체를 발견하고 창조하는 과정이다.

로런스의 언어사용법은 이런 복잡한 과정을 인식한 결과다. 이런 앞의 장들에서조차 그 언어가 작중인물의 언어와 근본적으로 다르기 일쑤라고 해도, 그것은 주어진 공동체에 뿌리박은 데서 비롯하는 톰의 강점들을 작가가 무시하거나 다루지 않으려 한다는 뜻이 아니라, 이 장들이 밝히려는 바로 그 사실, 즉 톰의 강점들이 진정한 것이긴 하나 그가 연루된 역사적으로 중차대한 과정의 복잡성을 감당하기에는 미흡하다는 사실을 반

---

**25** Williams, *The English Novel* 177면.

영한다. 그러므로 연속성의 실다운 척도는 우리가 이 대목에서 저 대목으로, 이 문투에서 저 문투로 작가의 언어를 따라가는 동안 톰이라는 인간과 총체적 과정에 대한 우리의 인식이 약화되거나 왜곡되는지 여부이다. 이 (사실 매우 고전적인) 척도에 의하면, 예컨대 톰이 리디아(Lydia)와 조우한 뒤 어떻게 느끼고 행동하는가에 관한 로런스의 묘사는 빼어나게 성공적이다.

> 알아보는 눈빛을 자신들이 주고받았다는 느낌이 광기처럼, 고통처럼 그를 사로잡았다. 어떻게 자신하지? 무슨 확증이 있지? 이 의심은 무한한 허공의 느낌 또는 무(無)와 같았고, 모든 것을 절멸하는 듯했다.(29-30면)

작가가 이렇게 쓸 때, 이 문장들의 세련된 밀도나 마지막 문장의 어법이 톰에게는 불가능한 것임은 분명하다. 하지만 우리의 눈길이 이 구절에서 바로 이어지는 단락들의 무미건조한 언술 즉 "그는 이런 상태로 다음 며칠을 돌아다녔다" 운운으로 옮겨가고, 뒤이어 톰과 틸리(Tilly)의 사투리 대화(30-31면)로, 그다음에는 브랭귄이 그날 밤 리디아에 관해 좀더 알아보려고 '붉은 사자' 술집으로 갔다는 것을 알려주는 평이한 언어로 이동한 뒤, 이전 어법으로 돌아간 "전에는 매사가 삭막하고 황량하고 공허하기만 했다. 이제는 그것이 그가 감당할 수 있는 현실적인 일들이 되었다"(32면) 같은 구절로 옮아가는 동안, 우리는 아무런 부조화나 괴리감을 느끼지 않는다.

또는 톰이 자신에게 리디아가 필요하다는 사실에 점차 눈떠가는 과정을 설명하는 다음과 같은 대목을 보자.

그러나 암양들이 새끼를 낳는 2월의 긴긴 밤에 우리 밖 저 멀리 밝게 빛나는 별들을 바라보며 그는 자신이 자기 것이 아님을 알았다. 그는 자신이 파편일 뿐임을, 불완전하고 종속된 그 무엇임을 인정해야 했다. 어두운 하늘에는 별들이 운행하고 있었는데, 전체 별무리는 어딘가로 영원한 항해길에 올라 흘러가고 있었다. 그리하여 그는 더 큰 질서에 순종하며 자그마니 앉아 있었다.

만약 그녀가 그에게 오지 않는다면, 그는 아무것도 아닌 존재로 남아 있어야 할 것이다. 그것은 힘든 경험이었다. 하지만 그녀가 그를 잊어버리는 일이 거듭된 후에, 그녀에게는 그가 존재하지 않는다는 것을 그토록 자주 목격한 후에, 벌컥 화를 내며 벗어나려 애쓰고, 혼자서도 충분하다고 자기는 남자라고 홀로 설 수 있다고 되뇐 후에, 별빛이 쏟아지는 그 밤에 그는 겸허해져야 했고, 그녀 없이 자기는 아무것도 아님을 인정하고 깨달아야만 했다.

그는 아무것도 아니었다. 그러나 그녀와 함께라면 그는 살아 있는 존재가 될 것이었다. 만약 지금 그녀가 어미양과 새끼들의 투정하는 울음소리를 헤치며 양우리 옆 서리 내린 풀밭을 가로질러 걸어오고 있다면, 그녀는 그에게 온전함과 구족함을 가져다주리라. 만약 그렇게 된다면, 그녀가 그에게로 오기만 한다면! 그렇게 돼야만 했다 ─ 그리 될 운명이었다.(40면)

이 구절은 톰과 더불어 느끼는 데서 오는 감각적 직접성을 그의 제한된 의식을 넘어섰을 때만 가능한 균형감 및 위엄과 결합한다. 하지만 그런 결합은 순전히 글솜씨의 소산은 아니다. 그것은 로런스가 그 사건을 새로운 '존재'의 뜻깊은 성취로, 모든 진정한 공동체의 요체인 건강한 상식과 심오한 종교적 감각의 통합으로 인식한 결과다. 하지만 그 성취는 톰이 그것의 뜻깊음을 의식하지 못한다는 사실이 핵심적 역할을 하는 성취로서, 코세테이라는 세계의 특정한 강점과 한계를 반영한다. 로런스는 그 장면을 본질적 의미와 주어진 사실적 배경 양면에서 바라보기 때문에, ("그리하여 그는 더 큰 질서에 순종하며 자그마니 앉아 있었다"처럼) 자신의 언어를 사용한 직접적 언술에서부터 ("그는 아무것도 아니었다"의 단호한 간결함에서건 간절함을 가득 실어 길게 이어지는 셋째 문장에서건 간에) 문장의 리듬에서조차도 톰의 실제 감정이 전달되는 마지막 단락의 좀더 '극적인' 서술로 그처럼 자신감 있고 자연스럽게 옮겨갈 수 있는 것이다.

'존재'에 대한 로런스의 이런 관심이 『무지개』, 특히 그 후반부에서 주요 작중인물의 내면에 일정하게 집중하는 경향을 낳는 것은 사실이나, 이것은 킨케드위크스 (M. Kinkead-Weekes)가 말하듯 "로런스의 개인주의"가 조지 엘리엇이 지녔던 "공동체감각"[26]의 상실을 수반하기 때문은 아니다. '존재'에 대한 관심은 일어나는 일에 (핍진성은 물론이고) 단순한 심

---

[26] Kinkead-Weekes, Introduction to *Twentieth Century Interpretations of The Rainbow* 7면 참조. "사회적 비전은 이 소설의 장점 중 큰 부분이다. 하지만 우리는 로런스의 개인주의에서 비롯하는 한계를 감안해야 한다. (…)『무지개』는 전체적 사회변화가 개인에게 미치는 영향에 관한 대단한 탐구지만, 소설의 비전은 사회와 개인을 이어줄 중간지대를 결여하고 있는 것으로 보인다. 로런스를 엘리엇과 비교해보면, 사라진 것은 엘리엇의 공동체의식, 공동체적 관계들이 개인적 관계들과 교차하는 방식에 관한 엘리엇의 이해이다." 로런스와 엘리엇의 비교로 말하자면 리비스가 자기 책의『무지개』장에서 펼친 논의(*D. H. Lawrence: Novelist* 110-12면 등등)가 훨씬 적확하다. 리비스가 분명하게 설명하지는 않지만, 그가 로런스에게서 발견하는 (엘리엇의 '윤리적' 차원과 대비되는) '종교적' 차원은『무지개』의 작가를 아르놀트 하우저가 엘리엇에게 가하는 다음과 같은 비판에 덜 취약하도록 만들어주는 듯하다. "조지 엘리엇은 실제로는 사회학적인 문제를 본질적으로 심리학적·윤리적인 문제로 간주하고, 사회학적으로 답해야 할 질문에 대한 답을 심리학에서 찾는다. 그리하여 그녀는 러시아 소설이 현재 걷고 있는, 그리고 그 도상에서 정점의 성과를 이룩하는 그 길을 버린다."(*The Social History of Art* 제2권 841면)

리학적 또는 사회학적 전형성 이상의 것이 있기를 요구한다. 다시 말해, 로런스가 「도덕과 소설」에서 말하듯 "누가 무얼 한다고 해서 그것이 곧 삶은 아니다."[27] 그렇지만 주어진 공동체의 위기를 감안할 때, 작중인물의 '존재'(또는 '탄소')의 깊숙한 곳들로 들어가, 일어나는 일이 단순히 개인적 감상이나 의지 또는 '도덕적 선택'의 수준에서가 아니라 실제로 그 깊숙한 곳들에서 일어나고 있음을 확인하는 것 말고는 다른 어떤 방식으로 이 관심을 충족시키는 것도 점점 더 어려워진다.

그래서 톰이 리디아와 결혼하는 것은 『무지개』의 역사에서 값진 사건으로, 서곡 이래 계속 진행되어온 사태의 추이에서 한계를 지녔으되 진정한 돌파구가 되는데, 이는 우리가 결혼에 부여할 수 있는 여하한 인습적이거나 우화적인 의미 때문이 아니라, 톰의 가장 깊숙한 자아와 그 자아 속에 작동하고 있는 온갖 사회적·역사적 힘이 혼인이라는 사건에 연루되어 있음을 로런스가 보여주기 때문이다. 리디아와 새로운 관계를 확립하는 과정에서 톰은 우주의 "더 큰 질서" 및 코세테이의 주어진 공동체 양자와 새로운 관계맺음을 성취하기도 한다. 공동체는 공동체대로 비록 안정성이 도전받기는 하나 확대되고 풍성해진다. 하지만 로런스는 톰의 모험을 '존재'의 역사와 관련지어 포착하기 때문에, 농장에 남는 동생이 노팅엄으로 이주하는 형보다 사회학적·심리학적으로 더 전형적인지 여부와 상관없이, 톰 가족의 모험이 역사적 대표성을 지닌다는 확신을 갖고 이 한 가족에 실제로 관심을 집중해도 무방하게 된다.

따라서, 톰의 분리와 소외 경험을 그가 겪는 '존재'의 모험의 일부로 본다면 그 경험은 결혼으로 "행복한 종지부"를 찍을 수 없는 하나의 지속적인 과정이다. 사실 어떤 의미에서는 결혼 자체가 코세테이의 '비현실'임

---

27 *Phoenix* 529면.

과 그것으로부터 톰이 고립되었음을 확인해준다. 또한 결혼을 한 후에 그는 아내의 독자적 존재를 침범하지 않도록("그렇게 한다면 재앙이자 불경이 될 터였다", 62면) 사려분별과 경건성을 늘 새롭게 통합해내기 위해 애써야 한다. 아들이 태어나던 날 저녁 그에게 찾아드는 "델 듯이 뜨거운 큰 평화"는 그래서 진정한 계시의 무게를 지니며, 즉각적이고 자연스럽게 제2장 마지막 단락의 또다른 계시로 이어진다.

> 진통이 다시 시작되어 그녀를 찢을 때 그는 고개를 돌렸다. 차마 볼 수가 없었다. 그러나 그의 심장은 고통 속에서도 평화로웠고 그는 뱃속 깊이 기꺼웠다. 그는 아래층으로 내려가 현관문을 지나 밖으로 나가 얼굴을 치켜들어 비를 맞으며, 꾸준히 자신을 내리치는 보이지 않는 어둠을 느꼈다.
> 날쌔고도 보이지 않게 그를 도리깨질하는 밤이 그를 침묵시켰고 그는 압도되었다. 그는 겸허히 돌아서서 집안으로 들어갔다. 거기에는 삶의 세계뿐 아니라 영원하고 불변하는 무한한 세계가 있었다.(77면)

이 경험은 '삶의 세계' 너머에 존재한다고 추정되는 '영원한' 세계의 순전히 지적인 (그리고 매우 미심쩍은) 발견도 아니요, (일쑤 오해되는) 로런스적 '어둠'에 자신을 내맡기는 황홀한 정서적 자기방기도 아니라, 다른 글에서 로런스가 "인간과 그를 둘러싼 우주 사이의 완성된 관계"[28]라고 부르는 것의 성취다.

톰의 곤경은 물론 여기에서 끝나지 않는다. 그렇지만 그와 리디아가 갈등과 긴장을 좀더 겪은 뒤 마침내 결혼생활에서 모종의 평형상태에 도달

---

28 같은 책 527면.

했을 때, 로런스는 그 상태를 거의 성서적인 언어로 서슴없이 이야기한다.

결혼생활 2년이 지난 지금 그들이 이룬 합일은 그들에게 이전보다 훨씬 더 경이로웠다. 그것은 존재의 또다른 영역으로의 진입이요, 또다른 생명을 얻는 세례이자 완전한 견신례였다. 그들의 발은 낯선 앎의 땅을 밟았고 발견의 빛이 그들의 발걸음을 밝혔다. 어디를 걷든 좋았고, 세상은 그들을 에워싸고 발견의 탄성으로 메아리쳤다. 그들은 기꺼이, 그리고 다 잊은 채 갔다. 모든 것을 잃었고, 모든 것을 얻었다. 신세계를 발견하였으니 탐험할 일만 남아 있었다.

그들은 더 광활한 곳으로 들어가는 출입문을 통과했던 것이다. 그곳에서는 움직임이 큼직큼직해서, 구속과 제약과 노고가 따랐으되 완벽한 자유를 누릴 수 있었다. 그에게는 그녀가, 그녀에게는 그가 출입문이었다. 마침내 두 사람은 서로에게 활짝 문을 열어젖히고 서로를 마주보며 문간에 선 것이다. 그러는 동안 빛이 뒤편에서 쏟아져나와 두 사람의 얼굴을 비추었다. 그것은 변모(變貌, 누가복음에 의하면 예수는 세 제자와 함께 산중에서 기도하던 중 모습이 변하고 옷이 눈부시게 빛났다 ─ 옮긴이)이자 영화(榮化, 영광을 입음 ─ 옮긴이)요 천국 입성을 허락받음이었다.(90-91면)

하지만 이런 언어가 과도하거나 앞에 나온 내용과 연속성이 없는 것이 될 경우란 그것이 묘사하는 성취가 작품이 처음부터 전하려고 시도해온 '존재'의 본질적 역사 속의 한 사건이 못 되거나, 또는 서곡에서 이 사건까지의 역사적 연속성이 온전히 극적으로 성취되지 않았을 경우밖에 없다.

3

제2세대로 오면 언어와 행위 양면에서 '어려움'이 단연 고조되는데, '마시 농장의 결혼식'장의 주어진 공동체에 대한 경이로운 묘사에서 바로 다음 장 '승리자 애나(Anna)'로 넘어가면서 그 고조됨이 가장 두드러진다. 이 장 첫머리에 나오는 다음 단락을 보자.

방 안에는 거대한 한결같음이, 살아 있는 영원의 중심이 있었다. 멀리 바깥, 테두리에만 소음과 파괴가 이어졌다. 여기 중앙에서 거대한 바퀴는 스스로가 중심이라 움직임이 없었다. 여일하여 다함이 없고 변함도 없고 다하지도 않아 시간을 초월한, 평정하고 티없는 고요가 여기 있었다.(135면)

애나와 윌의 신혼생활이 갓 시작되었다고는 하지만 신혼의 달콤함에 관한 이 묘사는, 만약 순전히 그런 묘사일 뿐이라면 좀 과장된 것처럼 보일 수도 있겠다. 그렇다면 작가는 이 대목에서 사실적 삶의 영역을 떠나, 노골적 판타지는 아니더라도 일종의 존재론적 사색에 탐닉하고 있는 것일까?
　이 질문은 이 특정 단락과 관련해서는 어렵지 않게 답할 수 있다. 우선 이 구절은 인용 부분만 따로 떼어놓고 볼 때보다 맥락 속에서 보면 좀 덜 느닷없다. 이 단락 앞에는 이런 서술로 넘어가는 근사한 길목에 해당하는 단락이 하나 나오고, 뒤에는 (한 단락을 사이에 두고) 두 사람이 이 "지고한 중심"(supreme centre)으로부터 애나의 배고픔이라는 세속적 인식으로 서서히 옮아가는 과정에 대한 묘사가 나온다(135-36면). 그리고 "시간을 초월한, 평정하고 티없는 고요"는 극중인물들 즉 애나와 윌의 경험일 뿐 작가의 직접적 언술이 아니라는 것이 맥락상 분명하다. 물론 그 경험 자체만 보자면 여하한 다른 경험이 거기에 더해진다 하더라도 "바뀌지 않을 기쁨"을 존재 깊숙한 곳 어딘가에서 그들이 느끼게 할 정도로 진정한 경험이지만, 그것은 그 순간 느끼는 것과는 달리 완전한 충족은 분명 아니다. 사실 이 "살아 있는 영원의 중심"의 경험은 그들이 깨어나서 벗어나야 할 어떤 것이며, 언제 어떻게 깨어날 것인가라는 문제야말로 신혼생활의 뜨거운 쟁점이 된다.

로런스의 서술이 지닌 극적 성격에 이런 식으로 관심을 기울여보면 '어려운' 대목의 문제가 대부분 말끔히 풀린다. 하지만 더 큰 문제, 즉 '승리자 애나'장 전체가 어떤 방식으로 이전 역사의 성공적 속편을 펼쳐 보이는가 하는 문제는 여전히 남는다. 예컨대, 구체적으로 어떤 방식으로 제1세대의 성취가 제2세대의 모험을 규정하거나 그것에 영향을 미치는가?

서곡에서 소환된 삶이 '영원한' 규범과 한참 거리가 멀다면, 톰과 리디아가 제3장 끝에서 성취한 '무지개'는 그보다도 더 큰 역사적 한계를 보여준다. 그 무지개는 나머지 세상, 즉 브랭귄 여인들이 동경하던 "저 멀리 도시와 정부와 활동적 남자들의 세계"(11면)로부터 일정하게 고립된 채 떠오른다. 선대의 여러 브랭귄 남자들과 마찬가지로 톰은 좀더 넓은 세상에서 온전히 지배적이고 창조적인 존재가 되는 데 실패했고 그 결과로, 애나의 결혼을 앞둔 시점에서 쓰라리게 깨닫듯 "톰 브랭귄은 마음 한구석으로는 여전히 만족하지 못한 채, 한 여자아이가 자신에게 전혀 관심을 보이지 않는다고 해서 속을 썩이고 있었다."(120면) 달레스키의 다음과 같은 말은 그 실패를 정확히 지적하면서 동시에 그것을 과장한 것일지도 모른다.

톰이 리디아와 더불어 이루는 성적 충족은 그의 삶을 지탱하고 그 가치를 확인해준다. 그것은 그에게 (…) 불멸성에 대한 암시(워즈워스 W. Wordsworth의 시 「송가: 어린 시절의 회상에서 얻은 불멸성에 대한 암시들」Ode:

Intimations of Immortality from Recollections of Early Childhood에서 따온 표현 — 옮긴이)마저 느끼게 해주지만, 그의 '남자로서의 존재'는 위축된다. 결국 그는 앞서간 아버지와 할아버지의 삶을 특징지었던 — 그리고 그가 애초 저항했던 — 농장생활의 육체적 직접성과 신비로 되돌아가 거기 몰입한다.[29]

톰이 리디아에게서 이루는 충족은 '성적 충족'과 아울러 과거 리디아가 속했던, 더 크지만 그에게는 영영 불가해한 세계와의 진정한 관계맺음도 실제로 포함한다. 그가 가족과 농장생활에 몰입하는 것 또한 독자성과 아울러 이웃 및 선조의 세계로부터의 독립을 일정하게 성취했음을 암시하는데, 이 사실은 안정되고 긴밀한 공동체의 역사적 붕괴과정에 비추어 상당한 중요성을 띤다. 왜냐하면 그와 같은 시기에는 브랭귄의 고립에도 방어적 미덕이 없지는 않기 때문이다. 그래서 가령 애나는 "집에서는 상식이 통하고 부모의 부부애가 지극해서 집 바깥에서보다 더 자유로운 삶의 기준이 형성되어 있었던 까닭에, 오로지 집에서만 마음이 편안했다는 것을"(95면) 자라나면서 알게 된다.

그러나 그녀는 물론 바깥으로 나가기도 해야 한다. 정상적인 사람이라면 당연히 생겨나게 마련인 이런 필요는 그녀가 열일곱살이 되면서 격심한 위기로 발전하는데, 이는 톰 브랭귄이 결혼에서 이룬 성취의 특정한 장점과 단점 모두를 반영한다.

집에는 어두운 침묵과 치열함 같은 것이 드리워져 있었고, 열정은 그 속에서 그 필연적인 귀결을 빚어내고 있었다. 집안에는 어떤 풍요가, 명

---

**29** Daleski, *The Forked Flame* 89-90면.

료하게 말로 표현되지 않는 깊은 교류가 있어 다른 곳들이 시시해 보이고 성에 차지 않았다. (…)

그러나 애나는 불편했다. 집에서 벗어나고 싶었다. 하지만 어디를 가든지 왜소해지고 위축되는 것 같은, 시시하다는 그 느낌이 그녀에게 몰려들었다. 그녀는 서둘러 집으로 돌아갔다.

집에 와서는 화가 나서 이 강렬하고 안정된 교류에 훼방을 놓았다. 가끔씩 그녀의 어머니는 그녀에게 일말의 동정도 배려도 없이 부숴버릴 듯 사납게 화를 냈다. 그러면 애나는 겁이 나서 움츠러들었다. 그녀는 아버지에게로 갔다.

무심한 어머니는 그녀의 말을 귀담아듣지 않았지만, 아버지는 늘 귀를 기울이려 했다. 가끔 애나는 아버지에게 말을 걸었다. 사람들 이야기를 나누려 했고, 사람들의 속뜻을 알고 싶었다. 그러나 아버지는 불편해했다. 그는 세상일을 의식의 차원으로 끌어내고 싶지 않았다. 그저 딸을 배려하는 마음에서 들어줄 뿐이었다. 그리고 방 안에는 신경이 바늘처럼 곤두서는 느낌 같은 것이 감돌았다. (…)

여러 방식으로 애나는 도피를 시도했다.(98-99면)

이 묘사에서는 톰 자신이 청년기에 겪었던 곤경과의 연속성과 아울러, 애나의 성품에서 기인하기도 하고 톰의 청년기 이후에 일어났던 일에서 기인하기도 하는 특정한 차이점들도 감지된다. 애나가 감행하는 식의 도피도 그런 '역사적' 설명, 그때까지도 존재하고 있는 특정한 상황에 비춘 설명이 가능하다. 예컨대 애나의 월을 통한 도피가 그처럼 수월한 것 자체는 전적으로 우연의 문제도 아니요 그 두 사람 각각의 성정 문제도 아니며, 작가가 갑작스런 연애사건을 선호하기 때문은 더더욱 아니다. 애나 쪽에서 보면 그것은 우선 그녀가 부모가 획득해준 자유를 누리며 성장했다는 사실에 기인하거니와, 이는 그녀가 욕망을 추구할 용기를 지녔음을 뜻하는 동시에 그녀의 부모도, 세상도 이를 가로막을 그 어떤 강압적 요구도 하려 들지 않을 것임을 뜻하기도 한다. 동시에, 그녀가 그렇게 급하게 도피하는 것은 그녀가 처한 상황의 약점에서 비롯되는 것이기도 하다. 비록 '잘못된' 결정은 결코 아니지만, 그녀의 결혼은 톰의 결혼 결심이나 어슐라(Ursula)가 스크리벤스키(Skrebensky)로부터 최종적으로 해방되는 결말에 선행되는 저 오랜 투쟁과 고심을 거치지 않고 결행된다.

윌의 성격은 또 그것대로 상황의 논리에 부합한다. 그는 톰과 달리 더 많은 지식과 교육의 기회를 누렸는데, 그것이 달리 또 무엇을 의미하건 간에 그런 지식과 교육이 결여된 애나의 짝이란 상상하기 어렵다는 것은 분명하다. 그러나 본질적인 '남성적 충동'의 측면에서 보면 그는 톰에 비해 훨씬 남자답지 못해서, 로런스가 『무의식의 환상곡』에서 "존재의 고독과 단독성에 대한 위대한 결단"[30]이라고 부른 것을 모든 것이 새로 시작되어야 하는 바로 그 자리 즉 애나와의 부부관계에서 행할 능력이 없다. 애나 자신의 좀더 강한 '근대적' 자기주장을 감안하면 제2세대가 겪는 결혼생활의 난관들은, 실제 역사에서와 마찬가지로 구체적 결과를 모두 예견할 수는 없겠지만, 어느정도 '역사적' 예측이 가능하다.

이 장을 읽는 어려움들도 이런 관점에서 이해되어야 한다. 작중인물의 본질적 경험을 전달하는 과제를 수행해야 하는 작가로서는 작품 첫 부분에서 톰의 의식이 지닌 한계 때문에 (윌리엄즈가 말하는) "공유된 언어"(shared language)를 결정적 대목에서 사용할 수 없었음을 우리는 이미 지적한 바 있다. 이제 제2세대로 오면 애나와 윌이 좀더 근대적인 개인임에도, 실상 부분적으로는 바로 그 사실 때문에, 로런스가 바로 **그들의** 상

---

30 *Fantasia of the Unconscious* 157면.

황인식을 단순히 제시하는 데 의존할 여지는 톰의 경우보다도 더 줄어든다. 그들이 좀더 근대적이라는 사실은 작가로서는 그 유무를 판단하기보다 전달하기만 하면 되었던 톰이 지닌 상식과 종교적 인식의 결합으로부터 그들이 좀더 멀어졌음을 뜻하기 때문이다. 제2세대를 다루는 부분의 언어는 '공유된 언어'에서 더욱 멀어지는데, 그 까닭은 작가가 작중인물들의 기존 공동체로부터의 점점 깊어지는 소외를 공유하고 그리하여 그들의 소외된 의식이 지닌 모호성을 자신의 문장으로 재생산하기 때문이 아니라 오히려 작중인물들이 할 수 없는 일, 즉 그들의 위기가 지닌 본질적 의미를 드러내는 일을 작가가 자신의 문장을 통해 해내야 하기 때문이다. 로런스의 방법은, 달리 말하면 플로베르가『보바리부인』에서 "의식의 자연주의적 재현"[31]에서 벗어난 것을 아워바흐가 "고전적"이라고 했던 것과 같은 일반적 의미에서 매우 고전적이다. 다만 플로베르의 엄격한 자기소거가 고전적 예술의 진정한 몰개인성을 성취한다기보다는, 루카치의 말을 빌리자면 "공공연하게는 부정되지만 은밀하게는 여전히 무의식적으로 채택되는 이상(理想)이라는 용의주도하게 은폐된 판단기준"[32]의 또다른 개입인 한에는, 로런스의 방법이 플로베르의 것보다 진실로 더 고전적이다. 그리고『무지개』에서는 '승리자 애나'장이 ─ 좀더 간결하고 더 순수한 예라고 할 서곡과 더불어 ─ 로런스의 고전적 방법을 유난히 성공적으로 예시하는 듯하다. 다시 말해 이 장은 (비록 항상 특수한 것을 통해서이긴 하나) 일반적 진실을 제시하는 책무를 의식적으로 떠맡는 한편 고양된 어조와 일종의 열정적 초연함을 유지하는가 하면, 자연주의와 형식주의라는 쌍생아적 위험도 피하는 것이다.

---

31 Auerbach, *Mimesis* 485-86면 참조.
32 본서 제1장 각주 179 참조.

갈등의 진행과정 자체는 리비스가 이미 솜씨있게 논의한 바 있으므로[33] 상세히 검토하는 수고는 덜었다. 여기서는 실제 역사가 갖는 온갖 복잡성과 불가피성을 안고 애나의 '승리'를 향해 나아가는 이 갈등이 우리가 '역사적' 관점에서 탐사해온 상황의 온갖 양상을 다시 드러내 보인다는 사실만 강조해두겠다. 다시 말해 그 갈등은 윌이 의존적이고 애나가 자기주장이 강하다는 명백한 사실뿐 아니라 그들의 강점들도 드러내 보이는데, 그 강점들은 더더욱 명백한 탓에 오히려 간과되기 쉽다. 갈등의 격렬함 자체가 무엇보다 그들의 충일한 성적 결합에서 비롯되거니와, 윌은 충분히 남성적인 까닭에 애나에게 이런 결합을 경험하게 해주는 한편으로 지배권을 놓고 그녀와 싸우기도 한다.

> 그럼에도(한 집안의 가장이라는 생각은 포기했음에도—옮긴이) 그가 원하는 뭔가가, 모종의 지배형태가 있었다. 그는 때때로 쩨쩨하고 수치스런 지경까지 무너져내렸다가도 다시 일어났으며, 그러고는 꿋꿋한 영혼과 새로 시작하려는 강인한 힘으로, 남자로서의 자존심을 세우며 그의 영혼의 숨은 열정을 충족시키는 일을 다시 한번 시작했다.(161면)

그와 같은 강점들이 근저에 없었다면 갈등은—어슐라와 스크리벤스키의 파경을 앞당겨 보여주는 결혼생활의 와해를 통해—훨씬 더 일찍 끝나버리거나, 아들과의 관계가 어슐라의 어린 시절에 벌어지는 상황과 사실상 상당히 비슷한 『아들과 연인』의 모렐 부부식으로 훨씬 더 길게 이어졌을 법도 하다. 하지만 애나와 윌 사이에는 마침내 일정한 균형이 이루어지는데, 다른 이유들도 있겠지만, 그러지 않는다면 서로를 파괴해야 할

---

33 Leavis, *D. H. Lawrence: Novelist* 123-27면 참조.

지도 모르는 상황에서 윌이 굽힐 줄 아는 품위를 보이고 애나 또한 그냥 내버려두는 법을 배우는 덕분이다.

그러나 차츰 그를 더 잘 사랑하는 법을 알게 되면서 그녀는 자기를 덜 내세우려 했고, 그가 발작적으로 성질을 부린다 싶으면 못 본 체 자기 세상에 있도록 두면서 그녀는 또 그녀만의 세상에 머물 수 있었다. 그는 그녀에게 돌아가려고 자신과 쓰디쓴 싸움을 했다. 그녀에게 돌아갈 때까지는 지옥을 겪으리라는 것을 마침내 깨달았기 때문이었다.(194면)

그리고 이런 한정된 균형에 그들이 도달할 수 있는 것은 윌이 다름아닌 자신의 '패배'를 통해 (그리고 또 한번 스크리벤스키와 두드러진 대조를 보이며) 마침내 제 자신이 되기 시작하고, "광대한 인간의 무리에서 벗어나 마침내 제 자신으로 태어나기"(176면) 때문이기도 하다.

로런스가 심층적 자아의 드라마에 몰두한다고 해서 그 드라마의 사회사적 의미가 약화되는 것도 아니다. 오히려 로런스는 '탄소'에 직접 다가감으로써 — 그렇더라도 필요한 경우 자연주의적 세목이 결여된 것도 아니거니와 — 가령 윌에게 아내로부터 '벗어날' 능력이 없다는 것이 순전히 개인적 성향 그 이상의 문제라는 사실을 분명히 보여준다. 게다가 객관적·역사적 세계에는 평범한 남자가 '벗어나' 할 수 있는 것들이 점점 줄어들고 있기도 하다. 다시 말해, 근대세계에서 남자는 자신의 '남성적 활동'이 단순한 도피나 일상적 밥벌이 이상이 되게 하려면 그 활동의 조건 자체를 새로 만들어내야 하는 처지에 점점 더 몰린다. 그리고 톰 브랭권의 경우 농부이자 가장이라는 사실만으로도 존경받기에 충분했던 데 반해, 윌의 경우에는 애나는 물론 윌 자신이 보기에도 밥벌이를 한다거나 레이스 디자이너라는 사실만으로는 그가 갈망하는 존경을 받을 자격이 생기지 않는다. 물론 톰은 그 자신만으로도 실로 충분히 남자다웠던 까닭에 군이 무슨 비범한 일을 할 필요가 없었지만, 이는 가족 및 농장생활 내의 정해진 소임을 다하는 것만으로도 공동체의 존경과 거기에 함축된 자기존중이 확보되던 사정을 감안하지 않고는 상상할 수 없는 사실이기도 하다.

윌에게는 목적지향적인 두 활동영역, 즉 독실한 신앙생활과 목각 취미가 열려 있는 듯했으나, 결혼 초기의 스트레스로 인해 제대로 뻗어나가지 못한다. 애나의 비판에는 로런스가 현대여성의 자기주장에서 발견하며 우리가 제3세대에서 좀더 보게 될 저 파괴성의 요소가 이미 담겨 있다. 하지만 그녀의 비판은 그의 종교적 열정이나 예술적 충동이 참된 '남성적 활동'의 위엄을 띨 정도로 그의 '미숙한' 감정적 삶을 충분히 탈각하지 못했음을 확실하게 ── 윌 자신이 보기에도 확실하게 ── 증명한다. 바로 이런 그의 미숙함 때문에 애나는 윌이 자신의 남성적 권위를 드러내놓고 바보같이 주장하건("자신이 얼마나 바보인지 그 스스로 알고 있었다", 161면) 아니면 아담과 이브 목판의 경우에서처럼 간접적이고 좀더 창조적으로 (162면) 주장하건, 그런 주장을 '남성우월주의'라고(당연히 이런 표현을 사용하지는 않지만) 받아친다. 마찬가지로, 그의 과도한 신앙심 역시 그가 그것을 애나의 비판을 감당해낼 만한 진정한 창조적 노력으로 발전시키지 못하는 탓에 퇴행적 성격을 띠게 된다. "실패한 사람, 만족을 얻기 위해 뒷걸음질하는 사람처럼 그는 약간 수치스럽기도 했다."(192면)

물론 이렇게 되기까지 애나가 범했던 잘못도 결코 간과되지 않는다. 윌이 목판을 부수어버렸다는 것을 알고 난 뒤 그녀 자신도 "마음 깊이 뉘우침을"(160면) 느끼거니와, 톰과 리디아도 잠깐 다시 등장해 이 상황에 대한 그들의 성숙한 판단을 보탠다("애나는 부모가 자신의 신혼생활의 비극을 그처럼 담담하게 받아들이는 데 좀 화가 났다." 163면). 그녀의 자기

주장이 최고조에 이르는 장면에서, 즉 그녀가 임신하여 배가 부른 몸을 드러내고 춤을 출 때, 로런스는 그녀가 달레스키의 주장과 달리 "단독성에 대한, 존재의 분리성에 대한 자신의 권리를 주장하는 것"[34]에서 멈추지 않는다는 사실을 분명히 한다. 애초에는 그 충동이 윌의 의존성에 대한 정당한 항변에서 일어났을 수 있겠지만, 그녀는 "그의 절멸을 춤추려" 드는가 하면 실제로 윌이 지켜보는 앞에서 "그를 지워없애기 위해 두 손을 치켜들고 다시 춤추기도 한다."(170면)

결국에는 물론 그녀 잘못의 성격을 '존재'의 성취라는 면에서 판단해야지, 순전히 개인적인 윤리나 '최대다수의 최대행복'이라는 면에서 판단할 일은 아니다. 이런 관점에서 판단할 때 그녀 몫의 잘못은, 그녀가 "그의 절멸"을 결코 실제로 이루어내지 못한다는 것이 그들 공동의 승리를 뜻함과 꼭 마찬가지로, 그녀의 '승리'가 남편에게뿐 아니라 그녀 자신에게도 패배를 뜻한다는 사실에 상응한다. 제6장을 마무리하는 단락들의 언어는 제3장 마지막 부분과의 비교를 이끌어내면서 윌과 애나의 결혼이 이룬 성취에 관한 신중하고 엄정한 판단을 내린다. 무지개 이미지가 다시 출현하지만, 제1세대는 부부 자신이 무지개였던 것과 달리 윌과 애나 경우에 정작 부부 자신은 이제 무지개가 아니라는 — 무지개는 그녀가 "자신의 피스가산"(Pisgah mount, 구약 신명기에 따르면 피스가산 정상에서 여호와가 모세에게 약속의 땅을 보여주었다고 한다 — 옮긴이)에서 바라보는 그 어떤 것일 뿐이라는 — 뜻깊은 차이가 있다.

저 멀리 지평선이 어렴풋이 빛났고, 무지개 하나가 아치길처럼 걸렸다. 희미한 빛깔의 갓돌을 얹은 그림자 문이었다.(181면)

---

[34] Daleski, *The Forked Flame* 98면.

톰과 리디아에게 "그것은 변모이자 영화요 천국 입성을 허락받음"이었던 반면 애나는 "자신의 부를 만끽하고 있는 부유한 여성"으로 묘사되는데, 이런 묘사는 그 성서적 언어사용을 감안하면, 로런스가 물질적 부에 대한 신약성서의 반감을 오롯이 공유하지는 않는다고 하더라도 찬사로 보기는 쉽지 않다. 그녀 자신의 불만은 이를테면 수태상태에서 오는 지속적 몽롱함에 의해서만 제거된다. 이것이 본질적 모험의 망각과 단념을 함축한다는 것을 로런스는 이 대목("만족감을 느끼며 그녀는 미지의 것을 향한 모험을 포기했다." 182면), 그리고 가령『이딸리아의 황혼』같은 산문들에서 분명히 한다.

> 아이들이 미래가 아니다. 살아 있는 진리가 미래다. (…) 미래는 살아서 자라나는 진리 속에, 진전하는 성취 속에 있다.[35]

하지만 마지막 두 단락의 위엄있는 언어는 그녀의 성취가 결코 하찮은 것이 아님을 확언하기도 한다.

> 아기가 하나 더 태어날 예정이었으며, 애나는 모호한 만족감에 빠져들었다. 그녀가 비록 미지를 향해 나아가는 여행자는 아닐지라도, 이제 목적지에 당도해, 다 지은 자기 집에 부유한 여자로 정착했을지라도, 그녀 집의 문들은 여전히 무지개의 아치 아래로 열려 있었고 그 문지방은 위대한 여행자인 해와 달의 지나감을 반영하고 있었으며 집안은 여행

---

35 *Twilight in Italy* 57면. "Study of Thomas Hardy"의 다음 구절도 참조. "아이를 낳는 것이 여자의 존재의의가 아니다. 제 자신을 낳는 것, 미지의 세계 끄트머리까지, 그리고 그 너머로 몰아가는 것, 그것이 여자의 지고하고 위험한 운명이다."(*Phoenix* 441면)

의 메아리로 가득했다.

그녀가, 그녀 자신이 문이자 문지방이었다. 그녀를 통해 또 하나의 영혼이 오고 있었고, 문지방을 딛고 서듯 그녀를 딛고 서서 손그늘을 눈에 드리운 채 갈 방향을 찾을 것이었다.(182면)


## 4

연대상으로 겹치는 제6장과 제7장의 끝 무렵이면 윌과 애나는 "살아서 자라나는 진리"와 "진전하는 성취"를 대표하는 사람으로서는 한계에 도달한다. 제6, 7장 마무리 부분의 권위있게 요약, 정리하는 어조는 이 점을 분명히 한다. 하지만 그들의 성취가 그 나름으로 창조성과 진리의 진정한 '정초'(institution)를 — 하이데거가 말하는 'Stiftung'을 — 보여주는 까닭에, 그들은 비단 다음 세대의 모험에 출발점이 될 필수적 환경을 제공할 뿐만 아니라 그들 자신도 (비록 '존재'의 본질적 역사에서는 더이상 결정적이진 않지만) 뜻깊은 방식으로 계속 변화한다. 제8장에서 윌이 어느날 저녁 노팅엄에서 돌아온 이후로 그들 결혼생활의 완전히 새로운 국면이 열리는데, 이런 변화는 『무지개』가 구현하는 '존재'의 역사라는 맥락에서 보지 않고는 그 정확한 의미를 평가할 수 없다. 그런 까닭에 이 문제에 관한 비평적 견해는 다음의 두 극단적 경우에서 볼 수 있듯이 매우 크게 갈린다. 가령 마크 스필카는 "그(로런스)가 전반적으로 주창하는 더 깊숙하고 더 따뜻한 사랑을 할 수 있도록 사람들을 해방시켜주는 감각의 향연, '남근을 통한 온갖 감각의 끌어냄'(phallic hunting out)"을 이 대목에서 발견하고 "그 경험이 브랭귄을 공적 임무를 돌볼 수 있도록 자유롭게 해준다"고 지적한다.[36] 반면 데이비드 캐비치는 좀더 최근 저작에서 윌이 "성적 감각의 기계로 전락하는 것은 그가 대단치는 않으나 공인(公人)으로 새로 활동하게 된 것과 동시의 일"이며 "세상에서 권력과 성공을 누리는 영국인들이 소설의 후반부에서 내면적으로 망가진 인물유형으로 그려진 다"[37]고 주장한다.

이 새로운 전개가 소설의 극적 연속성이라는 요건을 위배하지 않는 한, 우리는 그것에서 이전 국면의 성취에 내재된 모호성과 연관된 모호성이 드러나리라 예상할 수 있다. 그런 ('극적'이자 '역사적인') 연속성은 사실 어렵지 않게 발견된다. 윌이 "다른, 허용되지 않은 욕망의 삶"(211면)을 뮤 직홀에서 만난 여자에게서 찾으려 하는 것은 애나에게서 온전한 충족을 얻지 못했고 그녀에게 오랫동안 굴종해온 결과다. 그가 그 여자와 실패하고 그것을 애나에게서 찾으러 집으로 돌아와야 했던 것도 우연이 아니다. 자신들 결혼생활의 풍성한 결합을 이미 경험한 윌로서는 그런 '다른 삶'에서 너무 많은 것을 요구하기 때문에, 우연히 만난 평범한 아무 여자와 그런 삶을 시작할 수는 없다. 설사 그가 처음이자 유일한 시도에서 실제로 그러듯 일이 성사되기도 전에 여자를 놀래어 쫓아버리는 일까지는 없다

---

**36** Spilka, *The Love Ethic of D. H. Lawrence* 100면.

**37** David Cavitch, *D. H. Lawrence and the New World* (Oxford University Press 1969) 50면. 「『무지개』의 독창성」에서 머드릭이 내리는 판단은 캐비치의 판단과 기본적으로 같아 보이지만, 다음과 같은 논평은 훨씬 예리하다. "단조로움의 회피인 다양성의 추구는 부부생활에서 점점 더 극심해지는 강박이 된다. 마침내 윌의 일시적 바람기로 인해 피차 흥분한 애나와 윌은 일종의 평등한 성적 식인행위(sexual cannibalism)의 쾌락에, 서로의 몸을 백주대낮에 쾌락의 도구로 다루는 물신적 정욕의 열기에 스스로를 내맡긴다. 그리고 이 대목에서 사용된 이미지는 우리로 하여금 이 대목의 경험이 아담과 이브의 타락과 유사하다고 생각하게 만드는가 하면, 그런 새로운 경험을 낙원을 다시 한번 떠나도록 강제되는 시기에 이루어지는 인간 지식의 필연적 확장으로 보게 만들기도 한다. 그러나 애나와 윌은 신혼기에 경험했던 정염의 충족을 되찾지도 못하고, 정열과 정욕 간의 화해를 이룰 능력도 없어 보인다. 그들의 삶은 미묘한 해체과정 속에서 스러져간다."(*A D. H. Lawrence Miscellany* 75면)

하더라도 말이다. 또한 그는 자기 아버지의 길을 갈 수도 없다. 윌이 포브스 부인 같은 여자를 거들떠볼 리 없고, 애나 또한 너무 강하고 너무 빈틈없고 현대적이어서 홀대받는 아내 역할을 떠맡으려 들지 않았을 것이다.

거기서 비롯된 그들 관계의 모호성이 로런스의 문장에 오롯이 반영되어 있기 때문에, 특정 단락에서 작가가 자신이 묘사하는 대상을 어느 정도나 지지하는가를 두고 매우 상이한 견해들이 촉발될 수 있다. 새 국면은 그들의 종전 사랑이나 톰의 결혼생활과는 달리 분명 일종의 '게임'이다. "그들은 애정, 친밀감, 책임 같은 것은 모두 배 바깥으로 던져버렸다."(218면) 다음 인용문에서 보듯 사실상 그들은 윌이 밖에서 잠시 추구했던 것을 결혼생활 안에서 시작한다.

> 그는 완전히 낯선 사람인 듯했고, 그녀는 그에게 한없이 그리고 본질적으로 낯선 사람, 세상의 다른 반쪽이자 달의 캄캄한 이면인 듯했다. 그녀는 그가 집안에 들이닥친, 생면부지이지만 말할 수 없이 뇌쇄적인 약탈자이기라도 한 듯 그의 손길을 기다렸다.(218면)

톰과 리디아도 서로에게 "낯선 사람"으로 남았으며 로런스도 그런 상태를 온전히 지지했지만, 낯선 사람이 "약탈자"이기도 하다면 전혀 다른 문제다. 다른 한편 이들의 종전 사랑은 두 사람 모두를 실질적으로 속박하기도 했던 만큼 그것의 종말은 그에 상응하는 해방감과 성취감을 주는 것이기도 하기에, 이 대목의 문장에는 지지와 유보가 병존하는 복잡한 어조가 두드러진다. 예를 들어보자.

> 그들은 수치를 받아들였고, 자신들의 가장 용인되지 않은 쾌락들을 추구하면서 수치와 하나가 되었다. 수치는 그들과 한 몸이 되었다. 그것

은 아름답게 피어나 묵직하고 근본적인 만족감을 선사하는 꽃봉오리였다.

그들의 외면적인 삶은 크게 달라진 것 없이 이어졌지만 내면의 삶은 혁명을 겪었다. 자식들이 덜 중요해졌고, 부모는 그들만의 삶에 빠져들었다.

그리고 점차 브랭귄은 바깥의 삶에도 자유롭게 관심을 기울일 여유가 생겨나기 시작했다. 그의 내밀한 삶이 너무도 격하게 활동적으로 돌아가서 그의 내부에 있던 또다른 남자를 해방시켰던 것이다. 그리고 이 새로 태어난 남자는 흥미를 품고 공적인 삶으로 관심을 돌려 자신이 거기서 어떤 역할을 맡을 수 있을지 살펴보게 되었다. 이것이 그에게 그가 이제 새로 창조되고 해방된 목적이라고 할 만한 그런 종류의 새로운 활동의 기회를 주게 될 터였다. 그는 목적지향적 인류 전체와 한마음이 되기를 갈구했다.(220-21면)

이런 전개양상이 『채털리부인의 연인』 제16장에 나오는 "관능적 정염의 밤"과 유사하다고 보는 비평가들은 일차적으로는 분명 정확하다. 하지만 둘 사이에는 결정적 차이가 존재한다. 윌과 애나의 경우 '수치'를 받아들이는 것은 종전의 애틋한 사랑을 대체해버릴 뿐, 코니(Connie)와 멜러스(Mellors)의 경우처럼 (그리고 『연애하는 여인들』 제29장의 어슐라와 버킨의 경우처럼) 그 감정을 보완하고 정화하지 않는다. 또한 윌의 새로운 '목적지향적 자아'가 출현하는 것은 그의 창조적 변화가 '존재'의 가장 깊숙한 수준에서 근본적 한계에 도달하고 난 다음이며, 그 결과로 그의 새로운 공적 정신은 그를 현존하는 사회에 통합시키기는 하지만 그것의 창조적 전위에 세우지는 못한다. 더구나 그 시기는 바로, "목적지향적 인류 전체와 한마음이" 되겠다는 막연한 욕구가 실제 역사에서 진정한 창조성으로는 점점 더 미심쩍은 것이 되어가고 있던 때이기도 했다. 윌의 이런 한계는[38] 훨씬 뒤 그가 목각을 다시 시작하면서 "자신에게 지식과 숙련된 기술은 있지만 비전은 없다"는 것을 알게 될 때 절실히 드러난다. 그는 모형 만들기에서만은 진정 아름다운 무언가를 생산하지만, "그것은 단지 복제에 지나지 않았다."(330면)

로런스가 제7장 마지막 단락에서 더없이 단호한 어조로 한 말을 돌이켜보면 이것은 전혀 놀랄 일이 아니다.

그가 때로 밝지만 텅 빈 표정으로 아주 조용히 앉아 있을 때면 애나는 그 밝음 속에 깃든 고통을 느낄 수 있었다. 그는 자신의 어떤 한계, 자신의 존재 자체 내부의 형성되지 않은 어떤 것, 자신 속의 여물지 않은 봉오리들, 자신이 육신으로 살아 있는 한 결코 자라나서 펼쳐지지 않을 어둠의 어떤 접힌 중심들을 의식하고 있었다. 그는 자기실현의 태세가 되어 있지 않았다. 그의 안에 있는 자라나지 못한 무엇이 그를 제약했고, 그가 펼쳐낼 수도 없고 그의 안에서 결코 펼쳐지지도 않을 어둠이 그의 안에 있었다.(195면)

만약 바로 다음 장에서 "진정한 펼쳐짐"이 제시된다면 그것은 분명 작품의 심각한 결함이 될 수밖에 없을 것이다. 그러므로 윌의 결혼생활의 새 국면을 두고 로런스가 "내면의 삶은 혁명을 겪었다"(220면)라고 말할 때, 우리는 그 '혁명'이 제한적으로 성취된 존재의 차원 안에서 일어난 것이며, 가장 깊은 의미의 "미지의 것을 향한 모험"(182면)에 대한 부분적 망각

---

[38] 스필카도 이후의 논의에서 이 한계를 인지한다는 점을 언급해두는 것이 온당하겠다. *The Love Ethic of D. H. Lawrence* 105면 참조.

이 이미 이 존재 속에 깃들기 시작한 것으로 이해해야 한다. 이 모험의 맥락에서 보면 어차피 이런 변화는 상대적으로 사소한 에피소드이거니와, 로런스의 서사구조 내에서도 그것은 사소한 것으로 처리된다. 하지만 그런 맥락을 제대로 의식하지 못하는 사람들에게는—월과 애나 자신들 그리고 그들의 자식들에게 실제로 그러하듯—그것이 정말 '혁명'으로 보인다. 그리하여 제2세대의 모험 속 이 '혁명적' 에피소드를 통해 로런스는 현대의 사회적·지성적·예술적 역사의 핵심적 한순간을 '존재'의 역사라는 더 큰 지평 위에 자리매기는 데 성공하지만, 그런 지평을 의식하지 못하는 사람들은 그 순간을 진짜 '혁명'으로 경험하고 또 그렇게 부를 수밖에 없을 것이다.

그와 같은 '자리매김'은 예컨대 월이 〈절대미〉(Absolute Beauty)로 쏠리는 계기를 묘사하는 다음과 같은 대목에서 이루어진다.

그들에게 아이들은 그저 육신의 소산에 지나지 않게 되었고, 둘은 자신들만의 어둡고 죽음 같은 관능적 행위들 속에서 살았다. 때로 그는 그의 감각을 통해 그녀에게서 지각되는 〈절대미〉의 체험으로 미쳐나가는 듯한 느낌이었다. 그것은 그가 감당하기 힘든 것이었다. 그리고 거의 모든 것에 바로 이런, 거의 불길하고 무시무시한 아름다움이 있었다. 그러나 궁극적인 아름다움은 자기 몸과의 접촉에서 이루어지는 그녀 육체의 계시들에 있었고, 그 아름다움을 아는 것은 그 자체로 거의 죽음이었으며, 그런데도 그걸 알기 위해 그는 끝없는 고문을 감수했을 것이다. 하다못해 그녀의 발잔등을 누릴 권리를 포기하느니, 발가락들이 갈라져나오는 자리, 발가락의 작은 둔덕과 발가락 사이의 오목하게 접혀들어간 곳들로 이어지는 작고 기적 같은 새하얀 평원을 포기하느니 무엇이든, 그 무엇이든 내주었을 것이다. 이것을 빼앗기느니 차라리 죽음을 택했을 것만 같았다.

죽음처럼 난폭하고 극단적인 관능, 이것이 바로 그들의 사랑이 도달한 모습이었다. 그들에겐 의식적 친밀감도 사랑의 애틋함도 없었다. 그것은 오로지 욕정이었고, 무한하고 미칠 듯한 감각의 도취요 죽음과 같은 애욕이었다.

그는 살아오는 동안 내내 언제나 〈절대미〉에 대한 숨은 두려움이 있었다. 그것은 언제나 어떤 물신(物神)과 같았고 실로 두려워해야 할 어떤 것이었다. 왜냐하면 그것은 부도덕하고 인류를 배반하는 성격이었기 때문이다. 그래서 그는 둥근 아치의 원만한 절대적인 아름다움을 피해, 끝이 뾰족한 아치로 인류의 부서진 욕망을 항상 내세워온 고딕 양식으로 쏠렸던 것이다. 그러나 이제 그는 물러섰고, 여자의 육체를 통한 이 지극하고 부도덕한 〈절대미〉의 구현에 무한한 관능적 격렬함으로 자신을 내맡겼다. 그의 손길이 닿으면 절대미가 여자의 몸에서 생성되는 듯했다. 그의 손길이 닿으면 눈길이라도 닿으면, 그것은 거기 존재했다. 그러나 그 완벽한 곳을 그가 보지도 만지지도 않을 때, 그것은 완벽하지 않았고 존재하지 않았다. 그래서 그가 그것이 존재하도록 만들어야만 했다.(219-20면)

우리는 "이 지극하고 부도덕한 절대미"가, 예컨대 『악의 꽃』(Les Fleurs du Mal)에서 보들레르(Charles P. Baudelaire)가 그러했듯 많은 뛰어난 현대예술가들의 골똘한 관심사였음을 볼 수 있다. 윌의 경험이 지닌 역사적 대표성 또한 심미적 영역에 국한되지 않는다. 이 경험에 기록된 감정의 구조는 경험의 한가지 측면만을 추구하는 가운데 개인의 온전성과 공동체의 유대를 모두 단념한다는 점에서, (과학적·누적적 방식이건 실존적-시시포스적 방식이건) 끝없는 검증을 고집한다는 점에서, 가치의 '혁명적'

대전환을 내세우면서도 "어떤 식으로든 '가치들'에 따라서"[39] 평가하는 기본 방식을 극복해내지 못한다는 점에서 현대적 특성을 띠기 때문이다.

이 경험이 코니와 멜러스의 경험, 그리고 (가령) 구드런(Gudrun)과 제럴드(Gerald)의 경험 같은 서로 다른 경험들과 얼마간 유사성을 보이는 것도 따라서 우연이 아니다. 실제 연대기는 물론 본질적 역사에서도 윌과 애나의 경험은 다음 세대에서 그런 두 방식 중 하나로 진화할 수밖에 없다. 즉 창조성과 애정의 새 국면에 의식적으로 통합되거나, 창조의 원천으로부터 소외되어 돌이키지 못하는 가운데 공허함와 파괴성의 극한으로 내몰리는 것이다. 하지만 그들 자신의 세대에서 절대미의 경험은 "그들의 이전의 애틋한 사랑"(217면)이 첫 성적 결합으로 완성된 다음에, 그리고 윌의 평생에 걸친 두려움과 저항이 있은 다음에 오기 때문에, 그 퇴폐적 요소에 창조적 성취의 진정성과 보편성이 어느정도 접합될 수 있다. 다시 우리는『악의 꽃』을 생각해볼 만한데, 이 작품은 천재적 노작이 분명하고 현대인의 경험에서 하나의 랜드마크이지만, 어쨌든 로런스의 관점에서는 예컨대 거의 동시대에 나온 휘트먼의『풀잎』(Leaves of Grass) 같은 최상급의 창조적 돌파에 해당하지는 않는다. 윌의 경험은 전(前) 낭만주의 및 낭만주의 시기 '고딕 양식의 부활'이 갖는 본질적인 역사적 의미가 현대예술의 전면적 출현을 특징짓는 "지극하고 부도덕한 절대미"로 불가피하게 이어지면서도 그로부터 진지하게 거리를 둔 데 있다는 점을 드러내기도 한다. 현대예술이 '부도덕한' 것은 예술가들 개개인이 부르주아사회의 특정한 윤리적 규칙을 업신여기기 때문이 아니다. 윌만 해도 그런 의미의 '비윤리적' 행위를 전혀 하지 않을 뿐더러 오히려 주어진 공동체의 비교적 건전한 구성원이 되기도 하다. 그것이 '부도덕한' 것은 현재가 과거 및

---

39 Heidegger, "Plato's Doctrine of Truth"(본서 제1장 31~32면 참조).

미래와 맺는 유기적 연결을 파괴한다는 뜻에서("그들에게 아이들은 그저 육신의 소산에 지나지 않게 되었다"), 그리고 인류공동체에 대한 진정으로 종교적인 사유를 거부하는 일에 실로 종교적인 열정으로 골몰한다는 뜻에서 "부도덕하고 인류를 배반"하기 때문이다. 한 예로, 플로베르는 비록 "여자의 육체"에서는 아니라고 하더라도 "궁극적인 아름다움"을 얻기 위해 "끝없는 고문을 감수했을"법하고 또 실제로 그런 고통을 감수하기도 했다. 하지만 그와 같은 노력의 신선함과 제한적인 보람은 로런스가 『무지개』의 이 에피소드에서 보여주듯 제약하는 면은 있으나 여전히 탄탄하게 통합된 존재방식에 맞서 그 노력이 새롭게 거둔 승리에서 나온다. 그러나 거기에 고집스레 매달리는 것은 결국 (「왕관」에서 로런스가 말하듯) "우리의 삶 그 자체, 우리 삶의 유일한 형태가 되어버린"[40] 저 감각지상주의(sensationalism)로 이어질 수밖에 없다. 플로베르 자신부터가 하나의 징조다. "La rage des phrases t'a desseche le coeur"(넌 문장에 미쳐서 심장이 메말라버렸어)라고 그의 어머니가 말한 것으로 전해지거니와,[41] 로런스는 플로베르의 가장 유명한 작품조차 생기가 없다고 본다. "내게는 『보바리부인』마저도 작품 전체의 생동하는 리듬의 면에서는 죽은 듯 보인다. 『맥베스』(Macbeth)는 삶 그 자체 같은 생동하는 리듬이 있지 않은가."[42]

그래서 『무지개』에서도 진정한 창조적 미래는 (중년이 채 되지 않은 나이지만) 윌과 애나의 이후의 삶이 아니라 어슐라의 새로 시작되는 모험에 있게 된다. 그녀는 자식들 중에서 좀 특이한 편이나, 바로 그런 까닭에 다음 국면을 더욱 진정하게 대표한다. 윌에게 아내가 경험하는 "모성의 무

---

**40** *Phoenix II* 388면. "구태의연한 계통의 새로운 감각들을 발명"해낼 뿐이라는 현대소설가들에 대한 로런스의 비난도 참조. "Surgery for the Novel," *Phoenix* 520면.

**41** Hauser, 앞의 책 제2권 789면.

**42** "German Books: Thomas Mann," *Phoenix* 313면.

아경"이나 그 자신이 나중에 품게 되는 "관능적 발견의 열정"처럼 영혼 속 결핍을 잊게 도와줄 것이 없던 때에 그 결핍을 채우도록 요구받는 맏딸로서, 어슐라는 단연코 이례적이나 바로 그 이례적임으로 인해 전형적으로 현대적인 방식으로 의식이 깨어나기 때문이다.

그와 어린 어슐라 사이에는 기이한 동맹의식이 생겼다. 그들은 서로를 의식했다. (…) 그의 삶의 기반은 그녀가 조그만 아이였을 적에도 그녀에게, 그녀의 지지와 그녀의 동의에 있었다.(204면)

그러나 자신이 보잘것없고 어설픈 존재라는 어렴풋한 어린애다운 느낌이, 쓸모없는 존재라는 치명적인 느낌이 들었다. 그녀는 아무것도 할 능력이 없었고 모자라기만 했다. 아버지에게 꼭 필요한 존재가 못 되었다. 이런 깨달음이 애초부터 아이의 기를 꺾어놓았다.
그래도 여전히 그녀는 떨리는 나침반 바늘처럼 아버지를 향해 고정되어 있었다. 그를 의식하고 그의 존재에 촉각을 세우는 일이 그녀의 삶을 온통 지배했다. 그리고 어머니한테는 맞섰다.
아버지는 그녀의 의식의 잠을 깬 새벽이었다. 그만 아니었더라면 어슐라도 구드런, 테리사, 캐서린 등 딴 애들이나 마찬가지로, 꽃과 벌레와 장난감들과 하나인 채 주의를 끄는 그러한 구체적인 대상을 떠나서는 존재하지 않는 상태로 자라났을 것이다. 그러나 아버지는 그녀에게 너무 가까이 왔다. 움켜잡는 그의 손과 힘찬 그의 가슴은 어린 시절 스쳐지나가는 무의식 상태에서 거의 고통스럽게 그녀를 깨워놓았다. 아직 볼 줄도 알기 전에 그녀는 보이지 않는 눈을 번쩍 뜨고 깨어났다. 그녀는 너무 일찍 잠깨워졌던 것이다.(205면)

이미 우리는 『무지개』의 이 부분과 『아들과 연인』의 상황 간의 유사성을 언급한 바 있다. 하지만 여기에서 묘사된 어슐라와 아버지 관계는 『아들과 연인』의 모자관계를 하나의 역사적 증례로서 포괄할 만한——그리고 필요한 지점들에서는 비판적으로 '자리매길' 만한——더 큰 역사적 대표성을 갖는다. 로런스 자신도 당시에는 (『아들과 연인』이 아닌) '폴 모렐'(Paul Morel)이라는 제목이 붙어 있던 이 작품에 관해 에드워드 가넷에게 편지를 쓰면서 이 이야기가 대표성을 띤다고 이미 주장한 바 있다.

그건 수천의 영국 청년들의 비극이지요. 심지어 버니(Bunny, 에드워드 가넷의 아들 데이비드의 별명——옮긴이)의 비극일 수도 있고요. 러스킨(John Ruskin), 그리고 그와 같은 부류 사람들의 비극이기도 했던 것 같습니다.[43]

이 작품을 읽은 사려깊고 안목있는 독자라면 로런스의 말에 동의했을 법하지만, 이 비극의 온전한 역사적 맥락이 제시되고 '존재'의 역사에서 그것이 갖는 진정한 의미가 소설 자체를 통해 정의되는 것은 오로지 『무지개』에 와서다. 가령 폴의 비극은 공동체 속 "남성적 충동"이 (특히 모렐 부인과 미리엄 리버스Miriam Leivers 같은) 여성들을 통해 이례적이고 심지어 난감한 형태로 행사되는 더 큰 맥락의 역사적 위기에 뿌리박고 있기는 하나, 이 점은 윌과 애나의 관계에서 "그녀는 한낮이자 햇빛이었고, 그는 그림자로 한쪽으로 밀쳐져 있었지만 어둠 속에서는 압도적 관능으로

---

**43** 1912년 11월 19일자 편지.(원문에는 "*The Collected Letters* 161면, 1912년 11월 14일자 편지"로 되어 있으나 케임브리지판에 의거하여 수정하였다. *The Letters of D. H. Lawrence, Volume I, September 1901-May 1913*, ed. James T. Boulton, Cambridge University Press 1979, 477면 참조——옮긴이.)

막강한 힘을 행사했다"(201면)라는 사실이 어슐라의 삶에 대해 갖는 의미만큼 결코 명확히 조명되지는 않는다. 그리고 브랭귄 부부의 결혼이 모렐 부부 경우보다 더 정상적이라는 — 더 만족스러우며 내리혼사라는 특수한 면도 없다는 — 사실에 힘입어, 전형적인 현대적 삶이란 부모 세대 결혼의 균형이 어느정도 상실되고 창조적 충동이 어느정도 감쇠한 결과이기 때문에 의식의 조숙한 각성과 그에 뒤이은 스트레스라는 특징을 띤다는 점이 더욱 권위있게 전달된다.

　로런스는『무지개』에서 이전보다 더 뚜렷하고 오롯이 보게 되기 때문에, 폴의 삶에 대한 모렐 부인의 사실상 훨씬 더 불운한 개입을 판단할 때보다 어슐라에 대한 윌의 과오를 판단할 때 더 자신감 있고 더 예술적 절제를 발휘한다. 자식의 삶에 대한 아버지의 침해는 필요 이상의 사랑을 주는 데서 멈추지 않는다. 그가 (강 장면 및 스윙보트 장면에서) 딸을 일종의 의지력 대결에 임하게끔 몰아붙인다든가, 딸의 완강한 반항에 발끈해서 — 그 반항은 또 그녀가 보통의 아이들보다 어린 시절의 자연스러운 무력감을 더 민감하게 느끼는 데서 비롯하는 것인데 — 불필요할 정도로 잔인하게 벌할 때처럼, 때때로 그는 또한 딸을 적극적으로 공격하지 않고는 못 배긴다. 그런 장면 중 하나는 종묘밭을 짓밟았다고 어슐라에게 윌이 고함을 질러대는 대목이다.


　아이의 영혼, 아이의 의식은 사라지는 것 같았다. 마치 넋이 굳어지고 반응할 줄 모르게 된 조그맣고 단단한 생물처럼 어슐라는 꽉 오므라들고 무감각해졌다. 자신이 아무것도 아닌 존재라는 느낌이 서리처럼 아이를 얼어붙게 했다. 그녀는 아무래도 좋았다.
　주제넘게 어찌 되든 상관없다는 듯 건방 떠는 아이의 굳은 얼굴을 보니 그는 천불이 났다. 아이를 부숴버리고 싶었다.

"고집불통인 네 조막만 한 얼굴을 박살내주겠어," 그는 주먹을 쳐들고 이를 악물며 말했다.

아이는 꿈쩍도 하지 않았다. 자기한테는 자기 말고는 아무것도 존재하지 않는다는 것처럼, 어찌 되든 상관없다는 듯, 완전히 상관없다는 듯 빤히 쳐다보는 표정은 미동조차 없었다.

그러나 마음속 깊은 구석에서는, 흐느낌이 아이의 영혼을 찢고 있었다. 그리고 아버지가 가버린 다음, 아이는 응접실 소파 밑에 기어들어가서 어린아이의 소리없는 혼자만의 슬픔에 잠겨 쪼그리고 있었다.

한 시간쯤 지나 다시 기어나와서 좀 어색하게 놀기 시작했다. 아이는 의지로써 잊고자 했다. 고통과 모욕이 사실이 아니게끔 자신의 어린 영혼을 기억으로부터 단절시켰다. 아이는 자기 자신만을 인정했다. 세상에는 이제 자기 자신밖에 없는 것이었다. 얼마 지나지 않아 그녀는 바깥세계에 자신에게 적대적인 악의가 있다고 믿게 되었다. 그리고 매우 일찍 그녀는 자신의 사랑하는 아버지까지도 이 악의의 일부임을 알게 되었다. 그리고 매우 일찍 그녀는 자기 바깥에 있는 모든 것에 저항하고 모든 것을 부정하면서 자기 속에 웅크러들어 스스로를 모질게 다지는 법을 배웠다.(207-208면)

이 대목에서 우리는 세대가 바뀌면서 더 심화되어온 분리와 소외의 경험이 어린아이 감정의 가장 취약한 구석까지 파고들었음을 본다. 이 대목 또한 극적·역사적 논리는 흠잡을 데가 없어 보인다. 애나의 어린 시절에도 "아버지와 딸이 연인들 같던" 시기가 있었지만, 그 시기는 톰과 리디아가 "지극한 관계"를 성취하게 되면서 일시적 국면으로 끝난다. 제2세대는 이런 관계를 성취하지 못하는 탓에, 부모는 좀더 제한된 의미에서만 '문지방'이 된다. 그 '문지방'은 자식들이 무지개를 향한 자신들의 여정을 시작할 수 있는 기반이지만, 자신들의 부모가 포기하고 심지어 망각해버린 그 모험을 조금이라도 수행하려면 자식들은 준비도 되기 전에 일찌감치 거기에서 벗어나야 한다.

그 역사에 쇠퇴와 소외만 담긴 것은 물론 아니다. 어슐라의 조숙한 깨어남은 그 자체가 서곡의 여인들이 갈망하던 더 온전한 의식을 향한 진전이기도 하며, "자기 속에 웅크러들어 스스로를 모질게 다지는" 그녀의 능력은 그녀가 부모의 낡은 삶으로부터 벗어나야 할 때, 그리고 적대적 바깥세상을 직면해야 할 때도 불가결한 것으로 판명될 것이다. (폴 모렐도 소설의 결말에서 "희미하게 웅웅대는, 불빛 환한 읍내를 향해 재빨리" 돌아설 때 이와 동일한 능력을 보여주지만, 『아들과 연인』에서는 그 능력의 생성과정이 그리 오롯이 추적되지는 않는다.) 그리고 부모 자신도 그들 나름대로 열정의 충족을 실제로 실현했기 때문에, 어슐라와 폴 두 사람의 경우 조숙한 깨어남은 전적으로 불행이기만 한 것이 아니라 좀더 온전한 의식과 존재를 향한 깨어남일 수도 있다. 특히 어슐라의 경우 (『아들과 연인』의 모렐네 집을 두고서도 "시끌벅적한 면"을 지나치게 강조해서는 안 되겠지만,)[44] 아이의 건강한 성장에 불가결한 신체적 온기와 모성의 안온함이 부모에 의해, 부분적으로는 다름아닌 그들의 체념을 통해 획득된 것이라는 점도 기억해야 할 것이다. 그리고 이후 부모가 관능적 존재로의 진전을 이루면서 이 집에는 "새로운 활기"가 생겨나게 된다. 그래서 아버지에 대한 어슐라의 애착을 묘사한 제8장 마지막 대목(221-22면)은 대체로 행복한 어린 시절이라는 인상을 남긴다.

그런 만큼 우리는 아버지와 딸의 미심쩍은 관계, 그리고 그것의 왜곡효

---

**44** 이는 레이먼드 윌리엄즈가 로런스 자신의 노동계급 가정과 관련해 상기시키는 점이다 (*Culture and Society* 206면).

과에 대한 로런스의 판단을 더더욱 강렬하게 실감하게 된다. 자신이 별개의 독자적인 존재라는 어슐라의 의식은 제3세대의 모험에서 핵심적인 요소로서, 그 불확실한 원천으로까지 추적되어 부분적으로는 이미 허위의식이라는 것이 밝혀진다. 아이는 "고통과 모욕이 사실이 아니게끔 자신의 어린 영혼을 기억으로부터 단절시켰다. 아이는 자기 자신만을 인정했다." 그리고 그 결과로 그녀가 갖게 된 세상의 악의에 대한 믿음은 편집증적 요소를 지니게 되는데, 그것은 소외라는 역사적 위기에 대한 정당한 반응이자 그 위기를 적극적으로 조장하는 것이기도 하다. 잘 알려져 있다시피 로런스가 현대세계의 적대적 환경에서 곤경에 처한 개인에게 공감했던 사실에 비추어보면, 어슐라의 '취약성'(그리고 그것을 보완하는 독립하려는 의지)에 관한 이런 복합적 인식은 한층 더 가치를 띤다. 어머니에 대한 그의 악명 높은 집착보다 어쩌면 그런 공감 때문에, 폴 모렐을 묘사하는 방식이 좀 덜 철저하게 몰개인적인 것이 되었을지도 모른다. 『무지개』에서조차도 우리는 어슐라의 모험의 후반 국면에서 그 공감이 과도한 힘을 행사함을 감지하게 될 것이다.


5


제11장에서 어슐라가 완전히 중심인물로 떠오르기 전에 두개의 장이 더 끼어드는데, 그 방식은 서로 다르지만 둘 다 막간극의 성격을 — 표면으로는 심지어 휴지(休止)의 성격을 — 띤다. 하지만 사실 이 두 장은 소설의 전체 구조에, 그리고 제3세대의 모험을 제대로 이해하는 데 훌륭하게 기여한다.

제9장 '마시 농장과 홍수'는 제1세대로 잠시 되돌아가 톰 브랭귄의 죽

음을 기록한다. 겉으로 보아 공연한 — 톰이 결코 죽으면 안 된다는 뜻에서가 아니라 그의 죽음이 이 특정한 순간에 특정한 방식으로 발생하는 것은 참된 예술이 요구하는 불가피성을 결여했다는 뜻에서 공연한 — 이 에피소드는 사실상 일들의 전체 얼개에 관한 대가(大家)다운 감각으로 처리된다. 그의 죽음이 그 방식에서나 소설의 서사구조와의 관계에서나 로런스가 부여하는 딱 그만큼의 '공연한' 성격을 띠는 것은 톰의 삶이 지닌 본질적 의미에 부합한다. 그가 삶에서 거둔 성취는, 로런스가 다시 상기시켜주듯, 결코 하찮은 것이 아니다.

그의 살림살이는 상당히 윤택했다. 그와 다른 존재이면서도 어느 지점에선가 결정적으로 그와 연결되어 있는 아내가 그 곁에 있었다. 어디서 어떻게 연결되는지는 그가 어찌 알겠는가? 그의 두 아들은 신사가 되었다. 그들은 그와는 다른 존재이고 그들만의 독자적인 삶이 있지만, 그럼에도 그와 연결되어 있었다. 모든 게 모험 같고 아리송했다. 하지만 사람은 결과야 어찌 되건 자기 존재의 테두리 안에서는 활력이 넘치게 마련이었다.

그래서, 인물 좋고 얼떨떨한 표정의 톰은 호방하게 웃으며 그가 고수할 수 있는 유일한 것인 양 자기 자신을 고수했다. 그의 젊음과 경이감은 그의 내부에 거의 변함없이 남아 있었다.(225면)

소설의 주요인물 중 오로지 톰과 그의 아내만이, 되돌아보건대 "아주 별개의 두 존재이지만 결정적으로 연결되었고 상대방에 대해 아무것도 모르지만 별개의 방식으로 한 뿌리에 의지해 살아갔던,"(15면) 톰의 부모를 포함한 이전 브랭귄 사람들 결혼의 특징이었던 균형 잡힌 양극성을 재창조해낸다. 자기 자신을 고수하는 톰의 모습에는 어린 어슐라가 자기 속으로 움츠러드는 데서 엿보이는 불건강함이 없다. 사실 "모든 게 모험 같고 아리송했다"라는 문장은 인간의 실존에 관한 궁극적 발언에 가까운 말로, 횔덜린의 의미심장한 시구를 떠올리게 할 만하다.

하나의 기호다 우리는, 뜻을 알 수 없는.

Ein Zeichen sind wir, deutungslos[45]

하지만 이 맥락에서 '아리송한'이라는 표현은 횔덜린의 시구처럼 궁극적 일반성을 띠지는 않는다. 그 표현은 톰의 특정한 한계, 즉 애나와 성장한 어슐라가 대표하는 "더 나아간 삶"으로부터 배제되고 그 결과 아들들마저 주변적 역할에 머물게 한 점을 암시하기도 한다.

그리하여, 살아생전 그의 삶은 그 자신에게도 주변 사람들에게도 멋진 삶이었겠지만, 그가 『무지개』의 본질적 역사에 한층 진전되고 결정적인 기여를 하는 것은 오로지 죽음을 통해서다. 홍수 속 그의 죽음은 우연과 필연, 위엄과 비루함의 정확한 혼합이 될 수밖에 없으며 실제로도 그렇다. 그것은 비극적 영웅이나 악한이 절정에서 맞이하는 전락이 아니요 『연애하는 여인들』 속 크라이치(Crich)의 죽음처럼 수치스럽게 지연된 사건도 아니라 본질적으로는 하나의 '막간극'이지만, 그럼에도 이 '막간극'은 살아남은 자들에게 미친 영향을 통해 이어지는 역사에 하나의 영속적 요소로 합류하게 된다. 리디아와 애나는 이 사건을 겪으며 저마다 다른 방식으로 인간존재의 다름(otherness)의 신비와 죽음의 장엄함을 절감한다. 아들들은 더 많이 고통스러워한다. 프레드(Fred)는 좀더 단순하고 직선적인 방식으로 슬퍼하고, 아들 톰은 "여느 때처럼 조용하고 침착하지만"(233면)

---

**45** Friedrich Hölderlin, "Mnemosyne" (제2판) 1행.

실은 훨씬 더 암담한 절망에 휩싸인다. 어쩌다 그런 톰의 모습을 보게 된 뒤로 어슐라는 "그의 동물 같은 섬뜩한 면을 살피고 경계하는"(234면) 일을 결코 잊지 않는다. 하지만 이 소설이 그려내는 역사의 면에서 톰의 죽음이 초래한 가장 중요한 결과는 어린 어슐라와 그녀의 할머니 사이에 자리잡는 새로운 연결관계다.

> 맏이인 어슐라에게 할머니의 침실이 주는 평화는 너무나 감미로웠다. 이 방에 어슐라는 숨죽인 낙원에 들어서듯 들어왔고, 이 방에서는 자신의 삶이 마치 자신이 한 송이 꽃이기라도 한 것처럼 단순하고 수려해지는 것 같았다.(236면)

그리고 두번째로 과부가 된 이 시기에 리디아 브랭귄은 마침내 자신만의 귀한 평화와 성숙에 도달하며, 그 결과로 어슐라의 경험도 어린아이의 스쳐지나가는 흥분상태에 그치지 않고 과거와 미래의 살아 있는 연결에 일조하는, 경탄과 외경의 영속적 자질로 화한다.

> 이런 이야기들을 들으며 아이는 가슴이 뛰었다. 이해할 수는 없었지만 저 먼 곳의 삶이 느껴지는 것 같았다. 자신이 머나먼 폴란드에서 온 검은 수염의 아주 대단한 인물의 자손임을 알게 되자 깊고도 즐거운 흥분이 느껴졌다. 조상들이 참 특이하셨군, 생각하며 그녀는 양쪽 어른들의 운명이 엄청나다고 느꼈다.
> 거의 매일 어슐라는 할머니를 보러 왔고 그때마다 이야기를 나누었다. 그리하여 마침내 숨죽인 듯 고요한 마시 농장 침실에서 들은 할머니의 말과 이야기는 신비로운 의미를 띠고 축적되어 아이에게는 일종의 성경이 되었다.

어슐라는 할머니에게 어린애로서는 가장 깊이있는 질문들을 했다.

"할머니, 누군가 날 사랑해줄까요?"

"아가, 많은 이들이 널 사랑하잖니. 우리 모두 널 사랑한단다."

"그게 아니고요, 제가 어른이 되었을 때 누군가 날 사랑할까요?"

"그럼, 어떤 남자가 널 사랑할 거야, 아가. 넌 그렇게 타고났으니까. 난 그 사람이 너한테 뭘 원해서가 아니라 있는 그대로 널 사랑해줄 사람이면 좋겠구나. 그렇지만 우린 원하는 걸 가질 권리도 있단다."

이런 이야기들을 듣노라면 어슐라는 무서워졌다. 가슴이 철렁 내려앉고 발밑의 땅이 꺼져버린 것만 같았다. 그녀는 할머니에게 매달렸다. 여기에 평화와 안전이 있었다. 여기 할머니의 평화로운 방으로부터 과거라는 더 거대한 공간으로 이어지는 문이 열렸다. 과거의 공간은 너무도 커서 거기 포함된 모든 것들이 작아 보였고, 사랑과 태어남과 죽음이, 광대한 지평선 속 조그만 조각이나 형체들 같아 보였다. 거대한 과거 속에서 개인이 조그맣고 소중한 존재임을 안다는 건 커다란 위안이었다.(241-42면)

"과거라는 더 거대한 공간"에 대한 이런 감각이 어슐라의 근본적 귀속감을 생성하는 동시에, 집과 마을이라는 인접환경과 그녀 사이에 일정한 거리를 빚어내기도 한다는 사실을 우리는 주목해야 한다. 그리고 그 근본적 귀속성이 완전히 지나간 것이 아닌 실재하고 영속적인 그 무엇을 포함하는 한, 어슐라가 미래에 겪는 '분리의 위기'는 좀더 가시적인 환경과 아울러 이런 뿌리들과도 연관지어 판단해야 할 것이다.

'넓어지는 원'(The Widening Circle)이란 제목의 다음 장은 어슐라가 자라나는 세계를 또다시 그려 보인 다음, 얼핏 보기에는 다소 뜬금없어 보이는 또 한번의 서사 중단, 즉 부활 문제에 관한 작가의 직접적 호소로 끝이 난다. 소환된 세계는 다시금 그 풍요로움이 두드러지지만, 그 풍요로움은 인접환경에 근본적으로 귀속되어 있다는 느낌과 아울러 그 환경에 대한 물리적·심리적 거리감을 수반하기도 한다. 사실상 이 귀속감과 거리감은 '넓어지는 원'이라는 단일한 경험의 상이한 양상들이며, 그 경험은 이 역사 전체를 통해 소외와 창조적 발견 양쪽 모두를 포함해왔다.

하지만 앞세대들에 비해 벗어남의 양상이 좀더 일찍, 그리고 좀더 구체적으로 출현한다. 소녀시절 노팅엄의 여학교를 좋아하지 않았던 어머니와 달리, 어슐라는 도시의 문법학교(grammar school, 영어권 국가의 공립 중등교육기관 중 하나 — 옮긴이)로 떠나는 것이 "대단한 해방"(245면)이라고 느낀다. 부분적으로 그녀의 만족감은 소녀시절 애나와 마찬가지로 자기 집 사람들과 외부 사람들 간의 차이를 감지한 데서 비롯하는 것이지만, 어슐라의 경우에는 집이 이렇게 일찌감치부터, 기꺼이 벗어나고픈 그런 곳이 되어버리기도 한 것이다.

집안은 왁자지껄 정신없이 돌아갔다. 아이들은 튼튼했고 설쳐댔지만 어머니는 그들의 동물적 건강만 바랄 뿐이었다. 어슐라가 좀더 자라자 이런 상황은 그녀에겐 악몽이 되었다. 나중에 한 무리의 발가벗은 아기들을 그린 루벤스의 그림을 보고 제목이 '다산'이라는 것을 알았을 때 그녀는 몸서리를 쳤고 그 단어가 그녀에겐 혐오스러워졌다. 그녀는 다산의 찜통 같은 열기 속에서, 왁자지껄한 아기들 틈바구니에서 산다는 게 어떤 건지 아잇적에 이미 알았다. 그래서 아잇적에 그녀는 어머니에게 맞섰으며, 격렬히 어머니에게 맞섰으며, 뭔가 정신적이고 기품있는 것을 갈망했다.(246면)

작가는 자신의 주인공에게 상당히 공감하지만 어슐라 태도 속의 복잡하게 얽힌 요소들을 암시하는 것도 잊지 않는다. 마지막 문장은 "어머니에게 맞섰으며, 격렬히 어머니에게 맞섰으며"의 반복법을 통해, 어슐라의 반응이 발랄한 어린 생명의 입장에서 정당한 항변인 동시에 아버지와의 특별한 관계에서 연유하는 과장된 감성의 성격을 띠기도 한다는 점을 지적해둔다. 그녀가 아버지와의 관계를 아무 의심 없이 지속해나가는 것은 아니며 그런 사실은 뭐니뭐니 해도 그녀의 근본적 건강성과 강인함을 증언하지만, 부녀간의 연결이 '타서 없어지는' 방식은 전적으로 건강하지는 않다. "천천히, 천천히 불신과 반항의 불길이 그녀 속에서 타올라, 그와의 연결을 태워 없앴다."(249면)

일요일이 어슐라에게 갖는 각별한 의미 또한 매우 섬세하고 복합적으로 설명된다. 물론 일차적으로 그 경험은 여전히 놀랍도록 풍요한 환경에 대한, 가족 전체와 주어진 공동체 전체가 공유하는 전통에 대한 경험으로, 다음과 같은 리비스의 판단이 정당함을 보여준다.

영국문명의 역사에서 영국의 일요일이 차지하는 위치에 관해서 할 이야기가 (T. S. 엘리엇 같은 사람들의 부정적 논평보다) 더 있다는 것을 보여줄 필요가 있다면, 『무지개』의 이 장을 증거로 제시하면 충분할 것이다. 이는 이 소설의 사회적·문화적 역사로서의 비길 데 없는 풍성함을 다시 한번 보여주는 일이기도 하다.[46]

그리고 이런 종류의 살아 있는 전통에 속한 적이 있다는 것은, 이 장의 아이들처럼 "남루하고 하찮은 삶 속에서 영원의 리듬"(261면)을 느낀 적이 있다는 것은, 어떤 의미에서는 귀속감을 결코 잃지 않으리라는 뜻이다. 제

---

46 Leavis, D. H. Lawrence: Novelist 133면.

자신의 존재를 부정하거나 망각하게 되지만 않는다면 말이다. 다른 한편 로런스는 한 세계에서 다른 세계로의 이행을 보여주는 다음 구절에서 보듯 일요일에 대한 어슐라의 느낌이 각별히 강렬한 것을 그녀의 특별한 감정구조에, 앞에서 거론한 분리와 소외의 저 때이른 경험에 연결시키기도 한다.

> 잔인성, 추악성이 그녀를 덮칠 태세를 갖춘 채 항시 임박해 있다는 이 기이한 느낌, 군중의 강력한 적의가 예외적 존재인 그녀를 노리고 매복 중이라는 이 느낌은 그녀 삶의 가장 깊은 영향 중 하나를 형성했다. 학교나 친구들 사이나 길거리나 열찻간, 그 어디에 있건 간에 그녀는 본능적으로 자신을 숙이고 더 작게 만들고 실제보다 별것 아닌 체했다. 그녀의 발각되지 않은 자아를 진부하고 평균적인 자아의 야만적인 앙심이 보고 덮치고 공격할까 두려웠던 것이다.
>
> 이제, 그녀는 학교에서 제법 안전했다. 거기서 어떻게 처신해야 하는지, 속내를 얼마만큼 숨겨야 하는지 알았다. 그러나 그녀는 일요일에만 자유로웠다. 고작 열네살이 되었을 때, 그녀는 자기 집안에서 자신을 향해 커져가는 분노 같은 걸 느끼기 시작했다. 그녀는 자신이 식구들에게 불편한 존재란 걸 깨달았다. 하지만 아직까지는 일요일이 되면 자유를, 진정한 자유를, 두려움이나 의구심 없이 편하게 자기 자신으로 있어도 되는 자유를 누릴 수 있었다.(252면)

물론 이 장의 구체적인 목적은 어슐라의 소녀시절에는 여전히 생명력을 지녔던 전통적 세계를 소환하는 데 그치는 것이 아니라, 그 세계가 그때 이미 사라지는 중이었고 또 그 이후 실질적으로 소멸하고 말 것이라는 점까지 아울러 환기하는 데 있다. 소녀시절 어슐라의 삶에서도 이미 그 세계는 부분적으로는 그녀 자신의 과민한 감성에 의해 지탱되는 "일요일의 세계"(263면)로만 존재했으며, 이 "일요일의 세계"에서 "한낱 이야기, 신화, 환상"(같은 면)까지는 물론 단 한걸음 거리다. 로런스의 묘사가 리비스가 언급하는 저 놀라운 시의 힘[47]을 지니는 것은 이 대목의 시적 성취에 이런 역사인식이 배어 있는 동시에 그 성취가 전반적 서사구조와도 잘 맞아떨어진다는 바로 그 이유에서이거니와, 이 장 끝부분은 서사구조에서 결정적 전환점을 이루기도 한다.

이 장을 끝맺는 부활에 대한 논설조는 불쑥 '끼어드는' 일인칭 대명사까지 포함해서 이런 각도에서 고려해야 마땅하다. 특정 장면을 소환했다가 논설조로 전환하는 로런스의 능란함은 어찌 되었든 일인칭 대명사 '나'(I)가 순전히 부주의로 출현한 게 아님을 보여준다. 이 장은 어슐라가 자신의 종교적 감정과 씨름하는 모습을 묘사하고 난 다음 그녀의 사춘기 시절 어느 성탄절을 멋들어지게 소환한다. 겨울 풍경, 점점 커지는 기대감, 준비과정의 흥분, 성탄절 자체의 경이로움 등에 더해 그녀와 그녀 가족의 의식을 파고드는 모종의 본질적 결핍감까지 불러낸다.

그렇지만 쓸쓸하게도, 저녁이 다가오고 밤이 되자 성탄절은 일개 공휴일처럼 맥빠진 평범한 날이 되어버렸다. 아침엔 그다지도 황홀했건만 오후가 되고 저녁이 되자 환희는 꺾여나간 새순처럼, 거짓 봄에 터진 꽃망울처럼 스러져버렸다. 아아, 성탄절이 겨우 사탕과 장난감이나 주고받는 집안잔치라니! 왜 어른들도 일상의 기분에서 벗어나 환희를 누리지 못하는 걸까? 환희는 어디로 갔을까?

브랭귄 가족은 얼마나 열렬히 환희를 갈망했던가. 아버지 윌은 성탄

---

**47** 같은 책 135면 참조.

절 밤이 되자 어둡고 암울한 표정으로 괴로워 보였다. 열정은 거기 없었고, 이날이 다른 날과 똑같아져서 사람들의 마음이 불타오르지 않았기 때문이었다. 어머니 애나는 늘 그렇듯 마치 평생 유배생활을 하는 사람처럼, 그 자리에 없는 사람 같았다. 주 오심이 실현되었건만 기쁨에 불타는 심장은 어디에 있는가? 예수 탄생을 알리는 별은, 동방박사들의 희열은, 새로운 존재에 대한 지축을 흔드는 흥분은 어디에 있단 말인가?(260면)

이 대목에서 우리가 보는 것은 여전히 특정한 성탄절인데, 이날은 어슐라가 결핍의 쓸쓸함을 느낄 수 있을 만큼 나이 들고서 맞는 첫 성탄절인 게 분명하다. 하지만 아버지가 '괴로움'을 느끼고 어머니가 "그 자리에 없는 사람" 같았던 첫번째 성탄절이었을 리는 없으며, 대부분의 사람들 가슴이 그다지 "불타오르지" 않는 첫번째 성탄절이었을 리도 없다.[48] 좀더 거대한 역사적 과정이 결부되어 있음이 분명하다. 그리고 로런스는 거의 눈에 띄지 않게 어슐라의 감정에서 브랭귄 가족의 감정으로 이동한 다음, 이 집단적 감정을 다시 좀더 포괄적인 언어로 옮겨놓는다. 하지만 이런 순간이 교묘한 말재간을 통해서가 아니라 자연스럽게 도래하는 것은 로런스가 그와 같은 환멸이 (또는 막스 베버Max Weber식으로 부르자면 탈마법화Entzauberung가) 성장과 근대화의 경험에서 불가피하다는 관점을 공유하기는커녕 그래서는 안 된다는, 인물들이 속한 특정한 역사적 국면의 성

---

[48] 한국어판 원저자주: 이 해석에 큰 무리는 없다고 생각되지만, 집필 당시 앞 인용문의 첫 문장 "It was bitter, though, that Christmas Day, as it drew on to evening, and night, became a sort of bank holiday, flat and stale"에서 접속사 'that'을 'that Christmas Day'라고 어느 성탄절을 특정하는 지시형용사로 오독함으로써 이날이 어느 해의 성탄절이었을까에 대한 부질없는 논의를 낳았다. 역자들은 원문에 맞게 옮겼다.

격에 비추면 그런 환멸이 불가피할지 모르나 사안의 성격에 비추면 결코 그렇지 않다는, 작중인물들의 비록 불명료하지만 열정적인 항변을 공유하기 때문이다. 다음 두 단락에서 로런스는 심지어 이 시점에서도 그들이 교회력(敎會曆)에서 작동하는 "창조의 싸이클"을 아무리 미약하다 할지라도 여전히 느낄 수 있음을 지적해낸다.

그러나 부활절 백합을 언급하면서 항변의 어조가 다시 나타나는데, 이번에는 작중인물들 자신의 항변과 뚜렷이 일체화되는 정도가 이전보다 덜하다. 하지만 다음 두 단락에서 '아이들'로 되돌아가는 것을 보면 작가가 여전히 자기주장이 아니라 극적 경험을 다루고 있되, 다만 그 경험과 기독교라는 드라마에 내재한 근본적 실패로 보이는 것 사이의 본질적 연결을 확립하려고 노력하고 있음을 알 수 있다.

그렇게 아이들은 인류 영혼의 서사시인 기독교의 절기를 따라 살아갔다. 해마다 내면의, 미지의 드라마가 그들 속에서 진행되었다. 그들의 심장은 탄생하여 성장하고 십자가에서 고난을 겪고 사망했다가 다시 지치지 않고 수없이 많은 나날로 부활했다, 남루하고 하찮은 삶이지만 적어도 이 영원의 리듬은 지니고 있었기에.

그러나 성탄절에 태어나 성금요일에 죽는 이 드라마는 이제 기계적 행위로 변하고 있었다. 부활절이 되면 생명의 드라마는 끝난 거나 다름없었다. 부활은 죽음의 그림자에 뒤덮여 생기를 잃었기에, 승천은 거의 주목받지 못했고 죽음의 확인에 지나지 않았다.

소망과 이룸이 무엇이었던가? 아니, 그건 모두 쓸데없는 죽음 뒤의 일, 창백하고 실체 없는 죽음 뒤의 일일 뿐이었나? 슬프고도 슬프도다, 인간 마음의 열정이여, 몸이 죽기도 훨씬 전에 그렇게 죽어야 하다니.(261면)

인용문 마지막 단락에 가서야 '논설조'라는 용어가 적절해지기 시작하지만, 이 대목에서조차, 그리고 사실 맨 마지막까지도 작가는 작중인물들이 마음 깊이 경험하는 바를 명료하게 표현해주고 있을 따름이라고 보는 것도 가능하겠다. 어쨌든 이 논설조에 나오는 '나'(I)가 작가 본인을 지칭하지 않는다는 것은 분명하다. 사실상 '나'야말로 여기 표현된 감정에 적절한 유일한 대명사다. '사람'(one)은 너무 차갑고 막연했을 터이고, '당신'(you)은 실로 설교조, 간섭조로 들렸을 것이다. '나'를 직접 소환함으로써 이 장 결말의 단락들이 추상적 논변으로 떨어지는 것을 실제로 막았다.

> 부활은 생명을 향한 것이지 죽음을 향한 것이 아니다. (⋯)
> 그렇다면, 슬픔을 떨치고 부활한 내가 기쁜 마음으로 이 땅을 걸을 수는 없을까? 내가 부활한 후 내 형제와 더불어 흥겹게 먹고, 사랑하는 이에게 기쁘게 입 맞추고, 동료들이 기뻐하는 가운데 잔치를 열어 내가 육신으로 결혼함을 축하하고, 열심히 내 일을 돌볼 수는 없을까? 천국이 나를 한시바삐 오라 재촉하며 이 땅을 심히 못마땅하게 여기고 있어, 나는 서둘러 떠나거나 아니면 창백하고 무덤덤한 모습으로 머물러야 하는가? 십자가에 못박힌 그 육신이 거리의 군중들에게 독 같은 것이 되어버렸는가, 아니면 이 땅의 부엽토에서 피어난 첫 꽃송이처럼 그들에게 강렬한 기쁨과 소망으로 다가가는가?(262면)

소설의 더 큰 구조의 면에서 이 구절은 이중적 기능을 수행한다. 즉, 그 어떤 긴장과 결핍을 안고 있다 할지라도 공동체가 공유하는 종교로부터 상당한 활기를 부여받던 역사적 국면에 부치는 결구(結句)인 동시에, 이제 어른이 된 주인공이 "평일의 세계"만이 중요하다"(263면)는 사실을 알게 되는 새로운 국면에 부치는 서언(序言)이기도 한 것이다. 그래서 '막간극'으로서 제10장의 결말은 말하자면 『무지개』의 현대 이전 부분과 현대 부분을 경계짓는데, 그 경계지음의 방식은 두 부분의 근저에 있는 연속성을 와해하기보다 강화하는 효과를 낳는다. 이 '막간극'이 현대인의 소외의 뿌리가 소설의 서곡에 나오는 과거보다 더 먼 과거로 거슬러올라간다는 것을 — 하이데거의 말처럼 "잘못은 결코 우리 현대인에게서 비로소 시작된 것이 아니라, 또한 우리 바로 앞의 선조들이나 좀더 먼 선조들에서부터 시작된 것이 아니라, 서양역사를 처음부터 관통해온 어떤 것"[49]에 있음을 — 암시하기 때문이다. 서곡에서 선언된 "좀더 높은 형태의 존재"를 향한 열망은 소설이 제3세대를 다루는 명백히 현대적인 부분에서 "피와 피의 친밀한 교감" 및 주어진 공동체적 삶으로부터의 전면적 분리에 위험할 정도로 접근한다. 하지만 이제 로런스는 서곡 자체에 담긴 (그 구체적인 역사적 전개과정을 그가 지금껏 추적해온) 불균형의 요소가 '존재'와 관련된, 그리고 육신을 지닌 인간 삶과 관련된 기독교의 어떤 근본적 한계에서 비롯된다는 점을 분명히 한다.

물론 이것은 이후 모든 작업에서 로런스의 관심을 사로잡는 주제로서, 『죽었던 남자』(The Man Who Died)와 『계시록』 같은 말년의 작품에서 특히 본격적으로 다루어진다. 「부활하신 주」(Risen Lord)라는 말년의 에쎄이도 『무지개』 '서곡' 특유의 (주로 비가적인) 시적 감정은 담고 있지 않지만 그것과 거의 같은 내용을 담고 있다.

온전한 육신으로 부활한 예수! 바로 이 대목에서 복음서들은 모두 모호하고 멈칫거리며, 교회들도 우리를 난감한 지경에 버려둔다. 그리스

---

**49** Heidegger, *An Introduction to Metaphysics* 78면.

도가 육신으로 부활한 것이 6주 동안 지상에서 눈에 띄지 않게 숨어 지내다 구름을 타고 애매모호하게 하늘로 들려 올라가기 위해서라고? 육신이, 단단한 육신이, 사람의 다리와 내장과 이빨과 눈이 구름을 타고 하늘로 들려 올라가고는 다시 내려놓아지지 않았다고?

이것은 그 위대한 신비 중 유일하게 철저히 잘못된 부분이다. 처녀탄생, 세례, 황야의 유혹, 가르침, 겟세마네, 배신, 십자가형, 매장, 그리고 부활, 이런 것들은 우리의 내면적 경험에 비추어 모두 진실이다. 이것들은 뭇 남녀가 저마다 다른 방식으로 경험하는 것들이다. 그러나 피와 살로 된 육신으로 하늘로 둥둥 떠서 올라가고는 다시 내려놓아지지 않다니, 우리의 경험을 다 뒤져봐도 이런 걸 확증할 수는 없을 것이다. 비행기가 우리를 태우고 공중으로 올라간다면 그 비행기는 우리를 내려놓거나 아니면 떨굴 것이다. 피와 살은 지상에, 오로지 지상에만 속한다. 우린 그걸 안다.[50]

물론 로런스는 부활이 가톨릭교회에서 더 중시된다는 것을, 특히 지중해 연안 나라들에서 "부활절이 언제나 가장 중요하고 가장 기쁘며 가장 성스러운 성일(聖日)로 간주되어왔다"[51]는 것을 인식하고 있다. 하지만 로런스에 따르면 복음서들 자체는 부활을 거론할 여지를 충분히 열어두지 않았기 때문에, 부활에 부여되는 이런 중요성은 결국 편향되고 일시적인 것이 — 또는 몇몇 개신교도 비판자들이 주장하듯 불순 요소가 — 될 수밖에 없다. 그리고 윌리엄 티버튼 신부 같은 몇몇 기독교도 비평가들은 로런스를 그 스스로 인식하는 것보다 더 기독교적인 작가로 보기도 하지

---

**50** *Phoenix II* 574면.

**51** 같은 책 573면. "A Propos of *Lady Chatterley's Lover*," *Phoenix II* 503-504면도 참조.

만,[52] 예컨대 「책」에 나오는 로런스 자신의 언술은 번복하기 어려울 법한 정중하고 단호한 어조를 띠고 있다.

나는 기독교가 위대하다는 것을 알지만 그 위대함은 과거의 것이다. 초기 기독교인들이 없었더라면 우리가 중세 암흑기의 혼돈과 절망적 재앙으로부터 벗어나지 못했으리라는 것을 나는 안다. 내가 서기 400년 경에 살았더라면, 오 주여, 나는 참되고 열정적인 기독교인이 되었을 것이다. 모험가가 되었을 거란 말이다.
하지만 지금 나는 1924년에 살고 있고, 기독교의 모험은 끝났다. 기독교에서 모험정신은 빠져나가버렸다. 우리는 신을 향한 새로운 모험에 나서야 한다.[53]

구체적 행동들 및 장면들에서 기독교가 처리되는 방식이 제10장의 결말 부분 구절들에 도입되는 더 큰 역사적 지평에서 보아도 모순되거나 옹색하지 않다는 사실은 『무지개』의 원숙함과 넓은 시야를 다시금 증명한다. 기독교를 다룬 구체적 부분들은 그런 역사적 지평에서 부가적 의미를 얻게 되거니와, 결말 부분을 읽은 뒤 되돌아보는 독자가 갖게 되는 확대된 요구도 온전히 감당해낼 만한 것들이다. 예컨대 우리는 링컨성당에

---

**52** 예컨대 예수는 "인간을 있는 그대로가 아니라 마땅히 그래야 할 모습을 상정하고 사랑한다"("Introduction to *the Grand Inquisitor*"에 나오는 구절 — 옮긴이)라는 로런스의 언급과 관련하여 티버튼은 다음과 같이 말한다. "이 구절은 로런스의 불운을 — 정통 기독교 및 가톨릭 전통이 존재론을 강조했음을 귀띔해줄 만한 사람을 그가 한명도 소개받지 못했다는 사실을 — 절감하게 한다. 가령 그가 (그와 동시대인 중 한 사람만 들자면) 폰 휘겔 남작(Baron von Hügel)과 몇시간만 대화를 나누었어도 그의 탐구 앞에 예기치 못한 문들이 열렸을 수 있다."(*D. H. Lawrence and Human Existence* 112-13면)
**53** *Phoenix* 734면.

서의 제2세대의 경험이 로런스의 역사적 비전의 진가를 제대로 보여주며, 거꾸로 그 경험이 한 장을 통째로 차지한 것 또한 이로써 정당화되는 것으로 보인다는 사실을 알게 된다.

성당의 경험은 많은 비평적 논쟁을 야기하기도 했는데, 부부간 갈등의 진전과정에서 그것이 갖는 전반적인 극적 기능보다는 성당이 독자에게 지닌 정확한 의미가 주된 논쟁거리였다. 성당의 아치를 무지개의 아치와 동일시하는 것이 잘못이라는 점은 마크 스필카도 지적했지만,[54] 카씨러의 두가지 '언표불가능한 것들'[55]이란 개념에 기댄 스필카 자신의 해석도 적절하지 않기는 마찬가지다. 왜냐하면 윌이 "커다란 해방감에 넋을 놓는, 기둥들이 늘어선 거대한 어둠"(186-87면)이 무지개가 상징하는 참된 균형 및 자유와 구분되어야 하는 것은 분명하지만, 그것은 ― 굳이 스필카의 이런 개념들을 원용하자면 ― 〈기독교적 무한〉보다 '원시적 무한'(primitive indefinite)에 더 가깝다. 그러나 성당 묘사에 "무지개를 둥그렇게 걸친 채, 보석이 총총한 어둠이 음악으로 침묵을 감쌌다"(187면) 등등의 무지개 이미지가 출현하는 것은 완전한 성취 대 불완전한 성취라는 단순한 대비보다 한층 더 복잡한 발상을 역설한다. 그것은 성당이 그때 그 자리에서는 실제로 하나의 '무지개'였음을 암시한다. 로런스의 하디론에 나오는 다음 언급도 그 발상과 상충하지 않는다.

유럽의 신앙은 중세 내내 현저히 여성적이어서 남성 즉 신랑으로서의 비육신적 그리스도를 향했던 반면, 생산된 예술은 성당들의 집단적이

---

**54** Spilka, *The Love Ethic of D. H. Lawrence* 93면과 116면 주석 참조. 스필카는 그레고리(Horace Gregory), 반 젠트(Dorothy Van Ghent) 그리고 비바스(Eliseo Vivas)를 그런 오류의 구체적 실례로 들고 있다.

**55** 본서 제1장 주146 참조.

고 거대한 감정적 몸짓이었으며 성당들에서 맹목적, 집단적 충동이 구체적 형태로 솟아올랐다.[56]

일반적인 역사적 경향은 "현저히 여성적"이라고 특징지을 수 있겠지만 구체적 작품으로서 개개 성당은 "맹목적, 집단적 충동"과 "신랑으로서의 비육신적 그리스도"의 무지개에 견줄 만한 결혼을 구현해냈다. 그리하여, 가고일(gargoyle, 교회 등의 건물지붕 홈통에서 돌출한 빗물받이용 조각물로 기괴한 사람 또는 짐승 형상을 하고 있다 — 옮긴이)들만 해도 전반적 경향으로는 그 또한 "전체로서의 성당이 내세우는 일원론에 대한 거부가 이미"[57] 존재했음을 보여주지만, 가고일 자체는 예술작품으로서 성당이 갖는 의미와 진정한 '결혼'의 의미를 실제로 강화한다.

애나가 가고일의 "교활한 작은 얼굴들"을 자기주장을 펼칠 기회로 삼는 것은 그래서 전적으로 정당하다고는 할 수 없다. 그녀 자신의 결혼만 해도 그녀의 '승리'는 공통의 패배이기도 할뿐더러, 그녀가 성당의 '진짜' 의미를 제대로 헤아리지도 못했기 때문이다. 물론 그녀는 윌이 과거의 무지개를 자신의 현재 삶에 잘못 적용하는 것을 비판한다는 점에서 진실에 좀더 가까이 다가갔으며, 육신을 지닌 부활의 문제를 소홀히 대하는 기독교가 윌과 같은 유의 '여성적' 신앙이 언표될 수 있게 — 최소한 근대적 지성의 필수요건들에 굴복하기보다 그것을 포괄하기에 충분할 정도로 온전히 언표될 수 있게 — 하는 데 실패했다는 로런스의 견해에 우리가 동의한다면, 윌의 패배가 불가피함은 그만큼 더 분명해진다. 그러나 근대적 지성의 대변자로서 애나 또한 "교활한 작은 얼굴들"을 그 원래 취지대로

---

**56** "Study of Thomas Hardy," *Phoenix* 454면.
**57** 같은 면.

윌의 황홀경을 다른 것들로써 균형 잡아주는 데 사용하기보다 그것을 깨는 데 사용하는 순간, 근대적 지성의 부정적 측면을 드러낸다. 그런가 하면 기독교의 기본적 실패에 관한 로런스의 견해는 근대적 지성의 '승리'가 삶 전체의 관점에서는 대체로 패배가 될 수밖에 없음을 우리가 볼 수 있게 도와준다. 이런 관점에서 볼 때 유일한 승리란 기독교가 언표해내지 못했던 바를 언표해내는 것이며, 그 무엇도 이런 승리를 대신할 수 없기 때문이다.

제10장 말미의 '막간극'은 뒤이은 내용에 대해서도 시사하는 바 크다. 예컨대, 어슐라가 "사람의 아들〔人子〕의 가슴을, 거기에 눕기를 갈망"했으며 "영혼 깊이 수치를 느꼈다, 수치를"(266면)이라고 하는 대목을 읽으면서 사춘기 초기의 심리적 문제 혹은 기껏해야 그 사회적 함의의 표현쯤으로 여기고 말 수도 있지만, 부활에 관한 로런스의 말은 그것이 더 큰 역사적 사안과도 연관된다는 점을 상기시킨다. '막간극'에 나오는 열정적 항변에 비추어볼 때 어슐라의 수치감이 가리키는 것은 그녀 내면의 본래 수치스러운 그 무엇도 아니요 ─ 종교의 원래 의미에서 보는 한 그 어떤 실질적 '배신'도 아니요 ─ 사회조직의 그 어떤 순전히 기술적인 문제도 아니라, '존재'와 관련된 어떤 근본적 실패임이 분명해진다. 그리고 그 실패는, 설사 더 오래는 아니더라도 그리스도 이래로, 시대마다 정도의 차이는 있지만 서양역사 전체에 걸쳐 그 특징이 되어왔다. 사실상 '막간극'의 마지막 문장은 기독교가 육신을 지닌 부활의 문제를 소홀히 한 것과 현대의 대중들이 "강렬한 기쁨과 소망"을 갖지 못하는 것 사이의 연관으로 우리의 관심을 돌린다. "십자가에 못박힌 그 육신이 거리의 군중들에게 독 같은 것이 되어버렸는가, 아니면 이 땅의 부엽토에서 피어난 첫 꽃송이처럼 그들에게 강렬한 기쁨과 소망으로 다가가는가?"

이런 점에서, '막간극'은 서곡과 뒤이은 역사가 줄곧 말해온 것, 즉 『무지개』는 무엇보다 '존재'의 역사라야만 한다는 것을 재차 확인해줄 따름이다.


6


레이먼드 윌리엄즈가 자신의 로런스론[58]에서 제기한 "심화된 개인주의 문학"(literature of developed individualism)이라는 개념이 『무지개』에 적용될 소지가 있다면 제11장('첫사랑' First Love)에서 시작되는 소설 마지막 부분이 그 최고의 사례가 되어야 할 것이다. 이 대목에서는 어슐라가 소녀에서 성인 여성이 되어감에 따라 전통적 종교와 그것이 선사하는 더 깊숙한 관계맺음이 그녀의 자기실현에서 '이중성'의 일부분으로서조차 중요성을 상실하기 때문이다.

　　그녀에게 또다른 세계, 영광스러운 유희의 세계였던 종교는 (…) 이제 현실에서 떨어져나가 '한낱 이야기, 신화, 환상'이 되어버려, 그것이 역사적 사실의 면에서 진실이라고 아무리 주장해봐도 우리는 그것이 ── 적어도 우리가 사는 이 오늘날의 삶에서는 ── 진실이 아님을 알게 되었다. (…)

---

**58** Williams, *The English Novel* 177면. "그 후기 양식에서는 이것(달리 환원할 수 없이 그들 자신으로 현존하는 인간이라는 관념)이 실제로 전혀 통하지 않는다는 것, 즉 타인들에 대해서는 전혀 통하지 않는다는 것은 심화된 개인주의 문학의 역설 중 하나다. 이 후기 양식에서 근본적이고 인식 가능하며 더이상 환원될 수 없는 현존이란 자기 자신에게만 해당된다." 물론 윌리엄즈가 『무지개』를 전적으로 이런 양식의 작품으로 돌리는 것은 아니지만, 작품의 뒤쪽 장들로 갈수록 그 양식이 점점 더 힘을 발휘한다고 보는 것은 사실이다. 같은 책 178-79면도 참조.

그리하여 이제까지의 삶의 이원성, 즉 한편으로는 사람들과 통학열차와 의무와 숙제들로 된 평일의 세계가 있고 다른 한편에는 그와 나란히 절대적 진리와 살아 있는 신비로 된 (…) 일요일의 세계가 있던, 아무 의심 없이 믿던 종전의 이원성이 갑자기 깨져버렸음을 알았다. 평일의 세계가 일요일의 세계를 압도한 것이었다. 일요일의 세계는 현실이 아니었다. 적어도 당면의 현실은 아니었다. 그런데 사람은 당장의 행동으로 사는 것 아닌가.

평일의 세계만이 중요했다. 그녀 자신이, 어슐라 브랭귄이 평일의 삶을 감당해내야 하는 것이다. (…)

그렇다면 행동과 행위로 된 평일의 인생을 살 일이었다. 따라서 자신의 행동과 행위를 선택할 필요가 있었다. 사람은 세상에 대해 자신의 행위를 책임지지 않으면 안 되었다. 아니, 세상에 대한 책임만이 아니었다. 자기 자신에게도 책임을 져야 하는 것이었다.(263면)

여기서 우리는 로런스가 『결혼반지』의 주제라 말한 적이 있는 그 주제를 쉽게 알아볼 수 있다. 로런스는 가넷에게 보낸 편지에서 "『자매들』(*The Sisters*)에 이 소설의 배아가 담겨 있어요. 여성이 스스로 책임지는 주도적인 독자적 개인이 되는 것 말이지요"라고 썼다.[59] ('결혼반지'와 '자매들'은 각각 『무지개』와 『연애하는 여인들』의 집필과정의 제목 —옮긴이) 그러나 이 소설에서 어슐라의 변화과정이 대개 주인공이 (이상적으로는 그 자신의 완전한 형성Bildung의 결과이기는 하지만) 현실세계에 적응하는 것으로 마무리되는 전통적 형성소설(Bildungsroman)의 패턴을 따르지 않으리라는 것은 분명하다. 20세기에 그런 적응을 다루는 것이 진정한 성장을 그린 작품이나

---

59 *The Collected Letters* 273면, 1914. 4. 22.

최상급 예술작품으로 이어질 가능성이 얼마나 희박한지는 쏘머셋 모옴 (Somerset Maugham)의 (『무지개』와 같은 해에 출간된)『인간의 굴레』(*Of Human Bondage*)가 잘 보여주는 듯하다.

자명한 하나의 대안은 이탈과 탈출을 강조함으로써 실질적으로 적응을 배제하는 것이겠다. 이는 현대소설에서 아주 낯익은 방식인데, 제임스 조이스의『젊은 예술가의 초상』(*A Portrait of the Artist as a Young Man*)과 토마스 울프(Thomas Wolfe)의『천사여, 고향을 돌아보라』(*Look Homeward, Angel*)가 그런 '심화된 개인주의 문학'의 두가지 예이다. 그렇지만 둘 중 어느 하나도 순전히 그런 부류의 문학은 아니며, 각 작품은 그런 문학의 좀더 후기 양식, 윌리엄즈가 "특수변론 소설"(the fiction of special pleading) 이라 칭하기도 했던 양식60에서는 찾아볼 수 없는 많은 미덕을 지니기도 했다. 그러나 어슐라의 경우, 사람은 "세상에 대해 자신의 행위를 책임지지 않으면 안 되었다"라는 그녀 자신의 뚜렷한 인식과 아울러 그런 인식에 대한 작가의 반어적이지 않은 승인이 문체에 암시되어 있다는 점에서 이런 대안이 배척되는 듯하다.

이 모든 것의 결과는 윌리엄즈가 (아마도 타당하게) 조지 엘리엇 소설에 나타난다고 본 "속하면서도 속하지 않는다는 분열된 의식"61으로 나타날 수도 있었다. 어슐라 자신의 의식은 사실 이와 상당히 흡사하다.

사람은 세상에 대해 자신의 행위를 책임지지 않으면 안 되었다.

---

60 Williams, *The Long Revolution* 283면 참조. 윌리엄즈는 이어서 말한다. "우리는 이런 부류의 소설이 한 인물만 심각하게 다루되, 보통은 실로 매우 심각하게 다룬다고 말할 수 있다. 조이스의『젊은 예술가의 초상』은 여기에 해당할 뿐 아니라 그 점이 매우 강조되는 작품이다."(같은 면)

61 Williams, *The English Novel* 87면 참조.

아니, 세상에 대한 책임만이 아니었다. 자기 자신에게도 책임을 져야하는 것이었다. 그녀 속에는 일요일 세계의 어떤 잔재가 끈질기게 남아 이제는 벗어던져버린 꿈의 세계와의 연관성을 고집하는 것이었다. 어떻게 사람이 자신이 부인한 것과의 관계를 지속할 수 있다는 건가? 이제 그녀의 과제는 평일의 삶을 배우는 것이었다.

행동하는 법, 그것이 문제인가? 어디로 가며, 어떻게 자기 자신이 될 것인지가? 나는 나 자신이 아니었고, 나는 반쯤 언술된 질문일 뿐이었다. 어떻게 자기 자신이 되며 자신에 관한 물음과 그 답을 어떻게 알 것인가. 사람이란 이도 아니고 저도 아닌 미정의 존재, 허공의 바람처럼 이리저리 부유하는 정의도 언술도 되지 않은 존재일 뿐인데.(264면)

하지만 작가의 언어에 배어 있는 의식은 전혀 다르다. 사실 전달된 전체적 의미는 초기 작품에서 찾아보기 힘든 깊이와 복잡성을 띠는 반면, 작가의 언어는 초기 작품에 보이는 작중인물과 '공유된 언어'를 최상의 상태로 되살려낸다. 예컨대 앞 인용문의 마지막 문장은 그 불완전함, 고의적으로 느슨한 "이도 아니고 저도 아닌 미정의 존재"(an unfixed something-nothing) 같은 표현, 이리저리 부는 바람의 이미지 등을 통해 어슐라의 상황감각을 그녀 자신이 쓸 법한 언어와 거의 동일한 언어로 재현하는데, 작가는 그녀의 이 시점의 상황감각을 진정한 의식으로 보며 이해하고 공감하기 때문에 이 언어를 공유하는 쪽을 선택한다. 다시 말해 그가 이런 언어를 사용하는 것은 자연주의적 재현을 미리 작심했기 때문이 아니라, 어슐라의 이 특정한 경험에 대해서는 그녀 자신의 의식이 역사적으로 전형적이자 본질적으로 진실된 그 무엇을 담아낸다는 것에 만족하기 때문이다.

그리하여 "나는 나 자신이 아니었고, 나는 반쯤 언술된 질문일 뿐이었다"라는 문장은 어슐라의 (역사적으로 특수한) 당혹감과 혼동을 간결하고 직접적으로 재현할 뿐만 아니라, 작가가 그녀의 경험에 내재된 더 큰 일반성을 인식하고 있음을 그 경구적 어법을 통해 암시하기도 하는데, 이런 인식은 이미 인용한 횔덜린의 시구에 견주어도 손색이 없다.

하나의 기호다 우리는, 뜻을 알 수 없는.

그리고 이 시구가 톰 브랭귄의 경험을 묘사하는 마찬가지로 간결하고 암시적인 문장("모든 게 모험 같고 아리송했다")와 관련해 인용되었다는 것을 상기한다면, 어슐라의 "반쯤 언술된 질문"이 톰의 (또는 그 어느 누구든 다른 인간의) 삶이 지닌 "모험 같고 아리송"한 면의 많은 부분과 본질적으로 연속되는 것으로서 보편성을 띤다는 사실과 아울러, 그녀의 역사적·사회학적·심리학적 상태에 고유한 당혹감의 표현으로서 특수성을 띠기도 한다는 사실을 우리는 더욱 명확히 알게 된다.

우리가 로런스의 언어를 올바로 해석해냈다고 한다면, 이제 어슐라의 모험에 관해 일정한 예비적 결론들을 끌어내도 무방하겠다. 예를 들어 우리는 그녀의 "반쯤 언술된 질문"은 현실세계에의 적응, 그로부터의 탈출, 또는 (좀더 가능성이 큰 쪽으로) 그 둘의 현명한 혼합을 통해 — 이 셋 중 무엇이 적절할지는 이 질문이 어슐라의 개인적·역사적 한계를 얼마만큼 표현하는가에 달린 문제인데 — 앞으로 좀더 분명히 언술되어야 할 사안이라고 추측해볼 수 있다. 그러나 동시에, 그 질문이 인간의 존재에 관한 본질적 진리를 이미 '언술'하는 것인 한, 그 "반쯤 언술된 질문"을 있는 그대로 살아내야 하리라는 점 또한 추측해볼 수 있겠다. 이것은 어슐라의 이야기가 왜 단순한 탈출이나 순전한 적응이 될 수 없는가, 즉 왜 '심화된 개인주의 문학'이나 (어슐라 속 고색창연한 과거의 '잔재'를 어떻게 하면 뿌리뽑을 것인가를 문제삼을) 심리학적·사회학적 사례연구도 될 수 없는 가를 설명해준다. 왜냐하면 두 대안 모두 '질문'은 어떤 의미에서 이미 알려져 있고, 탈출 또는 적응이라는 서로 다른 목표 중 하나를 답으로 구해내는 일만 남았다고 전제하기 때문이다.

사실 로런스는 이 양극단뿐만 아니라 그 둘 사이에서 미결정 상태에 머물기만 하는 것도 피한다. 하이데거가 말하듯, "모든 미결정은 자신이 양단간 결정내리지 못하고 있는 것들만을 늘 먹고 살기"때문이다.[62] 예컨대 『플로스강의 물방앗간』(*The Mill on the Floss*)도 이 양극단을 피하며 전체적으로 볼 때 놀라운 성취이지만, 매기 털리버(Maggie Tulliver)를 그려내는 데에서는 완전한 동일시와 다소 자의적인 도덕적 단죄 사이에 걸쳐 있는 탓에 작품이 그런 '미결정'에서 온전히 벗어나지 못했다. 리비스도 어슐라와 매기의 인물설정을 비교하며 전자의 손을 들어준 다음 이렇게 덧붙인다.

그리고 이런 비교는 특별한 의미가 있다. 내가 보기에, 어슐라에 매기 털리버 주제가 담겨 있다는 말에는 중요한 의미가 담겨 있기 때문이다. (…) 그러나 로런스의 통찰이 (…) 조지 엘리엇보다 더 예리하다. 이런 비교에서 알 수 있듯 엘리엇의 매기는 지나치게 매기 자신의 관점에서 제시된 매기이기 때문이다. 어슐라의 사춘기적 열정과 진지성과 혼란 역시 충분히 안으로부터 그려지나, 어슐라의 지성보다 훨씬 더 성숙한 지성을 통해 그려진다. 그러나 로런스가 조지 엘리엇보다 더 잘 이해한다고 해서 공감을 덜 보이는 것은 아니다.[63]

---

**62** M. Heidegger, *What is Called Thinking?* tr. Fred D. Wieck and J. Glenn Gray (Harper and Row 1968) 31면.

조지 엘리엇뿐만 아니라 모든 부르주아사실주의 작가들은 이상화하거나 아니면 "많든 적든 반어적·해학적·풍자적으로"[64] 그림으로써 자신들의 주인공을 창조할 수밖에 없었다는 루카치의 견해에 우리가 만약 동의한다면, 조지 엘리엇보다 더 잘 이해하면서도 공감을 덜 보이지는 않는다는 것은 사실 기억할 만한 ── 심지어 질적으로 다른 ── 성취다. 그런데 로런스의 어슐라 묘사가 그런 양극단으로부터 얼마나 자유로운지, 조지 엘리엇이 대니얼 디론다(Daniel Deronda)로부터 (그리고 심지어 매기 털리버로부터) 거리두기에서 보여준 실패와 에마 보바리에 대한 플로베르의 혹독한 아이러니 둘 모두를 얼마나 제대로 극복하는지는 스크리벤스키가 등장할 무렵의 그녀 성격을 요약한 다음과 같은 대목에서 볼 수 있을 것이다.

이즈음 그녀는 발작적으로 감정이 격해지는가 하면 혼곤히 고민에 잠기곤 해서 세상 골칫거리였다. 그녀는 혼이라도 다 내줄 듯 간절하게 상대방을 대했다. 하지만 그러면서도 마음 깊은 곳에는 늘 어린애처럼 불신하는 적대감이 있었다. 그녀는 자기가 모두를 사랑하고 모두를 믿는다고 생각했다. 하지만 자기 자신을 사랑하지 않고 믿지도 못했기에 뱀이나 사로잡힌 새가 사람을 못 믿듯이 모든 이를 불신했다. 그녀에게는 불쑥불쑥 솟는 역겨움과 미움이 사랑의 충동보다 더 피하기 힘들었다.
그래서 어슐라는 어두운 혼돈의 나날들을 영혼도 없이, 아직 창조되지도 못한 채, 정해진 형상도 없이, 씨름하듯 힘겹게 지냈다.(267-68면)

---

**63** Leavis, D. H. *Lawrence: Novelist* 132-33면.

**64** 본서 제1장 104면 참조.

연애 자체도 동일한 권위와 지적 공감의 어조로 그려진다. 앞세대의 경험과 비교해볼 때 그것은 역사전개의 다음 단계에서 우리가 예상할 만한 유사점과 차이점을 보인다. 어슐라는 같은 나이 때의 애나보다 좀더 자의식이 강하지만 그녀의 자의식에는 문제의 여지도 더 많다. 그녀는 도피의 필요성을 심지어 어머니가 느꼈던 것보다도 더 절박하게 느끼지만, 그 실현가능성은 표피적으로는 더 높으면서도 근본적으로는 더 낮다. 그리하여 거기서 비롯된 스크리벤스키와의 연애는 애나가 윌에게서 찾아내는 제한된 충족조차 성취하지 못하지만, 어슐라가 "미지의 것을 향한 모험"을 일찌감치 포기하는 결과로 ── 거의 그럴 지경에 이르기는 하지만 ── 이어지지도 않는다.

작가의 언어는 물론 이런 차이들을 반영한다. 우리가 이미 지적했듯, 한편으로 그의 언어는 『아들과 연인』의 '공유된 언어'에 좀더 가까워진다. 그렇게 되는 것은 부분적으로는 주인공의 의식이 좀더 강한 덕분에 작가가 그녀의 언어를 공유할 수 있기 때문이지만, 아울러 그녀의 의식이 의문의 여지가 더 많은 것이어서 작가가 그녀의 주관적 반응을 단순히 보고하는 데만 전념하고 온전한 분석은 선별된 순간들에만 제시하는 쪽을 택하기 일쑤인 때문이기도 한데, 그런 순간에는 언어가 매우 달라진다. 예컨대 윌을 통한 애나의 도피는, 비록 그녀 자신이 그 사실을 모른다 할지라도 명백한 당연지사로 서술되었다. "자기도 모르는 사이에 애나는 그가 오기를 바라고 있었다. 그 사람 속으로 그녀는 도피했다."(106면) 로런스는 그러나 어슐라의 스크리벤스키에 대한 반응을 두고는 더 묘사적인 동시에 더 유보적인 태도를 취한다.

그는 바깥세상의 느낌을 그녀에게 강렬하게 갖다주었다. 마치 언덕 꼭

대기에 올려져 온 세상이 그녀 앞에 펼쳐져 있음을 어렴풋이 느낄 수 있게 된 기분이었다.(269면)

여기에는 해방감이 역력히 드러나지만 자기과장의 요소 또한 분명히 존재해서, 서곡의 여인들이 농장에서 '저 너머의 세상'을 내다보았던 데 비해 어슐라는 마치 사탄의 시험을 받는 예수처럼 언덕 꼭대기에 올려져 있다고 느낀다.

여주인공의 매료된 감정에 거리를 두면서도 『보바리부인』의 경우와 달리 그 감정을 다소나마 경멸적으로 대하지는 않는 작가의 성숙한 판단 또한 소설의 언어가 전달하는 와중에도, 스크리벤스키 역시 처음에는 어슐라의 눈을 통해 제시된다.

그는 마치 자신이 어떠한 변화나 의문도 초월한 존재이기라도 한 듯, 자신의 존재라는 사실을 묵묵히 받아들이는 것 같았다. 그는 그 자신이었다. 그에게는 그녀를 매혹하는 숙명의 느낌이 있었다.(270면)

그리하여 어슐라는 그가 멋지고 체격도 너무 번듯하고 개성이 뚜렷하고 자족적이며 자립적이라고 생각했다. 이 사람이야말로 신사야, 운명과 같은 본성, 귀족의 본성을 지녔어, 그녀는 속으로 중얼거렸다.(271면)

"그는 그 자신이었다" 그리고 "귀족의 본성" 같은 말은 우리가 알다시피 로런스의 언어사용법에서 높은 경의를 담은 표현들이지만, 문맥상 작가 자신의 최종판단이 아니라 어슐라의 그 순간 반응을 전달하거니와, 이 반응은 또 독자 쪽의 좀더 유보적인 태도를 불러올 만한 인상들도 — 그녀 자신은 그 의미를 제대로 깨닫지 못한 상태지만 — 담아낸다. 예를 들어

"자신의 존재라는 사실을 묵묵히 받아들이는" 것은 진정한 미덕일 수 있지만 그것이 자신은 "어떠한 변화나 의문도 초월"했다고 느낀다는 뜻이라면 온전한 미덕일 수 없다. 또 "운명과 같은 본성"과 동격관계에 놓인 "귀족의 본성"은 로런스가 「귀족」(Aristocracy)이라는 산문에서 말하는 삶의 참된 창조자로서의 귀족이 아니라 더 제한된, 그리고 또한 더 문자 그대로의 귀족을 — 스크리벤키가 실제로 속한 귀족을 — 가리킨다. 그리하여 어슐라의 첫인상에 담긴 허위의 요소는 로런스가 "그녀는 자신의 꿈을 위해 그를 붙잡았다"(271면)라고 말하기도 전에 극적 처리를 통해 전달된다.

로런스가 이런 식의 좀더 직접적인 분석으로 나아갈 수밖에 없는 것은 어슐라가 톰과 윌이나 애나보다 의식 면에서 진전했음에도 자신의 가장 깊숙한 경험들에 대한 이해의 정도는 그들과 차이가 없을 뿐만 아니라, 그녀의 경험들에는 허위의식이 좀더 적극적으로 개입하고 있는 탓에 어떤 의미에서는 이해도가 심지어 그들보다도 떨어지기 때문이다. 사실 그녀와 스크리벤스키의 관계는 싸르트르가 '거짓믿음'(mauvaise foi)이라고 부르는 것의 고전적 사례이지만,[65] 여기서도 로런스의 태도는 어슐라와 스크리벤스키의 '거짓믿음'(bad faith)을 의식 그 자체 및 상호주관적(intersubjective) 관계 그 자체의 존재론적 조건으로서가 아니라, 특수한 긴장상태에서 나타나는 의식의 특수한 발현양태으로서 — 비록 그 특수성을 시야에서 놓치기에 충분할 정도로 현대에 만연한 발현양태이긴 하지만 — 제시한다는 점에서 철저히 역사적이다.

그런데 어슐라 자신의 황홀경이 어떠했건 간에 그 '첫사랑'은 처음부터 상당히 게임의 성격을 띤다.

---

65 Jean-Paul Sartre, *L'être et le néant* (Éditions Gallimard 1943) 제1부 제2장.

그것은 달콤하고 짜릿한 게임이었다. (…) 그것이, 그들의 게임이 대담하고 분별없고 위험하단 걸 그들은 알고 있었다. 그들의 게임은 사랑이 아니라 불장난이었다. 그 게임에서는 온 세상에 대한 반항 같은 것이 그녀를 사로잡았다. 그냥 내가 키스하고 싶으니까 키스하겠다는 식이었다. 그런가 하면 그에게 있는 어떤 막무가내의 저돌성, 자신이 섬기는 척하는 모든 것을 흠집내려 드는 그 어떤 냉소주의와도 같은 저돌성이 앙갚음처럼 되받아쳤다.(280-81면)

이것은 심지어 그녀 부모의 결혼생활의 후반 국면과도 다른 게임이다. 그들 뒤에는 진정한 사랑에서 얻어진 충족감이 자리하고 있었고, 윌의 정념은 결코 단지 "그 어떤 냉소주의와도 같은 저돌성"이 아니었다. 그렇지만 로런스는 어슐라의 경험에 담긴 가슴 아리게 단명할지언정 진정으로 아름답고 당당한 측면도 무시하지 않는다.

그것으로 인해 그들의 감각은 강렬해지고 고양되었으며, 그들의 존재는 더 생생하고 강력해졌다. 그러나 그 모든 것의 저변에는 무상하다는 가슴 아린 느낌이 깔려 있었다. (…)
그럼에도 이제 이 열정은, 그와의 부딪침에서 한계지어지고 그렇게 확정되는 자아의 최대치를 알려는 어슐라의 열정은 이제 시작되었고, 계속되어야 했다.(281면)

하지만 로런스가 자신과 작중인물의 상황인식이 더이상 같지 않다는 것을 알면서 자신의 인식을 이런 식으로 표현하려고 시도할 때, 작가의 언어는 여전히 사실적 경험을 전달하는가? 이 장의 달밤 장면이야말로 언어와 사건의 연속성이 극한까지 시험되는 듯한 대목임이 분명한데, 거룻배 에피소드를 포함한 프레드 브랭귄의 결혼식날 일들에 관한 명료하고 직접적이면서도 참으로 시적이고 극적인 서술이 길게 이어진 다음에 나오는 장면이어서 더욱더 그러하다.[66] 그러고 나서, 바로 그날 몇차례의 춤이 끝난 뒤 이런 대목이 나온다.

쭈뼛거리며 그의 손이 그녀 위로, 소금처럼 탱탱하게 빛나는 그녀의 몸 위로 뻗어나갔다. 그녀를 가질 수만 있다면 그는 얼마나 그녀를 만끽하겠는가! 그녀의 빛나고, 차갑고, 소금처럼 타오르는 몸을 보드라운 쇠그물 같은 그의 손으로 옭아맬 수만 있다면, 그녀를 그물로 사로잡아 제압할 수만 있다면, 그는 얼마나 미친 듯 그녀를 만끽하겠는가. 그는 섬세하지만 온힘을 다해 그녀를 에워싸고 자기 것으로 만들려고 애썼다. 그러는 내내 그녀는 소금처럼 환히 불타올랐고 단단했고, 치명적이었다. 그러나 그는 집요하게, 속을 까맣게 태워버리는 어떤 독이 침투한 듯 사대육신이 타들어가 녹아내리는 가운데, 마침내 그녀를 장악할 수도 있겠다는 생각에 계속 밀어붙였다. (…)
그녀가 그를 키스 속에 사로잡았다. 단단하게 그녀의 키스가 그를 움켜잡았다, 달빛처럼 단단하고 격렬하며 불태우듯 부식시키는 키스가. 그녀가 그를 파괴하고 있는 것 같았다. 그는 휘청거리며, 줄곧 그녀에게 키스하려고, 한사코 키스를 멈추지 않으려고 혼신의 힘을 끌어모았다.
하지만 그녀는 달처럼 차갑고 소금처럼 맹렬히 타오르며, 단단하고 맹렬하게 그를 옥죄었다. 그러다 이윽고 그의 보드라운 쇠그물은 점차

---

[66] 두 연인의 산책과 대화, 그리고 산책을 중단시키는 실제 거룻배 장면을 포함한 이 에피소드 전체는 리비스의 『D. H. 로런스: 소설가』 137-44면에서 상세하고 통찰력 깊게 분석된다.

물러났지만, 격렬히 부식시키는 그녀는 거기 머물며 펄펄 끓어올라 그를 파괴했고, 그라는 존재의 마지막 실체를 에워싼 잔인한 부식성 소금처럼 펄펄 끓어올라 그를 파괴했고, 키스로 그를 파괴했다. 그리하여 그녀의 영혼은 승리와 더불어 결정체가 되었고, 그의 영혼은 고뇌에 찬 절멸을 겪으며 용해되고 말았다. 그렇게 그녀는 거기서 그를, 소진되고 절멸된 희생제물을 안고 있었다. 그녀가 승리한 것이었다. 그는 더이상 존재하지 않았다.(298-99면)

이것이 레이먼드 윌리엄즈의 말처럼 로런스 작품에서 공동체의 와해를 특징짓는 '자체생산된' 언어의 일례일까?[67] 로런스가 달에서 찾는 '객관적' 의미에 관해 한 말을 가령 『무의식의 환상곡』이나 카터(F. Carter)의 『계시록의 용』(*The Dragon of the Apocalypse*)에 부친 그의 서문에서 인용하는 것만으로는 이 질문에 답할 수 없을 것이다. 하지만 그의 그런 언술들이 도움을 줄 수도 있다. 이 소설에 나오는 달의 '상징적' 의미에 대한 틀에 박힌 단서들을 찾으려 드는 대신 우리 스스로 그런 언술들과 더불어 생각을 풀어간다면 말이다. 예컨대 달밤 장면을 사실적 경험의 범위 바깥에 있는 거라고 배척하기에 앞서 로런스의 이런 귀띔에 귀기울여봄직하다.

달은 하나의 하얗고 기이한 세계, 밤하늘 속 거대하고 하얗고 부드러워 보이는 구체(球體)로서, 그것이 공간을 가로질러 내게 실제로 전하는 바를 나는 결코 제대로 알 수 없을 것이다. 하지만 조류를 끌어당기는 달, 여자들의 생리주기를 관장하는 달, 광인들에게 영향을 미치는 달, 그 달은 천문학자가 생각하는 생명 없는 덩어리에 불과한 것은 아

---

[67] 본서 128면.

니다.[68]

그러나 물론 핵심적 문제는 달밤 장면이라는 극적 사건을 예술적 역사로서 소설 속에 설득력 있고 의미심장한 사건으로 정립하는 일이다. 다시 말해, 우리가 그 장면을 그들의 입맞춤으로 시작된 "두 사람 모두의 당당한 자기주장"(281면)의 논리적 극점인 동시에, 그 순간 그 장소에서 일어날 만한 그럴싸한 사건으로 볼 수 있도록 장면처리가 되어 있어야 한다는 것이다. 명백한 것은 어슐라와 스크리벤스키 쌍방의 자기주장은, 그들이 끝내 고집한다면 상호파괴나 한쪽이 다른 한쪽에게 '완승'을 —— 애나가 거둔 '승리'보다 더 전면적이고 따라서 더 참담한 공동의 패배이기도 할 수밖에 없는 '완승'을 —— 거둠으로써만 끝날 수 있으리라는 사실이다. 어슐라는 진정한 활력과 방어적 자기주장 양면에서 더 강하므로, 그녀가 이 다툼에서 승자가 된다는 것 역시 논리적으로 맞는 듯하다. 더구나 이런 다툼에 나선다는 사실 자체만으로도 창조적인 남성으로서의 허약함을 드러내는 위인을 상대로 달빛 속에서 관능적 자기주장의 각축을 벌이는 것은, 말하자면 그녀가 여성으로서 제 집 안마당에서 싸우는 격이다.

신부 들러리를 섰던 결혼식에서 어슐라가 돌아오는 것을 본 스크리벤스키의 "혼란"(293면)을 시작으로, 우리는 그 특정한 날의 온갖 사건들이 어떻게 그 각축이라는 절정으로까지 이어지는지 또한 볼 수 있다. 그들의 산책은, 거룻배 위의 사람들을 만나기 전과 후의 대화까지 포함해서, 어슐라의 들뜬 기분을 증대하는 동시에 스크리벤스키의 본질적 공허성에 대한 그녀의 감각을 심화시킨다. 그러고 나서 저녁식사 뒤, 마시 농장에서 지펴진 "일종의 육체적 욕망의 불꽃"이 종일토록 이글거린 끝에 음악과

---

68 "*The Dragon of the Apocalypse* by Frederick Carter," *Phoenix* 300면.

춤의 시간이 찾아온다.

  젊은이들은 무리지어 이 신비로운 밤 속으로 몰려나갔다. 웃고 떠드
는 소리가 가득하고 커피향이 감돌았다. 저 뒤로 어둑하니 농장 건물들
이 보였다. 옅거나 짙은 형체들이 서로 뒤섞이며 이리저리 돌아다녔다.
붉은 모닥불이 흰색 스커트나 실크 스커트에 비쳐 번쩍거렸고, 지나가
는 하객들 머리에 반사된 등불은 희미하게 빛났다.
  어슐라에게 이 모습은 황홀했다. 그녀는 새로운 존재가 된 것 같았다.
어둠이 무슨 커다란 짐승의 옆구리처럼 숨을 쉬는 듯했고, 건초더미는
어렴풋이 반쯤 모습을 드러낸 채 무리지어 있었고, 그 바로 뒤로는 컴
컴한, 짐승새끼로 버글대는 굴이 있는 것 같았다. 혼미한 어둠의 물결
이 그녀의 영혼을 뚫고 지나갔다. 그녀는 놓아버리고 싶었다. 반짝이는
별들에 닿아 그 사이에 머물고 싶었으며, 쏜살같이 두 발로 달음박질쳐
이 땅의 경계를 훌쩍 넘고 싶었다. 벗어나고 싶어 미칠 지경이었다. 마
치 사냥개가 이름 모를 사냥감을 쫓아 어둠 속으로 달려들 태세로 목
줄을 끌어당기고 있는 것 같았다. 그녀는 사냥감이었고, 또한 사냥개였
다.(294-95면)

이 구절에는 '외부'세계에 대한 시정(詩情) 가득하면서도 눈에 띄게 사실
적인 묘사로부터 어슐라 내면의 은밀한 힘들에 관한 설명으로 옮겨가는
정확한 전환점에 해당하는 어떤 것이 (단락이 바뀌는 부분에) 실제로 담
겨 있다. 그런데 우리가 이미 소묘한 이 대목의 극적·역사적 논리가 받아
들일 만한 것으로 판명된다면, 이런 전환은 사건과 언어 양면에서 매우
자연스럽다.
  그 논리를 일단 인정하고 나면, "그녀의 빛나고, 차갑고, 소금처럼 타오

르는 몸"이라든가 "달빛처럼 단단하고 격렬하며 불태우듯 부식시키는"
같은 구절들이 실은 개인적 은어(隱語)가 아님 또한 더 쉽게 인정할 수 있
을 것이다. 즉 그것들이 '자체생산된' 것이 아니라, 전통적(즉 공동체적)
상징체계에서 차용된 것임을 말이다. 이 상징체계에서는 달, 여성, 바다,
그리고 분명히 부식성을 지닌 소금 등의 상호연상이 전혀 자의적인 것이
아니다. 그런가 하면 로런스는, 『무지개』에 나오는 달이 "빛나고, 차갑고,
소금처럼 타오르는" 영향력을 자동적으로 '상징'하거나 심지어 행사하지
않는 데서 보듯, '시적 언어구사'(poetic diction) 같은 낡은 상징적 언어로
손쉽게 복귀하지도 않는다. 애나와 윌의 (제4장에 나오는) 달밤 장면 체
험은 매우 다르다. 물론 거기에도 애나의 당당한 자기주장과 자기확장이
들어 있지만, 그것은 무엇보다 신비한 아름다움과 참된 사랑의 진정한 체
험, 관계맺음의 공유된 체험이었다. 동일한 달이 미치는 영향이 이렇게 다
른 것은 사실적 상황의 차이를 제쳐두고는 설명할 수 없다. 바로 이 차이
를 인식해야만 『무의식의 환상곡』에 나오는 다음과 같은 사변적 진술을
참조할 때도 제대로 도움을 얻을 수 있다.

> 달은 우리를 되부르는, 낮의 자아에서 빠져나와, 감각의 지평들의 달빛
> 어린 암흑을 거쳐 잠으로 되부르는 거대한 우주의 극(極)이다. 우리 피를
> 휘젓는가 하면, 우리를 휘저어 피의 소멸로 되돌리는 것은 달이다.[69][70]

---

**69** *Fantasia of the Unconscious* 211면.

**70** 한국어판 원저자주: 역자들이 지적해준 대로 이 대목은 『무지개』 속 두 세대의 대조에 그
다지 어울리지 않는다. 『무의식의 환상곡』에서 인용문의 앞뒤 몇단락을 연속해서 읽으면
(192면 13–33행) 낮에 활발하던 인간의 두뇌의식이 밤에는 달의 영향 아래 '핏속으로 소멸
하는' 필요하고도 바람직한 과정에 관한 서술이 나오는데, 이는 '피' 또는 (가령 스크리벤스
키의) '남성적 존재'가 소멸하는 과정과는 다르다. 따라서 인용문의 "피의 소멸"(extinction
of the blood)도 오해되기 쉬운 매우 압축적인 표현이며 '핏속에서의 소멸' 또는 '핏속으로

가령 우리는 윌과 애나의 경우에는 그들 자신과 그들의 공동체 속에 달의 영향력을 상쇄할 다른 영향력이 존재하기 때문에, 달이 "피를 휘젓"기는 해도 두 사람을 휘저어 "피의 소멸로 되돌리"지는 못한다고 말해도 좋을 것이다. 반면에 그런 상쇄해줄 균형이 어슐라와 스크리벤스키의 경우에는 자리잡지 못하기 때문에, 달빛 아래에서 그녀는 그의 남성적 존재를 "절멸"하려고 성난 달의 여신과도 같은 분노를 한껏 그러모아 발산한다.

절멸이 물론 존재 깊숙한 곳에서 발생하면서도 의식에 떠오르지는 않는 것은 오로지 두 사람 각각의 '거짓믿음'이 허위의식 속에 그것을 적극 감추기 때문이다. 로런스는 이 과정을 깊은 통찰력으로 기록하면서, 그 장면 전체에 걸쳐 자신이 밤의 다른 측면 즉 "이전의 익숙하고 안온한 실제 모습"을 결코 잊지 않았음을 보여준다.

그녀는 점점 정신이 들기 시작했다. 점점 한낮의 의식 같은 것이 돌아왔다. 돌연, 밤이 이전의 익숙하고 안온한 실제 모습으로 홱 하니 돌아왔다. 그녀는 이 밤이 보통 때처럼 평범한 밤이며, 저 멋지고 격렬하며 초월적인 밤은 실상 존재하지 않았다는 것을 서서히 깨달았다. 그녀는 슬그머니 다가온 공포에 사로잡혔다. 그녀는 어디에 있었던가? 그녀가 느낀 공허함은 무엇이었나? 그 공허함은 스크리벤스키였다. 그가 정말로 거기 있었던가? 그는 누구였단 말인가? 그는 아무 말이 없었고, 거기 있지 않았다. 무슨 일이 일어났던가? 그녀는 미쳤던가? 무슨 끔찍한 것에 씌기라도 했더란 말인가? 어슐라는 갑자기 제 자신에 대한 말

<hr>

의 소멸'로 옮기는 것이 『무의식의 환상곡』의 취지에 더 적합하겠지만, 이 책에서는 저자의 해명을 달면서 원문 그대로 옮기기로 역자들과 합의하였다.

할 수 없는 공포에 가득 찼다. 조금 전의 그 불타오르는, 부식시키는 자기가 아니려는 말할 수 없는 욕망으로 가득 찼다. 방금 일어난 일이 절대로 기억되지 않아야 하고 생각나지 않아야 하고 단 한순간 그 가능성조차 인정되지 않아야 한다는 생각이 미칠 것같이 그녀를 사로잡았다. 그녀는 온힘을 다해 그것을 부정했고 전력을 다해 외면했다. 그녀는 선하고 사랑스런 어슐라였다. 그녀의 심장은 따뜻하고, 그녀의 피는 진하고 따뜻하며 부드러웠다. 어슐라는 애무하듯 안톤의 어깨에 손을 얹었다.(299면)

문체의 반복적 성격은 의도된 것이고 극적 효과를 발휘한다. 처음에는 어슐라가 서서히 그리고 어리둥절해하며 "한낮의 의식"을 되찾는 모습을 전달한 다음, 뒤이어 오로지 그런 의식만이 타당함을 강변하려고 미칠 듯 애쓰는 모습을 전한다. 그 노력이 대체로 성공하는 것은 스크리벤스키가 암암리에 방조하는 때문이기도 하다. 사실 그녀가 "그를 애무하여 되살려"(299면)내도록 그가 내버려둔다는 것은 그의 '죽음'의 또다른 증거, 무슨 일이 일어났는지 제대로 인식하고 떠나갈 수 있을 만큼의 남자다움도 그가 지니지 못했다는 증거이기도 하다.

그의 자존심이 북돋아졌고 그의 피가 다시 한번 자랑스럽게 돌았다. 그러나 그에게는 중심이 없었다. 독자적인 한 남자로서 그는 중심이 없었다. 남자 본연의 의기양양하게 타오르는 오만한 심장은 이제 다시는 고동치지 않을 것이었다. 그는 이제 상대의 지배를 받고 반응할 뿐, 오만하고 누그러뜨릴 수 없는 불길을 중심에 품은 불굴의 존재는 결코 못될 것이었다. 그녀가 그 불길을 누그러뜨려버렸고, 그녀가 그를 길들여버린 것이었다.

그러나 어슐라는 그를 어루만져주고 있었다. 일어난 일을 그가 기억하지 않도록 하고자 했다. 그녀 스스로가 기억하지 않고자 했다.(300면)

하지만 그들은 물론 아주 잊어버리지도 못한다. 특히 어슐라는 그것이 자랑스런 경험이기도 했다는 막연한 느낌을 간직한다.

눈길을 돌리다 그녀는 짚가리 옆에 매달린 귀리 이삭들이 달빛 속에 은은히 반짝이는 것을 보았다. 그것은 당당하고 고결하며 사뭇 비개인적인 모습이었다. 이삭들이 있는 곳에서, 그것들과 더불어 그녀는 당당했었다. 그녀 역시 당당했었다.(300면)

그러나 그녀는 그 자아(self)에 따라 살아갈 준비가 되어 있지 않고, 그 자아를 '한낮'의 세계와 창조적으로 연결지을 방도도 사실 아직 갖고 있지 않기 때문에, 자신이 "착하고 상냥한 처녀"(300면)라는 믿음에 더더욱 결연히 매달릴 수밖에 없다. '거짓믿음'의 어조는 두 연인이 집으로 걸어가는 동안 더더욱 강해진다.

얼마나, 얼마나 아름다웠던가! 그가 그녀에게 키스한 다음부터, 오늘밤 자신이 얼마나 미치도록 행복했는지 그녀는 괴로운 마음으로 생각했다.(300면)

그녀의 환희가 전적으로 거짓된 것은 물론 아니다. 창조적 관계로서 보면 그들의 사랑은 어슐라가 의식적으로는 인정하지 않으려 드는 바로 그 실패지만, 그녀가 이미 알게 된 것을—최대한의 자기주장, 자기인식을 향한 그녀의 열정이 일단 시작된 이상 알 수밖에 없었던 것을—알았다는 것, 그러면서도 그녀 자신이 "일종의 무(無)"(305면)로 전락하지 않았다는 것은 결코 예사로운 성취가 아니다. 그럼에도 "그녀는 마치 그를 절멸하려다 자해라도 한 것처럼 스스로에게 상처를 입혔다."(300면) 그리고 그 상처의 실상을 가장 잘 보여주는 것은 그녀가 '거짓믿음'에 점점 더 의존하게 되고, 그에 따라 그녀가 자신의 '존재'를 전면적으로 부정하게 될 궁극적 위험이 점점 커진다는 사실이다. 그리하여, 스크리벤스키가 남아프리카의 전쟁터로 떠나가자 그녀가 본질적으로 사멸한 관계로부터 "자신만의 환영(幻影)"(308면)을 빚어낼 때, 우리는 그녀의 완강한 힘과 그녀가 처한 점점 깊어지는 위험 양자를 복합적으로 감지하게 된다.


7


스크리벤스키와의 연애의 첫 단계는 어슐라가 어떠한 성취건 이루려면, 비록 그 성취 자체가 "평일의 세계"에서만 가능한 것이라 하더라도 "이제는 벗어던져버린 꿈의 세계와의 연관성을 고집하는 (…) 그녀 안의 일요일 세계의 혼란스럽고도 고통스런 잔재"(264면)를 제대로 감당해내야 한다는 것을 분명히 한다. 그 '잔재'가 그녀의 개인적 미성숙이나 근대화의 진전을 방해하는 기존 공동체의 낡은 행태만이 아니라 어떤 새로운 공동체를 건설할 때에도 일축해서는 안 될 핵심적 유산을 가리키기도 한다는 데 동의한다면, 이 말은 더할 나위 없이 정당하고도 적절하다. 돌이켜보면 이 소설 제9장과 제10장은 바로 이 점을 강조했고, 제11장 달밤 장면에서 "저 멋지고 격렬하며 초월적인 밤"(299면)은 어슐라가 이후에 부인함에도 불구하고 스크리벤스키를 파멸시키고 그녀 자신도 다치게 할 만큼 인물들 자신에게 생생했으며 읽는 이들에게도 그러했기에, 이를 고려치 않는 최종적인 해결책이란 설득력이 없을 것이다.

하지만 "꿈의 세계"에 대한 어슐라의 부정은 거짓믿음 이상의 것이기도 하다. 로런스의 에쎄이 「호저의 죽음에 관한 명상」의 용어로 표현하자면, 그녀가 자신의 '존재'로 나아가려면 그녀의 일상적 '실존'(existence)의 요구가 먼저 충족되고 '정복'되어야만 한다. 그녀의 문제는 그녀가 스크리벤스키처럼 "거대한 전체 사회조직, 국가, 근대인류를 이루는 벽돌 한 장에 불과"(304면)할 정도로 "죽어 있지도" 않지만, 스크리벤스키와 동일한 의미로 그 일부가 되지는 않으면서도 그 안에서 살 수 있을 만큼 강하고 지혜롭지도 않다는 것이다. 이 문제는 구체적 행동을 통해서만 다뤄질 수 있으며, 어슐라의 모험은 이제 현대세계와 그 세계에서 "여성이 스스로 책임지는 개인이 되는"[71] 것과 연관된 주요한 사회적·정치적 쟁점들을 포함하게 된다.

예컨대, 제12장 '수치'(Shame)는 어슐라의 페미니즘과 동성애 경험을 들려준다. 이 두 주제를 묶어서 다룬 점이나 이 장의 제목만 보면 로런스를 과격한 '성차별주의자'나 '남성우월주의자'로 보는 널리 퍼진 견해가 연상되기도 한다.[72] 하지만 실제로 페미니즘 주제를 다루는 그의 태도에는 "스스로 책임지는" 존재가 되려는 어슐라의 분투를 보여줄 때와 동일한 공감이 깃들어 있다. 이 장 초입에서 어슐라의 상황은 이렇게 묘사된다.

그녀는 자신이 머지않아 스스로 책임지는 사람이 되고 싶어할 것을 알았고, 그것이 저지될까 두려웠다. 완전한 독립, 완전한 사회적 독립, 어떠한 개인적 권위에서도 벗어난 완전한 독립을 추구하는, 모든 것을 포

---

[71] 본서 179면 참조.

[72] 이런 견해를 보여주는 다소 전형적인 진술로는 케이트 밀레트(Kate Millett)의 『성의 정치학』(Sexual Politics, Doubleday 1970) 제5장 참조.

괄하는 그녀 내면의 의지 때문에 그녀는 우둔할 만치 학과 공부에 매달렸다. 왜냐하면 자신에겐 한결같이 여성이라는 몸값이 있다는 걸 알았으니까. 그녀가 여자라는 사실은 변함없었으며, 하나의 인간으로서, 인류의 일원으로서 얻지 못하는 것은 남자가 아닌 여자임으로 인해 얻을 것이었다. 여성이라는 데서 그녀는 은밀한 재화가, 비축재산이 있다고 느꼈으며, 그녀에겐 늘 자유를 안겨줄 몸값이 있었다.

그러나 그녀는 이 최후의 자산을 느긋이 보류해두었다. 다른 것들부터 시도해봐야 했다. 탐험해볼 만한 신비한 남자의 세계, 일상적 노동과 의무를 수행하며 공동체의 일꾼으로서 살아가는 세계가 있었다. 이 세계에 대해 그녀는 은근히 앙심을 품고 있었다. 그녀는 이 남자의 세계를 정복하고 싶었다.(310면)

여기서 어슐라는 소설 초입부터 진행된 미지의 세계와 더 나아간 삶을 향한 위대한 모험을 이어가고 있음이 분명하다. 그녀가 여성이라는 데서 "은밀한 재화"를 느끼면서도 단지 "남자가 아닌 여자" 이상의 존재가 되려고 열망한다는 사실은 사회사적으로 의미심장한 사실의 기록일 뿐 아니라, '존재'의 역사에서도 자신들의 "몸값"을 주장하는 (어슐라의 나이와 계급에 속한 처녀들 가운데 훨씬 다수였음에 틀림없는) 다른 여성들에 비해 그녀를 자기 세대의 더욱 진정한 대표가 되게 한다. 하지만 이와 동시에 "완전한 독립을 추구하는, 모든 것을 포괄하는 그녀 내면의 의지"라는 표현은 그녀의 심리에, 그리고 나아가 그녀의 페미니스트적 충동에 담긴 상당히 미심쩍은 요소를 상기시킨다.

로런스는 이런 요소가 위니프리드 잉거(Winifred Inger) 같은 현대 페미니스트들에게서 파괴적일 만큼 우세하다고 보지만, 이 경우에도 그의 형상화에 공감이 없지는 않다. 스크리벤스키를 처음 제시할 때처럼 작가는 주로 어슐라가 받은 인상을 전달하는 편을 택하는데, 그녀의 공감을 좀 더 성숙한 판단으로 가늠하면서도 직접적으로든 반어적으로든 반박하지는 않는 언어를 사용한다. 물론 "그녀의 독립성 자체가 자신을 서러운 지경으로 몰아넣는, 겁 없어 보이는 깔끔한 유형의 현대여성"(311면)과 같은 말에서 더 많은 것이 전달되지만, 독자가 처음 위니프리드를 보는 것은 주로 어슐라의 감탄어린 시선을 통해서이다. 이들의 은밀한 첫 접촉을 다루는 장면에서도 로런스는 어슐라가 겪는 경험의 신선함과 거짓 없는 경탄을 잘 그려내는 한편, 나중에 그녀가 본능적으로 움찔하며 물러서는 반응에는 작가 자신의 균형을 잡아주는 판단이 깃들어 있다(316면).

위니프리드를 통해 어슐라는 여성운동과 당대의 가장 '진보적인' 사상 전반에 접하게 된다. 여기서도 로런스는 많은 부분에 공감한다. 위니프리드가 동시대 남성들은 "모든 걸 낡고 무기력한 관념에 끼워맞춘다"(318면)고 언급할 때, 이 부정적인 비판은 흡사 작가 자신의 목소리처럼 들린다. 다만 로런스는 위니프리드와 그녀의 친구들이 자신들이 생각하는 것보다 그 문제의 훨씬 깊숙이 있는 일부라고 보는 만큼, 그들의 해결책을 신뢰하지 않는다. 소설의 맥락에서 보자면 위니프리드는 물론이고 어슐라의 페미니즘도 윌의 '남성우월주의'에 대한, "배의 선장"(161면)으로서 남편의 전통적 지위를 내세우는 주장에 대한 애나의 성공적인 저항의 더 진전된 형태를 제시한다. 하지만 역사가 보여주었듯이, 이 갈등 자체가 제2세대에서 빚어진 것은 바로 제1세대에 존재했던 남녀간의 참된 균형이 이제는 상실되었기 때문이다. 다시 말해서 '남성우월주의'와 여성의 저항은 ― 이 양자가 그 문제만 놓고 볼 때 똑같은 가치를 지닌다는 것은 아니지만 ― 단일 문제의 상보적 측면들이다. 오히려 그 영역 내에서 승리를 거두고 또 승리해 마땅한 쪽은 애나임에도, 참된 삶의 관점에서 그것은 결국 상처뿐인 승리로 드러난다. 또한 이 소설에서 자기 안의 "본질적 남성"의 죽음 이후 "삶의 저 거대하고 확립된 기성관념"(304면)에 헌신하게 될 때의 스크리벤스키보다 더 전형적인 '남성우월주의자'를 상상할 수도 없다.

사실, 페미니스트들에 대한 로런스의 가장 큰 불만은 이 "삶의 기성관념"에 대한 그들의 비판이 충분히 발본적이지 못하다는 점이다. 「토마스 하디 연구」에서 그가 여성참정권자들을 두고 하는 발언은 참정권운동뿐 아니라 각기 다양한 이상과 강령을 지닌 페미니스트들에게도 적용되는데, 그들이 '이상주의'의 지배 자체를 깨부수기보다 어쨌거나 '이상'이라는 것들을 추구하는 한 그렇다. 로런스는 이렇게 말한다.

여성참정권자들은 우리 가운데 확실히 가장 용감하고 예전 의미로 가장 영웅적인 집단인데, 그들조차 낡은 전장에서 낡은 전투를 하고 더 진보된 보존체제를 얻기 위해 낡은 자기보존 체제와 싸우는 데 안주한다. 그들도 선거권은 수단일 뿐이라고 인정한다. 무엇을 위한 수단인가? 더 나은 법을 만드는 수단이란다. (…) 물론 이것도 가치있고 대단한 일이다.

하지만 그것은 배추가 꽃을 활짝 피워낼 힘이 없어 속에서 썩어들어가는 판국에 채마밭 배추의 복리를 보호하겠다고 나서는 격이다. 어느 땅에 무슨 법을 만들어서 양귀비가 꽃 피우게 할 수 있겠는가? 양귀비를 마음껏 피어나지 못하게 할 법은 만들 수 있겠다. 하지만 그건 다른 문제다. 도대체 무슨 법으로 애당초 존재하지도 않던 것을 존재하도록 만들 수 있는가? 그런 법은 없다. 법이란 이미 존재하는 것의 상태를 더 좋거나 더 나쁘게 조정할 수 있을 뿐이다.[73]

---

73 *Phoenix* 404–405면.

소설이 전개되면서 알게 되듯이, 이 점이 바로 여성해방에 관한 매기 스코필드(Maggie Schofield)의 생각에 반대하는 어슐라 입장의 요지이기도 하다.[74]

로런스가 '정신적인' 여성이라는 특별한 존재에도 공감을 지니고 있다는 점은 하디의 쑤 브라이드헤드(Sue Bridehead, 『무명의 주드』 *Jude the Obscure*의 주인공 ― 옮긴이)에 관한 그의 논의에서 분명히 드러난다.[75] 그렇지만 쑤에 비해 『무지개』의 위니프리드는 너무나 범상한 인물이다. 그런 인물로서 그녀는 어슐라의 삼촌 톰과의 편의적인 결혼을 택하는 데서 보듯, 비극적 극한까지 자기 운명을 밀고 나가지도 못하고 어슐라처럼 새 길을 열어젖히지도 못하는 대다수 페미니스트들을 대표한다. 그러므로, 위기스턴과 톰 삼촌의 탄광으로 대표되는 로런스의 산업주의 분석이 『연애하는 여인들』에 비해 미흡하기는 하지만 위니프리드의 이상주의와 톰의 냉담함 모두가 자연생동적 존재에 대해 똑같이 근본적인 부정을 의미한다는 점에서, 이 페미니스트 여교사와 환멸에 찌들었으나 유능한 탄광경영자를 결합시키는 논리는 완벽해 보인다. 위기스턴의 현상태에 대한 그들의

---

**74** 로런스의 후기 발언들은 표현이 더 신랄해지는 면이 있지만, 가령 『계시록』의 다음 구절에서 보듯이 실제적인 변화는 없다. "영감의 숨결이었던 것이 종국에는 고착되고 악한 형식이 되어 미라의 천조각처럼 우리를 감싸고 옥죈다. 그리고 여자는 남자보다 훨씬 단단히 옥죄여 있다. 오늘날 여성성의 최상의 부분은 겹겹의 로고스로 꽁꽁 감싸였으며, 여성은 몸이 없고 추상적이며 지켜보기 끔찍한 자결권에 추동된다. 낯선 '정신적인' 존재가 오늘날의 여성이니, 낡은 로고스의 악령에 끊임없이 추동되어 단 한순간도 거기서 벗어나 자기 자신이 되지 못한다. (…) 그리하여, 여성은 갖가지 하찮은 잿빛 뱀 같은 현대의 수치와 고통에 비참하게 시달리며 '최상의 것'을 얻으려 분투하지만, 아뿔싸, 안타깝게도 그것은 '최악의 것'이다. 오늘날 여성들은 모두 다분히 경찰 기질을 지니고 있다."(150-51면)

**75** "Study of Thomas Hardy," *Phoenix* 495-510면 참조.

개탄에도 불구하고, "톰의 진짜 정부(情婦)는 기계였고, 위니프리드의 진짜 정부(情夫)도 기계였다"(325면)라는 어슐라의 최종적 판단은 정당하기 그지없다.

사실 그들의 기계숭배와 그들의 인도주의 자체 사이에는 훨씬 더 깊은 연관이 있는 것으로 암시된다. 어슐라가 위니프리드와 친해지기 시작했을 무렵 언니뻘인 이 여선생이 "몰록을 숭배하는 고대의 권력숭배자들"을 매도하자, 어슐라는 이러한 합리주의-인도주의적 종교관에 반감을 느꼈다.

> 어슐라는 몰록 꿈을 꾸지 않을 수 없었다. 그녀의 하느님은 온순하지도 부드럽지도 않았고, 양도 비둘기도 아니었다. 그는 사자요 독수리였다. 사자와 독수리가 권력이 있어서가 아니라 당당하고 강하기 때문이었다. (…) 그녀는 온순하고 수동적인 양과 생기 없는 비둘기가 죽을 만큼 지겨웠다.(317면)

독자는 "온순하고 수동적인 양"을 어슐라의 자신에 대한 허위의식인 "착하고 상냥한 처녀"와 관련지을 수 있겠지만, 어쨌든 여기서 그녀가 보이는 반응의 온전한 의미는 그녀 스스로도 아직 명료하게 파악하지 못한다. 이런 반응이 그녀 과거의 '잔재'에서 비롯된다는 것은 의심의 여지가 없다. 하지만 "우리 모두를 포로로 사로잡은 저 거대한 기계"(324면)에 대한 인식을 통해서만 그녀는 자기 자신을 새롭게 인식하게 되는 동시에, 저 '잔재'를 계몽을 가로막는 척결해야 할 낡은 장애물이 아니라 창조적으로 긍정해야 할 그 무엇으로 새롭게 인식하게 된다. 사실 진짜 낡아빠졌고 "이따위 몰록 같은 것"(325면)을 섬기는 쪽은 바로 위니프리드와 톰이며, 그 이유도 몰록의 살아 있는 자부심이 아니라 기계가 가진 무지막지한 힘과 인간적 감정의 결여 때문인 것이다.

어슐라 본인은 이 기계의 세계를 '떠난다'.

> 그것(기계의 세계—옮긴이)은 얼마나 끔찍한가! 거기에는—인간의 몸
> 과 생명이 탄광이라는 대칭적 괴물에게 노예로 종속된 상태에는—정
> 녕 끔찍한 매혹이 존재했다. 거기에는 까무러칠 듯한 도착적 만족감이
> 존재했다. 잠시 그녀는 어찔했다.
> 　그러다 정신을 차리자, 그녀는 문득 엄청난 고독을 느꼈고, 그 고독
> 속에서 슬펐으나 홀가분했다. 그녀는 이미 떠나온 것이다. 더이상 저 거
> 대한 탄광에, 우리 모두를 포로로 사로잡은 저 거대한 기계에 묵종하지
> 않으리라. 마음 깊이 그녀는 거기에 맞섰으며, 그 위세까지도 부인했다.
> 그것은 공허하고 무의미한 것이어서 버려야만 했다. 그것이 무의미하
> 다는 것을 그녀는 알았다. 하지만 탄광을 눈앞에 보면서도 그것이 무의
> 미하다는 깨달음을 견지하려면 그녀 편에서 강력하고 열정적인 의지력
> 을 발휘해야 했다.(324면)

사안의 중요성을 고려할 때 "그녀는 이미 떠나온 것이다"라는 간명하고
도 확신에 찬 문장은 신빙성이 떨어질 수도 있다. 그리고 "그녀 편에서 강
력하고 열정적인 의지력을 발휘해야 했다"고 첨언한 것은 우리에게 "비
켜 있으라"고 권고한 로런스의 에쎄이 「민주주의」의 결론에 대해 레이먼
드 윌리엄즈가 가한 종류의 비판이나 불러일으키고 말 수도 있다.[76] 윌리
엄즈는 『문화와 사회』(Culture and Society)에서 이렇게 지적한다.

---

76 *Phoenix* 718면 참조.

(로런스가 ― 옮긴이) 물질 문제를 의식에서의 문제와 분리하는 것은 그 자신의 떠돌이 상황에 대한 비유였다. 엄밀히 말해서, 여기에는 교외(郊外)거주자의 관점에서 바라보는 면이 있다. 물질적 필요와 그 필요가 충족되는 방식을 인간적 목표로부터, 그리고 존재 및 관계의 진전으로부터 분리하려는 시도는 '일'과 '삶'을 교외거주자의 방식으로 분리하는 것이며, 그런 분리방식은 산업주의의 난제들에 대한 가장 흔한 대응이었다.[77]

이런 비판에는 분명 어느 만큼의 진실이 담겨 있다. 즉, 로런스의 발언은 그가 무엇보다도 "세계 쳐서 몇개의 커다란 구멍을 내기"를 바랐던 바로 그 "유럽식 교외적 생활태도"(European suburbanity)[78]를 강화하는 데 종종 이용되었으며, 나아가 『무지개』의 이 구절도 중대한 주제를 다소 소홀하게 다룬 탓에 그렇게 이용될 빌미를 줄 수 있는 것이다. 바로 이런 이유로 우리는 산업주의와 관련된 로런스의 태도에 대한 좀더 충실한 논의를 『연애하는 여인들』을 다룰 때까지 미루고자 한다. 하지만 어슐라의 '떠남'을 기록한 이 구절에서도, 실제 일어난 일은 윌리엄즈가 의미하는 "교외거주자의 방식으로 분리"하는 것과는 사실 아무 상관이 없다는 점에 주목해야 한다.

　어슐라가 경험하는 것은 극적으로 개연성 있게 형상화된 개인적 위기로서, 그 과정에서 그녀는 아직은 뚜렷이 정의되지 않은 자신의 꿈을 상실해버릴, 그녀가 직면하게 되는 숱한 위험 가운데 하나인 위험을 가까스로 벗어난다. 그녀의 당면과제는 그녀가 여태 애착을 느꼈고 앞으로도 이

---

**77** Williams, *Culture and Society* 213면.

**78** *The Collected Letters* 800면, 1924. 8. 9. Rolf Gardiner 앞.

런저런 방식으로 애착을 가질 수도 있을, 톰과 위니프리드로 대표되는 삶의 행로를 온 마음과 영혼으로 거부하는 것, '정신'이나 '의식'에서만이 아니라 '존재'의 차원에서 거부하는 것이다. 그녀는 "강력하고 열정적인 의지력을 발휘"함으로써 이를 실제로 거부한다. 이를 통해 그녀가 산업주의 문제에 어떤 '해답'을 제시하는 것은 아니고, 그녀의 선택은 기계가 모든 영혼을 완벽하고 필연적으로 지배하는 것은 아님을 보여줄 뿐이다. 그러나 기계의 바로 그러한 지배가 그 순전한 물리력보다는 결국 인간의 정신적 굴종에 좌우되는 것인 한, 이 선택 자체로 중대한 사건임은 물론이다.

더욱이 소설의 맥락에서 어슐라의 '떠남'은 산업주의에 대한 이 제한된 '해답'을 향해 내딛는 한걸음일 뿐이다. 또한 그녀는 실제로 당장 떠나버리지도 않는다. 오히려 위기스턴에 계속 머묾으로써 자신의 '떠남'을 수행한다.

어슐라가 성장한 것은 이 몇주 동안이었다. 그녀는 두 주일 더 위기스턴에 머물렀고, 그게 너무 싫었다. (…) 그래도 그녀는 머물렀다. 위니프리드를 떨쳐버리기 위해서라도 머물렀다. 선생과 삼촌에 대한 소녀의 증오와 역겨움이 이 둘을 한통속으로 엮는 것 같았다. 어슐라에게 같이 맞서기나 하는 듯 그들은 서로 가까워졌다.(325면)

성장의 고비가 앞으로도 많지만 이 일을 겪으면서 어슐라의 존재에 핵심적인 어떤 사건이 발생한 것은 분명하며, 그녀의 '떠남'은 위니프리드, 톰, 그리고 그런 부류 사람들의 세계로부터 단지 물리적이거나 정서적인 거리를 두는 것일 뿐 아니라, 실제로 올바른 방향으로의 출발을 의미한다.

제12장의 탄광 묘사에 철저하지 못한 면이 있다면, 다음 장인 '남자의 세계'(The Man's World)는 지나치게 늘어지는 느낌을 줄 수도 있다. 하지

만 어떤 결함이든 그 역시 전체적 전개의 논리에 영향을 미치지 않는 경미한 것에 속한다. '남자의 세계'로 진입하겠다는 생각이 어슐라를 대입시험공부에 매달리게 만들었는데, 그 생각은 시험에 통과했기 때문에, 특히 학창시절과 위니프리드와의 관계가 모두 끝난 이후에 더더욱 강렬해진다. "애들로 복작거리는 좁아터진 집구석"(332면)에 갇혀 있다는 그녀의 느낌 또한 한계점에 도달했고 그것은 그녀의 성장에 따른 자연스러운 결과이기는 하다. 하지만 "열일곱에, 쓸모없고 하찮으며 그 누구도 원하지도 찾지도 않는, 자신이 아무 가치 없는 존재라고 의식하는 어슐라 브랭귄"(332면)이라며 스스로를 과도하게 비하하거나, "그녀에게 스크리벤스키는 그녀의 진짜 삶의 상징에 가까웠다"(331면)라며 그와의 추억을 열정적으로 되새기는 장면에서는 그녀 특유의 취약성 또한 감지된다.

어슐라가 킹스턴온템즈(Kingston-on-Thames)학교로 가지 않고 결국 그토록 꺼리던 일크스턴에 남기로 한 것도 상황논리에 부합한다. 그녀 자신도 이를 깨닫고 있는데,

킹스턴온템즈는 사라진 단꿈이었다. 이곳에서 그녀는 엄혹하고 거친 현실을 접하게 될 것이었다. 그래서 그녀는 이렇게 되고야 말리라는 것을 알았다. 힘들고 한정된 이 현실에서가 아니고는 그 무엇도 성취될 수 없기 때문임을 알았다. 그녀는 일크스턴에서 교사가 되고 싶지는 않았다. 일크스턴을 잘 알고 싫어하기 때문이었다. 그러나 그녀는 자유롭기를 원했기에, 가능한 곳에서 자유를 취해야만 했다.(341면)

이 경우에도 그녀의 '자유'란 단순한 적응이나 단순한 거부보다, 또는 매기 스코필드가 보이는 체념과 반발 사이의 어중간한 용인보다 훨씬 더 복잡한 사안이며, 실제 경험을 통해서만 어슐라는 비로소 이 문제의 복잡성

을 고스란히 깨닫는다. 가령, 성필립스학교(St. Philip's School)에 출근한 첫날 그녀는 '감옥'은 집과 마을을 가리키는 데 쓸 말이 전혀 아니었다는 것과, 실제 대면해보니 '현실'이라는 말 자체가 새로운 의미를 띤다는 것을 깨닫는다.

그녀는 여기서 엄혹하고 삭막한 현실, 현실을 만났다. 어제만 해도 전혀 알지 못했던 것, 지금은 두려움과 반감에 가득 차서 도망쳐버리고 싶은 이것을 현실이라 부르다니 정말 이상했다. 이것이 현실이었다. 그리고 코세테이, 자기 자신 같은, 그녀의 소중하고 아름다우며 친숙한 코세테이, 그곳은 부차적인 현실이었다. 감옥 같은 이 학교가 현실이었다.(346-47면)

강조점을 붙여서 "현실, 현실"이라고 반복한 것 자체가 감옥 같은 이 세계의 냉엄한 현존과 더불어, 어슐라의 유년기의 저 '잔재'가 그녀 속에서 변함없이 작동하고 있음을, "감각과 외부 사물에 대한 저 끈덕진 의문들"(워즈워스의 시 「송가: 어린 시절의 회상에서 얻은 불멸성에 대한 암시들」의 한 구절—옮긴이)을 실감케 한다. 그리고 어슐라가 이 경험을 통해 도달하는 것은 일종의 통찰력과 수양으로서, 이는 적어도 현대 독자들이 보기에는 워즈워스 만년의 세계관에서 드러나는 '철학적 정신'보다 훨씬 진정성 있는 성취로 보이는 통찰력과 수양이다. 이 "엄혹하고 삭막한 현실"의 냉엄함은 "자신의 성격적 자질을 전적으로 믿던" 어슐라가 "엉망진창의 지경"(356면)으로 빠져버려 마침내 바이얼릿 하비(Violet Harby) 선생보다 사실상 열등하다고 느끼게 될 때 극적으로 형상화된다. 동시에 그녀는 늘 그녀 자신의 '자유'라는 관점—즉, 이 "남자의 세계"의 관점을 포괄해야 하지만 그것에 통째 포섭되지는 않는 관점—에서 이 현실을 판단하기 때문에, 이 현실을 살아내고 또 마침내 정복하게 된다.

그녀는 자신이 저 야만적인 학교에서 저 대규모의 무례한 학급을 가르칠 수 있으리라고 전혀 믿지 않았다. 절대로, 절대로 불가능했다. 그렇지만 만일 실패한다면 어떤 식으로건 굴복해야만 한다. 남자의 세계가 그녀에겐 너무나 강고하다는 것을, 거기서 자기 자리를 차지할 수 없다는 것을 인정해야 할 것이다. 하비 교장 앞에 납작 엎드려야 할 것이다. 그러면 그녀는 이후로 평생 남자의 세계에서 놓여나지 못한 채, 책임 있는 노동을 하는 큰 세상의 자유를 성취해보지도 못한 채 살아가야 할 것이다.(363면)

그리하여 어슐라는 비록 맹목적 행동만으로는 얻을 수 없지만 구체적 행위를 통해서 비로소 얻을 수 있는 진정한 의미의 깨달음을 얻게 되는데, 그것은 "강력하고 열정적인 의지력을 발휘하는 것"뿐만 아니라 물리적 전투에 실제로 나설 태세를 갖추고 때로 그 전투를 수행하는 것이 필요하다는 깨달음이었다. 그녀의 새로운 통찰력은 자신이 수행해야 하는 냉혹한 조치들에 국한되지 않는다. 그녀는 분투과정에서 하비 교장이 참을 수 없이 뒤틀렸으되 어디까지나 하나의 남성으로서 뒤틀린 인물임을 깨닫기도 하는 것이다.

그런 의미에서, 이 일화 전체는 어슐라의 모험에서 중요한 장을 이룬다. "남자의 세계"에서 이룬 그녀의 진전은 중요한 실질적 성취이자 인식의 성장으로서 설득력 있게 그려진다. 그녀는 그 세계 안에서 살며 일하기를 배울 뿐 아니라, 자신이 그 세계와 맺고 있는 관계의 본모습을, 위기스턴에서의 경험과 마찬가지 방식으로 그 세계를 '떠날' 필요를 더욱 분명히 이해하게 된다.

이런 족쇄에 그녀는 결코 오래 굴복하지 않을 작정이었다. 하지만 그것의 실체를 알아내고자 했다. 그것을 깨부수기 위해 그것을 감내하고자 했다.(378면)

이런 점에도 불구하고, 소설 전체의 탁월한 경제성을 고려할 때 성필립 스학교 에피소드는 정도 이상으로 길어 보인다. 적으로 둘러싸인 고립상태와 "인간세상의 끔찍함"에 대한 어슐라의 인식에 어쩌면 너무 깊이 공감한 나머지 작가 편에서 과잉몰입한 면이 있는 듯한데, 다음 구절도 그렇다.

이야기를 나눌 사람도, 탈출구가 되어줄 곳도 없었다. 하지만 그녀는 자신을 파괴하려 드는, 그리고 자신이 맞붙어 싸우고 있는 인간세상의 끔찍함을 알았기에, 이 붉은 노을 아래 홀로 나아가야만 했다. 그래야만 했다.(372면)

인물 편에서 보자면 이 특정한 감정은 더할 나위 없이 그럴싸하고 묘사도 생생하다. 하지만 사안의 더 큰 복합성에 대한—어슐라 자신의 성격에서 비롯되었을 법한, "인간세상의 끔찍함"을 주관적으로 과장하는 경향에 대한—작가 특유의 인식은 상대적으로 정지된 듯 보인다. 그 결과로 언어는 (『무지개』에서는 이런 언어가 길게 이어지는 경우가 드문데) 더 단순해지고 '공유된' 언어로서의 성격을 띠는가 하면, 장 전체의 분량도 그처럼 중차대한 역사 속 일개 에피소드의 몫치고는 너무 길다.

물론,『무지개』자체에서 이런 점은 사소한 결함일 뿐이다. 왜냐하면 우리는 이전 장들을 통해 알게 된 어슐라의 복합적 성격을 결코 잊지 못하며,

로런스 자신도 "그녀가 자기 영혼 깊숙이 엄청난 대가를 치렀고"(376면), "더 많은 자유를 누리게 되자 (그녀 내부의 — 옮긴이) 커다란 결핍을 오히려 더 뼈저리게 느끼게 되었을 뿐이었다"(377면)는 점을 우리에게 상기시키기 때문이다. 그녀가 얼마나 큰 대가를 치렀는지, 또 얼마나 더 먼 길을 가야 자신에 대한 온전한 깨달음에 도달할는지는 이후 장들에서도 분명히 밝혀진다. 하지만 무엇보다도 이 장에서 전달된 경험은 어떠한 지나친 단순화 경향도 제어할 만큼 충분히 구체적이다. 어슐라가 실제 경험을 통해 새로운 통찰에 이르는 과정 자체는 그녀가 **최종적** 통찰을 손에 넣고 퇴장해버리는 식이 아님을, 더 많은 경험, 오로지 더 많은 경험을 통해서만 더 많은 것이 이루어지리라는 사실을 상기시킨다.

그런 점에서 『무지개』의 '이야기'는 '예술가'가 직접 나서서 말할 때 진실에 못 미치게 말할 수도 있는 지점을 실제로 보게 해준다. 가령, 에쎄이 「민주주의」에서 당대의 **모든** 정치적·경제적 논의들을 조급하게 거부하는 대목은 어슐라의 경험을 통해 적절히 한정되고 조절될 것이다. 로런스가 "(물질세계의) 정돈은 사전계획에 의해서가 아니라 자연발생적으로 이루어져야 하며, 또 그렇게 될 것이다. 그때가 되기 전에는 이 문제에 대해 논의해봐야 무슨 소용이 있겠는가?"[79]라고 말할 때, 『무지개』를 읽은 사람이라면 논의의 소용 여부 역시 논의를 통해, 예컨대 『자본론』(*The Capital*)이 보여주는 그런 단호하고도 엄밀한 논의들을 통해 결정될 수 있을 뿐이라

---

**79** *Phoenix* 718면. 이 구절에서도 로런스의 논지가 그렇게 단순한 것은 아니다. 그는 노골적인 보수정당이나 중도정당뿐만 아니라 상당수의 자칭 급진정당들도 사회경제구조에 대한 생각에서 '이상주의'와 레닌의 '경제주의'에 사로잡혀 있다고 정확히 파악한다. 그리하여 그의 다음 문장은 이렇게 이어진다. "개인소유, 집단소유, 국가소유를 막론하고, 재산소유에 대한 모든 논의와 이상화는 이제 자연생동적 자아에 대한 치명적인 배신에 불과한 것이 되고 만다."(같은 면) 본서 제1장의 이 에쎄이(「민주주의」)에 대한 논의 63~65면 및 제3장과 '에필로그'의 『연애하는 여인들』과 『날개 돋친 뱀』 논의 참조.

고 답할 수 있을 것이다. 그리고 바로 그 독자들은 이런 지나치게 단순한 발언을 하는 로런스의 모습에서 어슐라의 성격의 일면이자 나아가 『무지개』 자체의 일정한 구조적 불균형의 원인일지도 모를 과도한 방어적 태도를 식별해낼 수도 있을 것이다.


8


제15장 '환희의 쓴맛'(The Bitterness of Ecstasy)에서 스크리벤스키와의 관계로 되돌아가는 것은 '남자의 세계'장에서 우리가 보았던 장황함의 또 다른 예일 수 있다. "소설 후반부의 전개와 구성에서 지나치게 머뭇거리는 조짐"[80]이 나타난다고 지적한 리비스의 논평은 전반적인 비평으로서도 정당해 보이며, 이 두 장 모두에 해당될 것이다. 하지만 '환희의 쓴맛'의 경우 장황하다는 느낌의 상당부분은 더 난해한 대목들, 즉 로런스가 '공유된 언어'로부터 가장 과감히 벗어나는 사례를 보여주는 동시에 그런 만큼 쉽게 오해될 수도 있는 단락들에서 비롯된다. 그리고 이 장에서 정말로 반복적인 부분들조차 리비스가 지적하듯이 "『연애하는 여인들』에서는 가능하나 여기에서는 불가능한 전개를 요구하는 주제"[81]를 담고 있어서 그리된 것이 아니라, '첫사랑'장에서 그렇게도 독창적이고 그렇게도 최종적인 것처럼 제시된 그 주제로 돌아가는 것이 지니는 난점 때문이다.

그럼에도 불구하고, 어슐라가 가장 깊은 창조적 가능성에서는 그 첫 단계 말미에 거의 완료되어버린 그 관계로 되돌아가는 이면에는 아주 강력

---

80 Leavis, *D. H. Lawrence: Novelist* 144면.
81 같은 면.

한 극적 논리가 존재한다. 한편으로는 그녀가 스크리벤스키와 더불어 탐색할 성적 욕망의 세계가 고스란히 남아 있다. 동시에 자신의 '첫사랑'에게 돌아가는 것은 어슐라다운 감동적인 신의와 더불어 또다른 종류의 취약성, 즉 그녀가 자기 자신의 거짓믿음에, 그리고 성필립스학교와 대학에서 세상과 직면하면서 받아온 압력에 굴복하는 모습도 보여준다. 따라서 그녀가 돌아온 스크리벤스키를 받아들이는 것은 "자신의 자아의 최대치를 알려는 어슐라의 열정"(281면)에서 우리가 줄곧 지켜본 것과 동일한 복잡성을 드러낸다. 즉, 여기에는 진정한 운명인 측면과 더불어 고집스럽고 위험한 자기주장인 측면이 있어서, 그것을 기록하는 언어는 다음 단락에서 볼 수 있듯이 "통념적인 낭만적 언어에서 살짝 진전되었을 뿐인, 일반적으로 수용되는 감정적 언어"[82]보다 훨씬 더 섬세하게 작동한다.

그는 늘 자신의 영혼을 외면하면서 슬금슬금 피해갔다. 늘 그렇게 했다. (…)

하지만 그의 결심이 무엇이었든 간에, 어슐라는 그를, 그의 육체를 사랑했다. 그는 어슐라에게서 무언가를 요구하고 있는 것 같았다. 그녀가 그에 대해 결정을 내려주기를 기다리고 있었다. 그러나 결정은 이미 오래전에, 그가 어슐라에게 처음 키스했을 때 내려진 상태였다. 비록 선과 악이 다할지라도 그는 그녀의 애인이었다. 비록 그녀의 마음과 영혼이 감금되고 침묵당해야 할지라도 그녀의 의지는 결코 누그러지지 않았다. 그는 그녀를 받들었고, 그녀는 그를 받아들였다. 그가 자신에게 돌아왔기 때문이었다.(411면)

---

82 Williams, *The English Novel* 179면.

여기서 보듯 "선과 악이 다할지라도" 마음과 영혼을 바쳐 스크리벤스키를 사랑하겠다는 어슐라의 상태는 통념적인 낭만적 사랑과는 판이하다. 오히려 그것은 "바로 첫 순간 자신들이 잠시 휴전하고 만난 적임을 어렴풋하게 앎"(410면)에도 불구하고 "그의 육체를" 사랑하겠다는 의도적인 결단이다. 그리하여 "그녀의 마음과 영혼이 감금되고 침묵당해야 할지라도 그녀의 의지는 결코 누그러지지 않았"던 것이다.

어슐라의 뒤이은 경험에도 이렇게 양가적인 결단에서 예견되는 진정성과 한계가 동시에 존재한다. "그녀의 어둡고 생동하는 자아"의 깨어남이 생생하고도 바람직한 것으로 다가오지만, 부주의한 독자가 아니고서는 어슐라의 의기양양한 자족감을 작가 자신의 느낌과 동일시할 수 없으리라는 것은 다음 대목을 보면 알 수 있다.

그녀에게는 강력하고 어두운 그녀 자신의 피의 흐름이 있었고, 희미하게 빛나는 다산의 중심이 있었으며, 짝이자 반려요 함께 결실을 나누는 이가 있었다. 그러니 그녀는 전부를, 모두를 가지고 있었다.(416면)

실제 성관계가 이루어지는 장면(418면)의 언어도 이 소설의 1세대나 2세대의 해당 사건들이 아니라, 『아들과 연인』에서 폴(Paul)과 클라라(Clara)의 좀더 한정되고 일시적인 연애를 상기시킨다. 물론 이 점을 상기하는 것은 『무지개』에서의 처리방식이 훨씬 복합적이라는 사실에 주목하는 것이기도 하다. 가령 스크리벤스키의 미흡함이 클라라의 경우보다 훨씬 더 심각하며 또 그에 걸맞게 판단되고 있음에도, 어슐라의 역할은 폴의 경우보다 훨씬 덜 관대하게 처리된다. 어쨌거나 이러한 비교를 통해 스크리벤스키와의 연애가 『연애하는 여인들』의 여느 관계와도 구별됨을 알 수 있을 것이다. 왜냐하면 어슐라가 스크리벤스키로부터 얻는 것은 제럴드와 구드런이 서로에게서 얻는 것보다 폴이 클라라에게서 얻는 것에 훨씬 가깝고, 그녀가 스크리벤스키를 거부하고 심지어 파괴하는 것도 구드런이 자기 연인을 파괴하는 것보다는 폴이 클라라를 버리는 것과 더 유사하기 때문이다.

느슨하고 반복적인 대목들이 어떻건 간에, 이 장(15장)은 강렬한 절정으로 치달으며 끝난다. 이 장의 달밤 장면 역시 너무도 명백하게 (4장뿐만 아니라) 11장의 달밤 장면을 상기시키지만, 이번에는 반복적으로 보이지 않는다. 그런 종류의 어떤 것이, 프레드 브랭귄의 결혼식날 밤의 장면과 유사하면서도 심지어 더 고통스러운 어떤 것이 어슐라와 스크리벤스키가 그들 관계의 두번째 단계를 시작한 이래 예정되어 있었으며, 더구나 "어슐라는 자기 자신에 대한 두려움 때문에 스크리벤스키와 결혼할 작정이었기에"(441면) 더욱 불길하게 예정되어 있었다. 그녀의 근본적인 힘과 자기도 모르게 "불쑥불쑥 솟는 역겨움과 미움"(268면) 모두를 고려할 때, 위기는 닥칠 수밖에 없었다. 하지만 결혼을 몇주 안 남기고 링컨셔 해안에 머물 동안 위기가 실제로 닥치자, 그 위기는 진정한 극적 전개가 주는 불가피한 느낌과 아울러 얼마간 의외성마저 띤다.

저녁 무렵이면 괴로움이 시작되었다. 뭔지 모를 어떤 것에 대한 그리움이, 그녀로선 알지 못할 어떤 것에 대한 열망이 닥쳐왔다. 그녀는 누군가 만날 약속이라도 있는 듯, 뭔가를 기다리고 또 기다리며 땅거미 진 해변을 홀로 걷곤 했다. 바다의 소금기 도는 씁쓸한 열정, 뭍에 대한 무심함, 그 일렁이는 또렷한 움직임, 그 힘, 들이닥침, 그리고 타오르는 소금기가 그녀를 미치도록 자극했고, 엄청난 성취의 예감으로 그녀를 안달나게 하는 것 같았다. 그럴 때면, 그 화신인 양 스크리벤스키가 나타났다, 그녀가 아는, 그녀가 좋아하는, 매력적인 스크리벤스키가. 그러나 그의 영혼은 일렁이는 힘으로 그녀를 감싸안지 못했고, 그의 가슴은 타오르는, 소금 같은 열정으로 그녀를 밀어붙이지도 못했다.(443면)

이 대목의 언어는 완전히 로런스답지만(윌리엄즈가 로런스의 '자체생산된' 언어에 관해 언급하면서 특히 염두에 둔 구절이기도 한데[83]), 그렇다고 해서 덜 극적이거나 덜 사실적으로 보이지는 않는다. 이전의 달밤 장면에서처럼 작가는 어슐라로서는 충분히 의식하지 못하는 경험을 다루고 있기 때문에 그녀 자신이 썼을 법한 것과는 다른 언어를 구사한다. 하지만 그 경험이 그녀의 것이며, 그것도 이 극적 순간의 그녀 자신의 경험이라는 것은 끈질기게 이어지는 산문리듬 자체에서 전달되는 것으로 보인다. 물론 로런스는 어슐라가 느끼는 "바다의 소금기 도는 씁쓸한 열정"을 "감정의 오류"(pathetic fallacy)로 딱 잘라 선을 긋지도 않지만, 그것을 "감정의 오류"로 파악하는 우리의 편향이야말로 로런스의 말처럼 "모든 것을 우리 자신의 죽은 관점에서 인식하는"[84] 무감정의(apathetic) 오류를 드러낼 뿐인지도 모른다.

어쨌거나, 로런스는 어슐라의 감정과 행동에 깃든 '광기'의 측면을 무시하지 않는다. 사실 절정에 해당하는 이 사건 자체가 스크리벤스키의 관점에서 형상화되기 때문에 그 측면은 최대한도로 주목받는다. 그를 통해 우리는 "하피(그리스 신화에 나오는 광포한 바다괴물로 여자 얼굴에 몸에는 큰 날개와 발톱이 달렸다 — 옮긴이) 울음처럼 울려퍼지는 그녀의 금속성 목소리"(444면)를 듣게 되고, 둘 관계에서 어슐라가 명백히 공격자가 될 때 그가 느끼는 공포를 어느정도 공유한다.

---

**83** 같은 책 178-79면 참조.

**84** "*The Dragon of the Apocalypse* by Frederick Carter," *Phoenix* 300면.

그때 크게 확 퍼지는 빛 속에서, 그녀는 돌연 파괴적인 힘이 솟은 것처럼 그를 꽉 그러안았다. 그를 안은 팔을 꽉 죄어 자기 품속에 그를 단단히 조인 채, 그녀의 입은 점점 더 격렬해지는 딱딱하고 찢어발기는 키스로 그를 탐했다. 마침내, 그녀에게 사로잡힌 그의 몸은 힘을 잃었고, 뾰족한 부리로 퍼붓는 하피의 격렬한 키스에 그의 심장은 두려움으로 녹아내렸다.(444면)

우리에게 아직 어슐라에 대한 공감이 얼마간 남아 있다면 그것은 무엇보다 그녀 자신의 고통이 이 못지않게 강렬함을 알기 때문이다. 또한 그녀의 공격성이 대부분 스크리벤스키의 존재적 공허함에 의해 촉발된 것이며, 나아가 거기서 벗어나려는 그녀의 최후의 필사적 시도일 수 있다는 것도 우리는 알고 있다. 사실, "절정에 다다르려는 몸부림" 과정에서 그가 "굴복"(445면)한다는 사실 자체가, 로런스가 하디의 알렉 더버빌(Alec d'Urberville)을 두고 말하듯이 "의학적으로는 아니더라도 엄밀한 의미에서의"[85] 그의 성적 무능을 극적으로 표현한다.

　이 일 이후, 스크리벤스키에 대해 로런스가 말하는 바는 간단하고도 명료하다. 이 인물이 한 개별적 존재로서 실패했기에 본질적 역사로부터 탈락한다는 것이다. 하지만 그것은 윌리엄즈가 이 소설 후반부 장들의 두드러진 특징으로 꼽은 "타인의 존재와 일상생활의 결을 중요치 않은 것으로 무시하여 탈락시키는 것"[86]이 아니다. 오히려 이 장의 마지막 몇페이지에서 로런스는 위대한 리얼리스트의 심리적·역사적 통찰력을 발휘하여

---

85 "Study of Thomas Hardy," *Phoenix* 489면.

86 Williams, *The English Novel* 179면.

매우 중요한 현상들을 — 한 인간이 특정한 압력하에서 본질적 인간모험으로부터 탈락하게 되는 과정과, 이 모험과는 단절되었으나 그 점 말고는 어느 면에서도 "중요치 않은 것"은 아닌 "일상생활"의 특정한 결이 영혼의 특정 상태에서 비롯됨과 동시에 영혼에 지배력을 행사하기도 하는 현상들을 — 기록하고 있다. 그리하여 어슐라와 끝장났을 때 "큰 짐을 벗은 듯한 안도감"(446면)이 스크리벤스키를 덮쳐오는 것을 보며, 우리는 그라는 개성적 인물의 진상을 실제로 확연히 알게 된다. 이 인물이 본질적 모험을 포기하는 것이 최종승인이 나고, 그는 이제 너무도 흔해빠진 현대적 유형으로 출현하는 것이다.

낮에는 그는 괜찮았다. 항상 그 순간의 일에 열중하며 목전의 사소한 일에 집착했고, 그것이 그에게는 풍성하고 만족스러웠다. 하는 일이 아무리 하찮고 무익한 것이라도 그는 전심전력을 쏟았고 그것을 정상적이고 흡족하게 느꼈다. 그는 항상 활동적이고 쾌활하고 명랑하며 매력적이고 좀스러웠다. 다만 어둠이 그의 영혼에 도전해오는 침실 속의 어둠과 적막이 두려웠다. 그것만은, 어슐라 생각을 견딜 수 없듯이 그것만은 견딜 수 없었다. 그에게는 영혼이 없었고 배경이 없었다. 어슐라에 대해서는 단 한번도 생각하지 않았고 아무런 기별도 보내지 않았다. 그녀야말로 어둠이요, 도전이요, 끔찍한 공포였다. 그는 목전의 일들에 집중했다.(447면)

분방한 낙천주의와 활동적인 에너지로 이어지는 거짓믿음의 이 완벽한 승리는 심리적으로도 실감나고 세계사적으로도 대표성을 띠는 것으로 보인다. 사실, 스크리벤스키의 이 마지막 행태는 니체의 저 흥미로운 인물, '말인'(末人, der letzte Mensch)[87]을 연상시킨다.

어슐라 자신이 입은 심적 상처의 깊이는 그녀 역시 — 다음 장에서 임신 사실을 안 후 적어도 한동안은 — 허위의식에 거의 완전히 굴복한다는 사실로 입증된다. 스크리벤스키에게 순종하겠다는 편지를 쓰게 된 "겸허해지는 근사한 기분"이 그녀가 혼잣말하듯이 "그녀의 진짜 자아를 영원히" 드러내는 것은 아니기 때문이다(449면). 로런스의 묘사는 실로 이 대목을 거짓믿음의 고전적인 사례로 만든다.

이 편지를 어슐라는 한 문장 한 문장, 마치 그녀의 가장 깊고 진실한 마음으로부터 우러나듯이 썼다. (…) 부자연스러운 고요처럼 평화가 오래 지속되었다. 그러나 속으로는 점점 안달이 나고 심란한 상태가 엄습해오려는 게 느껴졌다. 그녀는 거기서 달아나려 했다.(449면)

그녀가 이 상태에서 오랫동안 달아나 있을 수 있다면 여태 소설에서 형상화된 그녀의 성격과는 맞지 않을 것이다. 그리하여, 거의 필연적으로 어느 오후 산책길에서 이 가짜 평화는 돌연 끝나버린다.

말떼와 마주치는 장면은 이 소설 전체에서 가장 인상적인 장면들 가운데 하나임이 분명하다. 하지만 이 장면을 무엇보다 사실적 표현으로 읽지 않는다면 그 의의를 제대로 파악하지 못할 것이다. 말떼의 상징적 의미가 너무도 명백하고 너무도 강력하기 때문에 다르게 읽고 싶은 유혹이 유독 강렬한 듯하다.(로런스 자신도 『계시록』에서 "우리의 어두운 영혼 저 뒤, 저 뒤편에서 말이 날뛰고 있다"고 말한 바 있다.[88]) 또한 로런스는 어슐라의 혼란스러운 의식을 지극히 자연주의적으로 재현하는데, 이는 헨리 제

---

**87** Friedrich Nietzsche, *Also sprach Zarathustra* 제1부 제5장 등 참조.

**88** *Apocalypse* 97면.

임스 이후의 많은 다른 소설가들에 비해 로런스가 덜 쓰는 기법이어서 이런 재현조차 순전히 상징적인 사건으로 오해될 소지가 있다. 하지만 (말떼가 '실제'건 환각이건 간에) 이 장면을 무엇보다도 자연주의적인 장면으로 보는 것이 중요한 이유는 어슐라가 여기서 "타자(the Other)를 만나 그를 뚫고 저 너머(the Beyond)로 나아가"[89]보라는 도전에 직면했다가 실패한다는 킨케드위크스의 결론을 통해 예증될 수 있다.

> 우리가 어슐라 이야기에서 줄곧 보아왔거니와, 그녀의 곤경이 이 소설에서 가장 힘든 것인 까닭은 자신의 강렬한 면들을 그녀 스스로 의식적으로 자각하고 있기 때문이다. 여기서도 그렇다는 것이 입증된다. 그녀가 말떼 옆을 지나가고 말떼가 그녀를 지나갈 때, 그녀는 그들을 알아보아야만 하는 상황으로 몰린다. 말떼가 점점 다가와 정면으로 부닥치게 되면서, 그녀는 이번에는 완전히 깬 의식으로 뚫고 지나가야 하는 상황에 몰릴 것이다. 그러나 그녀는 이를 해내지 못한다. 공포에 질리고 사지가 후들거려 나무에 올라가다가 무너져내린다. (⋯) 그녀는 실패한다. 그리고 실패하면서 정신적으로도 그렇고 실제적으로도 거의 죽을 뻔한다.[90]

그렇지만 이 이야기를 완전히 우화적으로 읽으면 모를까, 실제건 환각에 불과하건 말떼를 온전히 '대면하고' 또 '알려' 했다가는 그녀가 한 것처럼 생울타리 너머로 몸을 피하는 경우보다 훨씬 더 총체적인 무너져내림

---

**89** Kinkead-Weekes, "The Marble and the Statue," *Twentieth Century Interpretations of The Rainbow* 119면.

**90** 같은 면.

을 겪게 될 뿐임이 분명하다. 어슐라가 실제로 "타자를 만나 그를 뚫고 저 너머로 나아"갈 수도 있었겠으나, 그것은 말 그대로 육체적 죽음이나 신경쇠약의 순간에나 가능할 법한 일이다. 그러나 어떠한 현실적인 이야기에서도, 어슐라나 어떤 다른 인물이 혼미한 상태에서 한 무리의 위협적인 말떼와 대면하고 그 사이를 통과함으로써 "자기 속의 반대항들의 결합"[91]을 단박에 성취해낼 방도란 전혀 존재하지 않는다. 어슐라는 사실 이 말떼와 마주침으로써 "타자를 만나 그를 뚫고 저 너머로 나아가"기 시작한다. 혹은 좀더 정확하게 말하자면, 잠시 억누르고 있던 위대한 모험을 다시 시작한다. 왜냐하면 말들의 존재가 의식 깊숙이 꿰뚫고 들어와 그녀의 가짜 평화를 돌이킬 수 없이 부숴버린 후에야 비로소 몸을 피하기 때문이다.

그녀는 결코 느슨해지지 않게 꽉 조이고 다물린 말들의 가슴팍이 느껴졌다. 오랜 인내의 불꽃을 뿜는 붉은 콧구멍과, 가슴팍을 조인 압박을 터뜨려버리고자 밀고, 밀고, 또 밀어대는 너무도 둥글고 너무도 묵직한 그들의 엉덩이가 느껴졌다. 그들은 한없이 밀어대어 시간의 벽에 부딪쳐도 자유롭게 터져나오지 못해 미칠 지경이었다. 그들의 커다란 엉덩이는 빗물에 젖어 부드럽고 거뭇거뭇해져 있었다. 그러나 검고 축축한 빗물도 말들의 옆구리에 가두어진 거세고 절박한, 묵직한 불길을 끄지 못했다. 절대로, 절대로 끌 수 없었다.(452면)

그리고 그녀는 바로 이 파괴적인 경험이 치명적인 지점에 다다르기 전에 피한 덕분에 자신의 모험을 이어갈 기회를 얻는다. T. S. 엘리엇이 「번트 노튼」(Burnt Norton)에서 표현하듯이 "인간은 너무 많은 진실은 감당하지

---

**91** 같은 면.

못하기"때문이다.

로런스가 (그로서는 이례적으로) 자연주의적 재현을 통해 어슐라의 의식을 보여주기로 한 것은 당연히 그 의식의 성격에 대한 판단을 함축한 예술적 선택이다. 이 판단의 초점은 어슐라의 경험이 '실제'냐 환각이냐 하는 사실을 묻는 것이 아닌데, 이것이 가장 적실한 물음은 아니기 때문이다. 가장 중요한 것은 어슐라가 그녀의 의식에 침투해서 그녀의 삶을 변화시키는 바로 그런 존재들 ― 윌리그린 근처 들판의 실제 말떼와 연관되건 아니건 간에 ― 을 현실로서 경험한다는 사실이다. 그리고 이렇게 심각한 심적 위기에서는 적어도 부분적인 환각이 있을 법도 하지만, 작가가 만약 이 점을 대놓고 인정한다면 자신이 의도하는 소설적 효과만 깎아내리는 일이 될 것이다.

어슐라가 몸을 피한 후, 로런스는 전보다 좀더 직선적인 서사로 되돌아간다. 하지만 그녀가 병을 이겨내며 새 존재로 거듭나는 실제 과정 역시 소설언어를 통해 극적으로 형상화되고 있다. 열과 섬망에 맞서 싸우는 몸의 느낌이 고스란히 담긴 다음 구절이 한 예가 되겠다.

병을 앓는 내내 그녀는 스크리벤스키와 그의 세계에서 벗어나고자, 그것을 제자리로 치우려고, 치워버리려고 싸우고 싸우고 또 싸웠다. 하지만 번번이 그 세계는 다시 살아나 그녀를 지배했고 또다시 그녀를 휘어잡았다. 아, 형언할 수 없는 육신의 피로감이여, 그녀는 그것을 벗어던지지도 거기서 빠져나오지도 못했다. 거기서 벗어날 수만 있다면, 감각으로부터, 몸으로부터 놓여날 수만 있다면, 자신이 접하고 있는 세상의 온갖 장애들로부터, 아버지, 어머니, 연인, 그리고 모든 지인들로부터 벗어날 수만 있다면 얼마나 좋을까.(456면)

여기서 벗어나고자 하는 바람은 무엇보다 환자가 느끼는 문자 그대로 "형언할 수 없는 육신의 피로감"에서 오는 것이며, 그녀 삶의 온갖 다른 "장애들"이 주는 피로감도 당연히 이와 구분될 수 없다. 이런 표현은 앞으로의 삶의 목표에 대한 작가나 심지어 어슐라의 비-극적 진술이 결코 아니다. 마찬가지로, 다음 대목의 도토리 이미지는 어슐라의 새로운 삶을 긍정하는 비-극적 '상징' 이상의 것으로서, 그녀가 육체적·심적 회복을 위해 원기를 모으려고 애쓸 때 이 인물의 극적 의식에서 중심이 된다.

열에 들뜬 그녀의 머리에, 껍질이 터져서 버려지고 벌거벗은 속씨가 비어져나와 싹을 틔우려 하는, 나무 밑에 놓인 2월 도토리의 생생한 실체가 떠올랐다. 그녀는 또렷하고 힘찬 싹을 밀어올리는 발가벗은 말간 속씨였고, 세상은 버려진 지나간 어느 겨울이었으며, 그녀의 어머니, 아버지, 안톤, 대학과 그녀의 친구들, 이 모두는 지나간 한해처럼 내버려졌고, 그사이 속씨는 자유롭고 발가벗은 채 새 뿌리를 내리고자, 흐르는 시간 속의 영원의 새 앎을 창조하고자 안간힘을 쏟고 있었다. 이 속씨가 유일한 실체였고, 나머지는 모두 망각 속으로 내버려졌다.

이 느낌이 점점 자라났다. 어느 오후 그녀가 눈을 뜨고 방의 창과 그너머 희미하고 뿌연 풍경을 보았을 때, 이 모든 것은 널린 껍질들과 껍데기들, 껍질들과 껍데기들일 뿐 그밖에는 아무것도 보이지 않았고, 그녀는 아직 갇혀 있었으나 헐겁게 갇혀 있었다, 그녀와 껍데기 사이에 공간이 있었다. 터져서 틈이 생긴 것이었다. 머지않아 그녀는 새날에 단단히 뿌리박을 것이고, 그녀의 발가벗은 속씨는 새 하늘과 새 대기로 된 묘상(苗床)에 자리잡을 것이고, 이 낡고 썩어가는 질긴 껍질은 사라질 것이었다.(456면)

물론 그녀가 "이 낡고 썩어가는 질긴 껍질은 사라질 것"이라고 느낀다고 해서 당장, 혹은 가까운 미래에 그것이 사라지지는 않을 것이며, 그렇게 될 것이라고 말할 목적으로 도토리에 의미를 부여하는 '상징법'이라면 그 것은 어떤 것이든 자의적인 것이 될 것이다. 하지만 새 속씨의 의미가 점점 커져가면서 어슐라의 긴 투병생활도 잘 마무리되는가 하면, 그녀의 존재를 가로막는 실재하는 장애들로부터의 최종적 탈출이 현존세계의 우발성에 대한 뚜렷한 확신으로 이어진다는 사실 자체에는 예언적 의미가 없지 않다. 이런 일이 일어난다는, 그것도 소설의 그리 간단치 않은 맥락 속에서 일어난다는 사실 자체가 이런 일의 발생을 방해해온 것의 취약성을 이미 함축하고 있는 것이다.

이제 어슐라에게 깃든 겸허함과 평화는 허위의식에서 비롯된 "겸허해지는 근사한 기분"이나 "속박된 유형의 평화"(449면)가 아니다. 스크리벤스키가 보내온 전보에 대한 그녀의 반응에는 거부해야 할 것에 대한 거부를 포함한 참된 지혜가, 진실로 종교적인 순명(順命)이 담겨 있다.

그는 그대로였다. 그가 그대로인 게 다행스러웠다. 그녀가 뭐라고 한 남자가 제 욕망대로 되기를 바랐던가? 그녀의 몫은 자기의 남자를 창조하는 것이 아니라 신이 창조한 남자를 알아보는 것이었다. 남자는 무한으로부터 올 것이고 그녀는 그를 맞이하리라. 그녀는 자기 남자를 창조할수 없다는 것이 기뻤다. 자신이 그의 창조와 무관하다는 것이 기뻤다. 그녀는 이것이 그녀가 마침내 안식을 얻은 저 광대한 힘의 영역 안에 놓인 일이라는 것이 기뻤다. 남자는 그녀 자신도 속한 저 영원으로부터 올 것이었다.(457면)

어슐라는 (이 소설의 — 옮긴이) 마지막 무지개에서 "지상의 새 건축물"(459

면)을 보는데, 이 무지개는 앞과 같은 의식의 진정한 진전을 통해 예비된 것으로서 그 함의도 이미 밝혀진 것들을 넘어서지 않는다. 마지막 문단들에 리비스가 지적하는 유의 "선언적 강조"[92]가 다소 들어 있긴 하나, 그 긍정적 어조는 여기 그려진 특정한 유형의 무지개에 의해 한정된다. 요컨대 이 시기 로런스가 한 개인으로서 얼마나 순진했건 간에, 소설에서 이 무지개는 결국 회복기에 든 어슐라의 일시적인 비전일 뿐이다. 다시 말해, 이 무지개는 "저 하늘 가득 걸린 무지개로 만났던"(91면) 톰과 리디아의 성취는 차치하고 "그녀 집의 문들은 여전히 무지개 아치 아래로 열려 있던"(182면) 애나의 무지개보다도 덜 상시적으로 출현한다. 그런 점에서 이 무지개는 이전 단계의 희망적 분위기를 억지로 재현해낸 것이기보다는, 한때는 공유된 일상적 현실이었던 것을 개인의 비전이라는 적절히 아슬아슬한 형태로 회상한 것이라 하겠다.

이 비전은 키스 쎄이가(Keith Sagar)가 『무지개』에는 19세기 합리주의가 발견한 무의미한 우주라는 인식이 없다"고 주장하면서 내비치는 것과는 달리, '워즈워스적 범신론'을 암시하지는 않는다.[93] 물론 이 소설에는 존 스튜어트 밀(John Stuart Mill)이 에쎄이 「자연」(Nature)에서 경탄스러울 만큼 명쾌히 요약한 그런 합리주의는 전혀 없지만, 그것은 로런스가 (그 스스로 "감미로운 워즈워스식"[94] 의인화라 부름직한) '워즈워스적 범

---

**92** Leavis, *D. H. Lawrence: Novelist* 98면.

**93** K. Sagar, *The Art of D. H. Lawrence* (Cambridge University Press 1966) 65-66면.

**94** "...Love Was Once a Little Boy," *Phoenix II* 449면 참조. 워즈워스의 창조적 업적은 당연히 이와 별개의 문제다. 「서곡」(The Prelude) 제1부 340-50행과 같은 사변적인 구절에서도 "감미로운 워즈워스식" 면모는 거의 없으며, 이 구절 바로 앞뒤의 구체적인 일화들(큰까마귀 둥지 위에 매달린 경험을 다룬 제2부 330-39행과 보트 타기를 그린 2부 357-400행)과 관련해서는 '자연경배'보다는 로런스와 연관될 법한 어떤 교란하는 힘에 주목해 마땅하다.

신론'이나, 존 크로우 랜썸(John Crowe Ransom)이 "시인 특유의 종교적 믿음"이라 명명하며 자기식으로 해석해낸 '자연경배'(natural piety)[95]를 따르기 때문은 아니다. 사실 밀 유의 합리주의와 '워즈워스적 범신론' 모두 『무지개』라는 작품 전체, 특히 말떼와의 조우 같은 장면을 통해 부적절한 것으로 판정된다. 이 장면에서 격렬하고 기이하게 치고 들어와 자기 존재의 부정이라는 궁극적 위험에서 어슐라를 구출하여 그녀가 마지막 무지개로 나아갈 길을 닦아주는 전에 없던 인식은, '합리주의'와 '범신론'은 물론 그 어떤 전통적 철학개념에도 부합하지 않는다. 이 장면이 드러내는 것은 숨은 듯 보이고 실제로 깊숙이 숨어 있을 때조차 느껴지는 창조적 근원의 신비로운 가까움으로서, 휠덜린은 그에 관해 다음과 같이 노래한다.

가까이 있으면서
붙들기 어려워라, 신은.
그러나 위험이 자리한 거기
구원의 싹은 자라나네.[96]

---

**95** John Crowe Ransom, "The Concrete Universal: Observations on the Understanding of Poetry," *Poems and Essays* 183면 참조. "시인 특유의 종교적 믿음이란 무엇인가? 혹은 엄밀히 말해서 시인에게 그 제목 아래 제시할 만큼 정통적인 믿음이란 게 없다면, 그가 실제로 갖고 있는 믿음이란 정녕 어떤 종류의 것인가? 칸트는 독실한 종교적 신념에 의지하여 일생을 살았지만 그런 믿음을 알고 있었다. (⋯) 시인의 재능이란 자연세계가 기계적이기도 하지만 도덕적 보편율들에도 열려 있음을 깨닫는 재능이므로, 시인의 경배심을 자연경배심이라 부를 수 있을 것이다. 문학에서 이 경배심은 「송가: 어린 시절의 회상에서 얻은 불멸성에 대한 암시들」에서 피안의 세계 같은 도입부로부터 좀더 겸손하고 약간 슬픈 결론에 도달하기까지 몇해 동안 이루어진 워즈워스 후기의 정조에 기록되어 있는 듯하다."

**96** Hölderlin, "Patmos" (제2판) 1-4행. 에드윈 뮤어(Edwin Muir)는 이 시에 관한 자신의 산문에서 이 행들을 다음과 같이 옮겼으며(Near is God/And hard to seize./But where danger is, there/Rises the saviour also.) 또 이렇게 덧붙인다. "첫 두 행에 나타난 이 특이하게도 압축된

Nah ist

Und schwer zu fassen der Gott.

Wo aber Gefahr ist, wächst

Das Rettende auch.

그리고 어슐라의 회복기에 든 영혼에 무지개가 그처럼 강렬한 인상을 주는 것은 그것이 기상현상으로서도 가까우면서 손에 잡기 어려운 이런 신비함을 지니기 때문이다. "신비롭게, 어디선지 모르게 색채가 서서히 모여들어 형체를 갖추더니 아련하고 거대한 무지개가 떴다."(458면)

잠시 후면 무지개는 뜰 때처럼 신비롭게 사라질 것이고, 어슐라의 새 삶도 늘 그렇듯 위태로울 것이다. 실로 하나의 예술적 역사로서 이 소설이 기록하고 있는 전통사회의 해체를 이 마지막 무지개만큼 호소력 있게 담아내는 상징은 없을 것이다. 하지만 어떤 결점이 있건 간에, 이 역사가 그 해체과정을 '존재'의 역사와의 관계에서 판단하고 또 새로운 존재의 진정한 성취들을 발견해온 것인 한, 이 상징에 깃든 예언적 희망의 어조 역시 '준비된' 것이라 말할 수 있겠다. 어슐라의 비전은 "지상의 새 건축물"의 조속한 실현을 기약하지는 않지만, "낡고 취약한 타락"(459면)이 영구적이고 보편적인 것이라는 핵심적 환상을 설득력 있게 부인하고, 그리하여 과거를 돌이켜보는 가운데 새 미래를 정초하는 데 일조할 것이다.

---

문체를 영어로 재현할 방도는 없다. (…) '하느님'이나 '신'으로 이해될 수 있을 'der Gott' 같은 표현이나, 구세주보다는 '구원하는 것' 혹은 조금 더 연상하자면 '구원의 은총'을 뜻하는 'das Rettende' 같은 표현의 비확정성을 담아낼 수도 없었다."(Muir, "Hölderlin's Patmos," *Literature and Society*, rev. ed. Harvard University Press 1965, 94–95면) 이 시 3-4행에 관한 하이데거와 우리 자신의 논의에 대해서는 『연애하는 여인들』 연구와 관련하여 이를 다룬 본서 제3장도 참조.

# 제3장

## 『연애하는 여인들』과 기술시대

1

근대 산업문명의 진정한 성격은 무엇인가? 인간의 본질적 운명이라는 면에서 그것이 진정 의미하는 바는 무엇인가? 『연애하는 여인들』(1920)은 우리 시대의 이 핵심적 질문을 『무지개』보다도 더 절박하고 총체적으로 제기하며, 적어도 이 점에서는 브랭귄가에 관한 첫번째 소설의 적절한 후속작이다. 『무지개』를 마무리하는 희망의 음조는 무엇보다도, 직면한 문제들에 대해 어슐라가 얼마간 성숙한 감각에 도달하기까지는 새로운 '존재'(being)를 향한 모험을 포기하지는 않으리라는 확신이지, 향후의 모험에서 어떤 특정한 성취를 이루리라는 보장은 아니었다. 이러한 확신은 이제 근대사회의 본질적 성격과의 더 온전한 대면으로 변환되는데, 앞서 서장에서 언급했듯[1] '존재'에 대한 로런스의 관심이란 언제나 그 성격상 오

---

[1] 본서 제1장 107~108면 참조.

늘날 인간이 처한 특정한 역사적 운명에 대한 관심인 만큼 당연한 진전이라 하겠다. 따라서 『연애하는 여인들』이 산업문명의 의미를 묻는 것은 작가의 이런저런 특정 관심에서가 아니라 '이야기'(tale) 전체의 차원에서이며, 이 소설은 이 본질적 물음에서 떼어놓고는 이해할 수 없다.

물론 빼어나게 독창적인 수많은 세목들은 아무리 무심한 독자라도 놓칠 수 없을 것이다. 그러나 그것들 너머의 통일적 패턴, 적어도 『연애하는 여인들』을 로런스 자신의 척도에서 위대한 소설이 되게 만들어줄 통일적 패턴은 전혀 인지하지 못하는 경우가 너무나 많다.[2] 이 소설의 본질적 물음에 동참하는 것이 얼마나 어려운 일인지 아는 사람에게는 이런 혼란은 별로 놀라운 것이 아니다. 실제로, 하이데거가 말하는 '기술의 본질'(das Wesen der Technik, essence of technology)을 떠올려본다면 적어도, 지금 우리가 마주하고 있는 것이 아직 우리로서는 사유할 준비가 안 된 어떤 것이라는 사실을 실감하게 되는 일차적인 이득은 있을 것이다. 요컨대 우리가 마주하고 있는 것은 기술적 장치 전체도 아니요 기술에 대한 (사회학적·인류학적인 것을 포함한) 과학적 사실들의 총합도 아닌 어떤 것이다. 하이데거는 그 이유를 이렇게 말한다.

왜냐하면 기술의 본질은 결코 인간적인 어떤 것이 아니기 때문이다. 기술의 본질은 무엇보다도 기술적인 어떤 것이 아니다. 기술의 본질은 처

---

2 잘 알다시피 로런스는 실제로 『연애하는 여인들』을 자신의 가장 뛰어난 소설 중 하나로 여겼으며, 심지어 최고의 소설로 여기는 경우도 있었다. 힙시(Benjamin Huebsch)에게 보낸 1920년 2월 10일자 편지와 쎌쩌(Thomas Seltzer)에게 보낸 1920년 11월 7일자 편지(*The Collected Letters* 621, 635면) 및 Edward D. McDonald, *A Bibliography of the Writings of D. H. Lawrence*에 붙인 서문(*Phoenix* 234면) 참조.(힙시와 쎌쩌는 미국에서 로런스의 작품을 출간한 출판인들 ─ 옮긴이)

음부터, 그리고 다른 무엇보다도 먼저 사유하게끔 하는 그 무엇에 자리하고 있다.[3]

이 진술이 『연애하는 여인들』에 갖는 적실성은 물론 앞으로 밝혀야 할 일이다. 그러나 실제로 적실성이 있다면, '기술의 본질'이라는 표현이 로런스의 어휘에 들어 있지 않다는 사실 자체는 아무런 심각한 반론이 되지 못할 것이다. 오히려 이 사실은 우리로 하여금 로런스 자신이 '이야기'와는 별개로 직접, '산업주의'(industrialism)나 '산업문제'(industrial problem)에 대해 한 발언들을 넘어서서 사유하게끔 도와준다. 로런스가 보통 이런 단어들로 지칭하는 바는 그 자신이 근대문명의 근원적 문제로 보는 것보다는 거기서 초래된 가장 파괴적인 결과이다.[4] 예컨대 그는 「노팅엄과 광산지대」라는 글에서 이렇게 쓴다.

그런데 아무도 몰랐을지 몰라도, 19세기에 인간의 영혼을 정말로 배반한 것은 바로 추함이었다. (…)
회사가 저 너저분한 끔찍한 '광장들'(Squares, 19세기 중엽 노팅엄셔 이스트우드에 광산회사가 건설한 사택단지로, 각 구획마다 중앙의 광장을 중심으로 가옥을 배열하는 방식으로 되어 있어서 '광장들'이라고도 불렸다 ─ 옮긴이)을 만드는 대신에, (…) 작은 장터 한가운데 높은 기둥을 세우고 그 유쾌한 공간 둘레로 삼면에 원형 아케이드를 둘러쳐 사람들이 거닐거나 앉을 수 있도록 하고, 그 뒤로 보기 좋은 주택들을 배치했더라면! (…) 무엇보다도, 노래와 춤을 권장하고 (…) 옷차림에 모종의 아름다움을, 가구와 실내장

---

**3** Heidegger, *What is Called Thinking?* 22면.

**4** *Phoenix* 741면.

식에 모종의 아름다움을 권장했더라면. (…) 저들이 이렇게만 했다면, 산업문제는 결코 생겨나지 않았을 것이다. 산업문제는 모든 인간적 활력을 그저 더 가지려는 경쟁으로 몰아가는 저열한 행태에서 비롯된다.[5]

사실 '아름다움'이나 '인간적 활력'에 대한 로런스의 복합적인 사유를 감안할 때, 그리고 표면적으로는 비슷해 보이는 러스킨이나 모리스(William Morris)의 입장과 달리 로런스가 이 글에서 행한 산업주의 비판에는 산업주의는 기정사실이라는 단호한 인정이 포함되어 있다는 점을 감안할 때, 이런 진단은 얼핏 보기만큼 단순하지 않다. 그렇다고 이 문제가 갖는 복잡성을 온전히 또렷하게 짚어낸 것도 아니다.

반면에, 『연애하는 여인들』을 주의깊게 읽은 독자라면 이 작품을 두고 '산업문제'에 안이한 치유책을 제시한다는 비난은 할 수 없을 것이다. 오히려 더 그럴 법한 반응은 이 점에서 이 작품이 드러내는 '비관주의'를 『무지개』에서 보였던 예전의 '낙관주의'와 대립시키는 것이다. 가령 H. M. 달레스키는 "『연애하는 여인들』에는 기계가 너무나 육중하고 확고하게 자리잡고 있어 그녀〔어슐라〕와 버킨 모두 투쟁을 포기하고 (…) 결국은 노동의 세계로부터 물러남으로써 이 난제를 해결한다"고 말한다.[6] 어슐라와 버킨의 결정이 갖는 의미에 대해서는 나중에 다시 살펴보게 될 것이고, 여기서는 좀더 일반적인 차원에서 '기술의 본질'에 대한 근본적 물음이 기술세계의 전면적 거부와 같은 것이 아니라는 점을 짚어두고자 한다. 이 둘이 일치하는 것은 오로지 '본질'을 형이상학적으로 이해할 때, 즉 '본질'임을 인정하기 위해서나 혹은 본질처럼 보이지만 실은 본질이

---

5 *Phoenix* 138면.

6 Daleski, *The Forked Flame* 164면.

아님을 입증하기 위해서 그 한 단계로 물음을 던지는 경우 말고는 물음의 대상으로 삼을 수 없는 어떤 것으로 이해할 때뿐일 것이다. 그러나『연애하는 여인들』이 하이데거적 의미에서 '기술의 본질'을 천착하는 게 사실이라면, 기계의 세계를 받아들이느냐 거부하느냐, 기술 '문제'에 대한 '해답'을 제시하느냐 하지 않느냐는 식으로 생각해서는 작품에서 이루어지는 이런 천착에서 멀어질 뿐이다. 기술이 과연 무엇인지를 묻는 태도를 지켜나가기보다 본질적으로 기술적인 태도를 이미 받아들이는 셈이기 때문이다. 그런데 이런 식으로 기술의 본질을 묻는 것이야말로, 하이데거에 따르면, 사유의 본래적 태도이다.("Denn das Fragen ist die Frömmigkeit des Denkens." ('물음을 묻는 것이 사유의 경건함이기 때문이다.'라는 뜻의 독일어 — 옮긴이))[7]

콘래드(Joseph Conrad)나 조이스, 포크너(William Faulkner)의 더 복잡한 작품 곁에 놓고 보면『연애하는 여인들』은 거의 투명하다고 할 구조와 서사기법을 갖고 있는 작품이지만, 그럼에도 불구하고 너무나 많은 면에서 독자들을 곤혹스럽게 만들며, 다른 작가들의 작품에서라면 아무 문제 없어 보였을 세목들까지도 종종 문제가 되는 것은 바로 이 때문일지도 모른다. F. R. 리비스가 이 소설의 비교적 기본적인 몇몇 덕목들에 기울인 세세한 관심은 이런 점에서 여전히 유효한데, 리비스는『연애하는 여인들』특유의 어려움을 설명하면서 이렇게 지적한다. 즉 제럴드 크라이치의 경우가 그랬듯,

로런스의 함의들의 깊이뿐만 아니라 그 폭 또한 머리(J. M. Murry)에

---

**7** M. Heidegger, "Die Frage nach der Technik," *Vorträge und Aufsätze* (Günter Neske Pfullingen 1954) 44면.

게서 전형적으로 나타나는 유형의 몰이해를 낳았다. 개인적 삶의 외적 표출물들을 비개인적(impersonal) 심연과 연관지으려는 로런스의 자세는 개인 심리의 무질서를 통해 문명의 거대한 움직임을 그려내는 능력과 궤를 같이한다. 『연애하는 여인들』이 독자들로서는 마땅히 요구할 법한 것을 제대로 주지 않는 작품으로 판단되어온 것은 바로 이 작품이 너무 많이 주고, 예상치 못한 것을 주기 때문이다.[8]

그러나 개인 심리에 대해서든 문명의 움직임에 대해서든 이 소설이 말하는 바가 지금도 대체로 감추어져 있는 '기술의 본질'과 관련된다면, 이 소설을 그 자체의 됨됨이에 맞게 읽어내는 데 전반적으로 실패했음을 의미하는 "머리에게서 전형적으로 나타나는 유형의 몰이해"란 『연애하는 여인들』의 텍스트 자체만 보더라도 리비스가 밝혀낸 것보다 더 뿌리가 깊다고 하겠다.

예를 들어, "『연애하는 여인들』의 처음 몇쪽을 읽었다면 그(로런스)가 다름아닌 소설가라는 사실에는 의심의 여지가 없어야 마땅했다"는 리비스의 주장은[9] 제1장에서 전반적으로 정당화되기는 한다. 그렇지만 심지어이 장에서도, 그리고 분명 네명의 주요인물 누구보다도 더 통상적인 의미의 '작중인물'에 해당하는 허마이어니 로디스(Hermione Roddice)의 형상에서도 이 소설을 읽어낼 각별한 준비가 안 된 독자라면 거의 누구나 느닷없다는 인상을 받을 텐데, 이는 '중간에서부터'(in medias res, 서양 극비평에서 나온 용어로 사건의 중간이나 절정에서 극이 시작되는 플롯 구조를 가리킨다 — 옮긴이) 시작할 때의 통상적 효과와도 전혀 다르다. 로런스가 허마이어니를

---

**8** Leavis, *D. H. Lawrence: Novelist* 191~92면.

**9** 같은 책 150면.

두고 하는 말에 근본적으로 모호한 점이나 이견의 여지가 있다는 말이 아니다. 그가 구사하는 단어들은 충분히 명료하며, 그의 어조도 권위가 실려 있고 심지어 단정적이기까지 하다. 그럼에도 그 발언의 예술적 적절성을 어찌 봐야 할지 종잡기 힘들다는 어려움이 존재한다. 가령, 군이 왜 지금 이 대목에서 허마이어니 영혼의 상태를 그렇게 직접적으로 거론하는가, 그리고 꼭 그래야 한다면 독자에게 좀더 알려줘서 곁가지로 빠져든다는 인상을 일소해도 되는데 왜 그러지 않는가 하는 물음이 제기되는 것이다.

이 작품을 두번째 읽으면서 로런스의 방법에 좀더 익숙해지면 이런 어려움은 사라질 수도 있다. 그러나 『연애하는 여인들』을 두번째 읽는 효과란 (예컨대) 『로드 짐』(*Lord Jim*)이나 『소음과 소란』(*The Sound and the Fury*)을 다시 읽을 때 경험하듯 처음에 느꼈던 모호함이 대폭 줄어드는 것과는 다르다.[10] 얽힌 플롯을 풀어내는 데 핵심적인 특정 단서들을 일부러 안 주는 그런 장치도 없다. 허마이어니 속에 자리한 "비자족성의 무서운 간극"(17면)[11]을 단도직입적으로 거론하거나 "철저하고 최종적인 무력감의 고통 (…) 죽음보다 더한, 완전히 무화되고 버려진 느낌"(18면) 운운하는 로런스의 처리에 동의할 수 있게 되는 것은, '존재'에 대한 로런스의 관심을 우리가 온전히 공유함으로써 주요인물이건 군소인물이건 한 인물에 대해 이런 유의 정보를 받아들일 준비가 되어 있고 심지어 이 정보가 쓸데없는 망설임이나 단순한 기교의 과시 없이 직접적으로 주어지는 것을 선호하게 될 때뿐이다. 이 소설에 담긴 '존재'에 대한 관심에 주파수를

---

10 게라드(Albert J. Guerard)는 『로드 짐』에 대한 논의에서 이를 콘래드와 포크너 같은 작가들의 이른바 "인상주의 소설"이 갖는 장르적 특징이라고까지 말한다(*Conrad the Novelist*, Harvard University Press 1965, 130~31면).

11 『연애하는 여인들』에서의 인용은 *Women in Love*, ed. David Farmer, Lindeth Vasey, and John Worthen (Cambridge University Press 1987)에 준하고 괄호 속에 면수를 표시한다.

맞추지 않고는 몇번을 거듭 읽어도 이 소설의 '방법'을 더 알게 되는 일은 없을 것이다.

따라서, 이 소설이 수행하는 본질적 물음에 함께하지 못하는 한, 이 작품에 대한 **문학적** 비평은 실질적으로 매 단계마다 어려움에 봉착하게 된다.(허마이어니의 첫 등장 장면의 예는 사실 비교적 소소한 세목일 뿐이다.) 그리고 이 물음이 어떤 '객관적' 분석이나 '주관적' 동일시보다, 심지어 양자의 노련한 결합보다도 더 독창적으로 진행되는 만큼, "머리에게서 전형적으로 나타나는 유형의 몰이해"로 되돌아갈 위험은 어떤 면에서는 로런스 비평에 따라다니는 일종의 직업재해인 셈이다.[12]

그렇다면 우리가 『연애하는 여인들』에서 이루어지는 사유의 모험에 동참하려 할 때 하이데거의 '기술의 본질'을 끌어들이는 것은 얼마나 도움이 될까? 만약 조금이라도 도움이 된다면 그 도움은 이 예술작품의 각 세

---

12 이를 보여주는 한 예로 커모드(Frank Kermode)의 「D. H. 로런스와 종말론적 유형들」(D. H. Lawrence and the Apocalyptic Types)이라는 평론을 들 수 있겠다. 사실 중요한 것은 커모드가 머리보다 더 '객관적'이냐 덜 '객관적'이냐 하는 문제가 아니다. 『연애하는 여인들』에 대한 그의 비평이 머리의 비평만큼 몰이해에 빠져드는 것은 바로 로런스의 우리 시대에 대한 감각을 "위기와 변화의 유형학들"의 관점에서 '객관적'으로 분석하고 분류하려는 그의 시도 자체 때문인 것이다. 예컨대 그는 이렇게 말한다. "그(로런스)가 지금도 각별히 중요한 소설가로 생각되는 이유 가운데 하나로, 자신이 우주적 위기의 시대에 살고 있다고 생각하며 이런 확신을 정당화하는 한 방편으로 고색창연한 유형화를 활용한 점을 들 수 있다. 그에게 역사란 성령이 고안해낸 플롯이고 (스스로 점검하고 허구라며 내칠) '과학적' 설명들은 혐오의 대상이었다. '위대한 전통'(Great Tradition, 리비스가 동명 저작에서 구축한 것과 같은 위대한 영국소설의 전통을 가리킨다 ─ 옮긴이)의 선배 작가 조지 엘리엇과 달리 그는 자신이 거대한 과도기를 살고 있다는 직관을, 경험적 흥미는 결여했지만 모든 원시주의자들과 사상사들의 흥미를 자아내기에 충분한 그런 설명들로부터 분리해낼 수 없었다."(*Continuities*, Routledge and Kegan Paul 1968, 124면) 첫 문장은, 그것도 이미 로런스의 믿음의 요체에 대한 편견에 차 있긴 하지만, 기술적(記述的) 진술로는 꽤 정확한 편이라 할 수 있겠다. 나머지는 사실진술로서도 매우 오도하는 문장들이다.

목에서 감지될 수 있는 것이어야 한다는 점만큼은 이제까지의 검토에서 확실해졌으리라 믿는다.


2

『연애하는 여인들』은 1914년 무렵의 영국 사회를 놀라울 만큼 생생하고 폭넓게 그려내기는 하지만, 근대 산업사회의 완전한 파노라마적 재현도 아니요 어떤 기술장치의 상세한 탐구도 아니다. 그렇다고 해서 이 작품에서 '기술의 본질'에 관심을 기울이지 못할 까닭은 없다. 하이데거에 따르면 이 본질은 인간적이거나 기술적인 것이 아니기 때문이다. 사실, 같은 단락에서 그가 이어서 말하듯,

> 그러므로 적어도 당분간은, 기술에 관해서는 덜 이야기하고 덜 쓰는 한편 더 자주 그것의 본질을 좇아가면서 성찰해봄으로써 우선 우리가 기술의 본질로 향한 길을 찾는 것이 좋을 것이다. 기술의 본질은 우리가 좀처럼 상상하지 못하는 방식으로 우리의 현존재(現存在, Dasein)를 철저히 지배하고 있다.[13]

그런가 하면 실제로 『연애하는 여인들』에는 크라이치 집안의 탄광이 현대적인 산업체로 발전하는 과정을 명시적으로 다루며 과감한 설명과 일반화를 곁들인 언어에 힘입어 근대 산업사회 자체의 약사(略史)를 함축

---

**13** Heidegger, *What is Called Thinking?* 22면. (번역은 독일어본 *Vorträge und Aufsätze*, Günter Neske Pfullingen 1954, 13면을 대본으로 한 원저자 번역문을 활용하여 일부 손보았다 — 옮긴이.)

적으로 제시하는 장(제17장 '산업계의 거물'The Industrial Magnate)이 나온다. 이런 장을 감안할 때, 『연애하는 여인들』이 '기술의 본질'에 이르는 길을 찾아내거나 적어도 탐색이라도 할 수 있으려면 산업계의 거물에 대한 로런스의 이런 명시적 진술들이 실제 역사 속의 산업계 거물들에 대해 우리가 알고 있는 바에 비추어서 말이 될뿐더러 이 소설의 전체 구조와 연관되고 또 그에 보태는 바도 있어야 할 것이다.

이 장이 서사구도에서 중추적 위치를 차지한다는 것은 어렵지 않게 알 수 있다. 이 장은 제럴드가 우정의 맹세를 하자는 버킨의 제안을 회피하는 '남자 대 남자'(Man to Man)장 바로 뒤에 온다. 그리고 제럴드의 삶 저변을 관통하는 모든 암류(暗流)들에 대한 '산업계의 거물'장의 서술은 다시 '토끼'(Rabbit)장으로 이어지는데, 여기서 제럴드는 교착상태에서 빠져나오려는 시도를 하기는 하나, 그 시도는 버킨이 아니라 구드런과 나누는 "서로에 대한 섬뜩한 깨달음"(242면), 그리고 궁극적으로는 눈 속의 죽음을 향하고 있다. 그러나 제17장이 갖는 중추적 중요성은 서사구도 내 위치 때문만은 아니다. 아무리 생생하게 그려지고 아무리 폭넓은 함의를 담은 인물이라 해도 제럴드라는 인물 자체가 개인사에서는 매우 특이한 인물인 것도 사실인 만큼, 실제로 그가 제17장에서 설정된 대로 대표적인 '산업계의 거물'이라는 점을 독자에게 납득시키지 못하는 한 다른 인물들과 함께 "근본적으로 임의적이며 잠정적인 집단"[14]에 속한다는 인상을 피해가기 어렵다. 따라서 로런스의 서술이 하나의 약사로서 갖는 타당성은 우리가 제럴드를 단순히 특이하거나 병적인 사례로 받아들일지 여부와 직결된다.

제럴드가 부친의 회사에 불러일으키는 변화는 분명히 한 지역 탄광이

---

**14** Williams, *The English Novel*.

나 심지어 특정 산업의 경계를 넘어선 함의를 시사하는 표현들로 묘사되어 있다. 가령, 토마스 크라이치(Thomas Crich)의 "낡은 체제"나 "철지난 이념"(224면)과의 단절은 모든 산업적·기술적 체제의 최종적 성숙에서 나타날 법한 특징이다. 기업소유권과 기독교 이상을 결합한 부친의 낡은 체제만 해도 ─ 방식은 물론 전혀 다르지만 『데이비드 코퍼필드』(*David Copperfield*)의 머드스톤씨(Mr. Murdstone)도 보여준 바 있는 ─ 이전 단계 산업사회의 이데올로기를 정확하게 반영한다. 계급투쟁이라는 현실 앞에서 크라이치씨의 공식이 드러내는 무력함 또한 전형적이거니와, 로런스는 이러한 실패가 머드스톤 같은 악당들의 개인적 왜곡이 아니라 공식 자체에 내재한 모순 때문임을 분명히 한다. 가령 토마스 크라이치의 무너진 ("두 반쪽짜리 진실 사이에 갇혀, 무너져버린", 226면) 삶은 교착상태에 빠진 계급투쟁이란 노동자만이 아니라 자본가에게도 인간적 비극임을 효과적으로 압축해 보여준다.

그는 모든 인간과 하나이며 동등한, 순수한 기독교인이 되고 싶었다. 심지어 자기가 가진 것 모두를 가난한 사람들에게 내어주고 싶었다. 그러나 그는 이 산업의 큰 주역이었고 자신의 재화를 지키고 자신의 권위를 지켜내야 한다는 것을 너무나 잘 알고 있었다. 이는 그에게는 자기가 소유한 모든 것을 다 내어주고 싶은 욕구만큼이나 신성한 당위였고, 그의 행동의 준거를 이루는 당위라는 점에서는 심지어 그 욕구보다 더 신성하다고도 할 수 있었다. 그렇지만 다른 또 하나의 이상은 행동의 준거가 되지 못한 만큼 그를 더 지배했고, 그것을 저버려야 한다는 게 그는 죽을 만큼 원통했다. 그는 사랑의 정과 희생적인 자비심을 보여주는 아버지가 되고 싶었다. 광부들은 그를 보고 당신은 연수입이 수천 파운드나 되지 않냐고 고함을 쳐댔다. 그들은 좀처럼 속아넘어가지 않았

다.(226-27면)

제럴드는 초기 자본주의 이데올로기의 기독교적·인도주의적 잔재를 버리고 다른 당위, 즉 부친의 삶을 지배했던 "더 신성한" 당위에 완전히 투신함으로써 이런 난감한 궁지에서 벗어난다. 이같은 전개는 의심의 여지가 없는 역사적 논리에 따른 것이니만큼, 제럴드가 이런 변화를 이루어내는 과정을 극적으로 보여줄 필요는 없다. 연루된 원리들에 대한 분석을 통해 이것들이야말로 주어진 상황에서 주도적이 될 수밖에 없고 현실 산업사회의 역사에서도 실제로 주도해온 원리들임을 적절히 포괄적인 언어로 전달해주기만 하면 된다. 가령, 제럴드가 "비약"하며 내리는 결론에는 "거대한 사회적 생산기계"의 패권뿐 아니라, 선진 산업사회의 특징인 바이 기계의 테두리 안에서 허용되는 상당 수준의 관용도 포함된다.

중요한 것은 거대한 사회적 생산기계였다. 그것이 완벽하게 움직이기만 하면 되었다. 그것이 모든 것을 모자람 없이 생산해내고 사람마다자신의 기능상의 지위나 크기에 따라 합리적인 몫을 분배받으면 되었다. 그러고 나서 일단 저 먹을 것을 받은 뒤에는, 악마가 멋대로 뛰어들어도 좋았다. 남의 일에 간섭하지 않는 한 저마다 제 취미와 욕망을 돌보면 되는 것이었다.(227면)

그리고 제럴드가 벌이는 활동의 지도이념 또한 한 유별난 개인의 시각과는 거리가 멀다. 그것은 오히려 모든 기술구조에 공통된 — 수학적 질서를 가진 (즉 근대적인) 과학들에 입각하여 효율적으로 수단을 목적에 맞추는 기제 전체에 공통된 — 통찰을 표현한다. 여기서 드러나는 것은 다름아닌 기술적 합리성의 원리 자체이며, 대놓고 분석을 시도하는 대목의

로런스의 언어에는 이에 상응하는, 긴박하고 거대한 드라마를 목도하는
느낌이 담겨 있다.

지하의 무생물과 맞부딪쳐 그것을 자신의 의지로 환원시키는 일, 이것
이 유일한 개념이었다. 그리고 물질과의 이러한 싸움을 위해서는 완벽
하게 조직된 완벽한 도구들 — 그 작용에 있어 더없이 정교하고 조화로
워서 단 한 사람의 정신을 대표하며 주어진 동작의 가차없는 반복을 통
해 하나의 목적을 불가항력적·비인간적으로 달성할 그러한 메커니즘
이 있어야 했다. 제럴드를 거의 종교적인 황홀감으로 드높여준 것은 그
가 구축하고자 하는 메커니즘의 이런 비인간적 원리였다. 인간인 그가,
자신과 자신이 제압해야 하는 〈물질〉 사이에 완전하고 불변하며 신(神)
과도 같은 매개물을 끼워넣을 수 있는 것이었다. 그의 의지와 이에 저
항하는 대지의 〈물질〉이라는 양극이 있다. 그리고 이 둘 사이에 그는 자
신의 의지의 표현 그 자체를 정립할 수 있는 것이었다. 그것은 자기 힘
의 화신이요 거대하고 완벽한 기계이며, 하나의 체제, 순수한 질서의 활
동, 순수한 기계적 반복이었다. 무한대의 반복, 따라서 영원하고 무한
한 것이었다. 그는 수레바퀴의 회전처럼 하나의 순수하고 복잡하며 무
한히 반복되는 운동과의 완벽한 합치라는 순수한 기계원리에서 자신의
영원과 무한을 발견했다. 수레바퀴와 같은 회전은 그러나 생산적인 회
전이었다. 마치 우주의 회전을 생산적인 회전이라 부를 수 있듯이 영원
을 통한 무한대로의 생산적인 반복이었다. 그리고 이 생산적 무한반복,
이것이 신적(神的) 운동이었다. 그리고 제럴드는 기계의 신 — 문자 그
대로 기계에서 나온 신(Deus ex Machina)이었다. 그리고 인간의 생산의
지 전체가 곧 신이었다.

그는 이제 필생의 과업을 만났으니, 인간의 의지가 매끄럽고 거침없

이 무한대로 관철되는 거대하고 완벽한 체제를 온 땅에 펼치는 과업으로, 곧 신의 역사(役事)였다.(227-28면)

1900년 빠리의 '만국박람회'(Great Exhibition)에서 "발전기가 무한의 상징이 되었다"고 본 헨리 애덤스(Henry Adams)라면[15] 이 "생산적인 회전"에서 거의 신비스러운 매력과 아울러 근대성의 정수를 감지해냈을 것이고, 오늘날의 독자 또한 제럴드의 "필생의 과업"에서 개인을 넘어서는 실로 전지구적인 함의를 쉽게 감지해낼 수 있을 것이다. 사실, 제럴드의 분투는 헨리 애덤스나 (애덤스도 「발전기와 성모」The Dynamo and the Virgin에서 중요한 선구자로 거론한 바 있는) 프랜씨스 베이컨(Francis Bacon)뿐 아니라 구약에서 말하는 온 땅을 지배할 인간의 사명이나 고대 로마의 인간 존엄과 이성(ratio) 관념까지도 연상시키는 울림을 갖고 있다. 가령 다음과 같은 제럴드의 상념에서도 이런 울림이 느껴진다. "인류는 생명 없는 〈물질〉과 신비스러운 대비를 이루는 존재가 아닌가, 인류의 역사란 바로 인류에 의한 물질 정복의 역사가 아닌가?"(228면)

물론 로런스는 제럴드의 이 필생의 과업이 갖는 특수한 개인적 면모, 즉 근본적으로 편벽되고 심지어 ("신성한 이성"divine reason 혹은 "신비적 이성"mystic reason, 232면에 비추어볼 때) 비합리적인 면모를 독자들이 잊지 못하게 만든다. 앞의 긴 인용에서 산문의 운율 자체만 해도 비개인적인 역사적 현상에 어울리는 방대한 규모와 범위의 느낌만이 아니라 제럴드 특유의 그칠 줄 모르는 에너지, "무한대의 반복, 따라서 영원하고 무한한 것"에서처럼 논리적 사유의 외관 아래 자행되는 결론으로의 거듭된 비

---

**15** Henry Adams, *The Education of Henry Adams* (Houghton Mifflin 1918) 제25장 "The Dynamo and the Virgin" 참조.

약을 함께 담아낸다. 종교적인 뜻이 담긴 어휘들도 (반어적 거리를 두는 것을 보면 로런스와 마찬가지로 종교에 비판적이라 보이는 애덤스가 발전기를 두고 말한 대로) "초기 기독교인들이 십자가에서 느꼈던 것과 같은 어떤 정신적 힘"[16]의 면모를 가리키기도 하지만, 이를 넘어서 제럴드의 활동에 담긴 신성모독적인 면모를 분명하게 암시한다. 로런스의 단죄는 더 명확하게 진술되기도 하는데, 앞의 인용문에 이어서 그는 제럴드 특유의 기질이 "회사에 바이러스처럼 침투"(229면)했으며, 광부들이 변화를 수용하면서 "해체"와 "혼돈"(chaos)(231면)이 초래되었고, 제럴드의 성공은 본인에게도 새로운 개인적 위기를 불러왔다(232-33면)고 지적한다.

그러나 이러한 단죄가 이루어진다는 사실을 인지하는 것과, 그것이 어째서, 그리고 어떤 면에서 지적으로나 예술적으로나 설득력 있는 단죄인지를 이해하는 것은 별개의 문제다. 단죄의 태도를 분명히 하면서도 로런스는 제럴드가 이룬 유의 성취를 단죄할 통상적인 근거들은 효과적으로 폐기해버린다. 가령 토마스 크라이치의 기독교로 돌아가 이 성취의 '신성모독'을 탄핵하는 것은 의미가 없는데, 크라이치씨 본인부터 이에 부응하는 삶을 살지 못했을 뿐더러 더 중요하게는 그가 말하는 "거대하고 자비롭고 무념무심(無念無心)한 인류라는 신"이라든가 "십계명에서 한걸음 더 나아가, 이웃을 자신보다도 더"(215면) 사랑한다는 발상에 이미 우상숭배와 신성모독의 음조가 배어 있기 때문이다. 로런스가 이미 보여준 대로, 제럴드의 "비인간적 원리" 자체도 부친의 이상주의에 뿌리를 두고 있다. 심지어 모든 생물과 무생물을 추상적 의지의 대상이나 도구로 환원하는 제럴드의 태도 또한 탄광을 "무엇보다도 주변에 몰려든 수백명의 사람들 모두에게 빵과 풍요를 생산해줄 드넓은 들판"(224면)으로 바라보는 부친

---

16 같은 글 380면.

의 발상에서 이미 예고된 바 있다.(우연찮게도 이 발상은 과학과 기술의 좀더 '인간적인 사용'을 주창하는 우리 시대의 목소리 대부분을 이끌어온 신조이기도 하다.)[17] 부친에 대한 개인적 반발이나 그가 광산업에 불러온 혁명적 격동에도 불구하고, 제럴드는 토마스 크라이치 같은 근대 시기의 선구자들을 이끌어온 이념들과 이상들을 완성하고 전지구적 지배의 새로운 국면으로 끌어올린 것뿐이며, 따라서 이것들에 입각해 그를 단죄하기는 힘들다.

전통적 사회주의의 관점에서 제기할 수 있는 반론 또한 이로써 그 타당성을 잃고 만다. 가령 광부들은 저지가 아니라 '뒤처짐'을 당했다.

광부들은 뒤처지고 말았다. 그들이 아직도 인간의 신성한 평등과 씨름하고 있는 사이에 제럴드는 그들을 추월해서 그들의 주장을 본질적으로 인정한 다음, 인간의 자격으로 인류 전체의 의지를 실현하는 일로 나아갔다. 인간의 의지를 완벽하게 성취하는 유일한 길은 완벽한 비인간적 기계를 건립하는 것임을 그가 인식했을 때 그는 단지 광부들을 좀더 높은 의미에서 대표한 것이었다.(228면)

노동이 그 기계적 성격으로 말미암아 더 힘들고 더 기쁨 없는 일이 되는 와중에도, 노동자들은 혁명적 불만을 상실하고 만다.

그들은 어떤 치명적인 만족감을 갖고 모든 것을 받아들였다. 제럴드는 그들의 제사장이었고 그들이 진짜 느끼는 종교를 대표하고 있었다. 그

---

**17** 일례로 노벨상 수상자로 구성된 한 과학자집단이 1955년에 발표한 선언문에서 따온 "과학은 인간의 더 행복한 삶으로 가는 길이다"라는 문장 참조(Heidegger, *Discourse on Thinking* 50면에서 재인용).

의 아버지는 벌써 잊혔다. 이제 새로운 세계, 새로운 질서가 있었다. 엄격하고 무섭고 비인간적이지만, 바로 그 파괴성에서 만족스러운 질서였다. 광부들은 기계가 자기들을 파괴하고 있는 가운데서도 이 위대하고 경이로운 기계에 속한다는 데에 만족했다. 그것은 그들이 원하는 것이었다. 인간이 만들어낸 가장 높은 것, 가장 경이롭고 초인적인 것이었다. 그들은 감정이나 이성의 피안에 있는, 정말 신과도 같은 이 위대하고 초인적인 체제에 속함으로써 드높아짐을 맛보았다. 심장은 그들 속에서 죽어갔지만 영혼은 만족을 느꼈다. 그것은 그들이 원하는 바였다. 그렇지 않았다면 제럴드는 결코 그가 한 일들을 해내지 못했을 것이다.(230-31면)

이 구절에서 보이는 비범한 역사적 통찰력을 간단히 줄여 말하면, 로런스가 부르주아인본주의의 이데올로기적 성격과 계급투쟁의 필연성에 대한 맑스적 통찰을 온전히 포함하면서도 맑스와 엥겔스(Friedrich Engels)는 거의 내다보지 못한 근대 산업사회의 한 핵심적 측면을 포착해냈다는 점이 될 것이다. 즉, 극심한 계급갈등의 시대를 거친 후 적어도 선진 산업국가들에서는 기술적 합리성의 사실상 보편적인 수용에 기초한 새로운 합의가 이루어지며, 노동계급은 혁명적 열정 대신 '생활수준'에서의 실용적 이득과 특정 '생활방식'에 속한다는 만족감(로런스의 텍스트에서 말하듯 "어떤 치명적인 만족감")을 취하게 된다. 러시아처럼 비자본주의적 성향을 지닌 선진 산업사회마저도, 적어도 많은 진영으로부터 '수정주의'라는 비난을 살 만큼은 이 합의에 동참하는 것으로 보인다는 사실은 로런스 분석의 적실성을 더해줄 뿐이다.[18] 그러나 부르주아적인, 혹은 (좀더 근자에

---

18 『소련 맑스주의: 비판적 분석』(*Soviet Marxism: A Critical Analysis*)을 비롯하여 『일차원적 인

는) '기술관료적'인 질서의 옹호자들과 달리, 로런스는 새로운 합의를 근본적 소외의 상태로, 따라서 영구성이나 진정한 안정성을 결여한 것으로 그려내며, 그런 만큼 기성질서의 연장을 도모하는 데 일조한 동시대인 케인즈(John Maynard Keynes)에보다는 역시 맑스에 더 가깝다.

제럴드의 산업적 성취에 대한 로런스의 반론이 (자본측의 것이든 노동측의 것이든) 익숙한 민주주의-인도주의 이데올로기와 별 상관이 없다면, 극단적 보수주의의 입장과는 더욱 공통점이 없다. 사실 "가장 따분한 보수주의로 돌아가려는" "가장 엄격한 왕당주의(Toryism)로 복귀하려는"(221면) 충동을 느끼는 것은[19] 제럴드이며, 그것도 절망의 순간에 그럴 뿐이다. 반면 평등을 비판하는 버킨의 열변(103-104면)은, 로런스의 에쎄이 「민주주의」도 그렇듯, 물질적 평등의 필요성을 반대하거나 피해가기보다 되레 옹호한다.[20] 정치적 반동과 경제적 불의의 이념에 봉사하는 것은 오히려

<hr />

간』 등의 저서에서 마르쿠제가 한 분석과 로런스의 분석이 갖는 여러 유사성을 보면 이런 적실성이 더욱 보강될 것이다. 마르쿠제의 생각을 상론하지 않더라도 다음과 같은 점은 지적할 수 있겠다. 제럴드 크라이치는 마르쿠제가 말하는 '일차원적 인간'과 닮은 면도 많지만 실은 거리가 멀며, 전반적으로 볼 때 로런스는 그의 최상의 작품들에서 (앞서 제2장에서 살펴본 대로 스크리벤스키 같은 인물을 포함한) 작중인물의 '존재'(being)에 대한 관심 덕분에, 마르쿠제에 대해 (그 정당성의 정도는 각기 다양하지만) 흔히 지적되는 추상화, 패배주의, 엘리트주의 등의 요소로부터 벗어날 수 있었다.

**19** 러시아 작가 로자노프(Vasily Rozanov)에 대한 로런스의 언급 참조. "그리고 오늘날 같으면 파시즘이라 할 만한, 그가 보여준 유형의 '보수주의'란 진전하는 현실을 외면하고 후퇴하려는 가망 없는 시도일 뿐이었다."(*Phoenix* 391면) 로런스와 파시즘의 관계에 대한 추가적 논의는 본서 '에필로그' 참조.

**20** 이 문제에 관해 로런스가 「민주주의」에서 펼친 논의에 대해 레이먼드 윌리엄즈는 이렇게 쓴다. "내가 보기에 이것은 우리 시대에 나온 평등에 대한 최고의 발언 같다. 이것은 물질적 불평등의 어떤 옹호에도 면죄부를 주지 않는다.(실제로 흔히 옹호되는 것은 바로 이 물질적 불평등이다.) 그러면서도 평등의 이념에서 자주 감지되는 기계적 추상화의 요소를 제거해 낸다."(Williams, *Culture and Society* 211면)

"정신에서는 모두가 평등하다"(103면)는 허마이어니의 주장이다.

또한 제럴드의 성취에 대한 로런스의 단죄를 두고 "익숙하기 짝이 없으며 적어도 러스킨이 일찍이 내놓은 바 있는 논거"[21]라고 말할 수도 없다. 로런스가 개인적으로 영국 문화비평의 전통에 진 빚은 물론 또다른 문제이나, 로런스는 "유기적인 것의 순전한 해체와 순전한 기계적 조직화"(pure organic disintegration and pure mechanical organisation, 231면)를 비난하면서도 산업화의 역사적 필연성은 인정한다는 핵심적 차이를 분별해내지 못한다면 '산업계의 거물'장의 전체 요지를 통째 놓치는 셈이다. 이런 차이는 앞서 인용한 에쎄이 「노팅엄과 광산지대」에서 같은 영국인들의 "준 시골풍"(pseudo-cottage)[22] 태도를 거부한다든가, 하디 연구에서 "중세적인 수공업체제로의 복귀"[23]의 황당함을 언급한 데서도 입증되는 사실이다. 그러나 무엇보다 결정적인 증거는 버킨도 어슐라도 러스킨이나 모리스 식의 미학적 비판에 별 관심이 없다는 점이다. 오히려 근대산업에 대한 가장 거침없는 미학적 비판은 "일이 사람들의 감각에 참을 수 없는 것이 되어서 그들이 일을 안 하게 될 때 다가올 우리 문명의 종말"(424면)을 두려워하는 뢰르케(Loerke)로부터 나온다. 그가 빅토리아 시대 비평가들의 입장과 부분적이긴 하지만 두드러진 유사성을 보이는 것도 우연이 아니다. 산업화 이전 질서의 복원을 꿈꾸지도 않지만 미학주의 자체의 한계를 근원적으로 뛰어넘지도 못할 때 미학적 비판이 논리적으로 취할 수 있는 유일한 태도가 바로 뢰르케의 입장일 것이다.

이제까지 우리가 기술한 바 로런스의 역사감각을 감안할 때, 미학적 감

---

21 Moynahan, *The Deed of Life* 78면.

22 *Phoenix* 139면.

23 *Phoenix* 426면.

수성과 사업계, 전원적인 것과 도회적인 것 등등 근대적 삶의 대립항들을 '연결'짓는다는, E. M. 포스터가 애호하는 (그리고 이를테면 『하워즈엔드』 *Howards End*에서 제시한 바 있는) 발상 또한 '산업계의 거물' 장에서 제기된 문제들을 감당하기에는 역부족임을 알 수 있다. 사실 이는 포스터 자신의 소설이 제기하는 문제들에도 역부족이다. 슐레겔(Schlegel) 집안을 윌콕스(Wilcox) 집안 및 하워즈엔드와 연결짓기 위해서는 멜로드라마적이고 우화적인 수상쩍은 장치들에 의존해야만 하는 것이다.(슐레겔과 윌콕스는 각기 영국 지배계급의 이상주의와 물질주의를 대표하는 집안으로 설정되며, 하워즈엔드는 윌콕스의 시골 저택이다—옮긴이) 그러나 이런 전개의 개연성을 인정한다고 해도, 포스터가 '연결'짓고자 하는 것들이, 물론 그 전부는 아니지만 많은 것들이 이미 제럴드 크라이치라는 인물 속에 결합되어 있음에 주목해야 한다. 즉, 쇼틀랜즈(Shortlands, 크라이치의 저택—옮긴이)에서 한데 조합되어 있는 전원적 배경과 현대적 집기들은 물론이고 윌콕스 집안 남자들의 인습적인 강점이나 능력들과 슐레겔 집안 자매들의 비인습적인 특출한 자질들, 영국에 대한 전자의 탄탄한 기여와 손에 잡히지 않지만 중요성에서는 덜하지 않은 후자의 " '나'라는 말을 하는 그 작은 것"(슐레겔 자매 중 한 사람인 헬렌은 윌콕스 남자들은 개인이 뭔지도 모른다는 취지로 이들의 머릿속에는 이 작은 것이 결여된 것 같다고 말한다—옮긴이)24 등이 제럴드 속에 결합되어 있는 것이다. 허마이어니의 브레돌비(Breadalby) 저택에서도 우리는 『하워즈엔드』식의 '연결'이 좀더 현실적으로 빚어낼 법한 모습을 일별하게 된다. 브레돌비 저택은 하워즈엔드 저택이 소설 속 대립적 요소들을 한데 엮어내는 것보다 훨씬 확실하게, 과거의 성취된 아름다움과 현재의 가장 세련되고 개명된 몇몇 경향을 결합해낸다. 그리고 슐레겔 자매에 대

---

24 Forster, *Howards End* 27장.

한 (그리고『기나긴 여정』*The Longest Journey*에서 주인공 리키Ricky의 케임브리지Cambridge에 대한) 포스터의 좀 탐닉하는 듯한 묘사를 볼 때, 포스터가 로런스가 보여주는 것과 같은 확신과 균형감각을 가지고 브레돌비나 허마이어니 식의 '연결'을 꿰뚫어볼 수 있었을지 확신하기 어렵다. 따라서 제럴드의 개인적 실패란 그의 삶의 다양한 요소들을 하나의 온전한 연관체로 묶어내지 못한 실패인 것도 맞지만, 그 실패에 대한 의미있는 비판을 위해서는 포스터의 '연결'이 보여주는 것보다 더 명료하게 근대 산업사회의 본질적 성격을 들여다볼 필요가 있겠다.

## 3

외곬의 의지행사가 크라이치 부자나 허마이어니와 구드런 같은 인물들의 삶의 공통분모를 이루는 만큼, 로런스가 산업주의를 그렇게 바라보는 데 대한 설명을 그가 (가령)『정신분석과 무의식』에서 '의지'(will)와 '정신'(mind)에 대해 한 발언에서 찾아볼 근거가 좀더 탄탄해진다. 그러나 이 경우에도 역시 빠지기 쉬운 위험은 로런스의 발언을 단순히 심리학 차원에서나 혹은 기껏해야 '시간을 넘어선 지혜'의 하나로 받아들이고, 그럼으로써 특히 제17장에서『연애하는 여인들』이 표현해낸 (주의깊은 독자라면 무의식에 대한 그의 글들에서도 감지해낼 수 있는) 총체적인 역사적 운명의 감각을 간과하는 것이다. 예컨대 의지나 정신이 "삶의 작가이자 감독으로는 저주"[25]라고 해서 제럴드의 산업체제 같은 이 '저주'의 거대한 산물을 그저 무너뜨리거나 배제하기만 하면 된다는 편안한 결론으

---

25 *Psychoanalysis and the Unconscious* 49면.

로 이어지는 것은 아니다. 의지와 정신의 단순 부재나 부정이 개인에게 아무런 해답이 되지 못하는 것과 마찬가지다. 사실 그러한 단순부정이야말로 제럴드가 긴장이 "해소"(relief, 232면)되는 순간에 경험하는 것이며, 그런 작용과 반작용의 총화는 결국, 버킨의 혈맹 제안을 받아들이지 못하는 제럴드의 한계를 설명하면서 로런스가 쓴 표현대로, 무엇보다도 "의욕(volition)의 부재"(353면)로 드러난다.

　여기에서 문제가 되는 것은 어떤 종류의 '의욕'인가? 그것은 산업계 거물의 '의지'와는 어떻게 다른가? 이는 단순히 이 단어의 적절한 용도를 파악하여 적절히 사용하는 문제가 아니다. 그렇게 하더라도 우리가 '정신'과 '의지'의 이끎에 의존함은 여전할 것이기 때문이다. 물론 로런스 자신도 『정신분석과 무의식』에서 "의지를 행사하고 그릇된 자동적 고착을 해소하고 깊은 영혼-충동에 담대히 따르는 길에 대한 힌트"[26]를 구하려면 '두뇌적 의식'(mental-consciousness)에 의지해야 한다고 말하기는 하지만, 이런 진술이 얼마나 터무니없이 왜곡될 수 있는지는 『연애하는 여인들』의 허마이어니의 사례에서 볼 수 있다. 로런스의 신조들을 왜곡하는 버릇이 있는 그녀는 "우린 뭐든지 할 수 있을 거예요. (…) 의지를 현명하게 올바로 행사하기만 한다면"(139면)이라고 주장한다. 가령 허마이어니가 이야기하는 "아주 훌륭한 의사"(139면)의 조언에 따라 의지를 행사한다면 손톱을 물어뜯는 습관을(참 어마무시헌 "그릇된 자동적 고착"이다!) 고칠 수 있다는 것이다. 버킨이 이를 "깊은 영혼-충동에 담대히 따름"이 아니라 "음란함"(obscenity, 140면)이라고 부르는 것은 이해할 만하다. 그러나 영혼-충동에 따름에도 일정한 '의욕'과 의식적인 끈기가 수반되고, 버킨 자신도 이런 특정한 의미에서는 제럴드보다 더 '의지에 찬' 모습을 보이

---

26 같은 책 48면.

니만큼,[27] 산업계 거물의 과업을 지배하며 거기서 현현되는 종류의 의지에 대해 이 다른 '의욕'이 어떤 관계에 놓이는지를 규명하는 어려운 과제는 여전히 남아 있다.

가령 하이데거가 "의지함을 내려놓는다는 의미에서 비-의지함(non-willing, Nicht-Wollen)"[28]이라 부르는 것 및 그것이 근대적 인간성에 갖는 함의들을 포함하여 이 문제의 철학적·역사적 측면들에 대해서는 더 충실한 이론적 검토가 필요하겠지만, 우선은 제럴드의 의지에 대한 이 대안이 『연애하는 여인들』에서, 특히 그 가장 명료한 주창자인 버킨이라는 인물에서 구체적으로 어떤 형태로 나타나는지 살펴보는 게 좋겠다. 앞서 지적한 대로, 유의할 점은 버킨이 '의지'에 대한 단순대립을 대표하지 않는다는 것이다. 이 점이 가장 분명하게 드러나는 것은 (앞서 '석탄가루'Coal-Dust라는 장에서 그려졌던) 제럴드가 암말을 다루는 태도를 두고 어슐라가 제럴드를 공격할 때 버킨이 제럴드 편을 드는 대목이다. 달레스키에 따르면 제럴드의 응수(말이 자신의 필요를 위해 존재하며 따라서 자신의 의지에 복종시키는 것은 당연하다는 취지의 답변 — 옮긴이)에서 "우리는 산업계 거물의 악마적 논리를 감지하"[29]게 되는데, 이에 대해서는 이 대목의 어슐라도 물론 동의할 것이다. 로런스도 마찬가지다. 그래서 '석탄가루'의 해당 장면에서도 구드런보다는 어슐라의 반응이 독자의 공감을 얻게 되고, 이 장면에 제시된 제럴드의 성격에 대한 통찰은 이후 '산업계의 거물'장에서 추인된다. 그러나 로런스는 '산업계 거물의 논리'에 대한 어슐라의 거부에 내포된 지나치게 단순화하는 감성편향의 요소 역시 간과하지 않으며, 이에 필

---

**27** 소소한 사례를 하나 들자면, 버킨은 익사사고가 일어난 지점에서 친구를 떼어놓으려고 노를 젓고, 결국 이 "의지 대 의지의 싸움"에서 승자가 된다(제14장 183면).

**28** Heidegger, *Discourse on Thinking* 59면.

**29** Daleski, *The Forked Flame* 154면.

요한 교정을 버킨을 통해 제공한다.

하지만 사안의 복합성에 대한 로런스의 감각은 여기서 그치지 않는다. 이어지는 버킨의 발언에서 또다른 교정들과 복잡한 문제들이 추가된다.

"그나저나 당연한 일이지만, 말은 인간과 달리 애당초 완전한 의지가 없네." 그는 제럴드에게 말했다. "단일한 의지라는 게 없는 거야. 엄밀히 말해 모든 말에는 두개의 의지가 있지. 인간의 힘에 완전히 몸을 내맡기고 싶은 의지와, 자유롭게 훨훨 내달리고 싶은 의지. 두 의지가 맞부딪칠 때도 있고. 말을 몰다가 갑자기 말이 불쑥 튀어나가려는 걸 느껴본 적이 있다면 자네도 알 거야."

"말을 몰다가 말이 불쑥 튀어나가려는 걸 느껴본 적은 있네만," 제럴드가 말했다. "그렇다고 말한테 두개의 의지가 있는 줄은 몰랐는데. 그냥 겁을 먹었구나 했지."(140면)

제럴드의 차분한 상식은 버킨의 발언에 들어 있는 독단적인 공상의 요소를 폭로하지만, 또 한편 그 발언에 담긴 더 깊은 뜻에 대한 습관적인 무관심을 보여준다. 말에 두가지 의지가 있다는 발상이 동물심리학으로는 미심쩍다 해도, 버킨의 실제 의도는 이 과학에 새 지평을 여는 것이 아니라 남자나 여자, 혹은 말의 '존재'와 관련하여 '의지'가 갖는 진정한 의미를 그 나름의 독창적인 방식으로 명확히 밝히는 데 있는데, 어슐라도 제럴드도 그리고 이 점에서는 과학도, 이런 문제는 시야에 없는 듯하다. 로런스는 버킨을 자기 신조의 단순한 대변인으로 쓰기보다는 언제나 '이야기'(tale)의 살아 있는 일부로 바라보며 자주 반어와 풍자적 유머의 대상으로 삼는데, 이 장면 전체가 바로 그 한 예다. 리비스가 말하듯,

『연애하는 여인들』의 원천인 '자연생동적·창조적인 존재의 충일성' (spontaneous-creative fulness of being)을 고스란히 구현하는 인물과는 거리가 먼 버킨을 통해, 온전하며 창조적인 예술가 로런스는 시험적인 과정이랄까 일종의 실험과정 같은 것을 — 즉 버킨 자신은 그에 의거하여 행동해도 될 만큼 확고해졌다고 여기는 정리된 의식적 결론들을 테스트하고 탐구해보는 과정을 — 시연해 보여준다.[30]

그러나 버킨과 관련된 모든 세목들이 정말 완전한 균형을 이루는지는 또다른 문제이며, 이 문제를 제대로 다루기 위해서는 개별 장면들을 면밀히 검토할 뿐 아니라 제17장에서 그렇게 명시적으로 제시된 산업-기술체제에 대한 태도를 포함한 이 소설의 총체적 의미를 파악할 필요가 있다. 버킨의 운명이 제럴드의 운명의 대안으로 그려져 있는 것은 사실인 만큼 결국 버킨을 통해 실제로 그런 대안을 제시하는 것이 중요하지, 단순한 반어와 유머만으로는 — 그것들을 아무리 많이 아무리 근사하게 구사한다 해도 — 이를 대신할 수 없기 때문이다. 대안을 제시함 없이 반어와 유머에 의존하는 것은 사이비 예언자를 정면공격에서 보호하기 위한 단순한 방어전술에 그치거나, 아니면 버킨과 로런스 자신의 확신들에 이 소설의 의도된 진지함과 양립할 수 있는 수준을 훨씬 뛰어넘는 손상을 입히게 될 것이다.

그러나 앞서 시사한 대로 제럴드의 운명이 좁은 의미에서 개인적인 것도 아니요 한 지역, 심지어 한 나라에 국한된 것도 아니라 개혁이나 혁명, 반동, 도주 등의 익숙한 해법이 통하지 않는 세계사적 사건의 힘과 규모를 지니는 것이라면, 버킨 같은 한 인간이 어떤 실행 가능한 대안을 제공

---

**30** Leavis, *D. H. Lawrence: Novelist* 176면.

할 수 있겠는가? 버킨이 제안할 수 있는 어떤 것도 그의 무지나 괴팍한 성
정을 드러낼 뿐이지 않겠는가. 물론 실제 상황은 그렇게 간단하지 않다.
버킨 자신도 제안해봤자 소용이 없다는 것을 잘 알고, 그래서 이렇게 말
하기 때문이다.

> "제안 따위는 할 생각이 없네." 그는 대답했다. "정말로 우리가 더 나은 것
> 을 원하게 된다면 낡은 것을 깨부숴버리겠지. 그전까지는, 어떤 제안도,
> 어떤 제안의 제시도, 다 제 잘난 자들의 지루한 게임일 뿐이야."(54-55면)

그러나 그저 아무 제안도 하지 않는 것은 아무런 '의욕'도 갖지 않는 것과
마찬가지로 해답이라 하기 힘들다. 그래서 버킨은 계속 제안하고 의지하
고 고집하고, 그 결과 당연히 자가당착적일 뿐 아니라 잘난 척하는 것처
럼 보이게 되고 또 가끔은 실제로 그렇기도 하다.

이처럼 로런스의 성격묘사에서 반어와 유머는 주어진 극적·역사적 상
황에서 자연스럽게 배태되어 나온다. 이것들은 현재 전일적으로 관철되
고 있는 길이 아닌 다른 길을 찾아내려는 버킨의 시도의 절박성에서 비
롯되며, 그 모험의 진정성을 부정하기보다 반영한다. 그러나 바로 그래서
로런스의 반어적 거리두기는 (가령 매우 성공적으로 하나의 문학적 방법
을 이루는 토마스 만의 경우와는 달리) 하나의 문학적 방법으로 귀결되지
않으며, 따라서 이 소설의 본질적 모험을 제대로 감지하지 못하는 독자들
이라면 특히 반어를 기대할 법한 대목에서 반어가 구사되지 않기 일쑤다.
『여자의 아들』(*Son of Woman*)에서의 미들턴 머리처럼 로런스의 버킨 묘
사에서 어떠한 의도적 반어도 보지 못하는 더 명백한 비평적 오류의 근저
에는 이런 어려움이 자리하고 있는 것 같다.

어쨌든, 우리 앞에 놓인 어려움의 가장 두드러진 징표를 찾아보자

면, 규범이 되는 어슐라와 버킨의 관계가 설득력 있게 성취되었다고 여기는 리비스만 해도 바로 머리를 비롯해 많은 평자들이 인용한[31] '나들이'(Excurse)장의 구절들 일부에서 쉽사리 결함을 보아낸다는 사실을 들 수 있겠다. 리비스는 이렇게 말한다.

이런 대목들에서 로런스는 때로는 개인적 은어(隱語)라고밖에 부를 수 없는 표현을 낳기도 하는, 집요하고 지나치게 힘을 주는 노골성을 드러냄으로써 스스로 확신이 없음을, 자신이 제시하는 것의 가치에 대해 확신이 없음을 노정한다. 자신이 그것을 진정으로 믿는지, 타당한 메씨지를 자신의 창조적 예술로 제대로 밝히고 전달해냈는지 확신이 없는 것이다.[32]

그리고 문장의 질적 수준에 대한 비판들이 바로 이 장의 바로 이 구절들에 집중되는 경향이 있는 것도 우연이라기는 힘들 것 같다. '나들이'장은 어쨌든 로런스가 어슐라와 버킨의 관계를 결실로 이끄는 장이며, 이를 묘사하는 부분에서 그가 그간 자주 유용하게 써왔던 반어를 배제하는 것도 분명하다.

그러나 그렇다고 해서 달레스키가 암시하듯[33] 여기서 로런스가 전달할 중요한 무언가를 아예 갖고 있지 않다거나, 실제로 갖고 있더라도 표현이 부적절하며, 그 바람에 (리비스가 주장하듯) 문체상의 실패가 "거기서 노

---

31 J. M. Murry, *Son of Woman* (Jonathan Cape 1931) 115-18면 참조. 이 장의 이런 측면들에 대해 부정적 논평을 한 또다른 예로는 Hough, *The Dark Sun* 82면 및 Daleski, *The Forked Flame* 174-78면 참조.

32 Leavis, *D. H. Lawrence: Novelist* 148면.

33 Daleski, *The Forked Flame* 177-78면 참조.

정되는 불확실성이 불필요한 대목에서조차 너무 빈번히 나타나는 탓에 더더욱 거슬리게"[34] 된다고 할 수 있을까? 아니면 뭔가 꼭 해야 할 말이 있고 로런스가 그 말을 하고 있되, 그 말의 특성상 완전한 침묵이나 간접적 암시에 맡겨둘 수는 없는 것이어서 명시적이면서도 어쩌면 서툴게, 하지만 군더더기는 없이 그 말을 하고 있는 것은 아닐까? 구체적인 예를 하나 살펴보자.

무의식적으로, 민감한 손끝으로, 그녀는 그의 허벅지 뒤를 더듬으며 거기서 고동치는 어떤 신비스러운 생명의 흐름을 좇고 있었다. 무언가, 경이로움 이상이며 생명 자체보다도 더 경이로운 무언가를 발견한 것이다. 그것은 거기, 옆구리 아래, 허벅지 뒤로 내려가는, 그의 약동하는 생명력의 기이한 신비였다. 그것은 거기 허벅지의 곧게 타고 내리는 흐름 속에 내재한, 그의 존재의 기이한 실재, 존재의 질료 그 자체였다. 바로 여기서 그녀는 그가 태초에 존재했던 하느님의 아들들 중 하나임을, 인간이 아니라 뭔가 다른, 뭔가 그 이상의 존재임을 발견했다.
드디어 이것은 해방이었다. 그녀는 애인들도 가졌었고 욕정도 맛보았다. 그러나 이것은 사랑도 욕정도 아니었다. 이것은 인간의 딸들이 하느님의 아들들에게로 되돌아온 것이었다. 태초에 존재하는 하느님의 기이하고 인간과 다른 아들들에게로.(313면)

만일 이것이 사랑이나 욕정의 황홀경을 묘사한 문장이라면 터무니없다고는 못해도 분명 과도하다 하겠으나, 전체적으로 강조되는 바는 '사랑도 욕정도 아닌' 뭔가 다른 것에 관한 이야기라는 점이며, 이것이 신비주의

---

**34** Leavis, *D. H. Lawrence: Novelist* 181면.

적 환상 또한 진정 아니라면 작가가 그처럼 명시적으로 발언해준 데 감사해야 할 따름이다. 어슐라와 버킨이 어쨌든 연인들이고 모든 로런스적 충족(fulfillment)에는 욕정이 하나의 핵심적 요소라는 사실을 감안할 때, 그들의 '해방'이 사랑도 욕정도 아니라는 점과 아울러, 이어서 로런스가 아래와 같이 말하듯 "남근적 원천보다 더 깊은" 것을 상상해봐야 한다는 점을 명시적으로 상기시켜주는 게 분명 필요하기 때문이다.

　잠시 모든 것이 정지된 듯한 시간이 지난 후, 넘쳐흐르는 기이하고 어두운 풍요의 강물들이 그녀를 타고 지나간 후, 그 강물들이 홍수처럼 밀려와 그녀의 정신을 멀리 실어가며 척추를 타고 두 무릎을 타고 내려가 두 발 너머로 흘러넘친 후, 이 기이한 홍수가 모든 것을 휩쓸고 가며 그녀를 새로운 본질적 존재로 남겨두고 지나간 후, 그녀는 완전한 평안, 완전한 자아 속에 자유로웠다. 그렇게 그녀는 고요하고 명랑하게, 그를 향해 미소지으며 일어났다. 그가 빛을 발하며 그렇게 무섭도록 생생한 모습으로 그녀 앞에 서자, 그녀의 심장은 거의 박동이 멈추었다. 그는 태초에 존재했던 하느님의 아들들의 육신들처럼, 경이로운 샘들을 지닌 그 낯설고 온전한 육신으로 거기 서 있었다. 그의 육신에는 기이한 샘들이 있었다. 그녀가 이제껏 알거나 상상했던 그 무엇보다도 더 신비롭고 힘차며, 더 만족을 안겨주는, 아아, 최종적으로, 신비롭고도 육체적으로 만족을 안겨주는 샘들이. 그녀는 남근적 원천보다 더 깊은 원천은 없다고 생각했었다. 그런데 이제, 보라, 반석 같은 남자의 육신을 치니 그 반석으로부터(구약성서 출애굽기 17장에 나오는 야훼가 모세에게 반석을 쳐서 물이 나오게 하여 백성을 먹이게 했다는 고사에 대한 언급 —옮긴이), 기이하고 경이로운 옆구리와 허벅지들로부터, 남근적 원천보다 더 깊고 더 신비에 싸인 이것들로부터, 이루 말할 수 없는 어둠과 이루 말할 수 없는 풍요의 홍수들이 밀려왔다.

그들은 즐거웠고, 완벽하게 잊어버릴 수 있었다. 그들은 웃으며 차려놓은 음식을 먹으러 갔다.(314면)


물론 진짜 문제는 이 모든 말이 정말 그러하냐, 어슐라와 버킨이 로런스가 그렇게 명시적으로 주장하는 그대로 행동하고 느끼고 존재하느냐 하는 점이다. 그러나 이것이야말로 통상적인 방식으로는, 즉 작가의 말과 극중 인물들의 행동을 비교하는 방식으로는 답할 수 없는 문제다. 이들은 통상적인 의미의 행동이란 면에서는 하는 것이 별로 없기 때문이다. 비상한 수준의 사랑이나 욕정의 현시 따위는 분명 없다. 이 때문에 오히려 '비남근적' 관능에 대한 몇몇 이례적인 공상을 자아내기도 했지만 말이다.[35] 여기서 묘사된 경험이 작가의 신비스러운, 즉 전달 불가능한 사적인 경험이거나 아니면 과도하게 부풀리고 신비화되었지만 실은 평범한 것이라는 의심을 여전히 품을 수는 있겠지만, 적어도 '좋은' 문장이나 '납득할 만한' 행동이라는 통상의 기준들로 이런 구절들을 판단해서는 안 된다는 점은 인정할 수 있을 것이다. 오히려, 묘사 방식도 이렇게 비통상적이지만, 바깥에서 보기에는 평범한 삶의 사소한 순간처럼 보이며 어떤 관능적이거나 영적인 황홀경과도 근본적으로 다르다는 점에서 무엇보다도 비통상적인 이 '해방 내지 놓여남'과 '자유'의 상태를 이 소설의 바로 이 대목

---

[35] 이 장면을 『채털리부인의 연인』의 (암시적인) 항문성교에 대한 서술과 연결짓는 G. 윌슨 나이트(G. Wilson Knight)의 "『연애하는 여인들』에서 도구는 손가락이다" 등등의 언급 참조("Lawrence, Joyce and Powys," *Essays in Criticism* 11면, Daleski, *The Forked Flame* 179면에서 재인용). 이 '나들이'장의 장면에 관한 한 달레스키가 이런 해석을 반박한 것은 칭찬할 만하다. "주막집 거실에서 일어나는 일을 그린 실제 묘사와 윌슨 나이트의 해석이 부합하기 어렵다는 문제만이 아니다. 어슐라와 함께 주막집에서 나온 후에도 버킨은 여전히 '그가 그녀에게서 취한 이 앎을 그녀도 그에게서 취하기를' 기다리고 있는 것으로 되어 있다."(같은 면)

에서 상상해낼 수 있는지 보아야 한다. 이런 상상에 성공한다고 해서 문체의 투박함이라든가 작가의 목청 높은 강조나 그것이 드러내는 불확실성이 꼭 사라지지는 않겠지만, 이것들 또한 『연애하는 여인들』의 근본적 사유모험과의 진정한 관계 속에서 볼 때 더 잘 이해될 것은 분명하다.


4


『무지개』의 '메씨지'에 대해 묻는 한 지인의 질문에 로런스는 이렇게 대답했다.

> 그게 뭔지는 나도 모릅니다. 낡은 세계가 끝장나 우리 위로 무너져내리고 있다는 것, 이 작품에서처럼 남자들이 여자들에게서 구원을 찾아봤자, 그리고 여자들이 감각적 만족에서 충족을 찾아봤자 소용이 없다는 것뿐입니다. 새 세계가 생겨나야만 합니다.[36]

이렇게 말한다고 해서 새 세계에는 성적 충족이 없어야 한다거나 없어도 된다는 것은 물론 아니고, 다만 "피와 피의 친밀한 교감"이 인류의 새로운 운명을 향한 사유모험과 연관되거나 그에 종속되어야 한다는 것이다.[37]

---

**36** *The Collected Letters* 422면, 1916. 2. 7. Lady Cynthia Asquith 앞.

**37** 『무의식의 환상곡』에서 로런스의 언급 참조. "우리는 우리의 거대한 목적의식적 활동을 모든 개인들의 강렬한 성적 충족에 기초하도록 해야 한다. 이집트는 그렇게 해서 지속되었다. 하지만 그렇더라도 우리는 성적 충족을 목적이라는 거대한 열정의 하위에, 바로 밑에 두어야 한다. 간발의 차이일지라도 그 간발의 차이만큼은 하위에 두어야 하는 것이다."(*Fantasia of the Unconscious* 145면)

『연애하는 여인들』에서 버킨도 비슷한 입장을 표명하느니만큼, 로런스가 '나들이'장에 그려진 충족을 "사랑도 욕정도 아니"라고 보는 것은 별로 놀랍지 않다. (그러면서도 이 장 말미의 좀더 구체적인 증거는 물론이고 앞에서 인용된 대목들의 성적 함의가 잔뜩 실린 언어에서도 분명히 드러나듯, 사랑이나 욕정이나 남근적 충족이 배제되지는 않는다.) 오히려 놀랍게 여겨질 만한 것이 있다면 그것은 버킨뿐 아니라 어슐라도 이 충족의 당사자가 된다는 점이다.[38]

사실 이런 놀라움은 어슐라도 일부 경험한다("그녀는 남근적 원천보다 더 깊은 원천은 없다고 생각했었다"). 그러나 『연애하는 여인들』에서 어슐라 스스로 언급하는 『무지개』의 스크리벤스키 일화만 보아도, 입으로 뭐라고 말하든 그녀가 단순한 욕정으로는 결코 만족할 수 없을 것이고, 만일 사랑이라는 그녀의 "돌격구호"(251면)에 버킨이 굴복했다면 되레 그를 용서하지 않았으리라는 점을 알 수 있다. 더욱이 『연애하는 여인들』의 전개 자체도 어슐라가 버킨의 요구에 순전히 저항만 하다가 갑자기 굴복하는 식은 아니다. 버킨 또한 완전히 정리된 요구를 들고 등장해서 망설임도 수정도 없이 들이대는 것이 아니다. 오히려 그는 앞서 제3장('교실'Class-room)에서 어슐라에게 자기가 원하는 것은 관능이라고, "지금이 시점에는 다름아닌 바로 그것"(43면)이라고 말하고, 제5장('기차에서' In the Train)에서는 제럴드에게 "사랑의 돌이킬 수 없는 최종성(the finality of love)을 원한다"(58면)고 선언하며, 제8장('브레돌비')에서는 이런 입장을 길게 밀고 나가다가 결국 친구한테서 풍자적인 타박을 당한다.

"Salvator femininus('여자 구세주'라는 뜻의 라틴어 — 옮긴이)라." 제럴드가

---

**38** Murry, *Son of Woman* 115면 참조. "'나들이'장의 핵심이자 허위는 어슐라가 버킨의 요구에 굴복하는 모습으로 그려진다는 점이다."

비꼬았다.

"그럼 안 되나?" 버킨이 말했다.

"물론 안 될 건 없지." 제럴드가 말했다. "잘만 된다면야. 근데 결혼은 누구랑 하는데?"

"여자랑." 버킨이 말했다.

"좋지." 제럴드가 말했다.(98면)

사랑과 결혼에 대한 버킨의 생각이 더 구체화되고, 늘 그런 건 아니더라도 자주 '사랑'의 관념 자체를 공격하는 형태를 띠는 것 또한 오로지 소설에서 구체적인 사건들이 전개되는 과정 속에서이며, 특히 허마이어니, 그리고 어슐라와의 관계가 그 스스로에게 더 명료해지면서부터다. 사실 이런 생각의 진화야말로 ── 버킨 개인에게 직접적인 충족감을 안겨줄 뿐 아니라 인류 전체의 근원적으로 새로운 역사적 운명을 시사해줄 ── 어슐라와의 관계를 모색하는, 충실히 극화된 과정의 한 필수적인 부분이다. 어슐라와 버킨이 ('섬'An Island에서) 처음으로 나누는 진짜 둘만의 대화는 두 사람이 브레돌비에서 허마이어니와 함께 지낸 이후 첫 만남이기도 한데, 여기서 그들은 '인류'와 '인간'에 대해 이야기하게 된다.

"그런데 이제는 꽃을 피우는 일도 인간 삶의 위엄도 사라졌다니, 어째서죠?" 마침내 그녀가 물었다.

"그런 관념 전체가 죽어버린 거죠. 인간이란 것 자체가 완전히 썩어 말라비틀어졌거든요. 무수한 인간들이 떨기나무에 달려 있지요. 장밋빛의 아주 근사해 보이는, 세상에서 말하는 건강한 젊은 남자 여자 들이요. 그렇지만 사실은 소돔의 사과, 사해(死海)의 열매(소돔의 사과, 일명 사해의 열매는 성서에 그려진 소돔의 멸망시 함께 저주를 받아 겉보기는 먹음직하지만 속이 비어 있어 건드리면 바스러지는 열매가 열린다는 전설적인 나무 — 옮긴이)요, 오배자(五倍子, 붉나무, 일명 오배자나무에 생긴 속이 빈 혹 모양의 벌레집 — 옮긴이)인 겁니다. 이들한테 무슨 의미가 있을 리 없지요. 속에는 쓰디쓴 삭은 재만 가득한데."

"하지만 괜찮은 사람들도 실제로 있잖아요." 어슐라가 항의했다.

"지금의 삶에야 물론 괜찮겠죠. 그러나 인류는 인간이라는 겉만 화려하고 번드레한 혹으로 뒤덮인 죽은 나무입니다."

어슐라는 반발감에 굳어지는 마음을 어쩔 수 없었다. 지나치게 그림처럼 희한하고 단정적인 이야기였다. 그러나 더 들어보고 싶은 마음 또한 어쩔 수가 없었다.(126면)

이 한 토막의 대화에서도 충분히 알 수 있는 것은, 로런스가 이를 추상적인 토론이 아니라 무엇보다도 그가 이 소설 미국판 머리말(Foreword)에서 "의식적인 존재에 진입하려는 열정적 분투"(486면)[39]라 부른 것과 관련된, 둘 사이의 공감의 구체적인 진퇴로 그려낸다는 사실이다. 인간 전반을 향해 버킨이 터뜨리듯 쏟아내는 비판은 곧바로 어슐라의 반응을 통해 극적 이야기 전체와의 실제 관계 속에서, 즉 이 주제에 대한 최종 발언에는 못 미치는 것으로 자리매겨진다.[40] 동시에, 그녀의 반응은 그 말을 하는 버킨

---

39 *Phoenix II* 276면도 참조.

40 버킨이 쏟아놓는 비판에 대한 다음과 같은 언급에서 롭슨(W. W. Robson)은 "머리에게서 전형적으로 나타나는 유형의 몰이해"의 한 최근판을 보여준다. "버킨을 완전히 이해하기 위해서는 그를 만들어낸 로런스의 마음상태를 이해해야만 한다. (…) 그러지 않고서야 어떻게 인간의 삶에 대한 버킨의 증오를 설명할 수 있겠는가? 그는 '인류는 인간이라는 겉만 화려하고 번드레한 혹으로 뒤덮인 죽은 나무'라고 말하며, 이런 논조의 언급은 수다하다. 그러나 상상력의 산물인 문학작품에서 이는 결함이다. 버킨의 증오는 구체적인 차원에서 명료하게 설명되지 않는다. 이 책에서 그것은 기본 전제이자 유별난 성벽(性癖)일 뿐이며,

이라는 사람뿐 아니라 그 생각 자체에 뭔가 진정성 있는 것이 들어 있음을 보여준다. 사실 그의 말을 계속 들으며 그녀는 자신의 불만은 그 생각보다는 사람에 있다는 것을 깨닫는다.

> 어슐라는 말을 이어가는 그를 지켜봤다. 내내 그에게선 어떤 성마른 격분과 동시에 모든 것에 대한 커다란 흥미와 궁극적인 관용이 느껴졌다. 그녀가 믿지 못한 것은 분노가 아니라 바로 이 관용이었다. 그가 자기 의사와 무관하게 세상을 구하려고 계속 애쓸 수밖에 없으리라는 것을 알 수 있었다. 그리고 이런 생각을 하면, 한편으로는 조그만 자기만족, 안정감에 마음 한구석 위로가 되면서도, 그를 향한 모종의 날카로운 경멸과 증오가 차올랐다. 그녀는 그를 독차지하고 싶었고, 그 구세주투가 거슬렸다. (…) 그건 너절한 짓으로, 아주 음험한 형태의 몸팔기였다.(128-29면)

어슐라의 이런 느낌이 얼마나 타당한지는 이후 '퐁파두어의 구드런'(Gudrun at the Pompadour)장에서 버킨의 편지 일화를 통해 더이상 의심의 여지 없이 명백해질 것이다. 그러나 그녀의 반응 또한 최종 발언은 아니다. 가령 "구세주투"에 대한 거부감에서는 소유욕이라는 요소와 함께 버킨이 하는 진정 도전적인 말에는—그녀의 "자기만족, 안정감"에 도전하는 말에는—제대로 귀기울이지 않으려는 전반적인 태도가 드러난다.

이처럼 로런스의 섬세하고 복합적인 처리는 어슐라와 버킨이 '함께 자유로움'(freedom together) 대 '사랑'이라는 정반대되는 두 관념을 내세우

---

이 증오가 너무 강하게 그려지는 바람에 버킨이 정상적 인간의 대표로서 갖는 가치가 심각하게 제한된다."("D. H. Lawrence and *Women in Love*," *The Pelican Guide to English Literature* 제7권, ed. B. Ford, 2nd ed. Penguin Books 1964, 299-300면)

며 대립한다고 볼 수 없게 만든다. 어슐라가 버킨의 입에서 후자를 천명하는 소리가 나오리라 기대하는 순간 버킨이 대놓고 전자를 선택하기는 하지만 말이다(132면). 실제로, 이후 두 사람이 다시 만나는 ('미노'Mino의) 장면에서 이 두 관념 간의 구분은 더욱 흐려진다. 버킨은 여전히 어슐라의 사랑 관념을 공격하면서도 자기 나름대로 이 둘을 연결짓는다.

"하지만 사랑은 자유로움이에요." 그녀가 힘주어 말했다.
"상투적인 말씀은 그만두시죠." 그가 맞받았다. "사랑은 다른 방향을 다 배제하고 한 방향을 취하는 겁니다. 사랑은, 굳이 말하자면, 함께 자유로운 것이에요."(152면)

그리고 이 장에서 두 사람이 어느 때보다도 격렬하게 언쟁한다는 사실부터가 둘이 서로 훨씬 더 가까워졌다는 징표이며, 그 결과 '미노'의 말미에서 두 사람은 사랑과 '함께 자유로움' 모두에 다시 한걸음 더 다가간다.

그러나 바로 다음 장('물놀이'Water-Party)에서, 이들의 모험이 이러한 예비적이며 불완전한 일치를 넘어서야 한다는 증거가 (증거라는 게 필요하다면 말이지만) 주어진다. 물놀이 후에 이루어진 "육체적 욕정의 이 승리에 찬 궁극의 경험"을 보면 욕정이나 사랑이 아닌 다른 것에 대한 버킨의 강조가 결국 단순한 용어 문제가 아니라 그의 가장 깊은 존재의 억제할 수 없는 욕구임이 분명해진다.

잠시 후, 만족을 얻었으되 부서져버린, 충족되었으되 파괴되어버린 그는 그녀를 뒤로하고 멍하니 어둠을 헤치며, 타오르는 욕정의 그 낡은 불길에 휩싸인 채 집으로 걸어갔다. 저 멀리, 저 아득한 어둠 속에 나지막한 탄식이 떠도는 듯했다. 그러나 무슨 상관인가? 생명의 갱신처럼 새로 타올랐던, 육체적 욕정의 이 승리에 찬 궁극의 경험뿐, 그것 말고 무엇이 중요하겠는가? "난 살았으되 죽은 자가, 한낱 말주머니가 되어가고 있었잖아." 그는 또다른 자기를 비웃으며 득의양양하게 말했다. 그러나 저 멀리 어딘가 조그맣게, 또 하나의 그가 떠돌고 있었다.(187-88면)

그 직접적 결과는, 버킨이 어슐라의 기대처럼 다음날 아침 곧바로 그녀에게 달려오는 대신 절망감에 "그녀가 그녀 영혼의 극한의 어둠 속에 빠져버린"(194면) 저녁이 되어서야 찾아오는 것으로 나타난다. 그러나 그녀가 이런 상태가 된다는 사실은 그녀 역시 육체적 욕정의 완전한 포로가 되어버린 것은 아님을 의미한다. 이 '일요일 저녁'(Sunday Evening)장은 버킨과 극히 소원해진 순간의 어슐라를 보여주지만, 그녀의 증오가 (아직 '함께 자유로움'의 방식으로는 아니지만) 그녀를 "그녀의 지난 삶의 모든 것이 소용없어지는 어떤 무서운 영역으로"(198면) 몰고 간다는 점에서, 이 소원해짐조차도 두 사람이 이룩한 진전의 징표이자 그 자체로 의미심장한 진전이다.

버킨에게도 이 불화는 그의 사유모험에서 새로운 진전을 의미한다. 제16장 '남자 대 남자'에 나오는 병석에서의 명상은 우리가 다른 맥락에서 다시 살펴볼 제럴드와의 이어지는 대화와 함께, 더 온전한 각성을 향한 그의 힘겨운 진전에서 하나의 결정적 순간을 이룬다. 그는 뭐가 되었든 성취를 하려면 어슐라와 결혼해야 함을 그 어느 때보다도 분명히 알게 되지만, 세상이나 심지어 어슐라가 이해하는 사랑, 결혼, 쎅스로는 절대 될 일이 아님 또한 그 못지않게 분명히 깨닫는다.

그는 어슐라가 자신에게 되맡겨진 상태임을 알고 있었다. 그의 생명이 그녀에게 달려 있음도 알았다. 그러나 그녀가 제시하는 사랑을 받아들이기보다는 차라리 살지 않는 것이 나았다. 사랑의 낡은 길은 무서운 속박이요 일종의 징집 같았다. 자신의 속에서 무엇이 그러는지는 모르겠지만, 어쨌든 사랑과 결혼과 아이들, 그리고 가정과 부부간의 만족이라는 끔찍한 프라이버시 속에 함께 사는 생활을 생각하면 혐오감이 치솟았다. 그는 좀더 맑고 좀더 탁 트이고 말하자면 더 시원한 무엇을 원했다. (…)

　일반적으로 그는 쎅스라는 것을 증오했다. 그것은 너무나 큰 제약이었다. 남자를 한 쌍이 갈라진 반쪽으로 만들고 여자를 나머지 반쪽으로 만드는 것이 쎅스 아닌가. 그는 스스로 단일하기를 원했고 여자는 여자대로 단일할 것을 원했다. 그는 쎅스도 다른 본능적 욕망과 같은 수준으로 돌아가기를 바랐다. 인생의 성취가 아니라 하나의 기능적 과정으로 간주되기를 바랐다. 물론 그는 성적 결합으로서의 결혼을 믿었다. 그러나 그것을 넘어서서 그 이상의 어떤 결속을 그는 원했다. 남자와 여자가 각기 자신의 존재를 갖는 두개의 순수한 존재로서, 각기 상대방의 자유를 이룩하며 서로가 마치 한 힘의 양극처럼, 두명의 천사처럼, 아니면 두개의 정령(精靈)처럼 균형을 이루는 그런 관계를.(199면)

물론 이런 깨달음조차도 어슐라와의 새로운 만남이나 바로 그 만남으로부터 나올 더 진전된 통찰들로 나아가는 한걸음 이상은 아니다. 제19장 '달'(Moony)에서 어슐라는 우연히 숲에서 연못에 비친 달에 돌을 던지는 버킨을 보게 된다. 이는 물론 순간의 충동적 행동이지만 어떤 면에서는 병석의 명상에서 분명해진 생각들을 행동에 옮긴 것으로, 어슐라의 의식에 (쉽게 규정되지는 않지만) 진정한 충격으로 다가온다. 그리고 두 사람이 만나기 무섭게 사랑하느냐 하지 않느냐라는 해묵은 문제가 다시 끼어들지만, 그들의 거침없는 언쟁은 그들 스스로에게나 독자들에게나 그들이 직면한 어려움을 좀더 조명해준다.

"당신이 바라는 것은 낙원 같은 무지죠." 그녀는 (…) 말했다. "됐거든요, 무슨 소린지 잘 알아요. 당신이 바라는 건 내가 당신의 소유물이 되어, 절대로 당신을 비판하거나 내 이야기를 하지 않는 거예요. 내가 당신한테 그저 **물건**이기를 바라는 거죠! (…)"

"아니오." 그는 화가 나서 거침없이 쏟아냈다. "나는 당신이 그 고집하려는 의지를, 그 두려움에 찬 불안한 자기주장을 버렸으면 하는 거요, 내가 바라는 건 바로 그거요. 당신이 마음속 깊이 자신을 믿고 그래서 자신을 놓아버릴 수 있으면 좋겠소."

"자신을 놓아버리라고요!" 그녀는 조롱하듯 그의 말을 되뇌었다. "나야 놓아버릴수 있죠. 얼마든지요. 놓지 못하는 건 바로 당신이에요, 마치 유일한 보물인 양 자신한테 매달리는 건 바로 당신이라고요. 당신이야말로 — 당신이야말로 딱 주일학교 선생이에요 — **당신** 말예요 — 전도사 양반."

이 말에 담긴 얼마간의 진실에 그는 굳어지며 한 귀로 흘려버렸다.

"디오니소스의 황홀경에 빠져 자신을 놓아버리라는 뜻이 아니오." 그는 말했다. "그거야 당신이 잘하잖소. 하지만 난 디오니소스든 아니든 황홀경은 질색이오. 그건 다람쥐 쳇바퀴 돌기나 마찬가지니까. 내가 바라는 건, 당신이 자신한테 신경쓰지 않는 것, 그냥 있는 대로 존재하며 자신한테 신경쓰지 않는 것, 애써 주장하지 않는 것 — 즐겁고 자신 있고 무심해지는 것이오."

"주장은 누가 하죠?" 그녀는 비웃었다. "계속 주장하는 게 누군데요? 나는 아니죠!"

그녀의 목소리에는 지친 듯 조롱에 찬 신랄함이 서려 있었다. 그는 한

동안 침묵했다.

"그래요." 그는 말했다. "당신이나 나나 서로 주장을 내세우는 한, 우리는 완전히 잘못된 거요. ── 그러나 우리가 이렇소, 영 합치가 안 되네요." (250-51면)

합치는 얼마 후 이루어지기는 하지만 여전히 불완전한 상태이다. 어슐라는 여전히 열정적인 사랑을 바라고 버킨 "또한 자신의 관념과 자신의 의지가 있었"(252면)기 때문이다.

그러나 이때쯤에는 이미, 더 지속적인 합치가 실제로 이루어진다면 그것은 로런스가 '나들이'장에서 상상했던 바와 같은 성격의 것이어야 한다는 점을 보여줄 만큼은 충분히 상황이 분명해진 셈이다. 즉 의지와 주장에서 벗어나는, 심지어 "자신을 놓아버리는" 것에서도 벗어나는, 행복하고 일견 갑작스러운 놓여남, "사랑도 욕정도 아니"지만 둘의 사랑이 성사되는 "밤의 장엄함"(320면)으로 두 사람을 인도하는 해방 말이다. 그리고 나중에 '나들이'에서 그려질 충족에 이만큼 근접할 정도로 객관적 사건의 진전이 이미 이루어졌기 때문에, 버킨 자신도 다음날 다시 자문해보면서 자신의 상황이 "치명적으로 단순"(252면)함을 인지하게 되는 것이다. '달'장에 나오는 이 결정적인 명상에서 버킨은 핼리데이(Halliday) 집에서 보았던 서아프리카 조각품을 떠올리는데, 이 명상은 앞서 '남자 대 남자'장에서 도달했던 바 그가 원하는 것은 궁극적 충족으로서의 사랑이나 쎅스가 아니라는 결론을 다시 확인해주거니와, 그가 어슐라에게 줄곧 해온 말이 "한낱 관념"이 아니라 "깊은 갈망의 해석"(252면)임도 다시 확인해준다. 그러나 이번에는 "자신이 더 고도의 관능적 경험 ── 일상의 삶에서 얻을 수 있는 것보다 더 깊고 더 어두운 어떤 것을 원하지 않는 것은 사실"(같은 면)[41]이라고 결론지으면서 버킨의 생각은 새로운 차원에 도달한다. "행복한 창조적 존재"(254면)로부터 절연될 위험은 '일상의 삶'이나 그 가짜 만족의 위협보다도 더 내밀하고 전면적이다. 더 걸출하고 모험적인 영혼들도, 아니 어쩌면 이들이 누구보다도 위험하다. 이들이 근원적으로 새로운 운명, 즉 "또 하나의 길, 자유의 길"(같은 면)이 아니라 그저 "일상의 삶에서 얻을 수 있는 것보다 더 깊고 더 어두운" 경험과 감각과 앎이나 추구한다면 말이다. 이제 버킨은 자기 속에도 이 위험의 현실화가 임박했다고 느끼며, 제럴드의 경우에는 이미 완료된 일인지도 모른다는 생각을 한다. 그리고 당장 어슐라와 결혼해야 한다고 결론짓는다. 어슐라와의 '함께 자유로운' 관계 탐색은 이 더 거대한 역사적 탐색이기도 했음을, 그의 산업가 친구가 전형적으로 보여주는 근대문명의 지배적이고 위험천만한 경로에 대한 대안의 모색이었음을 분명하게 인지하기 때문이다.

　물론 즉각적인 결과는 낭패로 돌아간 청혼으로, '일요일 아침'장에 나왔던 앞서의 방문보다도 더 심각한 실패지만, 실패의 이유는 기본적으로 마찬가지다. 아무리 사려깊고 통찰력 있는 결정이라도 어느 일방의 결정만으로는 '자유의 길'이 이룩될 수 없다. 그렇지만 버킨의 청혼이 진정한 충족 아니면 완전한 실패만이 성립하는 철회 불가능한 도전을 제기하는 것은 사실이며, 이 도전이 철회 불가능한 까닭은 실제로 버킨이 이를 거두어들이지 않아서만이 아니라 이 청혼에 이르게 만든 더 큰 문제들과 그에 대한 인식이 일시적인 거절이나 오해 따위로 달라지지 않기 때문이

---

**41** 한국어판 원저자주: 이 대목은 집필 당시 통용되던 판본들이 초판을 따라 '그가 원한다'를 '원하지 않는다'(he did not want)라고 해놓은 것을 토대로 논의를 전개했다. 케임브리지판에 와서야 'he did want'로 바로잡혔다(610면, Textual Apparatus 참조). 버킨이 "일상의 삶에서 얻을 수 있는 것보다 더 깊고 더 어두운" 관능의 충족을 원한다는 것이 더 쉽게 납득되는 서술이지만, '근원적으로 새로운 운명'에 미달하는 '더 어두운 관능'이 그의 최종 목표가 아니라는 해석도 그 자체로 틀린 것은 아니라 생각되기에 인용된 원문과 'he did not want' 대목에 관한 원래의 진술을 교정된 텍스트에 맞춰 수정하지는 않았다.

다. 실제로, 이 두 사람이 각기 다른 사람들에 대해, 즉 어슐라가 구드런과 ('달') 허마이어니에게('여자 대 여자' Woman to Woman), 그리고 버킨이 제럴드에게('검투사' Gladiatorial) 반발하는 장면을 따라가다보면 두 사람이 이내 서로에게로, '나들이'에 그려진 대립의 절정과 해소로 되돌아가는 모습을 볼 수 있다.

물론 이 해소도 결코 최종적이지 않다. 불일치와 문제들은 사라지지 않는다. 오히려 근대세계에서 이들이 처한 곤경의 전모가 이 돌파를 통해 비로소 드러난다. 『무지개』에서 어슐라가 "남자의 세계"를 정복하면서 더 많은 자유를 얻었을 때 자신 속의 "커다란 결핍"만 더 자각할 뿐 이 욕구를 만족시킬 방법에 대해서는 더 혼란스러워졌듯,[42] 어슐라와 일정한 합치에 이른 후 버킨의 첫 생각은 "세상의 어떤 곳들로부터 우리들 자신의 '아무데도 아닌 곳' 속으로 떠나야"(315면) 한다는 것이다. '함께 자유로움'의 의미를 둘러싼 두 사람의 언쟁 또한 계속되어 이 작품이 끝날 때까지 계속되는데, 서로만으로 충분할지 아니면 "다른 몇몇 사람"(316면)과 함께 있어야 하는지, 특히 버킨이 "남자와의 항구적 결합, 다른 종류의 사랑"(481면)을 해야 할지 하는 문제가 이제 주축을 이룬다. 그리고 이 문제와 함께 우리는 다시 버킨과 제럴드의 관계로, 그리고 『연애하는 여인들』에서 버킨의 모험이 제럴드의 삶에 드러난 산업문명의 지배적 흐름에 대한 실행 가능한 역사적 대안을 실제로 제공하느냐 하는 우리의 원래 물음으로 되돌아가게 된다.

---

**42** *The Rainbow* 제13장 참조.

5

'달'장에서 버킨은 자신의 모험이 제럴드의 일견 더 대표적인 운명의 대안이라는 명료한 자각에 도달한다는 점은 이미 지적한 바 있고, 앞서 '산업계의 거물'장을 검토하면서는 이 대표성을 근대세계를 지배하는 산업-기술체제의 관점에서 규명한 바 있다. 이 두 관찰을 결합하면, 버킨이 (산업사회의 단순 수용이나 거부가 아니라 그것과의 근원적으로 새로운 관계를 뜻하게 마련인) '함께 자유로움'을 모색하면서 제럴드와의 '다른 종류의 사랑'의 성취를 왜 그렇게 강조하는지 그 일반적인 설명은 될 것이다. 그러나 그가 이 필요를 어떻게 구체화해내며 또 이 관계 전체를 작품 속에서 성공적으로 그려내느냐는 물론 별개의 문제다.

지난 10년 사이에 세간에 알려진,『연애하는 여인들』의 폐기된「서곡」(Prologue) 원고를 포함하여 로런스와 동성애라는 문제에 관한 일부 새로운 자료들을 감안할 때,[43] 우선 주목할 것은 통상적인 의미의 동성애는 ─ 혹은 일부 평자들이 선호하는 표현으로 '동성애적 사랑'은 ─ 완성된 작품에 그려진 이 관계를 이해하는 데 거의 상관이 없다는 점이다. 로런스가 한때「서곡」을 썼다가 이후 철회했다는 사실은 동성애 문제를 끌어들여 불필요한 혼동이나 오해를 불러일으키는 것을 피하려는 의식적인 예술적 결단을 보여준다고 봐야 할 것이다. 버킨이 말하는 '의형제'(Blutbrüderschaft) 관계의 주된 핵심은 그것이 "더 고도의 관능적 경

---

**43**「『연애하는 여인들』서곡」은 *Texas Quarterly* 1963년 봄호에 발표되고 *Phoenix II*에 재수록된 바 있다. 문제의 전기적 자료들에 대한 간단한 논의는 Mark Schorer, "The Life of D. H. Lawrence," *D. H. Lawrence* (The Laurel Great Lives and Thought), ed. Mark Schorer(Dell Publishing 1968) 38-41면에서 찾아볼 수 있다. 이와 관련해 머리에게 보낸 편지는 Frieda Lawrence, *The Memoirs and Correspondence*, ed. E. W. Tedlock (Heinemann 1961) 360면 참조.

험 — 일상의 삶에서 얻을 수 있는 것보다 더 깊고 더 어두운 어떤 것"이 아니어야 한다는 점이다. 물론 둘의 관계에는 성적인 측면이 존재하며 가령 '검투사'장의 씨름 장면 묘사에는 성적 함축이 넘쳐나지만, 버킨 자신도 이를 분명히 인지하면서 "우리는 생각에서나 정신적으로나 가깝지 않나. 그러니 육체적으로도 어느정도 친밀해질 필요가 있어. 그래야 더 완전하지"(272면)라고 말한다. 다시 말해, 이 장면에서 육체적 접촉은 — 현실에서 남자와 남자 사이의 그런 접촉과 마찬가지로 — 동성애적 결합의 전조나 무의식적 대리물일 필요는 없다. 사실 범상한 우정도 동성애적 사랑도 아닌 두 남자의 관계보다는 동성애적 결합이 상상하기도 성취하기도 훨씬 쉽다.

특히 버킨과 제럴드의 관계와 같은 것을 상상할 때 한가지 어려움은, 버킨이 말하는 '의형제'가 무엇이든 제럴드가 애초부터 명백히 잘못된 후보로 보인다는 점이다. 줄리언 모이너핸은 제럴드의 삶에서 "유전, 성장 과정, 운명"이라는 "세 겹의 숙명"에 주목하는데,[44] 이런 식으로 말하자면 로런스가 제럴드를 북방 종족의 비운과 연관짓는 만큼, 실은 네 겹의 숙명이라고 할 수도 있겠다. 이 모든 점을 감안할 때, 하고많은 사람 가운데 유독 제럴드를 사랑하려는 버킨의 고집은 애당초 형편없이 오도된 (그래서 억압된 동성애 성향 같은 설명을 초래하는) 노력이나 어쩌면 비사실주의적이고 우의적인 설정의 일부로 보일 수도 있다. 그러나 우의적 해석에 대한 주된 반론은, 동성애라는 각도에서 설명하는 경우처럼 이 해석도 『연애하는 여인들』이 진정한 사유의 모험을 수행한다면 당연히 따라나오게 마련인 난점들을 너무 많이 소거해버리는 해석이라는 데 있다. 그러나 이같은 안이한 해석이나 선입견을 배제할 때, 제럴드를 에워싸고 있는 숙

---

**44** Moynahan, *The Deed of Life* 84면.

명성(fatality)에 대한, 많은 경우 아주 명시적으로 제시되는 그 숱한 시사는 어떻게 봐야 하는가?

실질적으로 이 작품 내내, 심지어 친구를 "또 하나의 길, 자유의 길"의 방향으로 이끌려 애쓸 때에도, 버킨 스스로 제기하는 문제가 바로 이것임을 우리는 알게 된다. 서아프리카 조각상에 대한 앞서 언급한 명상 또한 바로 이 문제로 귀결된다. 한 종족의 생물학적 삶은 물론이고 심지어 지식과 문화의 지속적 발전이 그 수명을 다하기도 전에 종족 전체가 '신비스럽게' 사멸할 수도 있음을 깨달은 버킨은 이렇게 자문한다.

그렇다면 남은 것은 이뿐인가? 이제 행복한 창조적 존재로부터 떨어져나오는 길밖에 안 남았는가, 이제 시간이 된 것인가? 우리의 창조적 삶의 날은 끝난 것인가? 우리에게는 오로지 와해 속의 앎이라는 기이하고 끔찍한 사후(事後)상태만이, 아프리카적 앎만이 남았으되, 금발에 푸른 눈을 한 북쪽나라의 우리에게는 다른 모습으로 나타날 뿐인가?

버킨은 제럴드를 생각했다. 그는 파괴적인 결빙의 신비극에 투철한, 북쪽나라의 이들 기이하고 신비스러운 흰 악령 중 하나였다. 그러면 그는 이러한 앎, '얼음 같은 앎'이라는 이러한 유일한 과정, 완전한 추위에 의한 죽음으로 죽어갈 운명인가? 그는 전령(傳令)이요 흰색과 눈 속으로 모든 것이 와해되리라는 조짐이란 말인가?(254면)

이 중 어느 하나라도 단순한 수사적 질문이라면, 이는 이 작품의 대단원과 그 '메씨지'를 지나치게 노골적으로 '누설'하는 격이 될 것이다. 혹은 적어도, 이런 다음에도 제럴드에게 손을 내미는 행위는 버킨 자신의 가장 분명한 통찰들에 정면으로 위배되는 짓임을 폭로하는 격이 될 것이다. 물론 버킨이 이 대목에서 친구가 가진 특성들과 자신을 포함한 자신의 종족 전체에 임박한 위험 사이의 가공할 유사성을 인지하는 것은 사실이다. 그러나 어슐라와의 '또 하나의 길'로 갑자기 관심이 이동한다고 해서 제럴드에 대해서 어떤 결론을 함축하는 것은 아니다. 사실 그것이 함축하는 바는 어떠한 종류의 논리적 결론이 아니라 적어도 자신에게만큼은 죽음과 와해가 숙명이 되게 하지 않겠다는 본능적인 다짐인바, 이 다짐은 "사색이 여기까지 길게 이어지며"(254면) 밀려오는 두려움과 피로에서 비롯된 것이기도 하지만 그를 여기까지 인도한 깊은 성찰 덕분이기도 하다. 제럴드에 대해서는, 버킨은 나중에 더 잘할 수 있을 때 이 문제를 다시 생각해보기로 하는데, 실제로 그는 어슐라와의 평화를 얼마간 희생해가면서까지 그렇게 한다.

이 문제는 '달'장에서 이만큼 명료하게 모습을 드러내기 한참 전부터, 사실상 바로 처음부터 버킨을 강하게 사로잡고 있었던 것을 볼 수 있다. 가령 이미 제2장('쇼틀랜즈')에서 크라이치 부인과 대화를 나누면서 그는 제럴드는 "카인"인가, "순전한 우연"이라는 것이 있는가(26면) 하는 문제를 생각하게 된다. "모든 것이 가장 깊은 의미에서 한데 맞물려 있다"(26면)는 결론을 내린 후에도 그는 분명히 그 문제를 계속 붙들고 있으며, "종족이나, 혹은 민족의 죽음"(30면)에 대해 제럴드와 다른 사람들이 나누는 대화를 듣다가 갑자기 포도주를 벌컥 들이킨다.

"나의 이 행동은 우연이었을까, 고의였을까?" 그는 자문했다. 그리고 속된 말로 '우연을 가장한 고의'였다고 결론지었다.(30면)

이렇게 일견 사소해 보이는 세목마저도 극적 전체의 의미있는 일부로 만들어주는 것은 바로 이 작품의 전체적 의미에서 제럴드의 '숙명성'이 차지하는 결정적 중요성이다.

물론 **자신**의 이런저런 상념들과 인상들이 어떻게 "가장 깊은 의미에서" 한데 맞물리는지 버킨 본인도 아직 이해하지 못한다. 사실, 제2장 말미에는 제럴드만이 아니라 버킨 또한 "남자와 남자의 깊은 관계가 가능하다는 믿음은 털끝만큼도 없었고, 강력하지만 억제된 우정은 이런 불신으로 말미암아 한 발짝도 앞으로 나아가지 못했다"(34면)라고 되어 있다. 그러나 이미 그는 이런 유의 불신과 자신 앞에 놓인 더 큰 어려움들이 내적으로 연관되어 있음을 감지하기 시작하며, 아직은 의식적 논리의 움직임까지는 아니지만 감정의 그런 연계된 움직임을 (제5장 '기차에서'에 나오는) 다음 단락들의 추이에서 볼 수 있다.

그는 제럴드가 자기를 너무 진지하게 받아들이기보다는 그냥 **좋아하는** 정도로 남기를 원한다는 것을 알았다. 그러자 마음이 굳어지고 차가워졌다. 계속 질주하는 열차에 앉아 그는 대지를 응시했고, 제럴드는 점점 그의 의식에서 떨어져나가 없는 사람처럼 되었다.

버킨은 대지를, 저녁 풍경을 바라보며 생각했다. '그래, 인류가 멸망한다 해도, 우리 인간이라는 종족이 소돔(구약성서 창세기에 나오는 죄악의 도시로 불과 유황의 비로 멸망했다—옮긴이)처럼 멸망한다 해도, 빛나는 대지와 나무들이 있는 이 아름다운 저녁만 있다면 난 족하다. 이 저녁에 온통 깃들어 있는 그것은 저기 엄연히 존재하고, 결코 사라지는 법이 없다. 결국, 인류란 불가해한 미지(未知)의 한 표현일 뿐 아닌가. 그리고 인류가 사라진다 해도, 이 특정한 표현이 완성되고 마감되는 것뿐 아닌가. 여기 표현된 것, 그리고 앞으로도 표현될 그것은 줄어듦이 없다. 그것은 저기, 빛나는 저녁 속에 존재한다. 인류 따위야 사라지라 하자. 이제 그럴 때도 되었다. (…) 인간은 죽은 문자다. 새로운 방식의 새로운 구현체가 생겨날 것이다. 인간은 하루빨리 사라지라 하자.'(59면)

그가 나중에 '섬'장에서 어슐라에게 하는 선언들과의 연관성 또한 분명하니, 버킨의 사유의 모험이 취하는 모습이 어슐라에 대한 사랑이든 제럴드와의 우정이든 인간의 운명이나 숙명 자체에 대한 추상적 성찰이든, 그 모험 저변에 자리한 통일성을 보여준다.

그리고 사랑과 결혼에 대한 그의 생각들도 그렇지만, 그가 제럴드와 더 깊은 관계를 맺을 생각을 떠올리는 것도 오로지 극적 전개과정 속에서다. 이는 제16장('남자 대 남자')에서의 일인데, 여기서 그는 자신이 일시적으로 어슐라와 소원한 국면에 놓여 있지만 그런 국면으로부터 그녀와의 진정한 시작이 비롯하리라는 것을 이미 충분히 확신하고 있음을 알게 된다. 당장의 맥락 또한 두 친구의 대화가 흔치 않은 깊이에 접근함을 보여준다.

제럴드는 말을 이었다. "자네한테선 항상 못 미더운 구석이 느껴지는데, 어쩌면 자네도 자기 자신이 못 미더운 것은 아닌지. 어쨌든 난 자네가 영 미덥지 않아. 마치 영혼도 없는 사람처럼 쉽게 떠나고 변할 것만 같거든."

그는 꿰뚫어보는 듯한 눈으로 버킨을 응시했다. 버킨은 어안이 벙벙했다. 그는 자신이 세상의 영혼이란 영혼은 다 가졌다고 여기고 있었다. 그는 놀란 눈으로 응시했다. 그리고 지켜보던 제럴드는 그의 눈에서 놀랄 만큼 매혹적인 선량함을 보았다. 이 무의식적으로 배어 있는 풋풋한 선량함에 제럴드는 한없이 끌리면서도 쓰디쓴 원망이 차올랐다. 이 선량함을 도저히 신뢰할 수가 없었기 때문이었다. 그는 버킨한테는 자기가 없어도 된다는 것을, 그가 자기를 까맣게 잊을 수 있고 그러고도 힘들어하지도 않으리라는 것을 알았다.(206면)

이때까지 버킨이 자기가 제럴드에게 어떻게 비칠지 (그리고 모두 제럴드가 받은 인상의 적절성까지는 아니어도 타당성을 뒷받침해주는 듯한 인물들인, 허마이어니나 구드런이나 혹은 브레돌비에서 본 이딸리아 백작 부인에게 어떻게 비칠지) 깨닫지 못했다는 사실은 제럴드와의 관계에 대해 그가 아직 제대로 성찰한 바 없음을 보여준다. 그런 만큼 다음 대목에는 뭔가 근원적으로 새로운 것이 담겨 있다.

버킨의 마음속에는 전혀 다른 것들이 떠오르고 있었다. 문득 그는 자신이 또 하나의 문제와 마주하고 있음을 깨달았다. 두 남자 사이의 사랑과 영구적인 결속이라는 문제. 이는 당연히 필요했다. 한 남자를 순수하고 온전하게 사랑하는 것, 그것이 평생 그의 마음속에 필연으로 자리해왔다. 물론 그는 줄곧 제럴드를 사랑해왔고, 그러면서 줄곧 이를 부정해왔다.

그는 침대에서 이런 생각을 떠올렸고, 한편 그의 친구는 곁에 앉아 생각에 잠겨 있었다. 각자 제 생각에 빠져버린 것이다.

"옛날에 게르만족 기사들이 'Blutbrüderschaft'('의형제'라는 뜻의 독일어 ─옮긴이)의 서약을 어떻게 했는지 알지?" 그는 새삼 행복한 생기를 띤 눈으로 제럴드에게 말했다.

"팔을 살짝 베어 서로 상대방의 상처에 피를 문대는 것 말인가?" 제럴드가 말했다.

"그래. 그리고 피를 나눈 서로에게 평생 충실할 것을 맹세하지. 우리가 할 일도 그거야. 팔을 베는 건 말고. 그건 한물간 짓이니까. 그렇지만 서로 사랑할 것을 서약해야 하네. 자네와 내가, 무조건적이고 완벽하게, 최종적으로, 절대 서약을 깨는 일 없이 사랑할 것을."

그는 깨달음이 담긴 맑고 행복한 눈으로 제럴드를 바라보았다.(206-

악명 높다고 해도 좋을 로런스의 의형제 발상은 이 대목에서 보듯 극적 맥락에서 자연스럽게 등장한다. 이 전통적 의식 자체는 이미 한물간 과거 지사임을 버킨도 의식하고 있으며, 새로운 관계에 대한 그의 생각이 완성된 모습으로 나타나지도 않는다. 이 발상에는 돈끼호떼적인 면이 물론 있기는 하나, 이런 면모 또한 앞서 지적했듯 그의 모험의 불가피한 한 측면일 때가 많다. 그가 맞서 꺾어내야 할 '숙명성'의 위세를 감안할 때 더욱 그렇다. 바로 이 사례에서 버킨은 그와 제럴드가 그때까지 공유하고 있던 남남관계에 대한 거의 보편적인 관념, 즉 그것은 "자유롭고 편안한 가벼운 우정"(33면)이든가 아니면 로런스가 휘트먼론에서 "마지막 융합 (…) 남자와 남자 사이의 사랑의 융합"[45]이라 부른 것이어야 한다는 관념에 맞선다. 시대착오적으로 비칠 위험을 무릅쓰고 버킨은 옛 게르만족 기사들에게서 나타났던 (혹은 나타났다고 하는) 근원적으로 다른 남남관계 관념을 꺼낼 수밖에 없는데, 현재의 관념을 고수하는 독자들한테서는 실로 시대착오라는 비난을 받을 것이다. 따지고 보면 제럴드부터가 이 현존 관념을 고수하며 뒤로 물러선 셈이다. 그럼에도 그의 경우 이런 고수가 버킨의 제안을 완전히 우스꽝스럽고 하찮게 여기는 속된 형태로 나타나지는 않는다. "그의 얼굴은 어떤 환한 기쁨으로 빛났다."(207면) 그리고 이런 발상에 진심으로 매력을 느끼고 또 그럼으로써 버킨의 희망이 완전히 혼자 만들어낸 공상만은 아님을 입증해줄 만한 탁월함이 그에게 있기 때문에, 그의 물러섬이 정말 가능한 일을 거부하는 성격을 띠게 되는 것이다. 그리하여 제럴드의 '숙명성'의 진정한 의미가 버킨의 마음속에서 처음으

---

[45] *Studies in Classic American Literature* 169면.

로 분명하게 규명된다.

둘은 침묵에 빠져들었다. 버킨은 줄곧 제럴드를 응시하고 있었다. 지금 그가 보고 있는 것은 평소에 제럴드에게서 보고 또 평소 매우 좋아했던 육체적이고 동물적인 인간이 아니라, 그라는 인간 자체, 숙명을 짊어진 듯 정해진 운명과 한계를 지닌 그라는 인간 전체인 것 같았다. 제럴드에게서 감지되는 숙명적이라는 이 묘한 느낌 — 마치 그가 어떤 한가지 존재형식, 한가지 앎, 한가지 활동, 본인은 온전함이라고 여기는 일종의 치명적인 반쪽됨에 국한되어 있다는 느낌 — 이 두 사람의 열정적인 접근의 순간 뒤에 늘 버킨을 사로잡았고, 버킨에게 일종의 경멸감 또는 권태감을 안겨주었다. 제럴드에게 있어 버킨을 권태롭게 만드는 것은 바로 그 한계에 집착하는 태도였다. 제럴드는 한번도 진짜 무관심한 경쾌함 속에 자신을 훌쩍 벗어던지지 못했다. 그에게는 어떤 장애물이, 일종의 편집광증(偏執狂症)이 있었다.(207면)

'의형제'를 주창하는 버킨이 초연하게 거리를 두어온 제럴드를 두고 되레 '편집광증'(monomania) 운운하는 게 뜻밖으로 여겨질 수도 있다. 그러나 맥락을 보면 '편집광증'은 일반상식으로부터의 병적 이탈보다는 바로 그 '상식'을 떨쳐내지 못하는 무능력 내지 심지어 그 '상식' 속에 스스로를 가두려는 의지를 가리킨다.

이렇듯 제럴드를 에워싼 '숙명성'은, 비합리적인 조건도 아니요 기계적 규정성을 지닌 일련의 상황도 아닌 더 큰 인간운명의 특정 국면 내지 유형으로, 즉 그 운명에서의 근본적 실패로, 창조적 사업의 일정한 고의적 방기를 수반하는 실패로 모습을 드러낸다. 이미 앞에서도 (제14장 '물놀이'에서) 그 한 실례가 나온 바 있다. 제럴드가 적어도 허마이어니나 구드런보다는 확연히 더 풍부하게 지니고 있는 진정한 삶에 대한 잠재력의 또다른 징표라 할, 보트에서 구드런과 함께 경험하는 완벽한 평화와 평정의 순간은 누이동생의 익사사고로 돌연 깨어진다. 구드런과 제럴드 두 사람은, 그리고 부분적으로는 독자도, 이 비슷한 일이 기필코 일어날 수밖에 없었다는 느낌을 받는다. 구드런은 그가 "마치 그에게는 두려움과 파국이 자연스러운 것처럼, 이게 그의 본모습인 것처럼"(179면) 돌변하는 모습을 보거니와, 나중에 제럴드는 숙명론자처럼 말한다. "뭐가 한번 잘못되면, 다시는 바로잡을 수가 없지요. 적어도 우리 식구들은요."(184면) 그러나 이 일화는 처음에는 익사사고가 벌어졌던 지점을, 그리고 나중에는 물가를 떠나지 않으려는 제럴드의 모습에서 그에게 들어 있는 무의미한 고집의 요소를 드러내 보여준다. 이때 그가 버킨에게 하는 말("아니, 여기서 끝까지 지켜보겠네, 루퍼트." 189면)은 이후 부친의 죽음을 '끝까지 지켜보겠다'는 역시 무의미한 고집을 부릴 때 거의 고스란히 되풀이되며, 이는 그 죽음을 부자간의 마지막 의지싸움으로 바꾸어놓는다(제24장). 제럴드가 이러한 "한계에 집착하는 태도"로 말미암아 "두려움과 파국"에 매번 완전히 휘둘리는 한, 그가 이것들에 '자연스러운' 친연성을 가지고 있다는 구드런의 느낌도 틀린 것이 아니다. 사실 그녀는 '달'장의 명상에서야 비로소 버킨의 의식에 떠오르는 제럴드 성격의 한 측면, 즉 제럴드가 그 숙명성에서 "생명의 거대한 한 국면"(a great phase of life)을 구현한다는 점을 간파하고 있다. "그녀에게 그는 한 인간이라기보다는 하나의 화신, 생명의 거대한 한 국면 같았다."(181면) 다만, 버킨이 "제럴드에게서 느껴지는 숙명적이라는 이 묘한 느낌"에 대해 "일종의 경멸감 또는 권태감"을 갖는 것과 달리, 구드런은 이 '국면'에 완전히 매료된다는 점에서 (이 또한 그녀 나름의 "한계에 집착하는 태도"라 할 수 있는) 그녀 자신의 한계를 드러낸다.

제럴드가 "생명의 거대한 한 국면"과 "일종의 편집광증"을 함께 구현하고 있다는 말은 '산업계의 거물'로서 걸머진 무거운 짐에 대한 온당한 풀이가 되기도 할 것이다. 버킨의 현대판 '의형제' 시도에 어느정도의 좌절감 및 돈끼호떼식의 비현실적 이상주의와 아울러 역사적 적실성 또한 담겨 있다는 사실은 제럴드의 물러섬이 그의 산업적·기술적 성취와 갖는 관계를 보면 더욱 분명해진다. 제럴드가 대표하는 역사적 숙명이란 '의지'와 '조직'이라는 주어진 조건 앞에서 사유의 모험을 포기함이기도 하다. "인간의 의지가 절대자, 유일한 절대자"(223면)라고 제럴드는 그 의지의 본질에 대한 물음 없이 단정지으며, '조화'에 대한 그의 순전히 기술적(技術的)인 정의 또한 마찬가지로 자의적으로 도출된다.

그는 조화가 무엇인지 스스로 분명히 정의내리지는 않았다. 그냥 그 말이 마음에 들었고, 자기 나름의 결론에 도달했다고 여겼다. 그리고 기성세계에 질서를 강제하고 조화라는 신비스런 낱말을 조직이라는 실제적인 단어로 번역함으로써 자신의 철학을 실천에 옮겼다.(227면)

이 의지의 성공 및 그것이 기성세계에서 이룩하는 조직작업의 성공이야말로 앞서 보았듯 더 깊은 의미에서 "의욕의 부재"를 낳는다. 후자에 대해 기술하는 구절(제25장 '결혼이냐 아니냐' Marriage or Not)은 진정한 결혼, 진짜 우정, 그리고 "기성세계"에 대한 새로운 태도라는 문제들이 하나의 단일한 모험임을 다시금 보여준다. 그리고 이제 구드런과 결혼하겠다고 나오는 제럴드의 태도는 그가 이 본질적 모험에 소홀함을 보여주는 또다른 예일 뿐이다.

그는 어두운 운명을 감수할 준비가 되어 있었다. (…) 결혼은 구드런과의 관계 속으로 자신을 내맡기는 결단이 아니었다. 그것은 기성세계를 받아들이는 쪽으로 결단하는 한 방식이었다. 그는 자신이 절실하게 믿지도 않는 기성질서를 받아들이고, 그러고는 필사적으로 지하세계로 퇴각할 것이었다. 이것이 그가 하려는 것이었다.

다른 길은 루퍼트의 혈맹 제안을 받아들이는 것, 다른 남자와 순수한 신뢰와 사랑의 유대를 맺는 것이었다. 그리고 이어서 여자와 그렇게 하는 것. 남자와 서약을 맺는다면, 나중에 여자와도 서약을 맺을 수 있을 것이었다. 단순한 법적 결혼이 아니라 절대적이고 신비적인 결혼으로.

그러나 그는 그 제안을 받아들일 수가 없었다. 일종의 마비상태가 그를 엄습했다. 애당초 생겨나지도 않았던 의욕의 부재나 아니면 위축감에서 비롯된 마비상태가. 아마도 의욕의 부재였을 것이다. 루퍼트의 제안에 묘한 고양감을 느낀 것은 사실이니까. 그러나 그는 이를 물리치고 발을 빼면서 더한 기쁨을 느꼈다.(353면)

그러나 친구의 본성과 그 더 폭넓은 역사적 함의를 점차 깨달아가면서 버킨의 곤경과 당혹감은 더욱 커질 뿐이다. 제럴드가 하나의 인간이자 "생명의 거대한 한 국면"이니만큼 그를 바꿔보려는 순전히 개인적인 차원의 노력은 성공할 가능성이 거의 없다. 어슐라가 제26장('의자'A Chair)에서 ('달'장에서 버킨 자신도 했던 생각을 되풀이하며) 말하듯 "그런 일은 **자연스럽게 이루어져야**" 하며, "의지로 어쩔 수 있는 게 아니다."(363면) 동시에, 그의 마음을 얻어야 할 사활적 필요성 또한 그만큼 더 커진다. 다음 국면은 현국면이 기계적으로 제 코스를 마치고 모종의 파국에 도달하면 자연스레 따라오는 것이 아니라,46 주어진 국면 속에서 그때그때 창조되고

---

46 「인간의 운명에 대하여」(On Human Destiny)에서 로런스의 언급 참조. "시간이 가고 일

시작되어야만 하기 때문이다. 그리고 "또 하나의 길, 자유의 길"의 시작은 루퍼트 버킨 같은 사람의 영혼만이 아니라 제럴드 크라이치 같은 사람의 영혼에도 가닿지 않는 한 안심할 수 없다. 버킨과 어슐라의 결혼이 또다른 완전한 관계 없이는 완성되지 못하는 것처럼 말이다.

그러나 정말 그렇다면, 제럴드의 마음을 얻을 가능성이 분명 없다는 사실은 무엇을 의미하는가? 단순히 그의 개인적 결함의 문제인가? 그게 아니라 소설의 진행과 함께 독자와 버킨 모두에게 점점 더 분명해지듯 더 큰 비개인적 운명이 연루된 문제라면, 이 운명은 또 어떻게 보아야 하는가? 그것은 북방 종족들 및 그들이 북극의 얼음과 눈에 갖는 (지리적, 종족적, 혹은 신화적) 친연성 특유의 숙명인가? 아니면 산업체제 자체의 성격과 관련된 문제, 진정한 활력과 기술 자체 사이의 본질적 모순의 문제인가? 아니면 인류 자체가 '착오'이자 "죽은 문자"인가?

버킨과 어슐라의 결혼은 이런 물음들을 더욱 절박하고 곤혹한 것으로 만들 뿐이며, 그런 의미에서 불완전성을 드러낸다. 그러나 이 결혼이 두 사람으로 하여금 이 물음들을 추상적인 문제가 아니라 실제 삶의 경험으로 제기할 수 있게 해주는 한, 그리고 이 경험이, 우리의 원래 가정대로라면 여전히 전반적으로 물음과 사유의 대상이 되지 않고 있는 현대인류의 운명에 진정한 물음을 던지는 것인 한, 이런 불완전성이야말로 이 결혼의 인상적인 성공을 증거하는 것이기도 하다.

---

이 벌어져도 아무것도 해결되지 않을 것이다. 대파국 이후 인간은 전보다 더 나빠질 뿐이다."(*Phoenix II* 628면)

6

제럴드의 죽음 또한 근본적인 물음들에 결정적인 답을 제시하지는 않는다. 물론 이 죽음은 버킨과 제럴드의 영구적 결합이 이루어질 수 없음을 결정적으로 보여주기는 한다. 그러나 이는 다음과 같은 본질적 물음을 한결 더 명료하게 부각할 뿐이다. 이 특정한 관계의 실패는 우리가 보고자 했던 더 큰 운명에 무엇을 의미하는가?

『연애하는 여인들』의 결말은 이런 물음을 남겨놓는다는 점에서 미결이지만, 이 물음을 구체적으로 명료화하는 것이 이 소설 자체의 주된 관심사였던 만큼 예술적으로 종지부를 찍는 듯한 음조 또한 배어 있으니, 어슐라와 버킨 사이의 이견 자체도 새로운 차원의 정식화에 도달한다. 제럴드의 사랑을 향한 자신의 추구가 이제 입증된 대로 웬만해선 실현 불가능한 것이었다 해도 진정한 추구였음을 버킨 스스로 더 확신하게 될 뿐만이 아니다. 죽음으로 이어지는 ('대륙행'Continental과 '눈에 갇히다'Snowed Up 장들에서 그려지는) 구체적인 극적 사건들의 전개는 또한 제럴드에 관한 버킨의 통찰과 우려가 대체로 옳았음을 독자에게 보여주기도 했다. 사실 이는 단순한 우려만이 아니라 친구의 남다름에 대한 신뢰이기도 했으니, 제럴드는 죽음을 통해 그가 구드런이나 뢰르케, 허마이어니와는 다른 존재임을 다시금 드러낸다. 이런 사건들은 근본적으로 새로운 길을 찾아내는 게 가능했을 수도 있고 어쨌든 찾아내야만 한다는 버킨의 믿음 또한 뒷받침해준다. 따라서 그 죽음은 대안적 운명을 향한 버킨의 모색에 가해진 타격이자 그 올바름을 입증하는 것이며, 이것이 버킨이 완전히 틀렸음을 증명하는 타격이 되는 것은 제럴드가 근본적인 사유모험을 포기했다는 이유로 버킨 자신도 포기할 때뿐이다.

제럴드가 사망한 장소에서 버킨이 홀로 하는 명상은 바로 이런 맥락에서 살펴봐야 한다.

　그는 돌아섰다. 심장이 터지거나 마음을 쓰지 않거나 둘 중의 하나뿐
이었다. 차라리 마음을 쓰지 말 일이었다. 인간과 우주를 만들어낸 신비
가 무엇이건 그것은 인간적이 아닌 신비였다. 그 나름의 거대한 목표가
있는 것이요 인간이 기준은 아니다. 그 거대하고 창조적인 비인간적 신
비에 모든 것을 맡겨두는 것이 최선이었다. 자기 자신과만 씨름하고 우
주와는 다투지 않는 것이 최선이었다.
　"하느님도 인간이 없으면 안 되신다." 어느 위대한 프랑스 종교인(17
세기 프랑스의 회의론자이자 백과전서파인 삐에르 베일Pierre Bayle을 가리키는 것으로
추정된다 — 옮긴이)이 한 말이다. 그러나 확실히 틀린 소리다. 신은 인간
이 없어도 상관없다. 신은 어룡(漁龍)이나 마스토돈(코끼리류의 고생물 —
옮긴이)이 없어도 상관이 없었다. 이 괴수들은 창조적으로 발전해나가는
데 실패했고, 그래서 신은, 창조적 신비는, 이들을 버렸다. 마찬가지로
신비는 인간을 버리고 갈 수도 있다, 인간 역시 창조적으로 변화하고
발전하는 데 실패한다면. (…)
　버킨에게는 이런 생각을 하는 것이 매우 위안이 되었다. 인류가 막다
른 골목에 들어서서 스스로 탕진해버린다면, 시간을 초월한 창조적 신
비는 어떤 다른 존재를, 더욱 아름답고 경이로운 어떤 새롭고 아름다
운 족속을 불러내어 창조의 구현작업을 계승토록 할 것이었다. (…) 그
수원(水源)은 썩지도 않고 찾아낼 수도 없다. 그것은 경계도 없다. 그것
은 기적을 이끌어낼 수 있고, 자신의 때에 완전히 새로운 족속들과 새
로운 종(種)들을, 새로운 형태의 의식들, 새로운 형태의 몸들, 새로운 존
재단위들을 창조해낼 수 있다. 인간이라는 사실은 창조적 신비의 가능
성에 비하면 아무것도 아니었다. 그 신비로부터 곧바로 자신의 맥박이

고동칠 수 있다는 것, 이것이야말로 완전이요 표현할 수 없는 만족이었다. 인간이냐 인간이 아니냐는 문제가 안 되었다. 완전한 맥박은 이름 지을 수 없는 존재, 태어나지 않은 기적적인 종(種)들로 고동치고 있었다.(478-79면)

특히 좌절감에 빠진 순간이면 인류의 종말 내지 인류의 대체가능성을 자주 떠올리거나 입에 담아온 버킨에게 이런 생각은 물론 익숙한 것이다. 그러나 가장 큰 패배를 맛본 이 순간 그가 보여주는 새로운 면모는 (어슐라가 간파했듯) 실제로 "구세주투"(128면)를 드러내기도 했던 독단적 고집의 기미, 과도한 격분의 기미가 없다는 점인데, 그렇다고 버킨이 인간의 가망없음에 이제 완전히 체념해버린 것도 아니다. 오히려 프랑스 종교인의 말을 날카롭게 부정하는 가운데서도, 인간의 창조적 가능성에 대한 확신에 찬 자각이 그 어느 때보다 든든히 자리잡고 있다. "인간 역시 창조적으로 변화하고 발전하는 데 실패한다면" 대체될 존재라는 점을 받아들이면서도 말이다.『무지개』에서 어슐라가 스크리벤스키와의 관계에 실패했음을 결국 인정할 때처럼("그녀의 몫은 자기의 남자를 창조하는 것이 아니라 신이 창조한 남자를 알아보는 것이었다."[47]), 이 명상에서 버킨의 태도는 진정한 평화와 기쁨을, 기꺼이 사유모험을 이어가겠다는 자세를 보여주는 것으로, '숙명성'의 수동적 수용도, 더 단호한 의지로 다시 시작하겠노라는 식의 불모의 행동주의도 모두 넘어선다. 만일 이 중 어느 하나에 빠졌다면 — 제럴드의 경우에서 볼 수 있듯 하나는 다른 하나를 수반하게 마련인데 — 앞서 말한 의미에서, 즉 제럴드의 길이 가망없음을 그렇게 극적이고 고통스럽게 절감한 바로 그 순간 그 길을 따라간다는 의미

---

[47] *The Rainbow* 제16장.

에서, 버킨의 최종적이고 완전한 실패가 되었을 것이다.

자기한테 닥친 이 결정적인 위험을 피하면서 버킨은 또한 우리로 하여금 제럴드의 운명의 의미를 제대로 성찰하고 이해할 수 있게 해주는 그런 차원의 사유를 온전히 구체화하기에 이른다. "거대하고 창조적인 비인간적 신비"에 대한 버킨의 명상이 개인적 위기를 넘길 수 있게 해줄 위안이 되는 상념들을 떠올려보는 수준이 아니라 실제로 이와 같은 사유를 구체화한다는 점은 아마도 우리가 이제까지 행한 것 이상의 더 엄밀한 이론적 검토를 요할 것이다. 여기서 다시 하이데거로 돌아가는 것도 도움이 될 터인데, 가령 모든 '인본주의/인간주의'(humanism)의 '형이상학적' 성격에 대한 이 철학자의 지적48에 비추어 버킨의 이 명상이 어떤 타당성을 갖는지 살펴볼 필요가 있다. "어느 위대한 프랑스 종교인이 한 말"에 대한 명시적 언급은 버킨이 세속적 인본주의와 대립하는 '종교적 인본주의'도 신봉하지 않음을 분명히 해준다. 그렇다고 '비인본주의'(inhumanism)를 주창하며 인간의 위엄이나 가치를 부정하는 것은 아니다. 오히려 이 위기에서 그에게 요구되는 것이 어떠한가 하면, 그는 인간에서 중요한 것이 무엇인지를 인류의 중요성에 대한 일체의 '인본주의적' 믿음을 넘어서서 발견해내야만 하며, 그래야만 "인간이냐 인간이 아니냐는 문제가 안 된다"는 깨달음까지도 견뎌내고 살아남을 수 있다. 하이데거가 이어서 설명하듯 말이다.

인간에 대한 이런 본질적 규정을 통해 인간을 이성적 동물, '인격체'(Person), 혹은 지적·영적·육체적 존재로 보는 인본주의적 인간해석들이 오류로 판정되거나 폐기되는 것은 아니다. 단 한가지 생각은 그보다

---

48 Heidegger, "Letter on Humanism," *Philosophy in the Twentieth Century* 제3권 276면 참조.

인간의 본질에 대한 최고의 인본주의적 규정도 인간의 진정한 위엄을 아직 알지 못한다는 것이다. 이 점에서 『존재와 시간』(Sein und Zeit)의 사유는 인본주의와 반대된다. 그러나 이렇게 대립한다고 해서 이런 사유가 인간의 대립물과 한편이 되어 비인간(the inhuman, das Inhumane)을 주장하며 '비인간적인 것'(inhumanity, die Unmenschlichkeit)을 옹호하고 인간의 위엄을 깎아내린다는 뜻은 아니다. 인본주의에 반대하는 까닭은, 인본주의가 인간의 인간다움(humanitas)의 높이를 제대로 보지 못하기 때문이다.[49]

산업계의 거물로서 제럴드가 이룬 성취를 돌이켜보면 이런 언급들의 적실성이 더욱 두드러진다. 이미 지적했듯, 이 성취의 '비인간성'에는 (종교적 유형이든 세속적 유형이든) 일체의 인본주의적 비판이 무력해진다. 제럴드의 작업은 그의 아버지나 일꾼들, 심지어 모든 '인본주의자'들의 관념을 포함해 인간의 위엄과 복지에 대한 가장 중요한 전통적 관념들,

---

**49** 같은 글 281면. 하이데거는 자신의 생각 또한 '인본주의'라 불릴 수 있다는 점은 인정하지만, 실은 단순한 용어 문제 이상이라고 지적한다. "이전의 모든 인본주의에 반대하면서도 절대로 비-인간을 주창하지는 않는 이런 관점을 여전히 '인본주의'라고 불러야 할까? 그것도 오로지 형이상학적 주관주의에 짓눌린 채 존재의 망각에 빠져 익사중인 지배사조들 속에서 헤엄칠 수 있을지도 모른다는 이유에서? 아니면 '인본주의'라는 말을 거부하면서 인간(homo humanus)의 인간됨(humanitas)과 이 인간됨을 정초시키는 그 무엇에 더 주목하려고 노력해야 할까? 그래서 세계사적 순간 그 자체가 아직 거기까지 나아가지 않은 경우에도, 인간을 사유할 뿐 아니라 인간의 '본성'을 사유하는, 본성을 사유할 뿐 아니라 '존재' 자체에서 연원하는 것으로 규정된 인간의 본질이 거(居)하는 그 근원적 차원을 사유하는 성찰을 일깨울 수 있도록 말이다."(같은 글 290-91면) 이런 각도에서 보면 로런스 자신의 도발적일 만큼 간단명료한 진술, 즉 "이 모든 살아 있음의 종합이자 원천을 우리는 신이라 부를 것이다. 그리고 모든 죽어 있음의 총화를 인간이라 부를 수 있겠다"(Phoenix II 420면)라는 진술은 인본주의 비평가들이 보통 인정하는 것 이상으로 사려깊고 절묘하다.

즉 "거대하고 창조적인 비인간적 신비"와 무관하게 인간의 '인간성'을 설정하는 모든 관념들 중 많은 것의 본질적 실현에 해당하기 때문이다.

사실 제럴드의 실천을 뒷받침하는 원리에 대한 로런스의 해설 ── 그의 의지가 "유일한 절대자"라는 발상 및 "순수한 기계적 반복, 무한대의 반복"을 통한 이 절대자의 구현 ── 은 니체 철학의 두 근본 관념인 '힘에의 의지'(Wille zur Macht)와 '동일자의 영원회귀'(die ewige Wiederkehr des Gleichen)를 달리 표현한 것에 가까운데, 하이데거에 따르면 이 두 관념은 '본체 내지 본질'(essentia)과 '실존'(existentia)이라는 전통적 형이상학 범주들의 정점을 이룬다.[50] 제럴드 크라이치의 경험과 서구 형이상학의 정점을 이루는 이 관념들의 상응이 더욱 주목에 값하는 것은, 니체 철학 자체에 대한 로런스 자신의 이해가 통상적 해석을 넘어서지 못하는 것으로 보이기 때문이다. 가령 '힘에의 의지'는 대개 형이상학적이기보다 심리학적인 학설로 간주되는데, 로런스가 하디론에서 이를 "가짜 감정"(a spurious feeling)이라 부르거나[51] 혹은 '힘에의 의지'란 "저열하고 옹졸한 것"(150면)이라는 어슐라의 말에 버킨이 동의할 때, 로런스 역시 그렇게 판단하는 것 같다. 그러나 제럴드의 행동이 단순한 개인적 실패 이상이듯, 바로 이어지는 버킨의 말은 '힘에의 의지'에 옹졸한 자기주장 이상의 것이 개재될 수 있음을 시사한다.

"하지만 미노(작품에 등장하는 수고양이의 이름 ── 옮긴이)의 경우 그것은 이 암고양이를 순수하고 안정적인 평형상태, 단일한 수컷과의 초월적이고 영속적인 관계 속으로 끌어들이려는 욕망입니다. (⋯) 그것은 이를테면

---

50 Heidegger, "Nietzsches Wort 'Gott ist tot'," *Holzwege* 219-20면.

51 *Phoenix* 491면. 또한 '영원회귀'에 대한 언급은 461면 참조.

volonté de pouvoir, 할 수 있음에의 의지입니다. 여기서 pouvoir는 동사고요."(프랑스어 'pouvoir'는 명사로는 '권력'이라는 뜻을 갖지만 동사로는 무엇을 '할 수 있다'는 뜻이다──옮긴이)(150면)

이 구절은 의지 내지 '의욕'의 단순한 부재가 제럴드의 곤경에 대한 가능한 대안이 될 수 없다는 우리의 앞선 지적의 또다른 예일 뿐이다. 그러나 니체의 '힘에의 의지'가 니체 이전 철학사상의 지속적인 관심사를 그 한계까지 밀어붙이는, 그리고 "근대 형이상학이 존재자들의 '존재'(Being)를 의지로 바라보게"[52] 되는 경위에 대한 하이데거의 설명에 비추어보면 이 곤경의 세계사적 성격은 더 분명해진다.

물론 우리의 관심은 하이데거의 지적들이 철학사의 관점에서 갖는 적확성 여하가 아니다. 이런 세계사적 연관성들의 무게를 얼마간 감지하는 것으로 충분하며, 제럴드의 운명과 버킨의 모색을 성찰할 때 특정 연관성 유무에 따라 달라지는 의미의 무게를 감지하는 것이 필요하다. 제럴드의 산업활동으로 대표되는 바 사유모험에서의 결정적 과오란 (이제 좀더 분명해지듯) 그가 인간의 의지를 그 자체로 드러내고 실현한 데 있는 것도 아니요 전지구적 차원의 "생산적 무한반복"의 틀로 현실을 변화시킨 데 있는 것도 아니다. 그 과오는 그가 이런 발현양태들을 넘어서는 시야에서 이들의 본질적 성격을 ── 버킨이 말하는 "거대하고 창조적인 비인간적

---

**52** Heidegger, *What Is Called Thinking?* 91-92면. '동일자의 영원회귀'를 신비주의적 환상으로 치부해버리는 흔한 견해에 대해 하이데거는 이어서 이렇게 지적한다. "근대기술의 본질 ──동일한 것의 끝없는 되돌아옴── 이 모습을 드러낼 다가오는 시대는 어떤 사상가의 사상이 우리가 미처 생각하지 못한 것이라는 이유만으로 그 진실성이 떨어지는 것은 절대 아님을 아마도 우리에게 가르쳐줄 것이다./동일자의 영원회귀라는 사상을 통해 니체는 셸링(Friedrich Schelling)이 모든 철학은 근원적 존재인 의지의 최고의 표현을 찾아내려고 애쓴다고 할 때 말한 바를 사유한다."(126면)

신비"가 스스로를 표현하는 무한히 많은 가능성 중 하나에 불과한 근대 특유의 발현양태로서의 성격을 — 묻지 못한 데 있다. 그리고 이러한 본질적 성격에서 요구되는 것은 '숙명성'의 감수나 지배의지의 고수가 아니라 그 신비 속에 머묾인데, 이는 또한 다른 종류의 '의욕'(volition), 버킨이 말하는 "이를테면 volonté de pouvoir"이기도 하다. 혹은 '기술의 본질'에 대한 하이데거의 언급을 상기하자면, 그 신비란 인간적이거나 기술적인 무엇이 아니라 "처음부터, 그리고 다른 무엇보다도 먼저 사유하게끔 하는 그 무엇에 자리하고 있다."[53]

그리고 제럴드의 이 실패는 하이데거가 「기술에 대한 물음」(Die Frage nach der Technik)에서 근대기술의 '결정적 위험'(the danger)이라고 규정한 것을 예증한다. "기술에 대한 도구적·인간학적 해석"[54]을 거부하면서 하이데거는 기술(Technik)을 근원적인 테크네(technē, 드러냄)에 비추어 이해하는데, 이 테크네는 포이에시스(poiēsis, 자연스러운 이끌어냄)와 관련이 있으며 후자는 다시 알레테이아(alētheia) 즉 '탈은폐'에 거한다.[55] 달리 말해 그는 기술을 존재의 본질적 드러냄이 일어나는 방식 중 하나로 봐야 한다고 주장한다. 오로지 이런 관점에서만 우리는 근대기술의 어떤 점이 근대 특유의 것인지 인지할 수 있다고 하이데거는 말한다. 근대기술은 그 또한 드러냄의 한 방식이되 이제는 자연스러운 이끌어냄(ein Her-vor-bringen, poiēsis)이 아니라 모든 실체를 계산적 이성과 생산적 의지의 '상비자원 내지 재고'(Bestand)로 설정하는 '강제적으로 끌어냄'(Herausforderung)인 것

---

53 본서 232~33면 참조.

54 Heidegger, *Vorträge und Aufsätze* 14면.

55 "그리스인들은 존재자의 이 탈은폐를 '알레테이아'라고 불렀다. 우리는 '진리'라 부르고 별 생각 없이 이 단어를 사용한다"는 (앞서 제1장 53면에서 인용된 바 있는) 「예술작품의 기원」에서의 하이데거의 언급 참조.

이다.[56] 그리고 존재의 드러냄은 운명의 성격을 띠는 만큼 '위험'이며, 근대기술을 통한 탈은폐의 형태로 나타날 때 모두를 능가하는 최고의 위험이 되니, 그로 인해 (인간 활동의 성격을 포함한) 모든 실재(reality)가 유례없는 변화를 겪게 되면서 '기술의 본질'에 대한 모든 사유가 사라지고, 따라서 인간의 본질적 성격에 대한 모든 사유마저 사라져버릴 수 있기 때문이다. 그러므로 이 시대 최고의 위험은 기계와 기술의 잠재적 치명성에 있는 것이 아니라, 인간이 근대기술을 통한 탈은폐를 포함한 모든 '탈은폐'의 원천으로부터 소외되고, 그럼으로써, 버킨의 표현대로 "창조적으로 변화하고 발전하는 데 실패할" 가능성에 있다.[57]

---

**56** 이 글을 포함하여 하이데거의 여러 글들에 근거한 링기스(A. F. Lingis)의 다음과 같은 설명도 도움이 된다. "〈세계〉, 즉 본질적으로 계산적 이성에 의해 구축된 기술에 의해 변형된 〈자연〉은 본질적으로 계산 가능한 세계이다. 그런 세계는 정확히 말해 더이상 현전하는 객체들(objecta, Gegenständen, 우리 앞에 놓여지고 우리의 표상을 위해 안정화된 실체들)의 장이 아니다. 하이데거는 'Bestand' 즉 '상비자원' 내지 '재고(在庫)'라는 용어를 제시하는데, 이는 선험적으로 계산에 처한, 계산에 열린 장으로서의 실재, 즉 축적·재배치·교환의 대상이며 선험적으로 변형작업들에, 착취에 내맡겨진 실재이다. 근대기술이 세상을 바꿔놓는 것은 도처에서 세계의 자원들을 이용하고 착취하고 그럼으로써 엄청난 격변을 초래한다는 점에서만이 아니다. 근대기술은 처음부터 세계의 '존재'의 근본적 변형이며, 세상을 상비자원으로, 계산 가능한 힘들의 복합체로 '내어놓음'(pro-duction)은 기술의 생성적 본질을 나타낸다. 이는 하이데거가 '강제적으로 끌어냄'(Herausforderung, pro-vocation)이라 부른 드러냄이요, 계산적 이성에 부응하도록, 이성의 원리에 부응하도록 부름받은 세상을 불러냄이다. (⋯) 이 이성에 봉사하는 기술적 인간은 자연력의 해방에 '강제로 끌어냄'(pro-voked)을 당하며, 그렇게 강제로 끌어내진 자로서 자신도 하나의 상비자원으로 탈바꿈된다. 기술적 인간 자체는 인력이니, 즉 욕구의 만족이 언제나 어디서나 계속 줄어들기만 하는 무한정한 교환의 장이자 〈의지〉 대 〈의지〉의 종결 없는 운동에 의해 전개되는 장으로서의 세상에 바쳐진 인적자원, 인간 에너지의 재고들이다."(Lingis, "On the Essence of Technique," *Heidegger and the Quest for Truth* 127면)

**57** Heidegger, *Vorträge und Aufsätze* 36면. 「무엇하러 시인인가?」(What Are Poets For?, Wozu Dichter?)에서 한 다음 언급도 참조. "위험한 것은 이 의지(意志)함(willing, Wollen)의 총체만

제럴드는 바로 이 위험에 굴복한다. 그리고 매우 걸맞게도, 그는 모종의 기술적 대재앙이 아니라 무해한 — 그의 모든 창조적 충동이 최종적으로 소진된다는 점 말고는 무해한 — 스키여행 중 사망한다.


7


그렇다면 『연애하는 여인들』은 이 위험에서 벗어나는 어떤 구체적인 길들을 보여주는가? 버킨 자신의 결정은 어슐라와 함께 적어도 당장은 영국에서 아주 떠나버리는 것인데, 아마도 로런스 자신이 1차대전 후 그랬듯이 방랑생활을 하게 될 것으로 보인다. 이는 산업문제에 대한 '해답'으로 보자면 규범으로서의 무게를 갖기도 힘들고, 로런스가 단편소설 「잉글란드, 나의 잉글란드」(England, My England)에서 설득력 있게 논박한 것과 같은 유형의 무책임까지 수반한다고 봐야 할 것이다. 그러나 실제 소설의 맥락에서 버킨의 결정은 구드런과 제럴드 같은 특별한 인물들조차도 새로운 존재에 이르지 못하는 지금의 현실에서 취할 수 있는 최후의 응급조치임이 분명하게 그려지는데, 그럼에도 불구하고 그 결정은 미지를 향한 용감한 모험인 것 또한 분명해서, 처음에는 회의적이었던 어슐라

---

이 아니라, 오로지 의지로서만 인정되는 세계 속에서의 자기관철의 형태를 띠는 의지함 자체이다. 이 의지에 의해 의지된 의지함(the willing that is willed by this will)은 무조건적으로 명령할 결심이 이미 되어 있다. 그 결심과 함께, 그것은 이미 전체적 조직화의 손으로 넘어가고 있다. 그러나 무엇보다도 기술 자체가 기술의 본성을 경험하지 못하게 일절 봉쇄한다. 기술은 스스로를 최대한 발전시켜나가는 한편 과학들 속에서 일종의 앎을 발전시키는데, 이 앎이란 기술의 본성의 기원을 사유 속에서 되짚어보기는 고사하고 이 본성의 영역 속으로 애당초 발을 들여놓지도 못하게끔 되어 있는 앎이기 때문이다."(Poetry, Language, Thought 117면)

도 동생이 불모의 통념적 지혜를 들이대며 "세상에 대해 할 수 있는 것은 오로지 그것을 끝까지 봐내는 것뿐이야"(438면)라고 반박하자 그 결정을 옹호하게 된다.

따라서 『연애하는 여인들』이 '구원의 싹'의 성장을 시사하는 것은 버킨의 어떤 특정한 강령을 통해서가 아니라 위험을 "비인간적 신비"와 관련하여 응시함을 통해서다, 횔덜린의 아래 시구(詩句)에서처럼.

> 그러나 위험이 자리한 거기
> 구원의 싹은 자라나네.
> Wo aber Gefahr ist, wächst
> Das Rettende auch.

그리고 하이데거가 (「기술에 대한 물음」과 그보다 앞선 릴케론에서) 이 시구를 인용하는 것 역시 '낙관주의적' 신념을 환기하기 위해서라기보다는 존재의 운명 자체가 '결정적 위험'인 한 참된 구원은 오로지 그 원천에서만 나올 수 있음을 강조하기 위해서다. 그는 시인의 말을 두고 이렇게 말한다.

> '결정적 위험'(the danger)이 자리한 거기에서 나오는 것이 아닌 어떤 다른 구원도 여전히 화(禍)의 일부라는 이야기일 것이다. (…) 구원은 유한한 생명을 지닌 자들의 본성의 전환이 일어나는 거기에서 나와야 한다.[58]

그리고 『무지개』 마지막 장에 그려진 어슐라의 구원에서도 이미 이런 통

---

[58] *Poetry, Language, Thought* 118면.

찰이 예시되었다면, 『연애하는 여인들』은 이에 더욱더 충실하다. 버킨은 구체적인 강령을 내놓지도 못하고 가장 소중한 친구조차 위험에서 구해 내지 못하는데, 이런 실패 자체가 "위험이 자리한 거기"에서 나오는 구원 만이 효력을 가질 것이라는 그의 속에 움트기 시작한 인식에 부합하는 것이기 때문이다. 즉 구원은 그와 제럴드의 의지 안에서부터, 완전히 다른 종류의 의지함(willing)과 '~임/있음'(being)을 향한 이 의지의 발본적 전환으로 나와야 한다.[59] 제럴드에게 그리고 근대인류 전체에게 이런 일이 일어나지 않는 한, 버킨이 할 수 있는 일은 제럴드와의 실패에 절망하지 않고 어슐라와의 성공을 완전한 성취로 천명하지도 않으면서, 위험 그리고 구원에 대한 그간의 깨달음에서 멀어지지 않도록 조심하는 일뿐이다.

로런스 자신이 (『연애하는 여인들』의 최종판을 완성한 해이자 1차대 전이 시작된 지 3년차인) 1916년에 레이디 오톨라인 모렐(Lady Ottoline Morrell)에게 보낸 편지에서 표명한 것도 어떤 특정한 행동노선이 아니라 사유를 밀고 나가겠다는 이런 결의이다.

런던에 가는 일에 대해서는 버티 러쎌(Bertie Russell, 버티는 버트런드

---

[59] 릴케가 말하는 (그리고 하이데거가 보기에는 참된 의미의 시인들과 동일한) '더 모험적인' 자들에 관한 다음의 언급 참조. "그러나 근대인은 의지(意志)하는 자라 불린다. 더 모험적인 자들은 세계를 대상화하는 목적의식적인 자기관철과는 다른 방식으로 의지를 행사한다는 점에서 더 강하게 의지한다. 그들의 의지작용은 그런 것이 아니다. 의지작용이 단순한 자기관철이라면, 그들은 아무것도 의지하지 않는다. 그들은 더 기꺼이 의지하기 때문에, 자기주장이라는 의미에서라면 아무것도 의지하지 않는다. 그들은 오히려 열린 터의 순수연관의 총체(the pure whole draft of the Open, der reine ganze Bezug des Offnen)인 자신에게로 모든 순수한 힘들을 끌어오는, 모험 자체인 의지에 응한다. 더 모험적인 자들의 의지행사는 더 말답게 말하는 자들의 기꺼운 응대, 존재가 존재자들을 의지할 때의 그 의지에 반하거나 그것에 대해 자신을 닫지 않고 결연하게 열어놓은 자들의 기꺼운 응대이다."(*Poetry, Language, Thought* 140~41면)

Bertrand의 애칭 —옮긴이)의 말을 듣지 마십시오. 지금 당신이 **정말로** 할 수 있는 일은 하나도 없습니다. 그 누구도 마찬가지입니다. 다가오는 봄을 막으려 드는 거나 마찬가지지요. (…)

지금 할 수 있는 유일한 일은 배와 함께 침몰하여 가라앉거나, 아니면 할 수 있는 한 배를 버리고 조난자처럼 따로 떨어져 사는 것입니다. 제 경우를 말하자면, 저는 배에 속하지 않습니다. 할 수만 있다면 저는 배와 함께 가라앉지 않겠습니다. 더이상 이 시절 속에서 살지 않겠습니다. 그게 어떤 건지 아니까요. 저는 그것을 거부합니다. 할 수 있는 한 저는 이 시절 바깥에 서서, 제 삶을 살 것이며, 그리고 온 세상이 끝없는 구덩이 속으로 무시무시하게 미끄러져내려가도, 가능하다면, 행복할 것입니다. 지금의 진리보다 더 큰 진리가 있고, 오늘의 이 신들 너머에 존재하는 신이 있습니다. 인간 동포들이야, 우상을 둘러싸고 싸우다가 몰락하라지요. 그건 저들의 문제입니다. 저로서는 할 수 있는 한 저 자신을 구할 것입니다. 이 개인 위주 시절(personal times)의 거짓에 굴하지 않고 가장 큰 진리 속에서 행복하게 사는 것이야말로 최고의 덕목이라고 믿으니까요.[60]

이 편지의 정신은 분명 절망도 아니요, 배에서 탈출할 방도를 초조히 찾아헤맴도 아니요, 그렇다고 탈출의 어려움을 '낙관적'으로 무시함도 아니다. 이 정신에 특징적인 것이 있다면 그것은 "가장 큰 진리 속에서 사는" 것에 대한 숙고된 믿음이자 결의이다.

『연애하는 여인들』도 버킨을 오늘날의 산업-기술문명으로부터 발을 뺀다는 의미에서 "배를 버리는" 모습으로 그리지 않는다. 오히려 이 작

---

**60** *The Collected Letters* 424면, 1916. 2. 7.

품은 "지금의 진리"를 더 큰 진리에 비추어 구체적으로 검토함으로써, 인본주의, 산업주의, 이상주의, "인간의 생산의지 전체"(228면) 같은 오늘의 '신들'에 대해 그것들 너머의 "신, 창조적 신비"(478면)와 관련지어 의문을 제기함으로써, 로런스가 이 편지에서 천명한 믿음에 실체를 부여한다. 이렇게 이 작품은 하이데거가 기술시대 예술의 본질적 과제라 본 것에 동참하는데, 이 과제란 현실세계의 그 무엇과도 닮지 않은 대상을 창조해냄도 아니요 산업세계에 봉사하며 그것을 아름답게 윤색함도 아니라 ── 이것들은 근대의 두 지배적 발상으로,『연애하는 여인들』의 뢰르케의 경우에서 입증되듯 절대로 양립 불가능하지 않다 ── 바로 "위험이 자리한 거기"로 우리의 시선을 이끌어 횔덜린이 말한 "구원의 싹"의 성장을 보게 만드는 일이다. 그리고 예술이 이렇게 할 수 있는 것은 예술이 '기술의 본질'과 가까운 영역에서 일어나면서도 '강제적으로 끌어내는' 계산이나 집행과는 다른 방식의 탈은폐를 수반하기 때문이라고 하이데거는 말한다.

기술의 본질은 기술적인 것이 아니기 때문에, 기술에 대한 근본적 성찰 및 기술과의 결정적 대면은 한편으로는 기술의 본질과 관련되면서 또 한편 그것과는 근본적으로 다른 영역에서 일어나야 한다.
예술이 그런 영역이다. 물론, 예술적 성찰 쪽에서 우리가 물음을 묻고 있는 진리의 성좌에 문을 닫아걸지 않는 경우에 한해서만.[61]

『연애하는 여인들』의 예술은 바로 그런 물음으로 우리를 이끌며, 우리 시대의 이 근본적 사유모험에 우리가 동참하지 않는 한 그것의 예술로서의 면모는 실로 소홀히 되기 십상이다.

---

61 Heidegger, *Vorträge und Aufsätze* 43면.

# 에필로그

『날개 돋친 뱀』에
관한 성찰

1

"세상의 어떤 곳들로부터 우리들 자신의 아무데도 아닌 곳 속으로"
(from the world's somewheres, into our own nowhere)¹ 떠돌겠다는 버킨의 계
획은 현대세계에서 소설의 존립가능성에 대한 흥미로운 물음들을 제기
한다. 한편으로 소설 장르는 특성상 언제나 "세상의 어떤 곳들"에 풍부하
고도 상세한 관심을 기울여왔으며, 이 점은 소설이 로런스 자신의 표현대
로 '속이기'²가 아주 힘든 매체가 되는 데 일조했다. "우리들 자신의 아무
데도 아닌 곳"이 개인적 상징의 영역이나 유토피아 이론의 영역을 뜻하건
혹은 모든 다른 인간관계로부터 분리된 단 하나의 인간관계를 뜻하건 간
에, 소설가가 "세상의 어떤 곳들"을 제쳐두고 그곳을 택한다면 소설가 고

---

1 *Women in Love* 제23장 315면.
2 "The Novel," *Phoenix II* 417면 및 본서 제1장 7절 참조.

유의 강점을 희생하고 나아가 자신의 고유한 책무를 방기하는 일이 될 것이다.

다른 한편으로, 인간이자 예술가로서 소설가의 근본적인 책무는 '실존'의 어떤 특정한 환경들보다 '삶'에, 그리고 본질적 '존재'에 있다. "누가 무얼 한다고 해서 그것이 곧 삶은 아니다."3 그리고 "우리들 자신의 아무데도 아닌 곳"을 향해 나아가는 것이 세상의 기존 현실에서는 부인하는 '존재'의 역사적 필연성을 나타내는 것인 한, 소설가는 "세상의 어떤 곳들" 너머로 과감히 나아가기도 해야 한다. 그렇다고 실제 장소들을 모두 포기한다는 뜻은 물론 아니지만, 자신의 재능과 현실감각이 제대로 작동할 수 있는 유일한 공간인 그런 장면들이나 소재들로부터 멀어지는 것까지는 아마도 감수해야 할 것이다. 이미 보았듯이, 버킨의 발언은 이 소설에서 그렇게 해야 하는 필연성을 시사하는 요소들 가운데 하나일 뿐이다.

하지만 한편의 소설로서『연애하는 여인들』은 이 필연성을 주어진 세계의 삶과의 정면대결에서 우러나는 것으로서, 실로 그 삶 안에서 힘겹게 얻어낸 성취로서 그려냈다는 점에서 남다른 행운을 얻은 셈이다. 그리하여 이 작품은 제인 오스틴(Jane Austen) 소설의 원만함과 탄탄함을 현대의 본질적 양상들을 파고드는, 횔덜린의 시를 상기시키는 통찰과 결합해낸다. 자매편으로 먼저 발간된『무지개』도『연애하는 여인들』의 이런 행운을 어느정도 누렸지만, 이 특별한 결합이 반복되어 이를테면 또 한권의『연애하는 여인들』이 나오리라는 기대는 너무 비현실적이다. 이제 소설적으로 덜 유망한 영역으로 대담하게 진입할 필연적 시도들이 이어져야 하는데, 그 결과물은 전작들보다 제한되고 파편적이며 불확실한 작품들이거나, 아니면 저 역사적 필연성 자체를 통째로 지양한 작품,『연애하는

---

3 "Morality and the Novel," *Phoenix* 529면.

여인들』도 거의 범작으로 보이게 할 만큼 훨씬 더 거대하고 훨씬 더 의미 깊은 것이 될 수밖에 없다.

『연애하는 여인들』 이후의 어떤 소설도 이런 상상하기 힘든 규모의 성취를 이루지 못한 것은 분명하다. 사실, 후기 소설들은 상대적으로 파편적이고 고르지 못한 점이 있어서 우리가 이 시기에 이루어진 사유의 모험을 무시는 않더라도 평가절하할 위험이 있다. 특히 1차대전이 끝난 시점부터 로런스가 유럽으로 돌아오는 1925년 사이에 집필된 세권의 '정치' 소설 혹은 '지도자' 소설 ──『아론의 막대』『캥거루』『날개 돋친 뱀』(*The Plumed Serpent*, 1926) ── 이 그러하다. 그러나 이 소설들은 모두『연애하는 여인들』이라는 창조적 모색의 정당한 속편을 구성한다. 이 소설들의 단점이나 한계가 무엇이건 간에, 이 작품들은『연애하는 여인들』이 천명한 필연성, 즉 제럴드 크라이치의 세계가 아닌 다른 곳에서 새로운 인간사회의 기반을 찾아내야 할, 어슐라와 버킨의 결혼에 더해서 이를 찾아내야 할 필연성을 실제로 실천해서 보여주는 작품이기 때문이다. 로런스의 이 시기의 활동에 주목하는 것은 이전 소설들을 포함한 그의 전체 작품세계를 더욱 충실히 이해하는 데 필수적이다.

『날개 돋친 뱀』은 이 시기 로런스의 가장 야심찬 모색을 대표할 뿐 아니라, 이 모색의 진정한 의의가 합당한 비평적 주목을 받지 못했다는 점에서도 특히 몇가지 새로운 성찰을 요구하는 듯하다. 이 소설이 그 주된 목표를 수행함에 있어, 즉『연애하는 여인들』에서 진단된 현대사회에 대한 실현 가능한 대안을 제시하되 그것을 당대 대중운동의 장악까지 이루어낸 새로운 종교적·정치적·개인적 관계들의 형태로 제시함에 있어 실패한 작품이라는 점에 의심의 여지가 있다는 것은 아니다.『아론의 막대』와 『캥거루』가 비슷한 목표를 추구하면서도 성공한 혁명을 그려내려는 시도를 접어둠으로써 그 나름의 예술적 온전성을 다소간 지킬 수 있었던 반면

『날개 돋친 뱀』은 너무 나간 게 분명하며, 그 결과 이 두 소설보다 훨씬 심각한 결함을 드러낸다.

이 소설을 예술적 성공작으로 보는 몇몇 평자도 있기는 하다. 그렇지만 이들은 대개 소설 내용의 역사적이거나 현실적인 의미는 도외시한 채, 순전히 '미학적' '상징적' 혹은 '신화적' 접근에 기댄다.[4] 특정 대목에 대한 이 비평가들 각각의 해석이 갖는 장점과는 별개로, 전반적인 접근방법에서는 『날개 돋친 뱀』에서나 『연애하는 여인들』에서 로런스 사유모험의 핵심을 이루는 바로 그 논점들과 관심들에 닫혀 있기 마련인 것이다.

반면, 이 작품의 결함을 지적하는 타당한 반론들이 소설 저변에 깔린 시도 자체에 대한 얼마간의 반감을 수반하는 경우는 많다. 리비스의 예를 인용하는 것이 더욱 효과적일 텐데, 그가 이 소설에서 빈번히 나타나는 단조로움이나 비현실성에 대해 제기하는 비판이 전체적으로 반박할 여

---

4 가령, 틴덜은 『날개 돋친 뱀』의 빈티지(Vintage)판 서문에서 "상징에서 상징으로"(vi면) 이어지는 소설의 진행을 강조하는데, 다음 문장에서 이 기본적인 접근법을 또다른 방식으로 간결하게 요약한다. "로런스는 께쌀꼬아뜰 부흥운동에서 T. S. 엘리엇이 '객관적 상관물'이라 부른 것을 마침내 발견했고, 이 발견의 결과물은 이치에는 몰라도 예술에는 근접했다."(*The Plumed Serpent," The Achievement of D. H. Lawrence*, ed. Moore and Hoffman, University of Oklahoma Press 1953, 184면) '신화적' 해석의 예로는 케슬러(Jascha Kessler)의 경우를 들 수 있다("Descent in Darkness: The Myth of *The Plumed Serpent*," *A D. H. Lawrence Miscellany*). 클라크(L. D. Clark)의 『육체의 어두운 밤』(*Dark Night of the Body*, University of Texas Press 1964)도 이러한 접근법을 공유하는데, 다만 그는 자연주의 차원에서도 성공작임을 보여주기 위해 "유기적 묘사"(56면)라는 용어를 사용하고 이 소설에 담긴 충실한 보도에 해당하는 사례들을 샅샅이 찾아 기록한다. 쎄이가의 경우는 좀더 모호한데, 한편으로 그는 이 소설에 대한 클라크, 케슬러, 비커리(John B. Vickery)의 독법을 칭찬하고 여타 비평가들이 "기본적인 비평적 도전, 즉 허구적 세계 속으로 일시적이나마 완전히 몰입하는 도전을 수행하는 데 실패했다"(*The Art of D. H. Lawrence* 159면)고 지적한다. 이와 동시에 그 자신의 독법은 이 허구적 세계의 온전성에 클라크나 다른 비평가들이 인정하는 것보다 훨씬 심각한 결함이 있음을 분명히 한다.

지가 없기 때문이다.⁵ 하지만 그는 『날개 돋친 뱀』을 "나쁜 책이자 유감스러운 작업"⁶이라고 평하면서, 분명 핵심적 역할을 하기도 하는 순전히 개인적인 욕구와 절박함 너머의 역사적이고 창조적인 필연성, 다시 말해 현실적으로나 이념적 측면에서나 유럽의 지배에서 벗어나는, 정치적·경제적 지배뿐만 아니라 유럽 특유의 의식형태의 패권에서도 벗어나는 운동을 상상하는 이 시도의 밑바탕에 깔린 그런 필연성에는 거의 주목하지 않는다.

『날개 돋친 뱀』 집필 이후 세계사의 전개를 살펴보면 유럽지배에서 벗어나려는 이러한 시도들의 의의는 더욱 확연해질 것이다. 그런 전개 중 하나인 전후 유럽의 (나찌를 포함한) 파시즘 현상은 빈번하게 언급되지만, 그런 언급들은 그 현상의 의미를 제대로 사려깊게 헤아리는 것이기보다 사실상 작품 자체로부터 관심을 돌려버린다. 께쌀꼬아뜰(Quetzalcoatl) 운동이 의식(儀式)에 쓰이는 장비나 반계몽주의적 경향 면에서 파시즘과 유사한 것은 분명하다. 하지만 "아돌프 히틀러(Adolf Hitler)라고 판정하고는 모든 사유가 정지해버려서는 안 된다"⁷는 노먼 메일러(Norman Mailer)의 유익한 충고를 유념한다면, 우리는 그런 경향들의 의미를 이 소설의 다른 모든 측면들과 연관하여 살펴봐야 할 것이다. 그리고 일단 이렇게 하기 시작하면, 우리는 한편으로는 돈 라몬(Don Ramón)과 돈 씨쁘리아노(Don Cipriano), 다른 한편으로는 히틀러와 무쏠리니(Benito Mussolini), 이 양측의 너무나 명백하지만 그럼에도 불구하고 여전히 핵심적인 차이를 깨닫게 된다. 즉, 『날개 돋친 뱀』은 멕시코와 멕시코 사람들에 관한 소

---

5 Leavis, D. H. Lawrence: Novelist 66-70면 참조.

6 같은 책 30면.

7 Norman Mailer, The Prisoner of Sex (Little Brown 1971) 181면.

설이므로 이 소설이 어느정도 리얼리즘에 도달하는 한 그 주인공들은 여느 유럽 파시스트들과는 근본적으로 다른 점들을 드러내기 마련이다. 라몬이 오늘날 〈제3세계〉라고 불러 마땅할 지역에서 농업 기반의 토착세력을 이끌겠다고 천명한다는 사실은 그의 시도가 히틀러의 아리아족 찬양은 물론, 더 중요하게는 무쏠리니 정권 및 히틀러 정권의 기반이 된 선진 자본주의 경제와의 긴밀한 유대와 객관적으로 거리가 멀다는 것을 보여준다.

그러므로 로런스가 의식적으로 께쌀꼬아뜰운동의 성원들을 당대의 파시스트들과 구분하고자 의도했다는 것도 놀랍지는 않다. 『날개 돋친 뱀』에 그려진 멕시코의 정치지형에서, 라몬은 가톨릭교회와 그 동맹세력들에 반대하는 사회주의자인 멕시코공화국 대통령의 편에 선다. 그리고 케이트(Kate Leslie)의 집주인 돈 안또니오(Don Antonio)에 대해서는 "열성적인 파시스트 당원으로서, 반동세력인 꼬르떼스 기사단(the Knights of Cortes)의 엄청난 존경을 받았다"(제20장 308면)[8]고 되어 있는데, 꼬르떼스 기사단은 라몬 암살기도의 배후조직이기도 하다. 물론, 제13장에서 몬떼스(Montes) 대통령이 라몬을 후계자로 삼기를 간절히 바란다고 암시하는 대목은 개연성에 무리가 있으며, 몬떼스 대통령이 께쌀꼬아뜰을 '공화국의 국교'로 지정하는 부분(제26장)에서 작품은 완전히 공상의 영역으로 들어선다. 하지만 이런 세부사항들의 기본 취지는 파시즘이 부르주아 질서 및 그 '두뇌적 의식'에 반대하는 진짜 혁명이 아니라, 그 질서의 또다른 변형에 해당한다는 로런스의 지론과 일치한다.[9] 그래서 그는 매그너스의

---

8 『날개 돋친 뱀』에서의 인용은 *The Plumed Serpent*, ed. L. D. Clark (Cambridge University Press 1987)에 준하고 괄호 속에 해당 장수와 면수를 표시한다.

9 프리먼(Mary Freeman)은 자신의 저서 『D. H. 로런스 사상의 기본 연구』(*D. H. Lawrence: A Basic Study of His Ideas*, University of Florida Press 1955)의 「로런스와 파시즘」(Lawrence and

『회고록』에 붙인 서문(Maurice Magnus의 『외인부대 회고록』*Memoirs of the Foreign Legion*에 붙인 로런스의 서문을 가리킨다 — 옮긴이)에서 "민주주의, 산업주의, 사회주의, 공산주의자들의 적기, 파시스트들의 적백녹 삼색기"[10]를 뭉뚱그려 똑같이 취급하고, 「힘있는 자는 복되나니」(Blessed Are the Powerful)에서는 "힘이라고! 정치가 온통 돈에 좌우되는 판국에 정치에 어찌 힘이 있겠는가?"[11]라며 무쏠리니를 일축한다. 로이드 조지(Lloyd George, 1차대전 당시 영국 수상 — 옮긴이)와 레닌도 일축하지만 레닌에 대해서는 흥미로운 단서를 다는데, 이 점은 뒤에서 다시 논하겠다.

너무 일반화한 것이긴 해도 이런 발언들은 역사적 파시즘의 수사가 아닌 실제 행태를 돌아볼 수 있게 된 현재의 우리에게는 너무도 통찰력 있는 지적으로 보인다.[12] 이 발언에는 T. S. 엘리엇이 장차 제2차 세계대전 전야에 『기독교사회의 이념』(*The Idea of a Christian Society*)에서 제기하는 것과 같은 종류의, '서구 민주주의국가들'의 지배적 관념들에 대한 사려 깊은 재검토도 들어 있다. 엘리엇은 이렇게 썼다.

---

Fascism)장에서 로런스가 파시즘과 근본적으로 양립 불가능한 이유들을 설득력 있게 예증하지만, 최소한 로런스 본인이 생각하기에는 그가 파시즘에 제기하는 많은 비판들이 자유민주주의에도 적용된다는 사실을 축소하는 경향이 있다.

**10** *Phoenix II* 325면.

**11** *Phoenix II* 439면.

**12** Mailer, 앞의 책 182면 참조. "생태적 재난이 닥쳐오고 있는 근년에 이르러서야, 국가의 전적인 기술공학화를 달성할 뻔한 나찌가 그런 재앙의 선봉이었는지도 모른다는 추정이 가능해졌다. 혼란이 야기된 것은 그들이 전통적이고 심지어 원시적인 삶의 뿌리들로 회귀할 것을 요청했고, 유대인을 단성(單性)적이고 계급 없는 미래의 사냥개라고 비난했다는 점이다. 사실 그러한 미래를 가속화하는 데 히틀러가 어떤 유대인보다도 더 많은 일을 했지만 (…), 그 일을 정반대의 이름으로 행한 데 그의 정치적 천재성이 있다. 히틀러는 기계를 만드는 와중에도 피가 기계보다 더 많은 것을 말해준다고 우리에게 끊임없이 주장하고 있었던 것이다."

우리가 우리 사회를 묘사하는 데 통용되는 용어들, '서구 민주주의국가들'에 속한 우리가 우리 사회를 찬미하기 위해 다른 사회들과 대비하는 데 쓰는 말들은 우리를 기만하고 우리의 지각을 마비시키는 작용을 할 뿐이다. 독일이나 러시아 사회와 대비해서 우리 자신을 기독교사회라 칭하는 것은 어불성설이다. 그것은 우리가 기독교도임을 신앙고백한다고 해서 처벌받지는 않는 사회에 산다는 뜻일 뿐이지만, 그 말을 통해 우리는 우리 삶의 지침이 되는 가치들에 대한 불유쾌한 인식을 스스로에게서 은폐하기도 한다. 게다가 우리는 우리 사회와 우리가 맹비난하는 사회들의 유사성도 은폐하는데, 만일 그 유사성을 인정한다면 그 외국 국가들이 더 잘하고 있음을 인정해야 하기 때문이다. 우리의 전체주의 혐오 속에는 그것의 효율성에 대한 상당한 감탄이 스며 있다고 나는 의심한다.[13]

"우리 삶의 지침이 되는 가치들"이 더 깊은 의미에서 '기독교적인' (동시에 '플라톤적인') 것으로 간주되어야 할 것 아닌가 하는 점은 물론 의문으로 남겠지만, 모든 주요 서방 국가들이 세속적 기술관료사회로서 본질적 유사성을 지닌다는 데에 로런스와 엘리엇이 동의한다는 것은 상당히 흥미롭다.

『날개 돋친 뱀』의 '파시즘적' 측면에 관한 논의가 엘리엇이 비판하는 유의 '서구 민주주의국가들'에 대한 자기기만에 기초하거나, 혹은 파시즘적 수사를 순진하게 액면가로 받아들이는 한, 어떠한 논의도 큰 진전이 없을 것이다. 이 사실이야말로 이 소설의 정치학에 대한 논의가 '파시즘'

---

13 T. S. Eliot, *The Idea of a Christian Society* (Faber and Faber 1939) 9면.

을 넘어서 제3세계 민족해방 및 혁명적 봉기운동이라는 좀더 적실할 법한 주제로, 부르주아민주주의의 가장 열성적 지지자가 아닌 사람들이 보기에는 파시즘과 뚜렷이 구분되지만 이 봉기운동의 교조적 옹호자가 아닌 사람들이 평가하기에는 파시즘적이거나 유사 파시즘적인 타락의 가능성도 잠재된 현상들로 나아가지 못한 이유일 것이다. 돈 라몬이 맑스주의 혁명가나 민중혁명가가 아닌 것은 사실이지만, 식민지배를 받던 민족이 새로운 국가적 정체성을 추구하면서 총체적인 문화적 혁명에 역점을 두는 께쌀꼬아뜰운동은 아시아, 아프리카, 라틴아메리카의 여러 핵심적 변혁운동들을 예감하게 한다. 사실, 『날개 돋친 뱀』은 주요 영국소설가가 제3세계의 각성을 긍정적으로 다룬 최초의 소설이 아닐까? 콘래드의 『노스트로모』(Nostromo)와 포스터의 『인도로 가는 길』이 식민지 상황이나 반(半) 식민지 상황에 대한 통찰력 있는 연구로서 로런스 소설보다 먼저 나왔고 예술적 완성도도 앞서지만, 두 작품 중 어느 쪽도 세계의 그 지역에서 새 인류가 탄생할 수 있다는 열렬한 희망으로 고무된 것은 아니다. 이와 대조적으로 『날개 돋친 뱀』은 거부와 열망 양면에서, 이를테면 프란츠 파농(Frantz Fanon)의 다음 발언과 너무도 가까워 보인다.

이제 오라, 동지들이여, 유럽의 게임은 마침내 끝장났다. 우리는 뭔가 다른 것을 찾아야만 한다. 우리는 오늘 무엇이든 할 수 있다, 유럽을 따라잡으려는 욕망에 사로잡히지만 않는다면.[14]

나아가 미합중국의 역사, 유럽정신의 "점점 더 역겨워지는 자기애," 그리고 유럽 노동계급의 실패에 대한 파농의 다음과 같이 이어지는 언급에서

---

**14** Franz Fanon, *The Wretched of the Earth*, tr. Constance Farrington (Grove Press 1963) 252면.

도 로런스를 떠올리게 된다.

2세기 전, 유럽의 식민지였던 한 나라가 유럽을 따라잡겠다고 결심했다. 그 일이 너무도 잘 풀려서 미합중국은 괴물이 되었고, 거기서 유럽의 오점과 병폐와 비인간성은 끔찍한 규모로 커져버렸다.

동지들이여, 세번째 유럽을 만드는 것 말고 우리가 할 일은 없단 말인가? 서구는 스스로를 정신적인 모험으로 파악했다. 유럽이 침략을 자행하고, 자신의 범죄를 합리화하고, 인류 5분의 4를 속박하는 노예제를 합법화한 것도 정신이라는 명분, 유럽정신이라는 명분을 내걸고서였다.

그렇다, 유럽정신은 이상한 뿌리를 가지고 있다. 유럽의 모든 사유는 점점 더 황량해지고 점점 더 절벽으로 에워싸여가는 지역들에서 펼쳐져나갔다. 그리하여 그 지역들에서는 사람을 별로 만나지 않는 관습이 생겨났다.

자기 자신과의 영원한 대화, 그리고 점점 더 역겨워지는 자기애는 끊임없이 반(半) 섬망상태에 이르는 길을 닦았고, 그런 상태에서 지적 작업은 고통이 되었으며 현실은 일하며 스스로를 창조해나가는 산 자의 현실이 아니라, 말들, 말들의 다양한 조합, 그리고 말에 담긴 의미들에서 빚어지는 갈등들에 지나지 않게 되었다. 그러나 유럽 노동자들에게 이 자기애를 박살내고 이 비현실과 절연하라고 촉구하는 일부 유럽인들이 있었다.

그러나 유럽 노동자들은 대체로 이 요청에 응하지 않았는데, 그것은 노동자들이 자신들도 이 유럽정신이라는 엄청난 모험의 일부라고 믿고 있기 때문이었다.[15]

---

**15** 같은 책 253-54면.

우리가 파농에게 동의하건 아니건, 그리고 로런스가 그에게 전적으로 동의했을 법하건 아니건, 이런 발언을 보면『날개 돋친 뱀』의 역사적 적실성은 의심할 여지가 없다. 이 작품에 대한 철저한 분석은 이 에필로그의 범위를 넘어서기는 하지만, 이제 작품을 좀더 자세히 검토하려 시도해보아야겠다.


2


『날개 돋친 뱀』에서 사실주의의 와해는 초반 장들이 사실주의적 묘사와 분석 면에서 너무도 탁월한 성공을 거두었기에 더욱 두드러진다. 영국과 아일랜드 그리고 유럽에서 "그녀 정신의 완결"(50면)을 이룬 후 멕시코에서 불확실하지만 새로운 국면의 삶을 시작하는 케이트 레즐리의 성격과 처지가 설득력 있게 형상화되었고, 그녀의 의식을 통해 우리는 멕시코의 도시와 농촌에 대한 묘사를 만나게 되는데, 그 묘사는 여행기와 시적 재창조의 미덕을 두루 갖추고 있다.16 이 모든 점은『날개 돋친 뱀』이 애초부터 자연주의적 세목을 최소화한「말을 타고 가버린 여인」(The Woman Who Rode Away)「섬을 사랑한 남자」(The Man Who Loved Islands), 혹은「죽었던 남자」같은 대체로 우화적인 이야기들과는 다른 차원의 — 다르게

---

16 클라크는 멕시코 현장에 관한 리포터이자 논평자로서 로런스가 행한 작업에 대한 연구조사 끝에 다음과 같은 결론에 도달한다. "로런스에게 그의 비전의 원동력을 제공한 나라에서, 그의 작품에 대한 논평자가 여태 적지는 않았다. 로런스가 멕시코를 이해하지 못했다는 너무도 자주 쏟아진 혹평의 타당성을 판단하기에 그 누구보다 적격인 이 멕시코 서평자들과 비평가들 대부분은 그가 멕시코를 잘 알고 있었다는 데 동의했다."(Clark, 앞의 책 12면)

기획되었고, 부분적인 성공에 그치지만 아무튼 다르게 수행된 — 소설적 시도에 속함을 보여준다. 이 이야기들이 해당 부류 중에서는 분명 최고에 속하지만, 로런스의 경우 그런 부류의 작품들은 아주 야심만만한 작업에는 미달하는 것들이다. 반면, 『날개 돋친 뱀』은 『아론의 막대』나 『쎈트 모어』(St. Mawr)와 동일한 사실주의적 성향을 띠고 출발하면서도 이 작품들처럼 잠정적이거나 간결한 구도에 머물지는 않는다. 오히려 이 소설은 『무지개』와 『연애하는 여인들』의 소설적 양식과 규모를 유지하는 가운데 버킨의 모색을 엄청난 규모로 실현시키려는 너무도 야심찬 과제를 떠안는다.

그렇지만 초반 장들만 해도 『연애하는 여인들』과의 실질적 비교가 불가능한 것은 물론이다. 왜냐하면 이 장들은 완벽히 성취된 예술작품 전체의 일부분으로서만 생겨날 수 있는 그런 의미의 밀도와 복잡성에는 못 미치는 것이 틀림없기 때문이다. 그럼에도 『날개 돋친 뱀』에서 우리는 방금 언급한 한계가 있음에도 감지되었던, 『연애하는 여인들』을 쓴 리얼리스트 작가의 필치가 사라지는 것처럼 보이는 지점을 포착할 수 있다. 그레이엄 허프가 주목하듯이,[17] 이 뚜렷한 단절은 제10장 '돈 라몬과 도냐 까를로따'(Don Ramón and Doña Carlota)와 제11장 '낮과 밤의 주인들'(Lords of the Day and Night) 사이에서, 즉 처음으로 케이트의 관점이 사라지면서 일어난다. 그 심리적 요인들이 무엇이건 간에 풍부하게 극화되고 공감과 비판을 겸비한 이 인물의 의식을 정지시킴으로써, 작가는 사실과 환상, 공동체적 상징들과 사적(私的) 신화들을 구분하는 엄정한 과제에서 풀려나버린다. 케이트의 의식이 이후에 재등장한다는 사실 때문에 일부 비평가들은 이 단절을 무시하거나 축소하면서, 가령 라몬의 기획이 "더

---

17 Hough, *The Dark Sun* 126면 참조.

크고 복합적인 구조, 즉 라몬이 아니라 케이트의 통제를 받는 구조 내에서 예술로서 충실히 형상화되었다"[18]고 보기도 한다. 그러나 케이트의 의식의 (간헐적) 재등장이 발휘하는 실제 효과는 그녀의 의식이 중지된 사이에 일어난 일의 현실성을 승인하기보다 오히려 약화시키는 것이다. 로런스가 실제로 일어난 사건으로 보여준 것이 케이트 자신조차 실감할 수 없었던 것으로 느껴지기 때문이다. 이는 제25장 '떼레사'(Teresa)에서 특히 뚜렷한데, '우이씰로뽀츠뜰리의 밤'(Huitzilopochtli's Night)장과 '말린씨'(Malintzi)장에 뒤이어 그녀의 옛 자아가 돌아오는 것은 소설에 활기를 주는 것은 분명하나, 거기에는 희한하게도 그녀가 막 겪어낸 결정적이었을 경험의 흔적이 전혀 담겨 있지 않다. 라몬의 결혼에 대해 착잡한 심경을 내비치는 대목에서나 신부 떼레사와의 대화에서, 케이트는 흡사 (자신의 신격화는 고사하고) 씨쁘리아노와의 결혼의 성취마저도 과거가 아니라 미래의 일인 것처럼 행동한다.

이 지점에서 제시되는 케이트 자신의 성찰은 그녀가 행하는 모험의 중대성을 뚜렷이 보여주는데, 그에 견주면 그녀가 씨쁘리아노와 "께쌀꼬아뜰이 주재하는 혼인"을 한다거나 아스떽 신전에 여신으로 합류하는 것은 기껏해야 부분적인 성취요, 최악의 경우 진짜 중요한 문제들로부터의 도피를 의미할 수도 있다. 왜냐하면 그녀가 바라는 것은 개인적 만족의 문제를 훨씬 넘어서는 것이기 때문이다. 사실 그녀가 바라는 것은 한편으로 유색인종들의 각성과 다른 한편으로 유럽인들의 근본적 변모가 수반된, 멕시코와 유럽의, 로런스가 과달라하라에서 머리(J. M. Murry)에게 보낸 편지에서 썼듯이 "검은 손과 흰 손"의[19] 진정한 결합을 낳을 인류역사의

---

**18** Sagar, *The Art of D. H. Lawrence* 159면.

**19** *The Collected Letters* 759면, 1923. 10. 25.

새로운 전환에 다름아니다. 그리하여 그녀는 떼레사에게 안주하는 라몬의 모습에 굴욕감을 느낀 끝에 이런 생각에 다다른다.

세상의 힘이 금발 남자들 속에서는 죽어가고 있고, 그들의 용맹과 우월함도 그들을 떠나서 마침내 깨어나고 있는 저 검은 남자들의 눈 속으로 들어가고 있다.

열성적이고 영민하며 열렬하고 예민한 천재 요아킴은 그의 푸른 눈으로 그녀의 영혼을 들여다보고 그녀의 영혼 속으로 웃음을 보낼 수 있었건만, 그녀의 눈앞에서 죽어버렸다. 그런 의미에서 그녀의 아이들은 그의 아이들도 아니었다.

지금 떼레사가 라몬의 피를 타오르게 하듯이 그녀가 요아킴의 피를 타오르게 할 수 있었다면, 그는 결코 죽지 않았으리라.

하지만 그것은 불가능했다. 누구나 한때가 있듯이 종족들도 그러하다.(제25장 400면)

이 구절은 '마흔번째 생일'(Fortieth Birthday)장에서 이미 제시된 생각을 부연하는 것일 뿐이며 그런 점에서 소설이 어떻게 전개될지 난감한 상태임을 암시하지만, 그럼에도 불구하고 우리는 이 모험의 실패를 제대로 판단하기 전에 그 자체의 엄청난 의미를 파악해야만 할 것이다.

가령 제10장 이후 작가의 장악력이 뚜렷이 약화되었다고 해서, 헨리 제임스가 『대사들』(*The Ambassadors*)에서 스트레더(Strether)의 시점에 머물러 있듯이 로런스도 케이트의 시점에 그냥 머물러 있어야 했다는 말은 아니다. 『날개 돋친 뱀』이 제임스의 방식을 따라야 할 그 어떤 선험적 이유도 없거니와, 오히려 그러지 말아야 할 매우 실제적인 이유들이 존재한다. 제임스 작품의 주인공의 의식은 확장되고 진전되며 세련되어지면서도 종국에는 고스란히 그대로 유지되는 데 반해, 케이트의 의식은 현대 유럽인으로서 그녀가 이전에 이해하고 중시하던 그런 의미의 '의식'이 더이상 아니게 되는 식으로 진전되고 확장된다. 그렇다고 그저 무의식으로 되돌아가는 것과 같은 의미가 아님은 물론이다. 로런스가 멜빌에 관한 한 에쎄이에서 썼듯이, "사실인즉슨 우리는 되돌아갈 수 없다. 되돌아갈 수 있는 자들도 있다. 변절자들 말이다."[20] 그러나 로런스가 어느 편지에서 "당신은 내가 나의 백인성과 영국성(my whiteness and Englishness)을, 그리고 나 자신을 저버리는 모습을 보게 될 일은 절대 없을 것입니다"[21]라고 말할 때의 의미로, 케이트는 그녀의 '백인성'을 부정하지 않을 것이다.

그렇지만 로런스가 케이트를 그리는 데 실패했다는 너무 많은 비판은 존재의 이 본질적 온전성을 케이트에게 있는 또다른 의미의 '백인성', 즉 그녀가 유럽 여성으로서 지닌 현재의 의식 및 존재의 상태와 은연중 동일시한 데서 비롯된다. 케이트의 모험의 최종적인 논리적 귀결이 단편 「말을 타고 가버린 여인」에서 드러난다고 말하는 허프는 그런 태도의 전형을 보여준다. 그는 이렇게 주장한다.

이 백인 여성의 자의식은 영원히 죽임을 당하고 당할 것이다. 다른 종류의 의식과 다른 종류의 힘이 그 자리를 대신할 것이고, 그것의 살아 있는 대표자들은 다른 인종이 될 것이다. 그녀의 죽음은 지독할 만치 끔찍하다. 그리고 죽음이라는 사건이 일어나기도 전에 죽음이 어느정도 받아들여지며, 정상적인 의지와 정상적인 의식이 점차 포기되면서 자신의 죽음을 반쯤 수락하게 된다는 사실도 그에 못지않게 끔찍하다.

---

**20** *Studies in Classic American Literature* 136면.

**21** *The Collected Letters* 702면, 1922. 4. 30. Lady Cynthia Asquith 앞.

(…) 이와 다르고 좀더 약한 다른 결말이 가능하다면, 이 여성이 칠추이 (Chilchui)족과 같이 살면서 그들의 신들을 점점 알아가면서도 그녀 자신으로 남는 것, 그러다 세상으로 돌아가거나 최소한 세상으로 돌아갈 구멍은 열어두는 것이 될 것이다. 이것이 바로『날개 돋친 뱀』에서 케이트의 행로이다. 하지만 이 장편에서 로런스는 자아의 자율성을 희생시켜서 분출하는 무의식에 의해 자아가 압도되어버리는 것은 무시무시한 일이라는 것과, 타협은 전혀 불가능하다는 것을 아주 분명히 인식하고 있다.[22]

하지만 가능한 선택지를 이렇게 서술하는 것은 그 모험이 어떤 방식을 취하든 간에 목숨이나 자유, 혹은 온전성을 상실하지 않으면서 "백인 여성의 자의식"을 넘어설 가능성을 깡그리 봉쇄하는 셈이 된다. 그런데 그 가능성 여부는 '집에서 보내는 밤'(Night in the House)장에서 케이트가 의식적으로 자문하고, 최종적이지는 않으나 설득력 있게 답하는 바로 그 물음이기도 하다.

여전히 쓰라리고 두려운 심정으로 그녀는 생각했다. '악이란 우리 안에서 극복된 옛 삶의 양식들로 되돌아가는 것이라고 요아킴이 말했어. 이것이 살인과 정욕을 일으킨다고. 그런데 토요일 밤의 그 북소리는 옛 리듬이고, 그 둘레를 돌던 춤은 옛날 야만인의 표현형식이야. 의식적으로 야만상태로 되돌아가는 것. 그러니 어쩌면 그건 악일 거야.'
그러나 잠시 후 그녀의 믿고자 하는 본능이 다시 솟아났다.
'아니야! 그것은 무력하고 겁에 질린 회귀가 아니야. 그건 의식적이

**22** Hough, 앞의 책 144-45면.

고 신중하게 선택된 거야. 우린 되돌아가서 예전의 실마리를 집어들어야만 해. 우리의 실타래는 지금 여기가 끝이니, 우리를 다시 우주의 신비와 이어줄 끊어진 옛 충동을 이어나가야 해. 반드시 이어야 해. 돈 라몬이 옳아. 그는 위대한 사람이 틀림없어. 정말 그래. (…)'

이런 생각에 그녀는 다시금 한없이 안도했다.(제8장 137-38면)

이런 대목은 케이트가 세상으로 돌아갈 '구멍'을 열어둔다는 점뿐 아니라, 모색의 성격 자체에서도 「말을 타고 가버린 여인」의 여주인공과 다르다는 것을 상기시킨다. 단편의 여자는 생각 없이, 오만하게, 그냥 '말을 타고' 가버림으로써 일종의 "무력하고 겁에 질린 회귀"를 선택하는 반면, 케이트는 자신의 모험의 결과로 이런 일이 일어날 가능성을 충분히 인식하며, 그런 일이 실제 일어나지 않게 하리라고 마음을 다잡는다. 가령, 케이트 역시 자신이 앞의 인용문에서 언급하는 춤을 추며 단편의 여자처럼 "자신이 더 큰 자아 속으로 들어갔고, 자신의 여성성이 더 큰 여성성 속에서 완성되었다"(제7장 131면)고 느끼지만, 핵심적인 차이는 케이트가 약에 취한 감금상태가 아니라 자신의 정상적 자아를 유지한 채 이를 경험한다는 점이다. 또한 그 모든 차이에도 불구하고 단편의 여주인공의 모험조차도 단순한 공포나 의미없는 죽음에 그치지 않고 그 이상의 의미를 갖는다는 것을 감안한다면, 그것은 케이트의 한층 더 복잡하고 지난한 분투의 의의를 부각할 것이다.

이 분투가 애초의 전망을 훌쩍 뛰어넘는 것은 아니다. 성공적인 분투에서도 있기 마련인 혼란과 망설임이 갈수록 이야기를 지배하게 되는 것이다. 많은 평자들이 지적하듯이, 케이트가 씨쁘리아노-우이씰로뽀츠뜰리(Cipriano-Huitzilopochtli)의 여신-아내로서 아스텍 신전에 합류하기로 결정하는 것은 이런 혼란의 명백한 예에 해당한다. 결혼하지 않은 단일한 영혼의 불완전성에 대한 그녀의 성찰은 『무지개』의 톰 브랭권과 『연애하는 여인들』의 버킨 모두가 공언한 결혼에 대한 믿음[23]에서 출발하지만, 이어지는 케이트의 발언에서 드러나듯 그 성찰은 곧 진정한 '개별성'이나 '정체성'[24]에 대한 로런스 신조의 왜곡으로 이어질 뿐 아니라 명백히 그릇된 결론으로 귀결된다.

정말 그런가? 교회당에서, 말린씨의 푸른 드레스를 입고, 절반으로서의 자기 존재를 받아들이는 여신으로서 그의 곁에 앉는 것이 그녀의 성스러운 임무인가? 절반의 존재라! 단일한 옹근 영혼이라는 별은 없는가? 그것은 모두 환상이던가?(제24장 389면)

사실, 이 대목에서 케이트는 그녀의 본질적 온전성과 그녀의 옛 의식의 보존 간의 미묘한 차이를 둘러싼 비평가들의 혼란을 앞당겨 보여준다. 법적 결혼에 대한 의구심 때문이건 멕시코에 남는다는 생각 자체에 대한 계속되는 주저함 때문이건 간에, 그녀는 그런 혼란에서 벗어날 출구를 얻을 자격이 확실히 있거니와 마땅히 얻기도 한다.

소설 후반부에서 케이트의 끝없는 동요가 그녀의 모험이 어떤 교착상태에 이르렀음을 확실히 보여주지만, 그렇다고 그녀의 모험이 애초부터 어떤 재난을, 그녀의 (그리고 그녀를 그린 작가의) 모호한 태도로만 간신히 막아내고 있는 재난을 향해 나아가고 있었다는 것을 나타내는 것만은 아니다. 오히려, 교착상태에 도달하기 전에 일어나는 일과 그 이후 벌어

---

**23** *The Rainbow* 제5장 및 *Women in Love* 제16장 참조.

**24** 로런스는 이 개념들을 '개성'(personality)이나 '아상'(ego)과 공들여 구분한다. 에쎄이 「민주주의」 참조.

지는 일은 이 모험이 더 많은 구체적 가능성을 지녔음을 암시하기에 충분하다.

첫 10개 장 말미의 주요 등장인물과 상황을 예로 들어보자. 케이트가 도시에서 호수 지역으로, 그리고 그후 싸율라(Sayula)로 내려가는 이동과정은 발견과 계시가 이루어지는 진정한 여정으로서 생생하게 형상화되고 있으며, 이때까지만 해도 그녀는 제대로 된 경로에서 벗어나지 않고 있다. 하밀떼뻭(Jamiltepec)에 모인 네 인물들의 상황 역시 ── 네 인물 가운데 어느 누구를 신격화하거나 약식처분에 부치는 손쉬운 해결책을 선택하지 않는 한 ── 이어지는 극적 진전과 깨달음에 대한 기대를 품게 한다. 라몬 자신조차 제17장 '네번째 송가와 주교'(Fourth Hymn and the Bishop)에 이르러서도, 다음과 같이 그런 기대를 표현한다.

무궁화와 엉겅퀴 그리고 용담은 모두 생명의 나무에 달린 꽃이지만, 이 세상에선 서로 멀찍이 떨어져 있고, 또 그래야만 합니다. 나는 무궁화요, 그대(씨쁘리아노)는 유카꽃이요, 그대의 까떼리나는 야생수선화요, 나의 까를로따는 하얀 팬지입니다. 넷뿐이지만 우리가 모이면 진귀한 조합이 됩니다. 바로 그렇습니다.(249면)

까를로따가 라몬의 〈생명의 나무〉 개념 자체를 단호히 반대한다는 점에서 그녀를 하얀 팬지에 빗댄 그의 비유는 정확하다기보다는 바람을 담은 것이지만, 라몬의 시도가 다름아닌 자기 집안과 과거의 지인들로부터 반대에 부닥친다는 사실과, 그가 그런 반대를 감수하며 살아가는 법을 배우거나, 혹 그렇게까지는 못 해도 적어도 제21장 '교당 개소식'(The Opening of the Church)에서 작가가 까를로따를 처리하듯 신의 섭리인 양 손쉽게 그런 반대를 제거해버려서는 안 된다는 사실에는 상당한 타당성이 있다.

라몬과 씨쁘리아노의 관계 또한 이후 작품에 그려진 것보다 훨씬 복잡한 진전을 암시한다. 이 관계에는 버킨이 제럴드와 더불어 이루고자 했던 소중한 우정, 릴리가 아론에게 제안한 사제 간의 유대, 그리고 숱한 혁명운동을 일으키거나 파탄낼 수 있는 정신적 지도자와 군사지도자의 관계의 싹이 담겨 있다. 이 두 남자 각자가 케이트와 맺는 관계에서만큼 뚜렷하게는 아니지만, 이 관계는 유럽과 멕시코의 '결혼' 문제도 제기한다. 케이트는 라몬과 둘 다 "본질적으로 유럽인"(제2장 41면)으로서 즉각적인 상호이해를 구축할 수 있는데, 이 라몬의 동지가 사뽀떽 인디언인 씨쁘리아노인 것이다. 하지만 이러한 측면 가운데 어느 것도 깊이 탐구되지 않는다. 오히려, 라몬이 씨쁘리아노를 측근으로 두기 때문에 로런스는 께쌀꼬아뜰운동이 직면한 구체적인 정치적·군사적 문제들을 등한시하게 된다. 또한 라몬이 현실적으로 씨쁘리아노의 군사조직과 정치적 영향력에 의존함으로써 "정복의 과정"[25]이라는 중차대한 문제를 (씨쁘리아노라는) 군장성 같은 "한계있는 사람들"의 소관사항으로 넘겨버리는 식으로 그려진다.

라몬과 케이트의 관계는 어느정도 더 풍부하게 전개되거니와, 케이트가 씨쁘리아노와 맺는 연관보다는 이 관계가 그녀에게, 그리고 어쩌면 로런스에게조차 그녀의 모험에서 핵심적 실상에 해당한다고 볼 단서들이 있다. 씨쁘리아노가 케이트에게 청혼한 직후, 그녀와 라몬 사이에는 이런 대화가 오간다.

"당신은 갈색 피부의 사람들은 안 좋아하십니까?" 그가 그녀에게 조

---

**25** 「호저의 죽음에 관한 명상」에 나오는 로런스의 발언 참조. "천국에는, 완벽한 관계에는 ─ 즉 제4의 차원에는 ─ 평화가 있다. 하지만 거기 도달하는 일이 남아 있고, 그것은 언제나 정복의 과정이다."(*Phoenix II* 473면)

용히 물었다.

"보기엔 아름다운 것 같아요," 그녀가 말했다. "하지만" ── 가만히 몸을 떨며 ──"전 제가 백인인 게 좋아요."

"접촉이 있을 수 없다고 느낀다는 건가요?" 그가 단도직입적으로 물었다.

"네!" 그녀가 대답했다. "그런 뜻이에요."

"그렇게 느낀다면 그게 맞겠죠," 그가 말했다.

그가 이렇게 말했을 때, 그녀는 자신에게 그가 그 어느 금발 백인 남자보다 더 아름답다는 것을 알았고, 그와의 접촉이 그녀가 겪은 그 어느 접촉보다, 아득하고도 아련하게, 더 소중하다는 것을 알았다.(제12장 188면)

우리는 여기서 중요한 주제, 즉 포스터가 『인도로 가는 길』에서 탐구하기도 한 국적과 인종의 경계를 넘어선 의미있는 접촉의 가능성이라는 주제를 감지할 수 있다. 포스터는 로런스가 『날개 돋친 뱀』에서 한 것보다 훨씬 솜씨있고 일관되게 그 탐구를 수행하지만, 필딩(Fielding)이나 무어 부인(Mrs. Moore)이 닥터 아지즈(Dr. Aziz)와 맺는 관계 어느 쪽에서도 성(sex) 문제가 중요한 요소로 떠오르지 않는다는 점에서, 로런스 작품이 감연히 파고드는 깊숙한 문제들을 조심스레 피해가는 것 또한 사실이다. 『날개 돋친 뱀』에서도 이 문제를 비교적 명시적으로 다룬 경우는 케이트와 또다른 남자, 씨쁘리아노의 관계에 한정된다. 하지만 잠재적으로 작용하는 힘으로서 라몬과 케이트 상호간의 끌림은 처음부터 분명히 존재한다. 따라서 제10장 이후 이미 삐걱거리기 시작했다고는 하지만, 소설이 '하밀떼뻭 습격'(The Attack on Jamiltepec)장 이후 거의 완전히 와해되는 것도 우연이 아니다. 왜냐하면 이 장에서 케이트와 라몬은 서로에게 육체적으로 그렇게도 가까워지는, 그리고 생사를 가르는 궁극적인 문제에 그렇게도 근접하는 경험을 공유하였기에, 이 일을 겪은 후 그냥 편한 친구로 남을 수는 없기 때문이다. 다음 장에서 케이트가 씨쁘리아노에게로 급격히 관심을 돌림으로써 편리한 해결책이 마련되지만, 케이트가 라몬에게 "전 당신이 우리 결혼을 주재해주길 바라요, 당신이라야 해요"(제20장 328면)라고 말하는 것을 보면, 씨쁘리아노와의 결혼에서도 그녀의 주된 관심은 라몬과의 '접촉'인 것으로 보인다. 충족된 결혼도 그녀의 모호한 감정을 ─ 그것이 라몬의 재혼에 대한 노골적인 쓸쓸함("라몬은 결코 케이트를 원치 않았다. 친구로, 똑똑한 친구로 원했을 뿐. 여자로는 결코 원치 않았다!" 399면)이건, 마지막 장에서 그와의 대화에 담긴 좀더 절제된 회한(428면)이건 간에 ─ 완전히 떨쳐버리게 하지는 못한다.

그렇다고 해서 씨쁘리아노와의 결혼 자체가 거짓이라거나, 케이트와 라몬의 관계가 그를 배제할 정도로 진전되었어야 한다는 말은 아니다. 오히려, 케이트 스스로도 인정하듯 라몬이 아니라 그보다는 한계가 있는 씨쁘리아노가 그녀를 자신의 짝으로 삼으려 하고, 또 라몬은 라몬대로, 그편에서도 케이트에게 품음직한 어떤 모호한 감정에도 불구하고 떼레사를 반려로 택하는 것이 더 적절해 보인다. 케이트가 씨쁘리아노와 더불어, 요아킴과 살며 경험했던 그 무엇보다 더 깊고도 "마찰의 만족이 주는 백색 황홀경, 물거품에서 태어난 아프로디테의 격통"(422면)과는 완전히 다른 깊은 관능적 충족을 경험하는 것도 그 자체로 설득력이 있다. 결혼이 그녀에게 가져다준 새로운 평안과 세상과의 화해를 증언하는 '케이트는 아내다'(Kate Is a Wife)장의 마지막 대목에 나오는, 로런스의 시 「뱀」(Snake)을 연상시키는 아름다운 장면(425면) 또한 그렇다.

이들 두 사람의 결혼과 관련해서 로런스의 진짜 실패는 그것의 본질적 비현실성이 아니라, 그 결혼이 그것 못지않게 작품에 필수적인 한 요소,

즉 케이트와 라몬이 각자 결혼에서 충족을 얻음에도 불구하고 그들 사이에 해소되지 않은 감정들이 끈질기게 지속되는 상황과 아예 분리되거나 최소한 불충분하게 통합된다는 점이다. 이런 상황이 결혼 및 인간적 성취에 대한 로런스의 신념과 양립 불가능한 것도 아니다. 로런스가 「『채털리 부인의 연인』에 관하여」에서 썼듯이 "인간의 가장 크고 깊은 원(願)을 성취하는 데는 수년이나 한평생, 심지어 몇백년이 걸린다"[26]면, 케이트가 씨쁘리아노와의 충족된 관계에도 불구하고, 그리고 그에 대한 신의를 저버리지 않고서도, 자신이 아직 성취하지 못한 것을 얻기 위해 라몬에게 도움을 구하는 것이 충분히 가능하다.[27] 따라서, 케이트의 삶에 이 두가지 서로 다른 '접촉들'이 동시적으로 존재하는 것은 극적 상황의 진실을 반드시 훼손하지도 않을뿐더러, 오히려 멕시코에서의 자기 삶에 대한 그녀의 양가적인 태도에 구체성을 더할 수조차 있을 것이다. 작품을 지금 상태 그대로 두고 봐도 이는 일정한 만큼, 즉 적어도 우이씰로뽀츠뜰리-말린씨 일화라는 곁가지를 치는 바람에 얼마나 많은 것을 잃었는지 보여주기에 충분할 정도로는 전달되고 있다.

케이트의 경우는 작가 자신이 그녀의 말린씨로의 변모를 진지하게 여기지 않는 것으로 보이니만큼, 대체적으로 이러한 손실은 여러 흥미로운 가능성들이 소홀히 다뤄진 정도에 그치는 것일 수 있겠다. 그러나 라몬의 경우, 로런스는 그를 진짜 신은 아니더라도 위대한 영웅으로 만들기 위해 훨씬 진지하게 공을 들이는 나머지, 케이트에 대한 이 인물의 태도를 다소 적극적으로 얼버무리는 결과를 낳고 만다. 라몬이 "일정 선 이상으로

---

26 *Phoenix II* 501면.

27 로런스는 『수풀 속의 소년』(*The Boy in the Bush*)에서 이와 유사한 생각을 밀고 나가 주인공 잭(Jack)의 일부이처제를 제안하기까지 한다.

는 그녀에게 결코 다가오지 않으리라, 어떠한 긴밀한 접촉도 꾀하지 않으리라"(188면)는 것을 그녀가 감지할 때, 이는 물론 그녀의 느낌을 정확히 묘사한 것이다. 그러나 작품이 이와 상반되는 증거를 속속 보여주고 있는데도, 라몬과 그를 그린 작가가 공히 그것이 라몬의 태도의 전부로 받아들이는 것처럼 보이기 일쑤인 것은 문제로 보인다. 가령 '네번째 송가와 주교'장에서 케이트와 대화를 나누던 중 그가 거의 신경질적으로 감정을 분출하는 대목이나, '아우또다페'(Auto da Fé, 종교재판에 의한 공개처형 — 옮긴이)장에서 케이트의 집을 방문했을 때 그녀에게 속내를 털어놓으려는 강한 충동을 느끼는 대목에서, 라몬이 이 유럽 여성의 공감에 각별히 의지하고 있다는 사실이 거듭 드러난다. 확실히 이런 모습일 때 그는 "살아 있는 께쌀꼬아뜰" 포즈를 취할 때보다 더 믿을 만하고 매력적으로 보인다. 또한 "께쌀꼬아뜰의 선임인간"(the First Man of Quetzalcoatl)으로서도 그는 케이트 같은 이에게서 얻을 수 있는 공감이나 조력에 무관심할 필요가 없거니와, 사실 그래서도 안 될 것이다. 하지만 이런 장면들에서 라몬이 그녀에게 보이는 정도의 감정적 의존은 토착 혁명운동 지도자보다는 백인종을 어떻게 대할지 확신이 서지 않은 서구화된 원주민 지식인에게 더 어울린다. 이런 지도자가 무원칙한 순응과 과격한 반발이라는 동전의 양면 같은 이중의 위험을 피하는 데 성공하거나 적어도 그러리라는 신뢰를 얻으려면, 정복종족의 개인적·문화적 매력에 대해「말을 타고 가버린 여인」에서 칠추이 인디언들이 보여주는, 그래서 여주인공의 기를 확실히 꺾어버리는 그런 단호한 면역력이 어느정도 필요할 것이다.[28] 물론 그 인

---

28 가령 인디언 한 사람이 여자의 말을 펄쩍 뛰어오르게 하는 다음 장면을 예로 들 수 있다. "'그러지 말아요!' 화가 나서 사내를 돌아보며 그녀가 소리쳤다. 그녀는 그의 검고 큰, 빛나는 눈과 마주쳤고, 그러자 그녀의 정신은 난생처음 정말로 두려움으로 덜덜 떨었다. 그녀가 보기에 남자의 눈은 인간의 것 같지 않았고, 그들은 그녀를 미모의 백인 여성으로 보

디언들의 무지나 고립은 공유하지 말아야겠지만 말이다. 라몬에게 이런 믿음직한 면이 부족한 것은 분명하다. 또한 그가 극단적 자기만족을 드러내는 듯한 순간들도 있다는 사실은 그의 일관성, 평정심, 그리고 자기인식에 대한 우리의 우려를 불식시키기는커녕 오히려 조장한다.

이 소설의 여타 불확실하고 모순된 면들에 더해서 돈 라몬의 너무나 인간적인 이런 결점들이 『날개 돋친 뱀』의 세계를 결국 혼란스럽고 두서없게 만들어버리는가? 아니면 그런 결점들이란 로런스 예술의 어떤 '리얼리즘의 승리'를 시사하는 것으로서, 라몬이라는 인물을 통해 작가가 의식적으로 의도한 바 신과 같은 주인공이 아니라 한계는 있으나 더 믿을 만하고 흥미롭기도 한 제3세계 지식인을, 탁월한 재능과 아울러 토착전통 및 그 전통의 혁명적 영감에 대한 새로운 각성을 겸비하되, 라몬이 되고자 하는 예언자이자 혁명지도자와는 거리가 먼 인물을 보여주고 있는 것인가? 라몬의 순수한 열정과 카리스마, 그리고 일종의 과대망상적 측면과 잠재적인 분열증적 면모, 그 어느 것도 이런 인물에게 완전히 안 어울리는 것은 아닐 것이다. 그리고 그런 인물이 까를로따 혹은 떼레사, 그리고 씨쁘리아노 및 케이트와 어우러진다면 참으로 '진기한 조합'을 이룰 뿐 아니라 사유도 촉발하는 그럴싸한 집단이 이루어질 것이다. 하지만 그렇다 하더라도, 이 소설의 상당부분에 걸쳐 라몬의 영웅적이고 신적인 모습에 쏟는 로런스의 정성이 너무 노골적이어서 '리얼리즘의 승리'라는 표현은 하나의 수사 이상이 되기는 힘들며, 『날개 돋친 뱀』과 같은 시도에 내

---

지 않았다. 그는 검고 빛나는 비인간적 표정으로 그녀를 바라보았으며, 그녀를 아예 여자로도 보지 않았다. 마치 그녀가 어떤 낯설고 설명할 수 없는, 그에게는 불가해한, 그러나 적대적인 사물인 것 같았다. 그녀는 다시 한번 자신이 죽어버린 것처럼 느끼며 놀라움에 휩싸인 채 안장에 앉아 있었다. 그가 다시 말을 후려치자, 안장에 앉은 그녀의 몸이 심하게 휘청했다."(D. H. Lawrence, *The Collected Short Stories II*, Heinemann 1955, 555면)

재된 크나큰 잠재성을 환기하는 데나 도움이 될 뿐이라는 사실을 받아들여야 할 것이다. 그러나 이 잠재성을 준거로 할 때에만 우리는 이 소설의 실제적 실패에 대해 유의미한 판단을 내릴 수 있을 것이다.


3


『날개 돋친 뱀』에서의 로런스의 실패를 그가 평생 품었던 소망들에서부터 극도의 피로감에 이르기까지 수많은 자전적 요소들과 연결짓는 일은 분명 가능할 것이다. 께쌀꼬아뜰운동의 형상화에 나타난 그의 판타지의 특성은 확실히 심리적이거나 정신분석학적 해명의 대상이 될 법도 하다. 하지만 예술가의 판타지란 일소할 게 아니라 그가 안고 가면서 현실과 연결지려 애써야 하는 것이라면, 로런스가 당대 현실을 어떻게 판단했기에 『날개 돋친 뱀』이라는 시도에서 판타지가 리얼리즘을 압도하게 되었는가? 한층 근본적인 이 물음을 던짐으로써 우리는 협소한 전기적 영역에서 벗어나 다시 한번 작가의 사유로 관심을 돌리게 될 것이다.

앞서 살펴보았듯이, 『날개 돋친 뱀』은 그 긍정적 특징들의 측면에서 『무지개』와 『연애하는 여인들』이 성취한 현대문명에 대한 통찰을 진전시킨 작품이다. 케이트가 멕시코로 모험을 떠난다는 점에서 이 작품은 어슐라와 버킨이 절감했던 영국과 기존의 세계를 떠나는 일의 필연성을 실현하는 한편, 그녀가 새로이 발견하고 헌신하는 것들에서 우리는 이 필연성의 다른 측면, 즉 그들의 떠남이 한낱 도피와 부정이 아니라 새로운 '존재'로 나아가는 창조적 모험이자 기존세계 자체에도 새로운 역사적 운명을 터주는 일이 되어야 함을 더욱 확연히 알게 된다.

이런 맥락에서, 『연애하는 여인들』 이후 집필된 희곡 『일촉즉발』(*Touch*

*and Go*, 1920)은 로런스가 이 시점에서『연애하는 여인들』의 장면 및 상황으로 되돌아가는 선택을 할 때 어떤 일이 일어나는지를 보여주는 예가 된다. 로런스가 덜 익숙한 장르에 도전한 것이라는 사실도 결과물에 당연히 큰 영향을 미쳤겠지만, 어찌 됐건 이 희곡에서 산업문제를 다루는 방식은 『연애하는 여인들』의 '산업계의 거물'장의 탁월한 분석에 못 미칠 뿐 아니라, 희곡의 서문에서 개진된 주요 논점들의 일부마저 소홀히 한다. 이 짧은 서문은 노동과 자본을 "뼈다귀 하나를 두고 싸우는 개 두 마리"[29]로 형상화함으로써 경제투쟁을 보는 로런스의 비전문적 시각을 반영하고 있지만, 전문분석가들이 너무나 자주 간과하는 중요한 지적도 하고 있다.

　각축하는 자들이 낡고 뻔한 뼈다귀를 순순히 내려놓으리라고 생각하는 것은 무리다. 하지만 일부는 이 뼈다귀가 그저 핑계이고 또 하나의 무의미한 전쟁 명분일 뿐임을 알아보리라고 상상하는 것은 무리가 아니다. 우리가 진정 무엇을 위해 싸우고 있는지 알 수 있다면, 우리가 얻기 위해 싸우고 있는 그것을 마음 깊이 믿을 수 있다면, 그렇다면 그때 그 투쟁은 품위와 아름다움을 띠고 우리에게 충족감을 줄 것이다. 우리를 새로운 자유, 새로운 삶으로 데려다주리라 믿는 심오한 투쟁이라면, 그것은 창조적 활동, 즉 새로운 존재를 향한 전진에서 죽음이 하나의 절정을 이루는 그런 창조적 활동이 될 것이다. 그리고 이것이 비극이다.
　그러므로 우리가 만약 거대한 〈노동〉투쟁에 담긴 비극을, 탄생을 향해 죽음을 통과해야만 하는 본질적인 비극을 이해하고 느낄 수만 있다면, 우리 영혼은 어떤 행복을, 창조적 고통에서 얻어지는 바로 그런 행복을 알게 될 것이다.[30]

---

**29** "Preface to *Touch and Go*," *Phoenix II* 292면.

그러나 이 희곡 자체는 우리에게 이런 비극을 보여주지 않으며, 그것을 실연해 보이지 않는다는 이유로 파업참가자들을 질책할 뿐이다. 로런스는 자본가도 비난하지만, 그 초점이 『연애하는 여인들』에서처럼 체제 자체에 두어지기보다 제럴드 발로우(Gerald Barlow)의 오만과 완고함 같은 그들의 개인적 자질들에 맞춰져 있다.[31] 자본과 노동 양자가 기술의 전지구적 지배에 굴복해 '뼈다귀'를 놓고 다투는 자신들의 비(非)-비극을 지리하게 끌어가기만 하는 양상을 보여주는 총체적인 역사적 비전 대신에, 우리에게 주어진 것은 사실상 파업행위에 대한 편협한 비난이다.

그런 점에서 『일촉즉발』은 로런스가 자기 나라의 구체적 정치·경제 문제에 직면할 때 그의 전망에 내재한 좀더 제약적이고 곤혹스러운 경향들이 얼마나 쉽사리 전면에 나설 수 있는지 잘 보여준다. 그가 평생 지녔던 고향 마을 광부들에 대한 연대감[32]마저 세상에 대해 그가 마찬가지로 평생 느꼈던 불안감 앞에서 무너지는 듯하다. 로런스는 그 불안감을 『무지개』에서 어슐라가 느끼는 "예외적 존재인 그녀를 잡으려 매복하고 있는

---

30 같은 책 293면.

31 프리먼은 『연애하는 여인들』에서도 로런스가 탄광 소유주의 공장폐쇄를 "파업을 다룰 때처럼 엄밀하고 철저하게" 다루지 못했다고 주장한다(Freeman, 앞의 책 97면). 이런 주장은 논란의 여지가 있으며, 산업체제 전체에 대한 이 소설의 분석이 정당하고 예리한 것인 한 핵심적으로 중요한 비판은 아니다. 하지만 『일촉즉발』에 나타난 로런스의 태도에 대한 그녀의 다음 평가는 매우 온당하다. "로런스가 파업을 비난했을 때, 그는 노동자들에게만 가치가 있는 행위를 비난한 것이다."(같은 면)

32 광부들에게 느끼는 연대감을 로런스는 에쎄이 「베스트우드로의 귀향」(Return to Bestwood)에서 재차 단언한다. "그들은 나에게 진한 감동을 준 유일한 사람들이고, 그들과 있을 때 나는 자신이 더 깊은 운명과 연결되어 있다는 걸 느낀다. 나에게 '고향'은 묘하지만 바로 그들이다. 가까이 가지는 못하고 움츠러들지만, 나는 그들에 대한 짙은 그리움을 품고 있다."(*Phoenix II* 264면)

군중의 적대적인 힘에 대한 이 느낌"[33]을 통해 정확히 자리매긴다.

하지만 『날개 돋친 뱀』에서 로런스가 대중운동을 좀더 긍정적인 시각으로 바라볼 수 있었던 것은 멕시코가 그의 나라로부터 물리적으로나 심리적으로나 멀리 떨어져 있어서만은 아니다. 종종 너무 단순한 방식으로 표현되기는 하나, 로런스의 역사적 판단은 유럽 대중과 비유럽 대중이 정치적 실천에서 보이는 차이를 배려한, 더 정확히 말하자면 그 차이에 최고의 중요성을 부여한 것이다. 가령, 로런스는 볼셰비즘을 파시즘 및 부르주아민주주의와 한통속으로 묶기도 하고 그중에서도 최악으로 꼽기도 했는데, 그의 볼셰비즘 비판은 러시아 민중을 특정해서 언급할 때 더욱 양면성을 띤다. 「힘있는 자는 복되나니」에서 그는 이렇게 말한다.

우리는 인정하기 싫지만, 레닌은 러시아 프롤레타리아트에게 상당한 생기를 불어넣었다. 러시아 프롤레타리아트는 지나치게 억눌려 지내온 어린아이와 같았다. 그래서 그들은 죽도록 자유를 갈구했다. 제힘으로 살림을 꾸리고 싶어 미칠 지경이었다. (…)

하지만 우리에게, 영국이나 미국이나 프랑스나 독일 국민에게는 그것이 재미난 놀이가 안 된다. 어찌 됐건 우리는 오랫동안 제힘으로 살림을 꾸려왔고, 한참 살고 나면 살림 사는 건 그리 짜릿하지도 않다.

그래서 우리에게는 레닌 같은 지도자가 별 소용이 없을 것이다. 그는 우리 삶에 전혀 생기를 불어넣지 못할 것이다.[34]

레닌은 레닌대로 (그가 『무엇을 할 것인가?』에서 '경제주의'라고 부르며 혹

---

[33] 『무지개』 제10장 및 본서 제2장 5, 6절의 논의 참조.

[34] *Phoenix II* 438면.

독히 비판한) 영국 노동운동의 기본적인 경제지향성에 대한 로런스의 비판에 동의했을 법하다는 점을 생각하면, 로런스가 레닌을 썩 잘 알지도 못하지만 마지못해서라도 인정한 것이 더더욱 흥미로워 보인다. 레닌이 '사회쇼비니스트들'이라고 부른 유럽 사회주의자 대다수가 지지한 1차대전을 로런스가 반대한 점, 그리고 로런스가 자신의 시「혁명가」(The Revolutionary)에서 "창백한 얼굴에 거드름"(pale-face importance)[35] 피우는 관념적 책략가들과 선동가들이라 부른 ──『공산주의에서의 '좌익'소아병』("*Left-Wing*" *Communism, An Infantile Disorder*)의 저자에게도 호감을 사지 못했을 ── 이들을 불신한 점 또한 마찬가지로 흥미롭다.

물론 우리의 관심은 특정 논점에 관해서 로런스가 (혹은 레닌이) 옳은지 아닌지를 가리려는 것이 아니라, 모든 정치운동에 대한 로런스의 습관적 불신에서 진실로 적실하고 흥미로운 것 중 얼마나 많은 부분이 당대 유럽 특유의 현실에 뿌리박고 있는지를 강조하려는 것뿐이다. 그러므로, 러시아라는 주변국의 사례에서 하나의 유보조건이 필요했다면, 역사가 유구한 동시에 '저개발 상태'인 멕시코 같은 나라의 경우에는 완전히 다른 태도가 필요하다. 한편으로 유럽적 가치와 태도의 침투는 유럽 본토에서 작동하는 그 무엇보다도 훨씬 파괴적인 영향을 끼칠 수 있어서, 콘래드가『노스트로모』에서 제3세계 정치상황을 제시하면서 탁월하게 포착한 바 있으며 케이트 역시 멕시코 곳곳에서 감지하는 바 비현실감과 악몽 같은 희화화를 초래한다. 그녀가 도시의 멕시코인들을 "잡종 도시의 잡종 인간들"(20면)이라 부르는 것도 이런 경험을 반영하며, 이는 단지 불만에 찬 서양인(gringo)의 박절한 발언을 넘어서 저개발 지역의 수많은 '근대화된' 도시들의 실상을 압축적으로 보여준다. 그러나 이와 동시에, 피억

---

**35** *The Complete Poems*, ed. V. Pinto and W. Roberts, 2vs. (Heinemann 1964) 288면.

압민중이 자력으로 "살림을 꾸리려는" 충동이 그 지역에서는 훨씬 의미가 클 것이며, 여기에 토착전통에 대한 진정한 각성이 함께한다면 유럽의, 그리고 유럽정신의 전지구적 지배에 맞서는 효과적인 저항세력까지도 생겨날 수 있는 것이다.

그러므로 께쌀꼬아뜰운동과 우리 시대 제3세계 혁명의 여러 양상 간에 존재하는 앞서 지적한 유사성들은 결코 우연이 아니다. 그것들은 로런스의 역사적 전망이 제3세계의 혁명적 현실과 참으로 일치한다는 사실을 반영한다. 만일 파농의 다음 발언을 신뢰할 수 있다면, 로런스가 경제문제를 소홀히 하거나 종교와 인종적 정체성 같은 '상부구조'적 특징들에 몰두하는 점도, 식민지 혹은 준식민지의 맥락에서는 이 예술가의 리얼리즘을 덜 훼손하는 것으로 판명될 것이다.

식민지에서는 경제적 하부구조가 상부구조이기도 하다. 원인이 결과인 까닭이니, 백인이라서 부유하고 부유해서 백인인 것이다. 이것이야말로 식민지 문제를 다룰 때마다 맑스주의 분석을 약간은 신축성 있게 적용해야 하는 이유이다.[36]

그런 점에서, 가령 '아우또다페'로 불리는 장에서 '예수의 떠남' 장면과 싸율라교회에서 그리스도상들을 치우는 행위는 진정 혁명적인 사건 특유의 공포와 비애뿐만 아니라 그 어떤 숙연함과 해방감을 담고 있다.[37] 이와 마찬가지로, "아메리카대륙의 원주민적인 요소" 및 그들로부터 출현할 "새로운 존재"에 대한 케이트의 다음과 같은 성찰은 유럽의 정치적·경제

---

**36** Fanon, 앞의 책 32면.

**37** 허프는 이 장면을 이 소설의 "결절점" 가운데 하나라고 부르며, 로런스의 노력이 "상당한 성공"을 거두었다고 인정한다(Hough, 앞의 책 129면).

적 지배를 분석하고 비난하는 숱한 팸플릿들이나 논문들보다 그 지배에 대해 훨씬 더 전복적인 것으로 드러날 수 있다.

아메리카대륙의 원주민적인 요소는 아직도 대홍수 이전의, 두뇌적-정신적 세상이 생겨나기 이전 세상의 방식에 속해 있다. 그러므로 아메리카에서는 백인들의 두뇌적-정신적 삶이 처녀지에 퍼뜨린 잡초마냥 순식간에 무성해진다. 그것이 시드는 것도 아마 순식간일 것이다. 거대한 죽음이 닥친다. 그리고 그후, 살아 있는 결실은 오래된 피-척추 중심의 의식이 현재 백인의 두뇌적-정신적 의식과 융합함으로써 생겨날 새싹, 즉 인간 생명의 새 수태가 될 것이다. 두 존재가 저물어 하나의 새 존재로 태어날 것이다.(제26장 415면)

이런 말들은 그 순전히 사변적인 성격과 몽매주의로 빠질 명백한 가능성에도 불구하고, 순전한 정체상태에 머물 것이냐 아니면 맹목적 서구 '따라잡기'를 자신들의 역사적 운명으로 받아들일 것이냐 사이에서 불모의 양자택일을 거부하는 제3세계 민중의 상황을 대변한다. 케이트가 다음과 같이 외칠 때, 그녀는 저들의 고통과 열망의 목소리를 표현하고 있다.

희망! 희망! 이 검은 영혼들 속에 희망을 되살려서 새로운 인간세상으로 가는 유일한 길인 (아메리카 원주민과 백인의 ―옮긴이) 합일을 이룩하는 일이 정녕 가능할 것인가?(제26장 416면)

하지만 이러한 혁명적 경향들로부터 하나의 온전한 예술작품을 창조하기 위해서는 로런스의 경우보다 훨씬 더 의식적인 혁명적 전망이 필요하다. 가령, 현실정치에 대한 그의 경멸은 기존의 어떤 정당과 함께라도 "유럽정신이라는 엄청난 모험"(각주15 파농의 표현 ― 옮긴이)에 동참하기를 거부하는 방랑하는 예술가의 개인적 입장으로는 그럴 법하다. 하지만 만약 대중운동 지도자가 그럴 경우, 그것은 씨쁘리아노 비드마(Cipriano Vidma) 사단(師團)은 물론 현직 대통령 및 입법부의 호의에까지 기꺼이 의지하려는 라몬처럼 되는 것을 뜻할 뿐이다. 라몬에게 이렇다 할 경제계획이 부재하다는 사실도 수상쩍기는 매한가지다. 그가 이 소설에서 토지 재분배나 생산성향상 계획을 자세히 펼쳐야 한다는 말은 아니다. 그렇지만 로런스 자신이 「베스트우드로의 귀향」에서 피력하듯, 새로운 미래상을 진지하게 옹호하려는 이라면 장차 닥칠 "생사를 건 재산투쟁"에 관심을 기울여야 한다.[38] 다음 인용문에서 라몬이 멕시코 사회주의자들에게 하듯이 그렇게 설교하는 종교지도자가, 그의 의식적인 의도와 상관없이 실제로 누구의 이익에 복무하게 될지 상상하기란 어렵지 않다.

"그리하여 우리는 삶으로 돌아갑니다. 시계를 버리고 태양과 별로, 금속을 버리고 세포막으로 돌아갑니다.

"이런 식으로 문제가 해소되기를 우리는 바랍니다. 그것은 결코 해결될 수 있는 것이 아니니까요. 사람들이 생명을 먼저 추구할 때면 토지도 금도 추구하지 않게 될 것입니다."(제22장 361면)

---

**38** *Phoenix II* 264면 참조. "앞으로 생사를 건 재산투쟁이 있으리라는 것을 알고 있다. 이제, 재산소유권은 문제가 종교적 문제가 되었다는 것을 안다." 그리고 로런스는 이렇게 덧붙인다. "마음만 있다면 우리는 영국에서 진짜 민주주의를 조금씩 확립해나갈 수 있으리라고 생각한다. 토지·산업·운송수단을 국유화하고, 모든 게 현재보다 엄청나게 잘 돌아가도록 만들 수 있을 것이다. 마음만 있다면 말이다. 이 모두 우리가 어떤 정신으로 이런 일을 행하느냐에 달려 있다."(265면) 이런 발언은 상당히 모호하지만 글의 성격상 이해할 만하거니와, 라몬의 생각보다는 훨씬 구체적이다.

이렇게 말하는 이가 부유한 대농장주라면 더더욱 그렇다.

여기서 우리는『일촉즉발』에서 표면화된 보수적·반계몽주의적 경향들이 다른 모습을 띠고 재등장하는 것을 목격하게 된다.『날개 돋친 뱀』은 낡은 세계와의 결별뿐만 아니라 새 세상에서의 정착을 시도하기 때문에,『아론의 막대』와『캥거루』에서처럼 그런 경향들을 통제하는 것, 즉 이 경향들과 정면으로 씨름하지 않은 채로 통제하는 것은 이제 불가능하다. 리얼리즘 소설로서『날개 돋친 뱀』의 성공은 다음 두 경우 중 하나일 때만, 즉 로런스 자신도 인정할 수 있는 진정한 혁명세력을 실제 역사에서 식별해내거나, 아니면 본질적으로 전(前) 혁명적(pre-revolutionary) 상황을 찾아내어 그것을 그 본모습으로, 참으로 혁명적인 시각에서 그려낼 때에만 가능할 수 있었을 것이다. 이 둘 중 어느 것에도 미달하기에, 께쌀꼬아뜰 운동이 일체의 혁명적 혹은 전 혁명적 현상을 넘어서는 것인 양 자임하다가 결국은 파시즘과의 유사점들을 노정하고 마는 것은 그리 놀랍지 않다. 혁명적이거나 심지어 과격혁명적인 수사와 보수적인 사회경제적 실천의 결합이야말로 역사적 파시즘의 특징적 표지인 것이다.³⁹

하지만 바로 이런 실패로 인해『날개 돋친 뱀』은 정치적·지적 태도로서의 '파시즘'이 우리가 인식하는 것보다 훨씬 깊숙이, 그리고 전면적으로 우리를 위협하고 있다는 사실을 일깨워준다. 왜냐하면 이 소설의 '파시즘적' 측면은 진공상태나 어떤 아득히 먼 악의 영역에서 발생하는 것이 아

---

39 "파시스트 정당들과 기업가계층 — 더 구체적으로는 대기업가들 — 의 이해관계가 이런 식으로 수렴한 것은 현실 파시스트 정권들의 핵심적인 특징이었다. 여기에 바로 파시즘과 공산주의 간의 결정적인 차이가 있으며, 파시즘 기획 안에 있는 반(半) 사회주의적 혹은 유사 사회주의적 진술을 진지하게 받아들이지 말아야 할 이유도 여기에 있다. 기업의 이해관계와 민중선동의 결합은 파시즘이 혁명적 외관을 한 보수정권이라는 저 역설적 현상이 된 경위를 설명해준다." H. Stuart Hughes, *Contemporary Europe: A History*, 2nd ed. (Prentice Hall 1966) 247면 참조.

니라, 이 작품에서 값진 부분에 해당하기도 하는 "새로운 인간세상"을 추구하는 바로 그 과정에서 비롯되기 때문이다. 또한 그러한 추구는 로런스 자신이나 멕시코, 혹은 심지어 제3세계에만 국한되는 필연적 과제도 아니요, 오히려, 하이데거의 말처럼 "인간이 지구 전체에 대한 지배를 관철하려는 시점"[40]인 기술시대의 참으로 세계사적인 필연적 과제이다. 『연애하는 여인들』이 기술적 인간으로서는 기술이 인류에 부과한 역사적 짐을 떠맡을 능력이 없다는 점을 로런스가 가장 긴 호흡으로 검토한 작품이라면, 『날개 돋친 뱀』은 어디서 그리고 어떻게 새 인간이 탄생할 수 있을지를 구체적으로 구상하려 한다는 점에서 그의 다른 어느 작품들보다 더 나아간다.

이러한 이유로 『날개 돋친 뱀』은 로런스의 지속적인 사유모험에서 핵심적 위치를 차지하며, 그 모험의 다음 단계이자 마지막 단계의 성격도 상당부분 결정한다. 위터 바이너(Witter Bynner, 로런스와 교류하며 멕시코 여행을 함께 한 미국 시인으로 1951년 로런스 회고록 『천재와의 여정』 Journey with Genius을 발표했다 ─ 옮긴이)에게 쓴 편지에서 로런스가 이 소설에 대한 유보를 표명했다고 해서 이런 사실이 바뀌지는 않으며, 이 편지가 입장철회를 의미하는 것도 아니다. 로런스는 우리가 파시즘과 연결지은 이 소설의 특정 양상들을 거부하는 것이지, 이 작품 자체를 부정하는 것은 아니기 때문이다.

---

**40** Heidegger, *What Is Called Thinking?* 57면. 하이데거는 니체가 "〔이 순간을〕 분명히 인식한 최초의 사람이자, 모든 함의를 고려하면서 〔그것을〕 형이상학적으로 철저히 사유한 유일한 사람"이라고 인정한다(같은 면). 하이데거는 이어서 이렇게 설명한다. 니체의 "초인이란 종래의 인간본성을 처음으로 그 진리로까지 밀고 나가 그 진리를 떠안은 존재이다. 그렇게 그 본성에서 확립된 종래의 인간은 이를 통해 지구의 미래의 주인이 될 수 있을 것이다. 즉 지구와 인간 활동의 기술적 변형의 성격으로부터 미래의 인간에게 부여될 역량을 높은 의미에서 펼칠 수 있을 것이다."(59면)

영웅은 이제 폐물이 됐고 사람들의 지도자라는 것도 낡은 이야기지. 어쨌거나, 영웅의 배후에는 전투적 이상이 자리하는데, 전투적 이상이니 이상적 전사니 하는 것도 다 한물간 이야기야. 우리는 모든 형태의 군사주의와 전투주의에 넌더리가 났고, '마일즈'(라틴어로 밀레스Miles는 군인, 전사의 뜻—옮긴이)는 이제 남자한테 안 어울리는 이름이네. 대체로 나는 '지도자와 추종자' 관계가 따분한 이야기라는 자네 생각에 동의하네. 새로운 관계는, 하나는 위에 있고 하나는 밑에 있고, 이끌어주시라 나는 따르겠소, '나는 봉사한다'(독일어 ich diene로 표현된 당시 영국 왕세자의 모토—옮긴이) 따위가 아닌, 남자와 남자 사이 그리고 남자와 여자 사이의 섬세한 어떤 따뜻함이 될 걸세. (…)

　그래도 어떤 면에서는 우리는 여전히 싸워야 하네. 그렇다고 '오, 영광을!' 이런 식은 아닐세. 나는 우리가 아직도 남근적 진실을 위해, 비-남근적 두뇌적 허위들에 맞서 싸워야 한다고 느낀다네. 나는 남근적 의식이 자네의 목표인 온전한 의식의 일부라고 보네. 내가 보기에 핵심적인 일부지.[41]

로런스가 "따뜻함"을 선호하며 "지도자와 추종자 관계"를 거부한 것이 『날개 돋친 뱀』은 물론이고 『아론의 막대』와 『캥거루』보다도 『채털리부인의 연인』을 의도적으로 치켜세운 것으로 들릴 수 있다면, 이 편지의 다음 단락은 그가 실제로 『채털리부인의 연인』을 가장 염두에 두고 있으며, 이 작품을 두고 벌어질 싸움에 대비해 스스로 마음을 다잡고 있음을 보여준다.

　사실 "지도자와 추종자 관계"를 "따뜻함"과 병치한 것 자체가 문제를

---

41 *The Collected Letters* 1045-46면, 1928. 3. 13.

단순화할 소지가 있거니와, 이 병치는 지도자소설들보다 『채털리부인의 연인』에 더 적절한 것일 수 있다. 이 공식은 로런스가 『날개 돋친 뱀』에 나온 갖가지 신화적 치장을 제거하는 일을 실제로 가능케 하는 동시에, 야심이 지나쳤던 그 시도 이후의 건전한 긴축책을 나타내기도 한다. 하지만 『채털리부인의 연인』은 이전 소설과 대조적으로 자연주의와 상식을 결연히 고수하는 바로 그 점에서 또다른 종류의 신비화의 위험 ── (로런스 자신이 이 소설에 관한 에쎄이에서 표현했듯이) "성적 갱생보다는 남근적 재생"[42]의 일부로서의 성이 아니라, 성행위 자체를 우리 시대의 핵심적 관심사로 보이게 만들 위험 ── 을 불러일으킨다. 『연애하는 여인들』이 보여준 집중이나 『날개 돋친 뱀』이 과감히 도입한 우주적, 종교적, 그리고 세계정치적 차원들이 결여된 채, 비교적 도식적으로 산업문제를 다룬 점도 이런 인상을 강화한다.

이러한 차원들에 대한 인식이 로런스 말년의 긴축된 작품세계에서 여전히 사라지지는 않았다는 것은 확실하다. 그의 많은 에쎄이, 시, 단편은 물론이거니와, 방금 인용한 에쎄이 「『채털리부인의 연인』에 관하여」와 『계시록』은 그 점을 풍부하게 입증한다. 오히려 『날개 돋친 뱀』의 실패 이후 나타나는 것은 작품이 더욱 파편화되는 경향인데, 그것은 『연애하는 여인들』의 성취에 함축되었던 방향으로 한걸음 더 나아가는 것을 뜻하거니와, 로런스는 이제 야심찬 종합을 시도하지 않고 『채털리부인의 연인』 외에는 무게있는 장편 집필을 시도하지도 않는다. 그렇지만 그것은 좀더 의식적이고 통제된 파편화이기도 하다. 이 시기의 시와 산문은 그가 자기 능력의 한계 안에서 가장 잘 싸울 수 있는 바로 그런 당대의 싸움을 싸워내는 데 더 집중하고 있음과 동시에, 한갓 인간의 노력만으로 역

---

42 *Phoenix II* 508면.

사의 흐름을 돌리기란 무망하다는 인식이 더 깊어졌음을 보여준다. 가령 시집 『팬지꽃들』(*Pansies*)에는 풍자적이거나 논쟁적인 시편들과 나란히, 그 못지않게 특징적인 「모든 비극이 끝난 뒤—」(After All the Tragedies Are Over—)의 이런 시행들이 발견된다.

하지만, 무(無)가 되는 그때가 왔을 때,
무가 된다는 것은 얼마나 좋은가!
아무것도 없는 불모의 광활한 땅,
가장 낮은 썰물이 빠진 뒤
잔물결 하나 없이
바다가 사라진
드넓은 갯벌 같은.

아, 생명이 떠나가고
무로 남은
나 자신을 보게 될 때!

하지만, 불모의 잿빛 갯벌, 모래, 그리고
안타깝고 아득히 먼 진흙땅도
그들이 헐벗고 있는 시간 내내
여전히 바다 밑바닥이다.
조수를 바꾸는 건 달이다.
해변은 거기 전혀 관여하지 못한다.[43]

---

**43** *The Complete Poems* 509면.

이 시의 분위기는 「일어나! ──」(Stand Up! ──)나 「싸울 것이냐, 죽을 것이냐 ──」(It's Either You Fight or You Die ──)에 나타난 입장과 전혀 모순되지 않는다. 시인이 노래하는 실패와 무는 절대적인 무, 절망과 자책과 숙명론의 원인이 아니라, "그들이 헐벗고 있는 시간 내내/여전히 바다 밑바닥"인 것이다. 그것은 하이데거가 "신의 부재"라 부른 것으로서, 그는 이렇게 덧붙이고 있다.

그러나 신의 부재는 결핍이 아니다. 그러므로 나라 사람들이 잔꾀로 자신들의 신을 만들어서 이 이른바 결핍을 억지로 제거하려 들어서는 안 된다. 또한 그저 익숙해진 신을 모셔오는 데 안주해서도 안 된다. 이런 식으로 하면 당연히 부재의 현전이 간과될 것이다. 발견은, 신의 부재에 의해 규정되며 그렇기에 발견이 유보되게 만드는 인접성 없이는, 그것이 본래 가까이 있는 모습대로 가까이 있을 수 없을 것이다.[44] 그러므로 시인이 마음 둘 바는 단 하나뿐이다. 신이 존재하지 않는다는 가상을 두려워 말고 신의 부재 가까이에 머물며, 신의 부재에의 준비된 인접성

---

[44] 이 문장에서 하이데거는 횔덜린의 시 「귀향」(Heimkunft)과 그중에서도 특히 다음 구절을 염두에 두고 있다. "그러나 금(琴) 타는 소리가 매시간 울리고/가까이 다가오는 천상의 존재들을 아마도 기쁘게 하리라./이로써 준비된다."
루스에바 슐츠자이츠(Ruth-Eva Schulz-Seitz)는 그녀의 기념논문집 에쎄이 「확립된 노래 ─ 하이데거의 횔덜린 해석에 대한 논평」(Bevestigter Gesang─Bemerkungen zu Heideggers Hölderlin-Auslegung)에서 이 시와 관련된 하이데거의 언급이 시의 축자적 내용에 대한 단순한 오독의 결과인 것으로 보이며, 그런 언급들은 이 시보다는 횔덜린의 또다른 작품을 통해 더 적절히 예증될 수 있을 것이라고 주장한다(*Durchblicke: Martin Heidegger zum 80. Geburtstag* 71-81면 참조). 어느 경우건, 우리 논의에 이 언급이 갖는 적실성에는 별다른 영향이 없을 것이다.

속에서 충분히 오래 기다리는 것이다. 부재하는 신에의 인접성으로부터 지고의 존재를 부르는 최초의 말을 허여받을 때까지.[45]

이 발언이 『날개 돋친 뱀』의 저자에게 각별히 경종을 울리는 것처럼 보인다면 이 시기 이후 시인으로서의 그의 성장은, 그리고 사실 그가 거의 횔덜린적인 '궁핍한 시대의 시인'의 면모를 띠는 것은 "신의 부재"의 현전에 대한 새로운 집중을 시사한다. 이와 동시에 그가 더욱 실천적인 투사로 성장한다는 사실은 이를 나타내는 또 하나의 증표일 따름이다. 사실, 『채털리부인의 연인』 자체는 『날개 돋친 뱀』보다 더 아름답게 서술된 신화 또는 우화이자 더 효과적인 참여문학 작품으로 평가되어야 한다. '궁핍한 시대'로서의 기술시대의 현실이 온전히 성취된 장편소설 쓰기를 점점 더 어렵게 만들고, 로런스의 경우에는 『연애하는 여인들』이후로는 아예 불가능해지게 만들지만, 그 현실에 대한 그의 지속적이고도 사려깊은 관심은 후기의 상대적으로 파편화된 작품들에 근본적 통일성을 부여하며, 그의 이력의 매 국면을 끊임없는 사유모험에서 하나하나 뜻깊은 진전으로 만들어준다.

---

**45** Heidegger, "Remembrance of the Poet," *Existence and Being* 265면.

## 데이비드 허버트 로런스(David Herbert Lawrence) 연보

**1885년**  9월 11일 영국 잉글랜드 중부 노팅엄셔의 탄광촌 이스트우드에서 광부인 아버지 아서 로런스(Arthur Lawrence, 1846~1924)와 소중산층 출신 어머니 리디아 비어절(Lydia Beardsall, 1851~1910) 사이에서 3남 2녀 중 넷째로 태어남.

**1891~98년**  보베일 공립초등학교 입학 및 졸업.

**1898~1901년**  이스트우드 출신 최초로 주 장학금을 받아 노팅엄 고등학교 입학 및 졸업.

**1901년**  헤이우드 의료기구 제조회사에서 석달간 사무원으로 일하다가 심한 폐렴에 걸려 그만둠. 둘째형 어니스트 사망.

**1902년**  해그스 농장의 체임버스 가족을 자주 방문. 『아들과 연인』(*Sons and Lovers*)에 나오는 미리엄의 모델이 된 제시 체임버스(Jessie Chambers)와 사귀게 되는데, 이들의 관계는 '비공식적인 약혼관계'로까지 발전함.

**1902~06년**  이스트우드에서 초등학교 교생을 하다가 국비장학생 시험에 최우등 선발되어 1906년 노팅엄대학의 2년제 교사자격증 과정에 입학.

**1906~08년**  시, 단편 및 첫 장편('흰 공작' *The White Peacock*이란 제목으로 1911년 출간)을 쓰기 시작. 『노팅엄셔 가디언』(*Nottinghamshire Guardian*)지의 1907년 크리스마스 공모에 단편 「전주곡」(A Prelude) 당선.

**1908~11년** 런던 근교 크로이돈의 초등학교에서 교사생활. 1909년 『잉글리시 리뷰』(*English Review*)지에 시 다섯 편이 처음 실리고 뒤이어 이 시기에 포드 매덕스 휴퍼(Ford Madox Hueffer, 훗날 소설가 Ford Madox Ford로 활약)를 만나게 됨. 휴퍼는 로런스의 천재성을 알아보고 작품활동을 격려하며 그를 런던 문학계에 소개. 1910년에는 두번째 장편 『침입자』(*The Trespasser*)를 쓰고, 『폴 모렐』(*Paul Morel*, 후에 '아들과 연인'으로 제목을 변경) 집필에 착수. 제시 체임버스와의 관계가 끝남. 대학 동창인 루이 버로우즈(Louie Burrows)와 약혼하나 뒤에 파혼함. 1910년 10월 어머니가 암으로 사망. 6월에 「국화 냄새」(Odour of Chrysanthemums) 발표. 편집자 에드워드 가넷(Edward Garnett)과 우정을 쌓음.

**1912년** 3월에 노팅엄대학 시절 프랑스어를 배웠던 위클리 교수의 아내인 프리다 위클리(Frieda Weekley, 독일 귀족 출신으로 결혼 전 이름은 Frieda von Richthofen, 1879~1956)를 만나 사랑에 빠짐. 6주 후 프리다의 모국인 독일로 함께 도피했다가 알프스산을 넘어 이딸리아 가르냐노에 정착. 이곳에서 『아들과 연인』 최종본 탈고.

**1913년** 첫 시집 『애정시편』(*Love Poems and Others*) 출간. 소설 『자매들』(*The Sisters*) 집필 시작(『자매들』은 후에 『무지개』*The Rainbow*와 『연애하는 여인들』*Women in Love*로 나뉘게 됨). 6월에 잠시 귀국하여 평론가 머리(John Middleton Murry) 및 작가 맨스필드(Katherine Mansfield)와 교유 시작.

**1914년** 6월 남편으로부터 이혼 승낙을 얻어낸 프리다와 정식으로 결혼하기 위해 영국으로 돌아옴. 단편집 『프로이센 장교』(*The Prussian Officer*)에 싣기 위해 전에 썼던 단편들을 개작. 8월에 1차대전이 터지는 바람에 이딸리아로 돌아가지 못함. 「토마스 하디 연구」(Study of Thomas Hardy) 집필. 『무지개』 개작. 오톨라인 모렐(Ottoline Morrell), 썬시아 애스퀴스(Cynthia Asquith), 버트런드 러쎌(Bertrand Russell), 포스터(E. M. Forster) 등과 사귐. 전쟁에 대한 절망과 분노가 깊어감.

**1915년** 미국 플로리다에 이상적인 공동체를 세울 계획을 하고, 러쎌 등과 혁명적인 반전(反戰) 정당을 만들 계획도 하지만 모두 실패. 『무지개』 출간. 출간되자마자 압류되고 음란물로 판결받아 판매금지를 당함. 징집대상자 신체검사에서 불합격했으나 영국을 떠나는 허가를 받지 못함.

**1916년** 콘월 지방에 거주하며 『연애하는 여인들』을 쓰기 시작. 여행기 『이딸리아의 황혼』(*Twilight in Italy*)과 시집 『아모레스』(*Amores*) 출간.

**1917년** 『연애하는 여인들』이 여러 출판사에서 거절당하지만 계속 개작함. 미국행 시도도 실패. 『미국고전문학 연구』(*Studies in Classic American Literature*, 1923년 출판)에 포함될 에세이 집필 시작. 시집 『보라! 우리는 해냈다!』(*Look! We Have Come Through!*) 출간. 로런스의 반전사상과 프리다의 국적 등이 겹쳐 첩자 혐의를 받아 거주지 콘월에서 추방당함. 런던에서 『아론의 막대』(*Aaron's Rod*) 집필 시작.

**1918년** 청소년을 위한 개설서 『유럽역사의 움직임들』(*Movements in European History*)을 쓰기 시작(1921년에 옥스포드대학출판부에서 간행). 네번째 시집 『신작시편』(*New Poems*) 출간.

**1919년** 인플루엔자로 심하게 앓음. 종전으로 출국이 가능해져 피렌쩨를 거쳐 이딸리아를 여행하다가 까쁘리에 정착.

**1920년** 씨칠리아의 따오미나로 이주. 『연애하는 여인들』 초판이 미국에서 비공식으로 출간.

**1920~21년** 장편 『길 잃은 젊은 여자』(*The Lost Girl*)와 최근 발굴된 미완성 장편 『미스터 눈』(*Mr. Noon*), 여행기 『바다와 싸르데냐』(*Sea and Sardinia*) 및 정신분석 관련 저서인 『정신분석과 무의식』(*Psychoanalysis and the Unconscious*, 1921년 출간)과 『무의식의 환상곡』(*Fantasia of the Unconscious*, 1922년 출간) 집필. 『아론의 막대』 완성. 단편집 『잉글랜드, 나의 잉글랜드』(*England, My England*)와 중편집 『무당벌레』(*The Ladybird*)에 들어갈 작품들을 개작.

**1922년** 프리다와 함께 씰론(지금의 스리랑카)을 방문하여 불교도인 브루스터 부부(Earl and Achsah Brewster)를 만난 후 남태평양을 거쳐 오스트레일리아에 도착. 거기서 여름을 지내며 장편 『캥거루』(*Kangaroo*, 1923년 출간) 집필. 9월에 메이블 다지 루한(Mabel Dodge Luhan)의 초대로 미국 뉴멕시코주 타오스에 정착. 훗날 에쎄이 「뉴멕시코」(1928)에서 술회한 대로 이곳에서 거대한 물질적·기계적 발전의 현시대로부터 해방되는 경험을 함.『아론의 막대』 및 『잉글란드, 나의 잉글란드』 출간.『미국고전문학 연구』 개고.

**1923년**  『미국고전문학 연구』『캥거루』 등 간행. 시집『새, 짐승, 꽃』(*Birds, Beasts and Flowers*) 완성. 프리다와 함께 멕시코의 차빨라에서 여름을 보내며『께쌀꼬아뜰』(*Quetzalcoatl*, 뒤에『날개 돋친 뱀』*The Plumed Serpent*으로 개작) 쓰기 시작. 몰리 스키너(Mollie Skinner)의 장편을『수풀 속의 소년』(*The Boy in the Bush*)으로 개작(이듬해 두 사람의 공저로 간행). 8월에 프리다가 영국으로 돌아가고 12월에 로런스가 뒤따라감.

**1924년**  런던의 까페로얄 식당에 친구들을 초대하여 뉴멕시코 타오스의 목장에 공동체를 만들자고 제안했으나 도로시 브렛(Dorothy Brett)만이 수락하여 3월에 로런스 부부를 따라 뉴멕시코로 감. 그해 여름 키오와 산장에 머물며「말을 타고 가버린 여인」(The Woman Who Rode Away)『쎈트모어』(*St. Mawr*)「공주」(The Princess) 등의 중·단편을 씀. 로런스의 아버지 사망. 10월 멕시코 오아하까로 가서『날개 돋친 뱀』 집필.

**1925년**  2월에 말라리아에 걸려 거의 죽을 뻔함. 멕시코시티의 한 의사가 로런스가 폐병으로 죽어가고 있다고 선고. 이때부터 본격적인 투병생활을 하며 작품활동을 이어감. 미국으로 힘겹게 돌아와 타오스의 산장에서 집필 계속. 수상집『호저(豪豬)의 죽음에 관한 명상』(*Reflections on the Death of a Porcupine*) 출간. 9월 로런스 부부는 유럽으로 돌아가서 이딸리아에 거주.

**1926년**  『날개 돋친 뱀』 출간.『처녀와 집시』(*The Virgin and the Gipsy*)를 씀. 프리다와 싸우고 몇주간 별거. 늦여름에 마지막으로 영국 방문. 돌아와서『채털리부인 1차본』(*The First Lady Chatterley*) 씀. 단편「해」(Sun)를『뉴코터리』(*New Coterie*)에 발표(한정판 소책자『해』*Sun* 동시 간행). 올더스 헉슬리 부부(Aldous and Maria Huxley)와 가까이 지냄. 그림 그리기 시작.

**1927년**  『채털리부인의 연인』(*Lady Chatterley's Lover*) 두번째 버전을 씀('존 토마스와 제인 부인'*John Thomas and Lady Jane*이라는 제목으로 1972년에야 영국에서 간행되었고 그에 앞서 1954년에 이딸리아어판이 나옴). 중편「달아난 수탉」(The Escaped Cock)과 기행문『에트루리아 유적 탐방기』(*Sketches of*

*Etruscan Places*)를 씀.『채털리부인의 연인』최종본 집필 시작.

**1928년**  단편집『말을 타고 가버린 여인』(*The Woman Who Rode Away and Other Stories*) 출간. 6월에 프리다와 스위스 여행. 몸이 쇠약해져 신문 기고나 짧은 시, 그림 외에는 일을 못 함.『시전집』(*Collected Poems*) 출간. 프랑스 남부 방돌에 정착.『채털리부인의 연인』이 피렌쩨에서 비공식 출간되어 큰 소동이 일어남.

**1929년**  로런스의 그림들이 런던의 워런 화랑에 전시되었으나 바로 그날 경찰에 의해 외설 혐의로 압수. 빠리와 에스빠냐의 마요르까 방문. 이딸리아에서 병으로 쓰러져 독일로 옮겼다가 다시 프랑스 방돌에 옴. 장차 그중 일부가『쐐기풀』(*Nettles*)과『최후의 시편들』(*Last Poems*)로 묶여 나올 일련의 시를 씀(1930년과 1932년에 각기 출간. 그러나 온전한 내용은 'The 'Nettles' Notebook'과 'The 'Last Poems' Notebook'이라는 제목으로 케임브리지판 *Poems* 〔2013〕에 와서야 수록됨). 수상록『계시록』(*Apocalypse*, 1931년 출간) 집필.

**1930년**  의사의 권고로 2월 프랑스 방스의 요양원에 입원했으나 차도가 없자 올더스 헉슬리 부부와 프리다가 근처의 집으로 옮김. 3월 2일 사망, 방스에 묻힘.

**1935년**  유골을 화장하여 뉴멕시코 키오와 산장으로 옮겨 안장.

**1956년**  프리다 사망. 키오와 산장의 로런스 묘소 곁에 묻힘.

**1960년**  『채털리부인의 연인』이 영국과 미국에서 출간.

**1979~2018년**  케임브리지대 출판부에서 *The Cambridge Edition of the Letters and Works of D. H. Lawrence* 전40권 간행사업을 시작하여 첫 책으로 *Letters* 제1권이 나왔고 *Poems* 제3권으로 전집이 완간됨.

# 참고문헌*

Abrams, M. H. *The Mirror and the Lamp*. Oxford and New York: Oxford University 1953.

Adams, Henry. *The Education of Henry Adams*. Boston: Houghton Mifflin 1918.

Aldington, Richard. *D. H. Lawrence: Portrait of a Genius But...* New York: Duell, Sloan and Pearce 1950.

Arendt, Hannah. "Martin Heidegger at Eighty." *The New York Review*, October 21, 1971.

Arnold, Arnim. Introduction to *The Symbolic Meaning*. London: Centaur 1962.

Auerbach, Erich. *Mimesis: The Representation of Reality in Western Literature*. Princeton: Princeton University Press 1953.

Caudwell, Christopher. "D. H. Lawrence: A Study of the Bourgeois Artist." *The Critical Performance*. ed. S. E. Hyman. New York: Random House 1956.

Cavitch, David. *D. H. Lawrence and the New World*. New York: Oxford University

* 이 참고문헌은 1)본 연구에서 인용하거나 참조한 로런스 관련 단행본들과 논문들, 2)본문이나 주에 인용한 기타 저작들로 구성되어 있다. 비평선집에 실린 에쎄이들은 본 연구에서 특정하여 언급한 것이 아니면 수록된 선집만 제시하고 개별적으로 열거하지는 않았다. 로런스의 저작은 참고문헌에 포함하지 않았으며, 인용에 사용한 판본은 주에서 밝혀두었다.

Press 1969.

Chambers, Jessie. ("E. T.") *D. H. Lawrence: A Personal Record*. London: Jonathan Cape 1935.

Clark, L. C. *Dark Night of the Body: D. H. Lawrence's 'The Plumed Serpent'*. Austin: University of Texas Press 1964.

Daleski, H. M. *The Forked Flame: A Study of D. H. Lawrence*. London: Faber and Faber 1965.

Eliot, T. S. *After Strange Gods*. London: Faber and Faber 1933.

_____. *The Use of Poetry and the Use of Criticism*. London: Faber and Faber 1933.

_____. *The Idea of a Christian Society*. London: Faber and Faber 1939.

_____. *Selected Essays*. new ed. New York: Harcourt Brace 1950.

Fanon, Frantz. *The Wretched of the Earth*. tr. Constance Farrington. New York: Grove Press 1963.

Ford, George H. *Double Measure: A Study of the Novels and Stories of D. H. Lawrence*. New York: Holt, Rinehart and Winston 1965.

Forster, E. M. *Aspects of the Novel*. New York: Harcourt Brace 1927.

_____. *Abinger Harvest*. New York: Harcourt Brace 1936.

_____. *Two Cheers for Democracy*. New York: Harcourt Brace 1951.

Freeman, Mary. *D. H. Lawrence: A Basic Study of His Ideas*. Gainesville: University of Florida Press 1955.

Fry, Roger. *Vision and Design*. Cleveland: Meridian Book 1956.

Gordon, David J. *D. H. Lawrence as a Literary Critic*. New Haven: Yale University Press 1966.

Gregory, Horace. *The Pilgrim of the Apocalypse*. New York: Viking Press 1933.

Guerard, Albert J. *Conrad the Novelist*. Cambridge: Harvard University Press 1965.

Harrison, John R. "D. H. Lawrence." *The Reactionaries*. New York: Schocken Books 1967.

Hauser, Arnold. *The Social History of Art*. 2 vols. tr. Stanley Godman. New York: Alfred A. Knop 1951.

Heidegger, Martin. *An Introduction to Metaphysics*. tr. Ralph Manheim. New Haven: Yale University Press 1959.

_____. *Discourse on Thinking*. tr. J. M. Anderson and E. H. Freund. New York: Harper and Row 1966.

_____. *What is called Thinking?* tr. Fred D. Wieck and J. Glenn Gray. New York: Harper and Row 1968.

_____. "What is Metaphysics?" tr. R. F. C. Hull and A. Crick. and "Remembrance of the Poet" and "Hölderlin and the Essence of Poetry." tr. D. Scott. *Existence and Being.* ed. Werner Brock. Chicago: Henry Regnery 1949.

_____. "Nietzsches Wort 'Gott ist tot'." *Holzwege.* Frankfurt am Main: Vittorio Klostermann 1950.

_____. "Die Frage nach der Technik." *Vorträge und Aufsätze.* Pfullingen: Günter Neske Pfullingen 1954.

_____. "Plato's Doctrine of Truth." tr. John Barlow. and "Letter on Humanism" tr. Edgar Lohner. *Philosophy in the Twentieth Century.* ed. William Barrett and H. D. Aiken. Vol. 3. New York: Random House 1962.

_____. "The Origin of the Work of Art." tr. Albert Hofstadter. *Philosophies of Art and Beauty.* ed. A. Hofstadter and R. Kuhns. New York: Modern Library 1964.

_____. "What Are Poets For?" *Poetry, Language, Thought.* tr. A. Hofstadter. New York: Harper and Row 1971.

Hoffmann, Frederick J., and Harry T. Moore, eds. *The Achievement of D. H. Lawrence.* Norman: University of Oklahoma Press 1953.

Hough, Graham. *The Dark Sun: A Study of D. H. Lawrence.* London: Gerald Duckworth 1956.

Hughes, H. Stuart. *Contemporary Europe: A History.* 2nd ed. Englewood Cliffs: Prentice Hall 1966.

Huxley, Aldous. Introduction to *The Letters of D. H. Lawrence.* ed. Aldous Huxley. London: Heinemann 1932.

Kermode, Frank. "D. H. Lawrence and the Apocalyptic Types." *Continuities.* London: Routledge and Kegan Paul 1968.

Kessler, Jascha. "Descent to Darkness: the Myth of *The Plumed Serpent*." A *D. H. Lawrence Miscellany.* (Moore 항목 참조).

Kinkead-Weekes, Martin. Introduction, and "The Marble and the Statue." *Twentieth Century Interpretations of The Rainbow.* (아래 항목 참조)

_____, ed. *Twentieth Century Interpretations of The Rainbow.* Englewood Cliffs: Prentice Hall 1971.

Knight, G. Wilson. "Lawrence, Joyce and Powys." *Essays in Criticism*, October 1961.

Lawrence, Frieda. *Not I, But the Wind...* London: Heinemann 1935.

_____. *The Memoirs and Correspondence.* ed. E. W. Tedlock. London: Heinemann 1961.

Leavis, F. R. *Revaluation: Tradition and Development in English Poetry.* London: Chatto and Windus 1936.

_____. *The Great Tradition.* London: Chatto and Windus 1948.

_____. *The Common Pursuit.* London: Chatto and Windus 1952.

_____. *D. H. Lawrence: Novelist.* London: Chatto and Windus 1955.

_____. *Anna Karenina and Other Essays.* London: Chatto and Windus 1968.

Lingis, A. F. "On the Essence of Technique." *Heidegger and the Quest for Truth.* ed. Manfred S. Frings. Chicago: Quadrangle Books 1968.

Lukàcs, Georg. *Studies in European Realism.* tr. Edith Bone. London: Hillway Publishing 1950.

_____. *The Historical Novel.* tr. Hannah and Stanley Mitchell. London: Merlin Press 1962.

_____. *The Meaning of Contemporary Realism.* tr. John and Necke Mander. London: Merlin Press 1962.

_____. *Goethe and His Age.* tr. Robert Anchor. London: Merlin Press 1968.

_____. *Writer and Critic.* ed. and tr. A. D. Kahn. London: Merlin Press 1970.

Mailer, Norman. *The Prisoner of Sex.* Boston: Little Brown 1971.

Marcuse, Hebert. *Five Lectures.* Boston: Beacon Press 1970.

Miko, Stephen J., ed. *Twentieth Century Interpretations of Women in Love.* Englewood Cliffs: Prentice Hall 1969.

Millett, Kate. "D. H. Lawrence." *Sexual Politics.* Garden City: Doubleday 1970.

Moore, Harry T. *The Intelligent Heart: The Story of D. H. Lawrence.* New York: Farrar, Straus, and Young 1954.

_____. *D. H. Lawrence: His Life and Work.* rev. ed. New York: Twayne Publishers 1964.

_____, ed. *A D. H. Lawrence Miscellany.* Carbondale: Southern Illinois University Press 1959.

_____, and Frederick J. Hoffmann, eds. *The Achievement of D. H. Lawrence.* (Hoffmann 항목 참조)

Moynahan, Julian. *The Deed of Life.* Princeton: Princeton University Press 1963.

Mudrick, Marvin. "The Originality of *The Rainbow*." *A D. H. Lawrence Miscellany*. (Moore 항목 참조)

Muir, Edwin. *Literature and Society*. rev. ed. Cambridge: Harvard University Press 1965.

Murry, John Middleton. *Son of Woman*. London: Jonathan Cape 1931.

_____. *Reminiscences of D. H. Lawrence*. London: Jonathan Cape 1933.

Nehls, Edward, ed. *D. H. Lawrence: A Composite Biography*. 3 vols. Madison: University of Wisconsin Press 1957-59.

Ortega y Gasset, José. *The Dehumanization of Art and Other Essays*. tr. Helene Weyl, et al. Princeton: Princeton University Press 1969.

Patočka, Jan. "Heidegger von anderen Ufer." *Durchblicke: Martin Heidegger zum 80. Geburstag*. Frankfurt am Main: Vittorio Klostermann 1970.

Perkins, David. *Wordsworth and the Poetry of Sincerity*. Cambridge: Harvard University Press 1964.

Petrović, Gajo. "Der Spruch des Heidegger." *Durchblicke*. (Patočka 항목 참조)

Porter, Katherine Anne. "Quetzalcoatl" (a review of *The Plumed Serpent*). *The New York Herald-Tribune*, March 7, 1926.

Pritchard, R. E. *D. H. Lawrence: Body of Darkness*. London: Hutchinson University Library 1971.

Ransom, John Crowe. "Concrete Universal: Observations on the Understanding of Poetry." *Poems and Essays*. New York: Vintage Books 1955.

_____. "Reconstructed But Unregenerate." Twelve Southerners. *I'll Take My Stand*. New York: Harper and Brothers 1930.

Robbe-Grillet, Alain. *For the New Novel*. tr. Richard Howard. New York: Grove Press 1966.

Roberts, Warren. *A Bibliography of D. H. Lawrence*. London: Rupert Hart-Davis 1963.

Robson, W. W. "D. H. Lawrence and *Women in Love*." *The Modern Age* (Vol. 7 of *The Pelican Guide to English Literature*. ed. B. Ford). 2nd ed. London: Penguin Books 1964.

Rolph, C. H., ed. *The Trial of Lady Chatterley*. London: Penguin Books 1961.

Sagar, Keith. *The Art of D. H. Lawrence*. London: Cambridge University Press 1966.

Sartre, Jean-Paul. *L'être et le néant*. Paris: Éditions Gallimard 1943.

_____. *What is Literature?* tr. Bernard Frechtman. New York: Philosophical Library 1949.

Schorer, Mark. "The Life of D. H. Lawrence." *D. H. Lawrence* (The Laurel Great Lives and Thought). ed. Mark Schorer. New York: Dell Publishing 1968.

_____. Introduction to *Lady Chatterley's Lover*. New York: Modern Library 1957.

Schulz-Seitz, Ruth-Eva. "Bevestigter Gesang: Bemerkungen zu Heideggers Hölderlin-Auslegung." *Durchblicke*. (Patočka 항목 참조)

Slade, Tony. *D. H. Lawrence*. London: Evans 1969.

Spilka, Mark. *The Love Ethic of D. H. Lawrence*. Bloomington: Indiana University Press 1955.

_____. "Was D. H. Lawrence a Symbolist?" *Accent*, Winter 1955.

_____, ed. *D. H. Lawrence: a Collection of Critical Essays* (Twentieth Century Views) Vol. 5. Englewood Cliffs: Prentice Hall 1963.

Tedlock, E. W., Jr. *The Frieda Lawrence Collection of D. H. Lawrence Manuscripts*. Albuquerque: University of New Mexico Press 1948.

Tindall, William York. Introduction to *The Later D. H. Lawrence*. ed. W. Y. Tindall. New York: Alfred A. Knopf 1952.

_____. "The Plumed Serpent." *The Achievement of D. H. Lawrence*. (Hoffmann 항목 참조)

_____. Introduction to *The Plumed Serpent*. New York: Alfred A. Knopf 1952.

Tiverton, Father William (Martin Jarrett-Kerr). *D. H. Lawrence and Human Existence*. New York: Philosophical Library 1951.

Vickery, John B. "*The Plumed Serpent* and the Eternal Paradox." *Criticism*, V. 1963.

Vivas, Eliseo. *D. H. Lawrence: The Failure and the Triumph of Art*. Evanston: Northwestern University Press 1960.

Williams, Raymond. *The Long Revolution*. New York: Columbia University Press 1961.

_____. *Culture and Society: 1780-1950*. New York: Harper and Row 1966.

_____. *The English Novel from Dickens to Lawrence*. New York: Oxford University Press 1970.

_____. "Lawrence and Tolstoy." *Critical Quarterly*, Spring 1960.

## 옮긴이의 말

이 책은 백낙청 선생이 1972년 미국 하바드대학교에 제출한 영문학 박사학위논문*을 우리말로 옮긴 것이다. 선생의 미국유학은 딱히 순탄하지만은 않은 '공부길'이었던 듯하다. 1955년 브라운대학교에 입학해 학부과정을 마치고 하바드대에서 석사학위를 받은 뒤 이미 허가받은 박사과정 진학을 스스로 접은 채 1960년 귀국했던 선생은, 2년 후 재차 도미하여 하바드 영문학 박사과정에 새로 입학하지만 1년 수료 뒤인 1963년 또다시 귀국한다. 서울대학교 문리과대학 영문과에서 교편을 잡는 한편 1966년 계간『창작과비평』을 창간하며 왕성한 비평활동을 벌이던 선생이 박사학위 취득을 결심하고 마지막 유학길에 오른 것이 1969년의 일이었으니, 이 논문은 그로부터 3년, 열일곱의 나이에 브라운대에 입학한 때부터 치면 17년 만의 결실이다.

---

* "A Study of *The Rainbow* and *Women in Love* as Expressions of D. H. Lawrence's Thinking on Modern Civilization" (1972).

스승의 학위논문을 번역해보면 어떻겠느냐는 의견이 일부 제자들 사이에서 처음 나온 것은 선생이 서울대학교를 정년퇴임하던 2003년 무렵이었다. 두툼한 제록스 복사본으로 대학원생들 사이에서 유통되던 이 논문을 정독한 이들은 거기 담긴 학문적 착상과 발심(發心)이 심오하고 굳건하여 앞으로 선생이 줄기차게 챙기며 돌파해나갈 핵심적 화두들이 이미 뚜렷이 모습을 드러내고 있음에 경탄하지 않을 수 없었다. 요컨대 제자들은 이 논문이 선생의 학자·비평가·사회운동가로서의 노정에서 결정적인 전기를 이루는 저작일 뿐 아니라 로런스 연구나 영문학 연구는 물론이고 문학연구 일반에서도 귀한 성취로서 그 현재적 의의가 엄연하므로, 번역을 통해 독자들에게 더 널리 소개해야 마땅하다고 판단하게 되었던 것이다. 하지만 당시에는 선생의 정년을 기념하는 —— 장차 설준규·김명환 엮음 『지구화시대의 영문학』(창비 2004)이 나옴으로써 마무리될 —— 별도의 출간계획이 이미 추진되고 있었던 까닭에 학위논문 번역은 구상의 단계에 머물고 만다.

그 구상이 마침내 구체화된 것은 촛불혁명이 임박했던 2016년 10월의 일이거니와, 그후 3년여 만에 선생의 30대 초 소산인 학위논문의 한국어판이 (반세기를 격한) 새 저서 『서양의 개벽사상가 D. H. 로런스』와 동시에 출간되기까지의 사정은 본서 '저자의 말'에 밝혀져 있는 대로이다. 새 저서에서 선생 스스로도 밝혔듯 학위논문은 개별 장들이 그간 선생의 평문이나 논문에서 이미 다양한 방식으로 원용되기는 했으나, 본서가 출간됨으로써 드디어 그 전모가 한정된 전문연구자들의 울타리를 넘어 일반독자에게도 오롯이 드러나게 되었다. 이를 계기로 선생의 청년기 3년 동안의 치열하고도 주밀(周密)한 탐구와 연마의 결실이 독자, 비평가, 연구자 들의 진지하고 활발한 관심 속에 우리 사회 비평적·학문적 자산의 살아 있는 한 부분으로 합류하게 되기를 기대한다.

학위논문이 선생의 비평적 실천의 역정에서 갖는 의의는 본서 출간에 힘입어 추후 관련 연구자들의 심층적 검토대상이 되리라 짐작하지만, 학위취득을 전후해 발표된 두 편의 평론 「시민문학론」 및 「문학적인 것과 인간적인 것」의 일면을 짚어보는 것만으로도 어느정도는 그 의의를 가늠해볼 수 있지 않을까 한다.

학위취득을 위해 다시 미국으로 건너가던 1969년 여름에 발표한 「시민문학론」은 『창작과비평』 창간과 함께 이어져온 선생의 비평적 모색이 그 당시 도달한 지점을 잘 보여주는 글이다. 선생은 전공분야인 영문학과 "이 땅의 현실을 연결짓는 일이 하나의 의식적 과제"로서 60년대 내내 괴로운 짐이었으며 「시민문학론」에 이르러 그 과제가 일차적으로 정리되었다고 밝힌 바 있을뿐더러(『현대문학을 보는 시각』, 솔 1991, 8면), D. H. 로런스가 서구 시민문학 전통의 참다운 의의를 이해하기 위해 빼놓을 수 없는 작가이자 토마스 만이나 싸르트르보다 오히려 "우리가 추구하는 시민문학의 핵심적 문제에 근접해" 있는 작가라고 명토박은 것도 다름아닌 「시민문학론」에서다(『민족문학과 세계문학 1』, 창작과비평사 1978, 32면). 따라서 이런 로런스의 작품세계를 탐사한 학위논문은 「시민문학론」의 연장선상에서 그 일차적으로 정리된 '의식적 과제'를 더욱 본격적이고 집중적으로 파고든 작업이라 하겠다.

학위취득 후 귀국한 지 1년 만인 1973년 『창작과비평』 여름호에 발표한 「문학적인 것과 인간적인 것」은 마지막 유학기간의 탐구가 선생의 그러한 모색과정에 불러온 변화를 읽을 수 있는 첫 평론으로, 여러 해 뒤 선생이 언급하듯 한국사회의 구체적인 현실을 향해 「시민문학론」보다 한걸음 더 다가선, "'현대문학을 보는 시각'을 정립"하는 작업의 "기점"에 해당하는 글이다(『현대문학을 보는 시각』 9면). 그런데 가령 「문학적인 것과 인간적인 것」에서 비중있게 제기되는 관념적·형이상학적 인본주의에 대한 비판이 바로 학위논문의 핵심적 논제 중 하나이기도 하다는 사실은 이 글에서 그런 괄목할 비평적 사유의 진전이 가능했던 이면에 하바드에서 보낸 3년간의 튼실한 학문적 온축(蘊蓄)이 버티고 있었음을 시사한다.

한마디로 선생의 학위논문은 영문학 본토의 심장부에서 수행한 고도로 전문적인 학술작업인 동시에 『창작과비평』 창간 이후 지속해온 비평적 실천의 일환이기도 하다는 점에서 유례를 찾기 어렵다. 이 논문은 한편으로는 한국문학계의 현실에 밀착된 문제의식을 집중적인 학문적 탐구와 연마를 통해 확대, 심화함으로써 탄탄한 비평적 입론으로 가다듬어낸 성과인가 하면, 다른 한편으로는 장차 한국평단에 뚜렷한 족적을 남기게 될 주요한 비평담론들의 모태이기도 한 것이다.

선생은 문학뿐 아니라 정치·사회·종교 등 다방면에 걸쳐 숱한 저서를 냈지만, 그 가운데 특히 문학과 직결된 책들은 주로 그때그때의 시대적·문학적 상황에 대응하는 과정에서 산출된 평론모음이 골간을 이룬다. 교사·연구자·현장비평가·사회운동가·계간지 편집인·출판사 경영자 등의 일인다역을 숨가쁘게 수행해온 선생에게는 단일 작가, 단일 주제를 중심으로 통일된 체계에 따라 기획된 저서를 집필할 여유가 없었던 때문이리라. 이는 선생 스스로도 기회 있을 때마다 아쉬움을 표해온 대목으로, 이번에 함께 출간되는 새 저서야말로 그 아쉬움을 결정적으로 지워주는 노작일 터인데, 처음부터 한 권의 저서로서 집필된 본서 역시 그 빈자리를 메우는 데 크게 일조하리라 믿는다.

본서는 존재와 진리에 대한 비형이상학적 탐구 및 그에 기반한 리얼리즘론, 제3세계문학론, 근대 적응 및 극복의 이중과제론, 주체적 외국문학 연구 등 선생이 반세기도 넘는 동안 수행해온 학문적·비평적·사회적 실천의 중심에 자리한 담론들 대부분을 혹은 맹아적 형태로, 혹은 거의 완성된 모습으로 품고 있다는 점에서 선생의 저작에서 특별한 위치를 점한다. 이 논문에 개진된 종요로운 생각들이 향후 선생의 여러 작업을 통해 한층 정교해지고 품을 넓혀간 것은 더 말할 나위 없겠으나, 이를 일관된 서술체계 속에 긴 호흡으로 녹여낸 사례는 이제까지 찾아보기 어려웠다.

놓치지 말아야 할 것은 이런 담론들이 작품 외적으로 이미 구축된 이론적·방법론적 틀로서 작품해석에 기술적·기계적으로 '적용'되는 것이 아니라, 작품의 목소리를 귀기울여 듣고 작품의 내적 논리와 결을 섬세하게 따라가는 면밀한 분석 및 해석을 추동하며 또 그 과정에서 자연스럽게 깊어지기도 한다는 사실이다. 그런 뜻에서, 문학작품의 해석과 이해가 각종 첨단이론에 휘둘리기도 하는 현금의 세태를 되돌아보는 데에도 본서가 귀감이 되리라 생각한다.

로런스 연구서로 국한해 보더라도 본서는 여러모로 독보적이다. 학위논문이 제출된 1972년은 로런스 사후 40여년이 지난 때였으나 당시 이 소설가에 대한 평가가 확립된 형국은 아니었다. 평자들이 '반지성주의자'나 '예언자' 같은 다소 조롱섞인 호명으로 그를 규정하고자 했다면, 『채털리 부인의 연인』을 펴낸 펭귄출판사가 음란출판물법에 걸려 재판까지 벌어지면서 그를 '성(性)문학의 대가'로 여기는 대중적 인식이 더욱 굳어지기도 했다.

사실 로런스에 대한 이런저런 일면적이고 부적절한 평가는 지난 일만도 아니다. 그의 저작이 케임브리지대학출판부에서 40권에 이르는 전집으로 간행되고 수많은 연구결과가 축적된 오늘날에도 로런스의 핵심적인 예술적·사상적 성취가 어떤 것인지 방향을 잡기 어렵다는 호소를 드물지 않게 듣게 된다. 이 논문이 제출된 이래 반백년에 이르는 로런스 비평의 흐름을 요약하기란 간단하지 않겠으나, 문학비평에서 이론의 비중이 커지고 이른바 미학적·정치적 비평담론들이 세분화되면서 번성하는 경향은 로런스 연구에서도 크게 다르지 않아 보인다. 로런스는 그간 페미니즘과 탈식민주의, 후기구조주의와 정동이론 등에서 곧잘 소환되는 이름이었지만, 그의 입장에 대한 동의는 격렬한 반론으로 이어지기 일쑤였고 그를 원용한 이론들도 왜곡이 없지 않았다.

동시대 로런스 연구의 현실을 염두에 두면서 로런스의 예술적·사상적 성취의 핵심을 새로 규명해내는 과제에 집중하는 본서가 특히 주목하는 것은 F. R. 리비스의 로런스 읽기와 하이데거의 형이상학 비판이다. 리비스는 초창기 로런스 비평의 오독과 혼란의 와중에 이 작가를 영국 소설전통의 계승자로 자리매겼으며, 로런스 소설이 추상적·이론적 사유와는 다른 차원의 창조적 사유를 작가의 예지로써 담아낸다고 역설한 바 있다. 선생은 이런 리비스의 시각에 동의하는 한편 로런스를 하이데거와 대면하게 함으로써 로런스의 근대비판 및 새로운 사유의 모색이 갖는 문명적·예술적 함의를 더욱 깊이 궁구해나간다.

돌이켜보면 선생은 로런스의 작품이나 발언의 의미를 묻는 제자들에게 늘 즉답하지 않고 스스로 길을 찾도록 기다렸다. 통념과 다르고 일견 상충되기도 하는 로런스의 발언들의 진의와 지향을 깨달으려면 각자의 정진과 '사유모험'이 필수적이라고 보았기 때문이리라. 그 깨달음의 과정으로 선생은 "모든 실존의 단서는 '존재'(being)에 있다"는 로런스의 생각이 본질 대 실존이라는 이분법에 매인 서구 형이상학의 극복이자, '자기보존'으로만 치닫는 현대문명에 창조적 동기를 부여할 길임을 하이데거의 '존재'(das Sein)의 진리와의 비교를 통해 밝히고자 한다. 하이데거라는 거울에 비춤으로써 로런스 문학에 녹아 있는 특유의 진리관과 예술관, 그리고 과학기술의 본질에 관한 통찰은 더욱 명료한 설득력을 얻게 된다.

1999년 로런스 연구자 폴 에거트(Paul Eggert)는 백낙청의 박사학위논문이 하이데거를 로런스와 연결지은 최초의 사례이며, 동일한 시도를 한 마이클 벨(Michael Bell)의 『D. H. 로런스: 언어와 존재』보다 20년이나 앞선다는 사실을 뒤늦게 '발견'한다. 공간(公刊)되지 않은 학위논문까지 찾아본 서구 학자의 부지런함을 칭찬해야 할지도 모르겠으나, 그의 발견이 이 논문의 실제 내용에 대한 관심과 논의로 이어지지 않은 것은 여전한 아쉬움으로 남는다.

사실 본서는 향후 서구의 여러 비평담론들이 내놓게 될 유효한 발상들을 내장하고 있을 뿐 아니라, 이런 담론들의 전개과정을 되돌아볼 수 있게 된 지금의 시야에서 읽을 때 새삼 두드러지는 많은 통찰들을 내포하고 있기도 하다. 가령 남녀의 새로운 관계 모색이 문명의 차원에서도 핵심적이라는 로런스의 문제의식을 부각한 것은 페미니즘에서도 주목할 만하며, 『날개 돋친 뱀』의 제3세계적 의의를 처음으로 지적한 대목에는 이후 로런스 비평 안팎에서 전개될 탈식민주의 담론의 요체가 들어 있다. 그렇지만 선생의 논의를 따라가다보면 로런스의 입장이 이런 담론들의 비판적 시각과 근접한 면이 있으면서도 갈라진다는 점, 즉 살아 있는 구체적 생명으로서의 '존재'에 근거한다는 점에서 현대이론의 관념주의적 접근을 넘어서기를 요구한다는 것이 명확해진다. 특히 현대문명의 향방을 묻는 본론의 작품론이야말로 탈근대주의, 해체주의 등의 시험을 거쳐온 21세기의 독자들에게 새로운 사유의 물꼬를 트는 도전이 되리라 기대하며, 학위논문에서 깊이 다루어지지 못해 아쉬웠던 로런스의 뉴멕시코 시기 저작에 관한 검토가 선생의 새 저서에서 보강되었으니 이 또한 그 도전에 든든한 힘을 보태리라 믿는다.

제자들을 대표해 번역을 맡게 된 네 사람은 길게는 50년, 짧게는 40년 가까이 선생과 사제의 연을 이어온 영문학도들이다. 스승의 영문 저작을 우리말로 옮기는 생광(生光)스럽고도 두려운 작업을 미욱한 역자들은 철저한 협업에 기대어 감당했다. 네 역자가 학위논문을 장별로 배분해 초역했는데, 제1장은 정남영, 제2장 1~6절은 설준규, 7~8절은 강미숙, 제3장은 김영희, '에필로그'는 강미숙이 맡았다. 초역은 나누어서 진행했으나 그 결과를 놓고 면밀한 원문대조를 포함한 여러 차례의 상호 교차점검을 실시했으니 최종 결과는 명실상부한 공동작업의 소산이다. 교차점검은 네 역자가 저마다 전체 원고를 검토할 수 있도록 3차에 걸쳐 진행했으며, 점검이 한 단계씩 진척될 때마다 그 내용을 전체토론에 붙이고 결과를 원고에 반영해나갔다. 첫번째 전체토론은 출판사 회의실에서 '대면'으로 이루어졌지만 '사회적 거리두기'가 필요한 국면에 들어서면서 이후 수차례는 장시간 원격회의로 대체되었다. 번역 초고가 일단 작성된 다음 저자의 의견을 구할 필요가 있는 사안들을 낱낱이 정리해 선생께 질문하고 그 결과를 반영함으로써 원고를 완성했다. 선생은 제자들의 견해를 대부분 수용하였을 뿐 아니라 몇군데는 원저자주를 추가함으로써 원문을 보완하기도 하였다. 스승의 저작을 제자들이 새겨 옮기는 일 자체가 이미 사제지간의 긴밀한 학술적 공동작업이거니와, 번역원고의 완성 단계에서 그런 작업이 또 실답게 이루어졌으니 역자들로서는 홍복(洪福)이 아닐 수 없다. 스승께 누가 되지 않으려는 마음에 깜냥껏 정성을 다하였으나 미흡한 점이 적지 않으리라 믿는다. 삼가 독자제현의 매운 질정을 청한다.

학위논문은 『무지개』 『연애하는 여인들』 『날개 돋친 뱀』에서의 인용을 각각 1961년 바이킹(Viking Press)판, 1960년 바이킹판, 1959년 빈티지(Vintage Books)판에 의거했지만, 본서는 1979년부터 연속적으로 출간되어 로런스학계에서 가장 권위있는 판본으로 인정받는 케임브리지

(Cambridge University Press)판에 의거했다. 사용판본이 바뀜에 따라 인용문 내용도 미세하게나마 달라졌으나 본문 서술에 영향을 미칠 정도는 아니었다. 다만 제3장 제4절 끝부분 한 곳에 판본 변경에 따른 보충설명의 필요가 생겨 한국어판 원저자주를 붙였다.

원저자주 외에도 본서는 책머리에 한국어판 '저자의 말'을 실었고, 독자의 편의를 위해 필요한 대목에 옮긴이주를 다는 한편 책 말미에는 로런스 연보를 저자의 새 저서에서 빌려와 덧붙였다.

독어나 불어가 원문이지만 학위논문에서 영어번역본을 사용한 문헌들은 정확한 내용 파악을 위해 원문을 참조하되 번역은 영역본에 준했다. 다만 꼭 필요하다고 판단되는 경우에는 원문을 좇아 영역본과 달리 옮기기도 했으나 낱낱이 밝히지는 않았다.

선생이 자주 사용하는 역어나 표현을 번역에 되도록 채택함으로써 여타 저술과의 통일성을 기했으며, 외국어 인용문 중 『서양의 개벽사상가 D. H. 로런스』 등에 저자의 기존 번역이 있는 경우에는 필요시 약간 손질해 원용했지만 이 또한 일일이 밝히지는 않았다.


끝으로, 큰 공부의 기회를 주신 선생님께서 오래도록 강건(康健)하시기를 옷깃 여미며 기원함과 아울러, 특별한 번역서 출간의 편집실무를 맡아 애써주신 강영규, 김정혜 두 분께도 각별한 감사의 뜻을 전한다.


2020년 초여름
역자 일동

# 옮긴이 소개

**설준규(薛俊圭)** 서울대 영문과를 졸업하고 동 대학원에서 셰익스피어 연구로 박사학위를 받았다. 한신대 영문학과 교수로 재직했으며, 현재 한신대 명예교수이다. 저서로 『지구화시대의 영문학』(공편) 등이, 역서로 『죽음을 주머니에 넣고』 『햄릿』 『어둠 속의 희망』 『소설은 어떻게 작동하는가』(공역) 등이 있다.

**김영희(金英姬)** 서울대 영문과를 졸업하고 동 대학원에서 리비스와 레이먼드 윌리엄즈 연구로 박사학위를 받았다. 현재 한국과학기술원 인문사회과학부 교수로 재직 중이다. 저서로 『비평의 객관성과 실천적 지평』 『다시 소설이론을 읽는다』(공저) 『세계문학론』(공저) 등이, 역서로 『맨스필드 파크』 『영국 소설의 위대한 전통』 『미국의 아들』 등이 있다.

**정남영(鄭男泳)** 서울대 영문과를 졸업하고 동 대학원에서 디킨즈 소설 연구로 박사학위를 받았다. 경원대 교수를 역임했다. 저서로 『리얼리즘과 그 너머』 『민중이 사라진 시대의 문학』(공저) 등이, 역서로 『마그나카르타 선언』 『공통체』(공역) 『다중』(공역) 등이 있다.

**강미숙(姜美淑)** 경북대 영문과를 졸업하고 서울대 대학원에서 D. H. 로런스 연구로 박사학위를 받았다. 현재 인제대 리버럴아츠교육학부 교수로 재직 중이다. 역서로 『화이트 노이즈』 『남을 향하며 북을 바라보다』(공역) 등이 있다.

# 찾아보기

## 로런스 저작

러셀, 버트런드(Bertrand Russell) 297, 344
레닌(V. I. Lenin) 45, 64, 65, 211, 309, 331, 332
로브그리예, 알랭(Alain Robbe-Grillet) 56
로자노프, 바실리(Vasily Rozanov) 248
롭슨(W. W. Robson) 264
루카치, 죄르지(György Lukács) 45, 48~51, 62, 66~68, 86, 97, 98, 100, 103, 104, 140, 184
리비스(F. R. Leavis) 35, 36, 45, 86, 99, 101, 111, 112, 131, 141, 166, 183, 184, 189, 212, 225, 235, 236, 238, 254, 255, 257, 258, 306, 307, 359
리차드슨, 쌔뮤얼(Samuel Richardson) 97
링기스(A. F. Lingis) 294

ㅁ

마르쿠제, 허버트(Herbert Marcuse) 61, 62, 71, 248
마리네띠(F. T. Marinetti) 112, 113
마블, 앤드루(Andrew Marvell) 94
만, 토마스(Thomas Mann) 103, 256, 356
만하임, 카를(Karl Mannheim) 24
맑스, 카를(Karl Marx) 65, 67, 68, 71, 247, 248
매그너스, 모리스(Maurice Magnus) 308, 309
머드릭, 마빈(Marvin Mudrick) 99, 147
머리, 존 미들턴(John Middleton Murry) 69, 235, 236, 238, 256, 257, 262, 264, 273, 315, 344
메일러, 노먼(Norman Mailer) 307, 309
멜빌, 허먼(Herman Melville) 40, 82, 317
모렐, 오톨라인(Ottoline Morrell) 297, 344
모리스, 윌리엄(William Morris) 234, 249
모옴, 쏘머셋(Somerset Maugham) 180
모이너핸, 줄리언(Julian Moynahan) 114, 249, 274
모턴, 토마스(Thomas Morton) 40
무쏠리니, 베니또 (Benito Mussolini) 307~309
뮤어, 에드윈(Edwin Muir) 226, 227
밀, 존 스튜어트(John Stuart Mill) 74, 225, 226
밀레트, 케이트(Kate Millett) 198

ㅂ

바이너, 위터(Witter Bynner) 337
발자끄(Honoré de Balzac) 96~98, 101~103
배빗, 어빙(Irving Babbit) 69
버크, 에드먼드(Edmund Burke) 72
베르가, 조반니(Giovanni Verga) 100, 140
베르그송, 앙리(Henri Bergson) 65
베버, 막스(Max Weber) 169
베이컨, 프랜씨스(Francis Bacon) 244
보들레르, 샤를 뻬에르(Charles Pierre Baudelaire) 152
브론테, 에밀리(Emily Brontë) 82
비바스, 엘리세오(Eliseo Vivas) 84, 175
비커리, 존 B.(John B. Vickery) 306

ㅅ

세르반떼스, 미겔 드(Miguel de Cervantes) 96
셰익스피어, 윌리엄(William Shakespeare) 40, 92, 97, 100, 101
셸리, 퍼씨 비시(Percy Bysshe Shelley) 71, 90
셸링(F. W. J. Schelling) 292
쇼러, 마크(Mark Schorer) 273

117, 131, 220

## 서명·논문명

## 사항